外国文学史导读

欧美卷

崔宝衡 张竹筠 编著

南开大学出版社

图书在版编目(CIP)数据

外国文学史导读. 欧美卷 / 崔宝衡, 张竹筠编著.
—天津：南开大学出版社, 2014.5
ISBN 978-7-310-04462-7

Ⅰ.①外⋯　Ⅱ.①崔⋯②张⋯　Ⅲ.①外国文学－
文学史－高等学校－教学参考资料②欧洲文学－文学
史－高等学校－教学参考资料③文学史－美洲－高等
学校－教学参考资料　Ⅳ.①I109

中国版本图书馆 CIP 数据核字(2014)第 075794 号

南开大学出版社出版发行

出版人：孙克强

地址：天津市南开区卫津路 94 号　　邮政编码：300071
营销部电话：(022)23508339　23500755
营销部传真：(022)23508542　　邮购部电话：(022)23502200

*

北京楠海印刷厂印刷
全国各地新华书店经销

*

2014 年 5 月第 1 版　　2014 年 5 月第 1 次印刷
210×148 毫米　16 开本　8.875 印张　2 插页　260 千字
定价：25.00 元

如遇图书印装质量问题,请与本社营销部联系调换,电话:(022)23507125

目　　录

第一章　古代文学

Ⅰ.重点提要

第一节　概述

古代欧洲文学主要指古希腊、罗马文学,它是近代欧洲文学的两大渊源之一。

一、古希腊文学

古希腊文学经历了四个时期:

1.荷马时期(前11世纪～前9世纪),主要成就是神话和史诗。

希腊神话包括神的故事和英雄传说两方面的内容,反映了处于人类社会童年时期希腊人朴素的自然观、世界观,反映了希腊原始氏族社会的人际关系与生活状况。希腊神话最突出的特点是神人同形同性,反映了希腊神话以人为本的思想。希腊神话不只是希腊艺术的武库,而且是它的土壤。

荷马史诗是希腊史诗的经典之作。此外,著名诗人赫西奥德的长篇叙事诗《工作与时日》、《神谱》在希腊早期文学中占有一定的地位。

2.城邦国家形成和繁荣时期(前8世纪～前6世纪),主要成就是抒情诗和寓言。女诗人萨福的抒情短歌和民间动物故事集《伊索寓言》

最有代表性。

3.古典时期（前6世纪末～前4世纪初），主要成就是戏剧和文艺理论。

希腊戏剧包括悲剧和喜剧两方面。悲剧的代表作家是埃斯库罗斯、索福克勒斯、欧里庇得斯，喜剧的代表作家是阿里斯托芬。

希腊文艺理论的杰出代表是柏拉图（前427～前345）和亚里士多德（前384～前322）。柏拉图在哲学上创立"理念论"，认为理念是宇宙一切事物的本源，现实世界是理念的模仿或影子。从这一观点出发，柏拉图进一步认为文艺是现实世界的模仿或影子，因而是模仿的模仿，"影子的影子"，"和真理隔着三层"。柏拉图主张文艺为贵族政治服务，反对文艺的民主化倾向，他宣称"诗人只是神的代言人"，"除了颂神的和赞美为人的诗歌以外，不准一切诗歌闯入"他的"理想国"。

亚里士多德的《诗学》是西方文学史上第一部系统性的文艺理论著作。他对柏拉图的理论作了修正和发展。亚里士多德认为，艺术的本质是对现实的模仿，现实世界本身是真实的，作为现实之摹本的文艺也是真实的。他在承认艺术真实性的前提下，肯定艺术对客观世界的认识作用。亚里士多德还对悲剧艺术作了深刻的理论总结，他指出"悲剧是对于一个严肃、完整、有一定长度的行动的模仿"，而悲剧的功用在于"借引起怜悯与恐惧来使这种感情得到陶冶"。亚里士多德为西方现实主义文学奠定了理论基础，影响极为深远。

4.希腊化时期（前4世纪～前2世纪），这个时期的文学成就不大，只有以米南德（前342～前291）为代表的新喜剧影响较大。新喜剧多描写爱情故事与家庭日常生活，以劝善规过为主题，缺乏古典时期喜剧那种尖锐的社会政治讽刺性。

二、罗马文学

继承、模仿希腊文学，但具有自己的民族特色。罗马文学经历了三个时期：

1.共和时期（前3世纪～前2世纪），主要成就是戏剧，代表作家有普劳图斯（约前254～前184）和泰伦提乌斯（约前190～前159），他们的作品继承了希腊新喜剧的传统,着眼于描写社会人情世态,对上层阶级的腐化堕落生活有所揭露,但也宣扬了宽容、谅解、忍让的思想。

2.共和晚期和奥古斯都时期(前1世纪～1世纪),这是罗马文学的黄金时代,主要成就是诗歌、散文和文艺理论。

维吉尔是罗马文学最杰出的代表,他的创作继承发展了希腊文学的传统,对后世的西方文学产生过重大影响,起到了继往开来的作用。

贺拉斯(前65～前8)是杰出诗人与文艺理论家,诗体论著《诗艺》集中体现了他的文艺思想。在文艺与现实的关系问题上,他继承了亚里士多德的模仿说;在文艺的作用问题上,他提出了"寓教于乐"的原则;在艺术创作方面,他要求作品具有"统一与调和的美"。

奥维德(前43～18)是著名诗人,他的长诗《变形记》把古希腊、罗马的神话故事、英雄传说和历史人物汇集在一起,堪称希腊罗马神话总汇,为后代的作家、艺术家提供了丰富的创作素材。

3.帝国时期(1世纪～5世纪中叶),这是罗马文学的衰落期,仅讽刺诗和小说较有成就。阿普列尤斯(125?～180?)的《变形记》(又名《金驴记》)是流传下来最完整的一部小说,它通过青年人鲁巧变成毛驴的故事,广泛描写了罗马帝国形形色色的社会现实,为西方"流浪汉"小说开了先河。

三、基督教文学

公元1～2世纪,随着古希腊文学与希伯来文学的交流融合,诞生了早期基督教文学,它在罗马文学衰落之后,在基督教扩大传播的过程中,逐步开创欧洲文学的新纪元,成为近代欧洲文学的另一个重要渊源。早期基督教文学的代表作是《新约》。

第二节　荷马史诗

荷马史诗包括《伊利昂记》和《奥德修纪》两部长篇叙事诗,它是古希腊早期盲诗人荷马在广为流传的神话传说和民间歌谣的基础上加工整理而成。

　　荷马史诗取材于传说中的特洛伊战争。《伊利昂记》描写十年战争的悲壮惨烈和交战双方可歌可泣的英雄业绩，以简洁的笔墨刻画出一系列骁勇好胜、武艺超群、体魄强壮的部落领袖的英雄形象。这反映了处在由氏族社会向奴隶社会过渡的希腊人，把战争看作是为部落争取荣誉和利益的崇高事业，把英雄看作是部落的光荣和支柱。

　　希腊主将阿基琉斯是古代英雄战士的理想形象。从他发怒到息怒、从退出战场到重新参战的过程，表现了他英勇无畏、武艺高强以及重视个人荣誉、重视友谊亲情、重视部落利益的鲜明性格；史诗通过他与希腊联军主帅阿伽门农冲突与和解的情节，赞扬了英雄主义与集体主义的部落精神，批评了滥用权势、任性自负、严重损害部落集体利益的错误行为。

　　特洛伊主将赫克托耳也是史诗着重歌颂的另一个理想的英雄人物。他英勇善战，以部落利益为重，在危难面前义无反顾、视死如归的优秀品质，体现了氏族英雄的高度责任感和自我牺牲精神。

　　《奥德修记》描写特洛伊战争结束后，希腊部落首领奥德修斯经历海上十年漂泊，回到故乡与妻儿团聚的故事。奥德修斯聪明、机智、勇敢、坚毅，他不仅战胜了大海的狂风恶浪和妖魔神怪，同时也战胜了荣华富贵和爱情女色的诱惑，在历尽艰险、百折不挠的斗争中，表现了对部落集体和故土家国的深厚感情，也在一定程度上反映了早期奴隶主日趋严重的私有观念和残暴、狡猾的性格特征。

　　史诗结构巧妙，布局严谨。《伊利昂记》从十年战争中截取战争最后一年的 51 天，以阿基琉斯的愤怒和息怒贯穿全诗，具体描写集中在 4 天的激战，这样精巧的艺术构思充分突出了歌颂英雄主义的中心思想。《奥德修记》描写奥德修斯战后返乡这一中心事件，但只集中写了十年漂泊中发生在 42 天的故事，奥德修斯绝大部分的海上历险是通过倒叙法由他本人回忆、追述。史诗以奥德修斯的海上历险为主线，以其妻遭受求婚者的纠缠为副线，两条线索并行展开，相互联系，时有交错，最后合而为一，这使得奥德修斯的形象十分丰满突出。两部史诗都是一个情节，一个人物，一个中心，犹如参天大树，不枝不蔓。

第三节 希腊戏剧

希腊戏剧包括悲剧和喜剧两个方面。悲剧大都取材于神话,主人公是神或理想化的人物,采用典雅的诗的语言,格调庄重。悲剧是奴隶主民主政治的产物,其内容反映了当时的社会生活和政治斗争,表现了奴隶主民主派反对贵族统治的要求和愿望。

埃斯库罗斯(前525?~前456)是希腊"悲剧之父"。他的普罗米修斯三部曲的第一部《被绑的普罗米修斯》(另两部《被释的普罗米修斯》和《带火的普罗米修斯》均已失传)最为人们所称道。剧本取材于希腊神话中普罗米修斯盗窃天火赐予人类的故事。作家把普罗米修斯塑造成庄严、雄伟、崇高的理想形象,他为人类文明、进步和幸福,坚持同专横暴戾的专制暴君宙斯进行顽强不屈的斗争,忍受着残酷的刑罚,不惜做出巨大的牺牲,充分表达了奴隶主民主派的战斗激情。马克思称赞这一形象为"哲学日历中最高尚的圣者和殉道者"。

索福克勒斯(约前496~前406)被誉为"戏剧艺术的荷马",他的创作是希腊悲剧艺术成熟的标志。他的代表作《俄狄浦斯王》曾被亚里士多德称赞为"十全十美的悲剧"。剧中的俄狄浦斯是一位无私无畏、爱国爱民的君主,他以顽强的意志下决心为国民消除灾难,不顾一切地追查给国家造成祸害的凶手,结果却陷入命运编织的罗网之中,最后成了身败名裂的罪人。通过俄狄浦斯的悲剧,剧本一方面肯定了人与命运抗争的英雄气概,对命运的合理性提出怀疑,另一方面又对命运的不可抗拒感到困惑与无奈。这折射出奴隶主民主派在当时尖锐的社会政治斗争中矛盾复杂的心态。

欧里庇得斯(前485~前406)是一位具有强烈的民主倾向与写实倾向的作家,他的创作着眼于揭露奴隶主民主制衰落时期上层社会的黑暗、腐败,反映被压迫、被奴役的下层人民的悲惨命运,因而被称为"舞台上的哲学家"。他的著名悲剧《美狄亚》取材于希腊神话中伊阿宋取金羊毛的故事,但却赋予了全新的思想内涵。剧中的伊阿宋从一个令人敬佩的英雄变成了一个抛弃妻子、忘恩负义的卑鄙小人,而美狄亚作为悲剧的主人公则是一位热情、勇敢的女性，作家对她遭受的不公正待遇以及她近乎疯狂的反抗、报复精神，寄予深切的同情与赞叹。

希腊喜剧出现于悲剧之后，大都取材于现实生活，其主人公一般是普通人，采用的是日常通俗语言。喜剧的故事情节夸张、荒诞，保留了民间戏剧插科打诨、滑稽戏谑的特点。

阿里斯托芬（约前 446～前 385）是希腊"喜剧之父"，他的创作题材广泛，表现了奴隶主民主制衰落时期自耕农朴素的民主思想。他的著名喜剧《鸟》描写一群林中飞鸟在远离人间丑恶的天堂中建立起一个理想社会"云中鹁鸪国"的故事。在这个天国乐园中，人人平等相处，没有压迫、奴役，这是欧洲文学中最早的乌托邦思想的表现。

第四节　维吉尔

维吉尔（前 70～前 19）是罗马最著名的诗人，曾创作过《牧歌》、《农事诗》、《埃涅阿斯记》三部诗作，其诗才深受当时的最高统治者屋大维的赏识。长篇史诗《埃涅阿斯记》是维吉尔的代表作，史诗叙述希腊联军攻陷特洛伊城后，特洛伊英雄埃涅阿斯怀着国破家亡之痛，率领民众历尽艰险来到意大利，建立新的王国的故事。歌颂了罗马帝国的光荣历史以及罗马祖先建国兴邦的丰功伟绩，同时也赞美了当权者屋大维的神圣统治，洋溢着浓郁爱国主义精神和强烈的奴隶主国家意识。

史诗塑造了埃涅阿斯高大完美的英雄形象。他敬畏神明，忠于国家，仁爱待人，行事公正，具有无私无畏、坚毅沉着、正直善良的优秀品质，表现了诗人对开明君主的理想。

《埃涅阿斯记》以荷马史诗为范本，从故事内容、人物形象到情节结构、艺术方法等方面，都学习借鉴了荷马史诗。但作为一部典范性的文人史诗，它和以民间口头创作为基础的荷马史诗又有所不同。其风格严肃而哀婉，文字典雅而精致，音律严谨而富于暗示性。此外，维吉尔不善于描写战争而长于描写爱情，在人物心理描写方面尤为出色。

Ⅱ.思考练习

一、填空题

1.近代欧洲文学的两大渊源是_____和_____。

2.希腊神话包括_____和_____两方面的内容。

3.希腊神话不只是希腊艺术的_____,而且是它的_____。

4.荷马史诗包括《_____》和《_____》两部史诗。

5.古希腊著名诗人赫西奥德的主要诗作有《_____》和《_____》。

6.古希腊著名民间动物故事集是《_____》。

7.希腊戏剧起源于_____,其中悲剧的前身是_____,喜剧的前身是_____。

8.被誉为希腊“悲剧之父”的剧作家是_____。

9.索福克勒斯的《俄狄浦斯王》被亚里士多德赞叹为_____。

10.被称为“舞台上的哲学家”的古希腊剧作家是_____。

11.被称为希腊“喜剧之父”的剧作家是_____。

12.“希腊化时期”的喜剧史称_____,其代表作家是_____。

13.古希腊的著名文艺理论家是_____和_____。

14.古罗马的著名文艺理论家是_____。

15.著名诗人维吉尔的主要诗作有《_____》、《_____》和《_____》。

16.古罗马著名诗人奥维德的代表作是神话诗《_____》。

17.古罗马流传下来最完整的小说是阿普列尤斯的《_____》。

18.早期基督教文学是_____和_____两种文学交流融合的结晶。

19.早期基督教文学的经典是《_____》,它包括_____、

_____、_____、_____等四方面的内容。

二、简述题

1.希腊神话的主要内容和主要特点是什么？

2.荷马史诗的主要内容和基本思想是什么？

3.简析《伊利昂记》的主要人物形象。

4.奥德修斯的形象简析。

5.荷马史诗的艺术特征是什么？

6.《被绑的普罗米修斯》的思想倾向与艺术成就是什么？

7.简述《俄狄浦斯王》的思想内容与艺术成就。

8.从《美狄亚》看欧里庇得斯对希腊悲剧的发展有什么新贡献？

9.《鸟》的思想倾向与艺术特点是什么？

10.柏拉图的主要文学观点是什么？

11.亚里士多德的主要文学观点是什么？

12.《埃涅阿斯记》的思想内容与人物形象简析。

13.简析《埃涅阿斯记》对荷马史诗的艺术借鉴及其艺术成就。

14.早期基督教文学的重要意义何在？

Ⅲ.参考答案

一、填空题

1.古希腊罗马文学　　　早期基督教文学

2.神的故事　　　英雄传说

3.武库　　　土壤

4.《伊利昂记》　　　《奥德修记》

5.《工作与时日》　　　《神谱》

6.《伊索寓言》

7.酒神祭祀　　　酒神颂歌　　　祭神歌舞和滑稽戏

8.埃斯库罗斯

9.十全十美的悲剧

10.欧里庇得斯

11.阿里斯托芬

12.新喜剧　　米南德

13.柏拉图　　亚里士多德

14.贺拉斯

15.《牧歌》　《农事诗》　《埃涅阿斯记》

16.《变形记》

17.《变形记》《金驴记》

18.古希腊文学

19.《新约》　福音书　史传　书信　启示录

二、简述题

1.希腊神话包括神的故事和英雄传说两方面的内容。神的故事讲述了开天辟地、神的产生和谱系，以及人类起源等等。其中最为著名的是奥林波斯神统。在奥林波斯山上，宙斯是众神之主，他的兄弟、子女是执掌天上、人间各种职能的神祇，他们组成了高度组织化、纪律化的社会，这是人类早期氏族社会的缩影。英雄传说起源于祖先崇拜，是人们对远古祖先和部落领袖的神化和赞颂。这些传说中的英雄是神与人结合而生育的后代，他们为部落集体利益出生入死，创造出令人敬佩的丰功伟绩，体现了部族的力量、智慧和理想，代表了部族的荣耀和骄傲。希腊神话反映了处于人类童年时期希腊人的自然观、世界观，反映了希腊原始氏族社会的人际关系与生活状况。

希腊神话最主要的特点是神人同形同性。希腊神话中的神是高度人格化、世俗化的，他们既不是抽象的道德化身，也不是阴森恐怖的偶像，他们不仅具有人的外貌，而且具有人的思想感情。喜怒哀乐，七情六欲，样样兼备。他们不是高高在上隐居天国，而是常常来到人间与人类亲密接触，同人类谈情说爱，生儿育女，介入人类的纷争。只是他们能够长生不老，具有超人的智慧、力量和法术。这反映了希腊神话以人为本以及酷爱现实生活的思想意识。

2.荷马史诗取材于传说中的特洛伊战争。《伊利昂记》描写十年战争的悲壮惨烈和交战双方可歌可泣的英雄业绩,刻画出一系列骁勇好胜、武艺超群、体魄强壮的部落领袖的英雄形象。这反映了处在由氏族社会向奴隶社会过渡时期的希腊人,把战争看作是为部落争取荣誉和利益的崇高事业,把英雄看作是部落的光荣和支柱。《奥德修记》描写战争结束后希腊英雄奥德修斯经历海上十年漂泊,回到故乡与妻儿团聚的故事。塑造了奥德修斯聪明、机智、勇敢、坚毅,不畏艰难险阻,不为利益诱惑的高大形象。荷马史诗是英雄史诗,贯穿两部史诗的核心思想是热爱现实,肯定人的奋斗精神,强调对人生采取积极的态度。古希腊人相信命运,但不屈从命运;他们祈求神的庇护,但不充当神的奴隶,无论是在战争中或是同大自然的斗争中,他们都依靠自己的智慧和力量,通过艰苦奋斗去争取荣誉,建立功勋。

3.希腊主将阿基琉斯是古代英勇战士的理想形象。他不仅骁勇善战,武艺高强,所向无敌,而且在他身上贯穿着个人荣誉与集体荣誉、个人利益与集体利益的矛盾冲突。在和联军主帅阿伽门农争夺女俘的冲突中,他为了部落的利益,强忍心中的愤怒,把自己的女俘交给了阿伽门农。然而,维护个人荣誉与个人利益的强烈意识,又促使他愤而退出战场,导致希腊联军遭受惨重损失。阿伽门农向他赔礼谢罪,他仍拒绝参战,表现了性格中的任性自负、固执己见。直到他的好友帕特洛克罗斯战死沙场,希腊联军面临生死存亡的重要关头,他才深悔自己的错误给集体带来的损失,于是毅然抛弃旧怨,重返战场,扭转战局。最后杀死了特洛伊主将赫克托耳,为希腊人赢得了胜利。史诗通过阿基琉斯的形象,赞扬了英雄主义与集体主义的部落精神,批评了滥用权势、任性自负、严重损害集体利益的错误行为。

赫克托耳是特洛伊主将,他英勇善战,所向披靡,多次重创希腊联军,并杀死了希腊战将帕特洛克罗斯。赫克托耳始终以部落集体利益为重,把为部落献身看作是神圣的职责和崇高的荣誉。他明知死后自己的娇妻弱子都将沦为奴隶,仍然义无反顾地走上战场,他明知阿基琉斯勇武过人,却不顾父母的劝阻毅然迎战,最后壮烈牺牲。这是史诗着重歌颂的另一个理想的英雄形象。

4.奥德修斯是《奥德修记》的主要人物,他聪明机智,勇敢坚毅。在特洛伊战争中,他屡献巧计,屡建奇功;在海上漂泊中历尽艰险,不仅战胜了大海的狂风恶浪和妖魔神怪,也战胜了荣华富贵和爱情女色的诱惑,表现了大义凛然、不屈不挠的斗争精神和对部落集体、故土家园的深厚感情;在维护家庭和私有财产的斗争中,他狡猾多疑,凶狠残暴,不仅杀死了众多的求婚者,还杀死了许多与仇人合作的奴隶。奥德修斯的形象集中了古代部落领袖和氏族英雄的优秀品质,也体现了早期奴隶主的某些特点。

5.首先,史诗结构巧妙,布局严谨。《伊利昂记》从十年战争中截取战争最后一年的 51 天,以阿基琉斯的愤怒和息怒贯穿全诗,具体描写集中在 4 天的激战,借以突出歌颂英雄主义的中心思想。《奥德修记》描写奥德修斯战后返乡这一中心事件,但只集中写了十年漂泊中发生在 42 天的故事,奥德修斯绝大部分海上历险是采用倒叙法由他本人回忆、追述。史诗以奥德修斯的海上历险为主线,以其妻遭受求婚者纠缠为副线,两条线索并行展开,时有交错,最后合而为一,从而使主要人物的形象丰满突出。两部史诗都是一个情节,一个人物,一个中心,犹如参天大树,不枝不蔓。其次,史诗采用了多种艺术手法塑造了一系列英雄形象,他们既具有氏族英雄的共性,又有初步的个性特征,其中阿基琉斯的骁勇好胜、任性自负而又重集体利益、重友谊亲情,奥德修斯的聪明机智而又狡猾多疑、勇敢坚毅而又凶狠残暴,赫克托耳的无私无畏,阿伽门农的傲慢专横,都刻画得相当出色。其三是史诗保留了民间文学的特征,语言质朴、自然,比喻丰富多彩、生动鲜活,此外,史诗常用重复手法,词的重复、句子的重复乃至段落的重复,适合于民间口头咏唱。

6.《被绑的普罗米修斯》取材于希腊神话普罗米修斯偷盗天火赐予人类的故事,但却隐含着丰富的现实意义。在剧中,作家把普罗米修斯塑造成人类文明的缔造者和保护神,而把天神宙斯变成一个刚愎自用、专制暴戾的暴君。普罗米修斯热爱人类、造福人类,为了人类的文明、进步和幸福,他同仇视人类的宙斯进行顽强不屈的斗争,残酷的刑罚没有使他屈服，威胁利诱没有使他动摇，他怀着必胜的信念，坚信宙斯必然失败灭亡，并甘愿为此做出最大的牺牲。普罗米修斯庄严、高大的英雄形象，充分表现了当时奴隶主民主派反对专制暴戾、争取自由民主的斗争热情。

早期的希腊悲剧由一名演员和一支合唱队组合演出，埃斯库罗斯在艺术上的最大贡献是增设了第二位演员，从而增强了对话在戏剧中的分量，缩减了合唱队的歌唱，使戏剧最终脱离原始的祭祀活动成为一门独立的艺术。因此，埃斯库罗斯被尊为"悲剧之父"。埃斯库罗斯的悲剧洋溢着庄严、雄伟、悲壮的气势，其主人公大都是神或神化的英雄，成为一个时代最高最美的道德楷模。《被绑的普罗米修斯》充分体现了这些方面的艺术成就。

7.《俄狄浦斯王》取材于希腊神话，展示人与命运的尖锐冲突，是一部经典性的命运悲剧。剧中的俄狄浦斯是一位爱国爱民、无私无畏的君主，他以顽强的意志下决心为国民清除灾难，不顾一切地追查犯下罪孽的凶手，结果却陷入了命运编织的罗网，成了身败名裂的罪人。俄狄浦斯的品德和作为都是高尚、纯洁的，他体现了奴隶主民主派开明君主的政治理想。作家通过他的悲剧一方面肯定了人与命运抗争的英雄气概，对命运的合理性提出怀疑，另一方面又对命运的不可抗拒感到困惑与无奈，这反映了奴隶主民主派在当时尖锐的政治斗争中矛盾复杂的心情。

索福克勒斯被誉为"戏剧艺术的荷马"，他的创作是希腊悲剧艺术成熟的标志。《俄狄浦斯王》结构严谨，布局精巧，故事情节曲折动人，矛盾冲突尖锐复杂，人物形象鲜明突出，具有很高的艺术性。剧本采用倒叙法，不按时间顺序展开故事情节，而是"从中间写起"。一开头就提出矛盾，布下悬念，然后通过回忆、追述，环环相扣，步步紧逼，把矛盾冲突推向高潮，最后引导出惊心动魄的结局，爆发出震撼人心的艺术效果。索福克勒斯还增设了第三名演员，从而使对话成为戏剧的主要成分，成为展开故事情节、塑造人物形象的主要手段，这使戏剧艺术又向前跨进了一大步。

8.欧里庇得斯是一位具有强烈的民主倾向和写实倾向的作家，被称为"舞台上的哲学家"。他的代表作《美狄亚》虽然取材于希腊神话，但经过加工改造，赋予了新的思想内涵。在剧中，受人尊敬的英雄伊阿宋变成了忘恩负义的卑鄙小人，而他的弃妻美狄亚被提升为悲剧的主人公。作家赞扬了美狄亚热情、勇敢、刚烈、正直的性格，对她所遭受的不公正待遇和近乎疯狂的反抗报复精神寄予深切的同情，对上层社会的黑暗腐败给予无情的揭露与控诉。美狄亚的遭遇反映了奴隶主民主制衰落时期广大妇女的共同命运。作为一位普通女性的形象，她既不是普罗米修斯那样的神，也不是俄狄浦斯那样的理想英雄，而是具有更多的人性特点与生活气息。欧里庇得斯的创作宣告了希腊"英雄悲剧"的终结。在艺术上，他从以往的悲剧着重于歌颂神和理想英雄的崇高气质，代之以对人的激情与意志的细致刻画，特别是对人物的心理描写，相当出色。

9.《鸟》是一部以神话幻想为题材的喜剧，描写一群林中飞鸟在远离人间丑恶的天空中建立起一个"云中鹁鸪国"。在这个虚构的天国乐园中，人人平等相处，没有压迫与奴役，没有战争与杀戮，这反映了处于奴隶主民主制衰落时期自耕农朴素的民主意识与社会理想，也是欧洲文学中最早的乌托邦思想的表现。从艺术上说，《鸟》的情节离奇，场景荒诞，形象夸张，语言诙谐，伴有插科打诨的闹剧表演，这都体现了早期希腊喜剧的艺术特色，阿里斯托芬因此被称为"喜剧之父"。

10. 柏拉图是著名哲学家、文艺理论家，他留下了以对话形式写作的四十多篇理论著作，其中涉及文艺问题的有《大希庇阿斯篇》、《伊安篇》、《斐德罗斯篇》、《会饮篇》和《理想国》等。柏拉图的文艺观点有以下几方面：首先，柏拉图从他的哲学"理念论"出发，认为理念是宇宙一切事物的本源，现实世界是理念的模仿或影子，而文艺则是现实世界的模仿或影子，因而文艺是模仿的模仿，"影子的影子"，"和真理隔着三层"。这就从根本上否定了文艺的真实性与认识价值。其次，柏拉图从他的政治立场出发，主张文艺为贵族政治服务，反对文艺的民主化倾向。他否定那些宣扬人性、表现人的感情的诗歌，他宣称"诗人只是神的代言人"，"除了歌颂神的和赞美好人的诗歌，不准一切诗歌闯入"他的"理想国"。其三，柏拉图提出文艺创作的灵感说，他认为诗人的创作来源于灵感,而灵感要乞求于神才能获得,当神灵附体的时候,诗人"失去平常的理智而陷入迷狂的状态",成了神的代言人,才能创作出好的作品。

11. 亚里士多德是柏拉图的弟子,他的《诗学》是欧洲文学史上第一部系统性的文艺理论著作。他在文艺理论方面对柏拉图的观点做出了重大的修正和发展:第一,亚里士多德认为,艺术的本质是对现实的模仿,现实世界本身是真实的,因而作为现实之摹本的文艺也是真实的。同时,文艺不是对现实的表面复述,而是描写现实中带有普遍性的东西,文艺能够帮助人们认识和了解现实事物的真实意义。第二,亚里士多德肯定了文艺创作的创造性,他认为"诗人的职责不在描述已发生的事,而在描述可能发生的事,即按照可然律或必然律可能发生的事"。这是诗人与历史学家的根本区别。他还进一步提出,诗人可以选择三种方式对现实事物进行模仿:"按照事物的本来样子去模仿,按照人们所说和所想的事物的样子去模仿,按照事物应当有的样子去模仿。"因此,文艺不是现实的复制,而是创造。第三,亚里士多德对古希腊各种文艺门类进行了全面的总结,其中尤以对悲剧的理论阐释最为深刻,他指出"悲剧是对于一个严肃、完整、有一定长度的行动的模仿","模仿的媒介是语言","模仿的方式是借人物的动作来表述,而不是采用叙述法",而悲剧的功用在于"借引起怜悯与恐惧来使这种感情得到陶冶"。

12.《埃涅阿斯记》是维吉尔的代表作,这部史诗叙述希腊联军攻陷特洛伊城之后,特洛伊英雄埃涅阿斯怀着国破家亡之痛,率领民众历尽艰险来到意大利,建立新的王国的故事。歌颂了罗马帝国的光荣历史以及罗马祖先建国兴邦的丰功伟绩,同时也赞美了当权者屋大维的神圣统治,肯定了罗马帝国谋求统治世界的扩张政策,洋溢着浓郁的爱国主义精神和强烈的奴隶主国家意识。

史诗塑造了埃涅阿斯高大完美的英雄形象。他经历了国破家亡的悲痛,经历了海上漂泊、长途跋涉的种种磨难,经历了夫妻的生离死别与感情纠葛,经历了战争的流血与厮杀,但他始终没有忘记神明的嘱托,没有忘记肩负的神圣使命,最后终于完成了建国兴邦的伟业。史诗赞美了埃涅阿斯敬畏神明、忠于国家、仁爱待人、公正行事、无私无畏、坚毅沉着、正直善良的优秀品质,表现了诗人对开明君主的理想,诗中的狄多是一位善良、热情的女性,她给了埃涅阿斯无私的爱情与幸福。然而,神圣使命与幸福爱情的矛盾冲突,使她遭受了被抛弃的命运,最后自杀身亡。诗人对狄多的悲剧是同情的,这反映了他自身的思想矛盾。

13.《埃涅阿斯记》是以荷马史诗为范本创作的。①从题材来说,两者都取材于希腊神话中的特洛伊战争故事,埃涅阿斯作为特洛伊的一位将领,曾出现在《伊利昂记》中,其地位仅次于赫克托耳。②从结构上说,《埃涅阿斯记》前半部写埃涅阿斯的海上历险,模仿《奥德修记》,后半部写特洛伊人与拉丁姆人之间的战争,模仿《伊利昂记》。③从叙述手法看,《埃涅阿斯记》与《奥德修记》都采用倒叙法,埃涅阿斯前七年的海上经历,也是通过他的回忆在宴会上追述出来的。④在故事内容方面,两者更有许多相似之处,例如,埃涅阿斯的漂泊于奥德修斯的漂泊都发生在特洛伊城陷落之后,两人所到之处与经历之事有不少是相同的。在特洛伊人与拉丁姆人的战争中,埃涅阿斯的好友派拉斯被对方主帅杀死,埃涅阿斯为友报仇赢取胜利的结局等,都借鉴了《伊利昂记》的战争描写。⑤在描写手法上,维吉尔和荷马一样,使用了大量的比喻和重复手法。

然而,《埃涅阿斯记》作为一部典范性的文人史诗,它和以民间口头创作为基础的荷马史诗又有所不同。荷马史诗产生于氏族社会晚期,格调高昂明快,语言朴实自然;《埃涅阿斯记》产生于奴隶主专制时期,其风格严肃而哀婉,文字典雅而精致,音律严谨而富于暗示性。在描写技巧方面,维吉尔不善于描写战争而长于描写爱情,特别是对人物心理描写非常出色,这正是荷马史诗所欠缺的。

14.公元前4世纪末,马其顿王亚历山大挥师东征,征服了西亚、中东诸国,促成西方文化与东方文化、希腊文学与希伯来文学的碰撞、交流与融合。到了公元1世纪,孕育、诞生了早期基督教与基督教文学,《新约》既是基督教的典籍,也是基督教文学的杰作。此后,随着罗马文学的衰落,基督教文学与基督教一起传入欧洲,影响日益扩大,逐步成为欧洲文学的重要组成部分。及至公元5世纪,西罗马帝国灭亡,欧洲进入了中世纪时代，基督教在欧洲思想文化领域占据了统治地位，基督教文学承前启后，开创了欧洲近代文学的新纪元，成为源远流长的欧洲文学的另一个重要渊源。

第二章　中世纪文学

Ⅰ. 重点提要

第一节　概述

公元 5 世纪西罗马帝国灭亡,宣告欧洲古代史的终结,由此进入了封建主义的新时代,直至 17 世纪英国资产阶级革命爆发,史称欧洲的中世纪。但从文学史的角度考察,欧洲中世纪文学主要是指 5 世纪至 14 世纪这一历史时期的文学。此后,便兴起了轰轰烈烈的文艺复兴运动,欧洲文学掀开了新的篇章。

中世纪文学有四种主要类型:

一、教会文学

中世纪文化是在古希腊、罗马的废墟上建立起来的,古代文化经历了毁灭性的摧残,唯一遗留下来的基督教在意识形态领域占据着绝对统治地位。教会把原本属于希伯来人的古代文献总汇《旧约》和基督教自己的早期典籍《新约》合编成《圣经》,并抹煞了其文学文化内涵,妄加解说,杜撰教义,使之成为宗教经典,借以控制人们的思想意识。

教会把一切文化学术都纳入神学的范畴,文学艺术成了为宗教服务的工具。教会文学是最为盛行的正统文学,它以宣传、普及宗教教义为己任，主要内容是演绎《圣经》故事，赞美上帝和基督的伟大神圣，歌颂圣徒和信众的崇高德行，宣扬禁欲主义和来世思想，充满劝善惩恶的说教气味。在艺术上具有梦幻、朦胧、象征、隐喻的神秘色彩。

二、英雄史诗和人民诗歌

中世纪早期的英雄史诗大都诞生、流传于 5～11 世纪，这是封建社会的形成时期，主要内容是反映氏族社会的历史事件与部落生活，着重表现人与自然的斗争。流传至今最为完整的一部是盎格鲁—撒克逊人的《贝欧沃尔夫》。史诗描写盎格鲁—撒克逊人的祖先贝欧沃尔夫先后两次率领武士出征，杀死巨兽水怪和火龙的故事，歌颂了氏族英雄大公无私、英勇无畏的优秀品德，具有鲜明的古代神话传说的特征。

12～15 世纪是中世纪封建社会的全盛时期。这个时期的英雄史诗表现出强烈的忠君爱国的封建意识，还渗透了基督教思想的影响。后期史诗一般以历史事实为基础，描写氏族英雄为了维护国家的统一大业，平定分裂割据、讨伐异族异教的丰功伟绩。从艺术上说，虽有幻想、夸张的成分，但现实主义倾向相当明显。

法国的《罗兰之歌》是后期英雄史诗中最有代表性的作品。诗中的罗兰是法兰西民族英雄，为了国家民族利益，他跟随查理大帝率军征讨异教徒，英勇善战，战功显赫。在大军凯旋途中，由于叛徒与敌人勾结，罗兰率领的卫队遭受敌人伏击，罗兰壮烈牺牲。史诗歌颂了国王的贤明伟大，歌颂了罗兰的忠君爱国，谴责了叛徒加奈隆叛国投敌的可耻行为。

德意志的《尼伯龙根之歌》描写了尼德兰王子齐格夫里特、勃艮第国王巩特尔、冰岛女王布伦希尔特、匈奴王妃克里姆希尔特等人，为了争夺尼伯龙根宝物，勾心斗角，相互杀戮的故事，反映了中央集权制确立之前，封建主之间的分裂割据与利益纷争，表达了广大人民要求建立统一国家的愿望。

西班牙的《熙德之歌》描写了西班牙人反对外族占领、争取民族独立的斗争。诗中的英雄人物罗德利戈·狄亚斯被尊称为"熙德"，这是阿拉伯语"首领"的意思。罗德利戈·狄亚斯虽然被国王不公正地放逐,但他对国王忠心不二,以国家民族利益为重,主动向入侵者发动攻击,收复失地,最后迫使阿拉伯人臣服。

俄罗斯的《伊戈尔远征记》描写古罗斯王公伊戈尔为了抵御外族入侵,单独率军出征,虽然作战勇敢,终因寡不敌众,惨遭失败。史诗通过这一悲剧故事,号召处于分崩离析的诸多诸侯王国,停止内讧,团结御外,以建立统一强大的俄罗斯帝国。

除了长篇史诗,这一时期还出现了以反映民间生活为主要内容的短篇叙事诗,史称"谣曲",其中歌颂绿林好汉罗宾汉侠义事迹的诗歌在英国流行最广,影响最大。

三、骑士文学

中世纪的封建主为了进行战争和镇压人民,豢养了许多为他们征战杀伐的骑士,逐渐形成了骑士制度。作为封建主的臣仆,骑士遵循"忠君、护教、行侠"的信条。随着这一特殊的封建阶层日益壮大,从11世纪开始,描写骑士生活和骑士风貌的骑士文学,应运而生。

骑士文学是世俗的封建文学,主要内容是描写骑士尚武冒险的征战生活以及他们和贵妇人之间的典雅爱情,赞美骑士忠于君主、保卫宗教、仗义行侠、爱护妇女的浪漫事迹与精神风貌。骑士文学的主要体裁有抒情诗与叙事诗(诗体传奇)两种。前者以描写骑士爱情的"破晓歌"最为著名,后者以描写不列颠王亚瑟和他的圆桌骑士的传奇故事数量最多,影响最大。骑士文学在一定程度上粉饰美化了骑士残暴寄生的本性,但也具有反对宗教禁欲主义、向往世俗生活、肯定人情人性的进步意义。在艺术上,骑士文学夸饰的语言、浪漫的情调、离奇的故事、巧妙的结构、流畅的叙事手法、细致的心理描写等,都对后来的文学产生过积极的影响。

四、城市文学

10~11世纪的欧洲各国,先后涌现出一批以手工业和商业为中心的城市,新兴的市民阶级随之产生壮大,他们在反封建反教会的斗争中,逐步形成了表现自身的思想情趣、要求愿望的文学,即市民文学,亦即城市文学。城市文学是在民间文学的基础上发展起来的,它不同于教会文学与骑士文学,作者大都是街头说唱者,作品主要取材于现实生活,具有强烈的现实性与讽刺性,反映了市民群众的聪明才智和乐观主义的斗争精神。城市文学体裁多样,形式新颖,有韵文故事、寓言诗、长篇叙事诗和道德剧、傻子剧、闹剧,等等。

流传于法国的长篇叙事诗《列那狐传奇》、《玫瑰传奇》和闹剧《巴特兰律师》是城市文学的重要作品。《列那狐传奇》以动物寓言影射社会现实,诗中专横昏庸的狮子是国王的化身,狼、熊、驴等大型动物象征贪婪愚蠢而又野蛮残暴的宗教僧侣和封建贵族,列那狐则是市民的形象写照。它无权无势,屡受欺压,凭着机智狡猾同当权者从容应对、巧妙周旋,却又连连得胜,反映了市民阶级为谋求自身权益,反对宗教势力与封建势力的曲折斗争。诗中还描写了列那狐欺凌乌鸦、兔子、鸡等弱小动物的卑劣行径,揭露了市民阶级欺善怕恶、弱肉强食的处世信条。

第二节　但丁

但丁(1265~1321)是意大利著名诗人,也是中世纪最伟大的作家。

但丁出生于佛罗伦萨的一个商业贵族家庭。当时的意大利正处于四分五裂的封建割据状态,宗教教会、封建贵族与新兴资产阶级之间正展开错综复杂的斗争。佛罗伦萨是当时意大利乃至整个欧洲最繁荣发达的工商业中心,也是新思想、新文化的策源地。由于受新风气的影响,但丁早年即投身政治活动,曾一度担任佛罗伦萨的行政官。但丁在政治上反对教皇干预政事,反对封建专制暴政,主张政教分离和国家统一。为此,他受到反动势力残酷迫害,全部家产被没收,还被判处终身流放。但丁经历了长达20年艰苦的流放生活,最后客死异乡。但丁博学多才,不但精通拉丁文、诗学、修辞学、古典文学,在绘画、音乐、哲学等方面也有很高的造诣。但丁的处女作是抒情诗集《新生》,以温柔清新的格调抒发少年诗人对心中女神贝特丽采难以忘怀的恋情,表现了冲破禁欲主义羁绊、追求纯真爱情的热望。流放之后,又相继写作了《飨宴》、《论俗语》和《帝制论》等著作,并完成了呕心沥血的传世之作

《神曲》。但丁的创作集中概括了中世纪思想文化与学术知识的最高成就,同时又体现了新时代新的思想意识的萌芽。正如恩格斯所指出的那样"他是中世纪的最后一位诗人,同时又是新时代的最初一位诗人。"

长诗《神曲》由《地狱》、《炼狱》、《天堂》三部组成,采用中世纪流行的梦幻文学的形式,描写诗人在维吉尔与贝特丽采的引导下梦游地狱、炼狱、天堂三界的故事,象征着人类经过迷惘与错误,经过苦难与修炼,由黑暗走向光明与至善的精神历程,表现了诗人对社会现实、祖国前途、人类命运的深刻思考。

《神曲》具有鲜明的现实性与强烈的政治倾向性。诗中的内容取材于意大利的现实生活,揭示了一系列重大的社会政治问题,如佛罗伦萨的党争与教皇的干预政事,教会的黑暗腐败与教士的贪赃枉法,封建主的分裂割据与专制暴虐,高利贷者的重利盘剥与下层人民的贫困苦难等,广泛反映了当时意大利的社会状况与人情世态,讨论了哲学、神学、科学、艺术等诸多领域的文化学术问题,堪称内容丰富的百科全书。

在《神曲》中,但丁根据基督教的观点,将地狱、炼狱、天堂三界都分别划分为九个层次,再按照人们生前的表现、罪恶的轻重、功德的大小,把他们的灵魂安排在三界不同的层次中。那些权欲熏心的教皇、买卖圣职的教士、杀人劫财的暴君、鱼肉人民的贪官污吏、叛国卖主的封建贵族、贪婪无道的高利贷者、作奸犯科的盗贼淫棍,都被投入深层地狱施以酷刑处罚。罪大恶极的教皇包尼法西八世当时还活在世上,诗人就在第八层地狱为他预留了位置,预言他死后将被倒栽在石穴中遭受烈火烧烤。那些在骄、妒、怒、贪、食、色等七个方面犯有轻微罪过的亡灵,被安置在炼狱中忏悔洗过,以求得上帝的宽恕。而那些宗教圣灵、殉难圣徒、英明君主、先哲贤人,则被供奉在光芒四射的天堂中,备受尊崇,这充分反映了但丁的政治立场与道德标准。

作为新旧交替时代的人物,但丁的思想是矛盾复杂的。在《神曲》中,虽揭露了教会人物的恶德败行,但并不否定基督教;虽反对分裂割据,主张政教分离,但又把国家的统一寄托在开明君主身上;既对荷马、柏拉图、亚里士多德等古代文化的杰出代表表示由衷的敬仰,却又把他们作为宗教异端加以贬抑;既肯定了基督教的禁欲主义、苦修苦练和来世思想,又表现了追求真挚爱情、重视现世生活、崇尚知识与理性的思想倾向。总之,《神曲》既有中世纪封建主义基督教神学的烙印,又闪烁着新时代人文主义的思想火花。

《神曲》在艺术上取得了很高的成就。首先,它把中世纪盛行的梦幻、象征等艺术手法推向了极致,营造出庄严、神圣、神秘的艺术风格,产生了震慑人心的艺术力量。其次,结构宏大、严谨,全诗分了3部,每部33篇,加上序诗共100篇。每节诗又分3行,奇偶连韵,整部作品匀称工整。最后,采用民间的意大利语写作,促进了意大利民族语言的统一和民族文学的发展。

Ⅱ.思考练习

一、填空题

1. 欧洲中世纪一般是指由_____世纪至_____世纪的整个历史时期,而欧洲中世纪文学是指_____世纪至_____世纪的文学。

2. 《圣经》包括《_____》和《_____》两部分,前者是_____,后者是_____。

3. 中世纪早期最著名的英雄史诗是盎格鲁—撒克逊人的《_____》。

4. 中世纪后期的四大英雄史诗是法国的《_____》,德意志的《_____》,西班牙的《_____》,俄罗斯的《_____》。

5. 骑士文学的主要体裁有_____和_____。

6. 城市文学的主要作品有长篇叙事诗《_____》和《_____》。

7. 恩格斯认为,但丁是中世纪的_____,同时又是新时代的_____。

8. 但丁的文学作品主要有抒情诗集《_____》和长诗

《＿＿＿＿》。

9.但丁的主要文化学术著作有《＿＿＿＿》、《＿＿＿＿》和
《＿＿＿＿》。

二、简述题

1.欧洲中世纪文学有哪些类型？它们各自有什么特征？

2.教会文学的主要内容和艺术特点是什么？

3.中世纪早期英雄史诗和后期英雄史诗有什么不同？它们各自有
哪些主要作品？

4.简述《罗兰之歌》的思想内容和人物形象。

5.什么是骑士文学？它对文学发展有什么意义？

6.举例说明城市文学的基本特征。

7.《神曲》在思想内容方面表现了哪些新旧交替的时代特征？

8.简述《神曲》的艺术成就。

Ⅲ.参考答案

一、填空题

1.5   17   5   14

2.《旧约》   《新约》   希伯来古代文献总汇   基督教早期典
籍

3.《贝欧沃尔夫》

4.《罗兰之歌》   《尼伯龙根之歌》   《熙德之歌》   《伊戈尔
远征记》

5.骑士抒情诗   骑士叙事诗(骑士传奇)

6.《列那狐传奇》   《玫瑰传奇》

7.最后一位诗人   最初一位诗人

8.《新生》   《神曲》

9.《飨宴》　　《论俗语》　　《帝制论》

二、简述题

1.欧洲中世纪文学有四种主要类型:

①教会文学。这是最为盛行的正统文学,它以宣传、普及宗教教义为己任,主要内容是演绎圣经故事,赞美上帝和基督的伟大神圣,歌颂圣徒和信众的崇高德行,宣扬禁欲主义和来世思想,充满劝善惩恶的说教气味,具有梦幻、朦胧、象征、隐喻等神秘的艺术色彩。

②英雄史诗与人民诗歌。这是反映人民群众的思想感情的人民文学。早期英雄史诗主要描写氏族社会的历史事件与部落生活,着重表现人与自然的斗争,具有鲜明的神话传说特征。后期英雄史诗大都以历史事实为基础,描写氏族英雄为维护国家的统一大业,平定分裂割据、讨伐异族异教的丰功伟绩,具有强烈的封建意识与基督教思想的影响。

③骑士文学。这是世俗的封建文学,主要描写封建骑士尚武冒险的征战生活以及他们和贵妇人之间的典雅爱情,赞美以"忠君、护教、行侠"为核心内容的骑士精神,在艺术上具有鲜明的浪漫传奇的特色。

④城市文学。这是反映新兴的市民阶级的思想、情趣、要求和愿望的市民文学,具有鲜明的现实性与讽刺性,主要内容是描写市民的聪明、机智、乐观、狡诈,讽刺宗教僧侣与封建贵族的贪婪、愚蠢、野蛮、残暴,反映了市民阶级反对专制压迫、争取自身权益的曲折斗争。

2.教会文学是为宣传、普及基督教教义服务的,作者一般都是教会僧侣,作品体裁繁多,有圣经故事、圣徒传、祷告文、颂歌、圣者言行录、梦幻故事、奇迹故事和宗教剧,等等。主要内容是演绎圣经故事,讲解宗教教义,赞美上帝的伟大神圣,渲染基督的显灵奇迹。歌颂圣徒的舍身殉教,宣扬信众的虔诚忏悔与苦修苦练等。中心思想是要求人们恪守宗教信仰,弃绝尘世欲望。安于现状,寄希望于来世。教会文学充满着劝善惩恶的说教气味,具有梦幻、朦胧、象征、隐喻的特点。

3.早期英雄史诗诞生、流传于封建社会的形成时期,主要内容是反映氏族社会的历史事件与部落生活,着重表现人与自然的斗争,具有较多的神话传说成分。流传至今最为完整的一部是盎格鲁—撒克逊人的《贝欧沃尔夫》,史诗描写盎格鲁—撒克逊人的祖先贝欧沃尔夫先后两次率领武士出征,杀死巨兽水怪和火龙的故事,歌颂了氏族英雄大公无私、英勇无畏的优秀品质。

后期史诗是封建社会全盛时期的产物。主要作品有法国的《罗兰之歌》、德意志的《尼伯龙根之歌》、西班牙的《熙德之歌》、俄罗斯的《伊戈尔远征记》等。这些史诗大都以历史事实为基础,描写英雄人物为了国家民族的利益,南征北战,平定分裂叛乱,讨伐异族异教的丰功伟绩,表现了拥护王权、反对封建割据、维护国家统一的社会理想,具有强烈的忠君爱国的封建意识,同时还受到了基督教思想的影响。

4.《罗兰之歌》描写法兰西民族英雄罗兰跟随查理大帝率军出征西班牙,在讨伐异教徒摩尔人(阿拉伯人)的战争中取得了重大胜利。但由于叛徒加奈隆与敌人内外勾结,罗兰统领的后卫部队在凯旋途中遭到数倍敌人的伏击。罗兰奋勇杀敌,终因寡不敌众,全军覆没,罗兰壮烈牺牲。最后,查理大帝挥师返回,歼灭敌人,处死叛徒,罗兰的灵魂在神的引领下进入天堂。史诗歌颂了国王的贤明伟大,歌颂了罗兰的忠君爱国,谴责了叛徒叛国卖主的可耻行为,表现了反对分裂割据、维护国家统一的社会理想。

罗兰是史诗重点描写的英雄人物。他不仅体魄魁梧,武艺高强,而且具有自觉的忠君爱国的思想意识。他为了保卫"可爱的法兰西",为了维护国王查理大帝的荣誉,即使在敌众我寡的险恶形势下,仍然怀着视死如归的决心同敌人血战到底,表现了赤胆忠心、大义凛然的英雄气概。罗兰身上闪耀着爱国主义的思想光辉,也显示出封建的和基督教的思想烙印。

加奈隆是与罗兰相对立的叛徒形象,他本是查理大帝派遣与敌人谈判的使臣,但心胸狭窄,对罗兰怀有怨恨,加之经不起敌人的利诱,竟然叛国投敌。加奈隆的形象揭露了封建贵族自私自利、尔虞我诈、出卖国家民族利益的丑恶行径。

查理大帝是贤明君主的化身。作为一位国王,他明辨是非,办事公正,胸怀坦荡;作为一位统帅,他英勇刚毅,所向无敌,既征服了异族,又平定了叛乱。这正是在当时的历史条件下,确立王权的绝对权威,实现国家统一所需要的理想君主。

5.骑士文学是封建骑士制度的产物,是世俗的封建文学,主要内容是描写封建主豢养的骑士们尚武冒险的征战生活以及他们与贵妇人之间的典雅爱情,赞美以"忠君、护教、行侠"为核心内容的骑士精神。

骑士文学的主要体裁有骑士抒情诗和骑士叙事诗两种,前者以"破晓歌"为代表,它描写骑士与贵妇人晚间幽会后,在破晓时分依依惜别的情景,真挚动人。后者以描写不列颠王亚瑟和他的圆桌骑士的传奇故事数量最多,影响最大。这些作品把亚瑟王描写成热情好客的君主,他在宫中摆放圆桌,留设座位,招来了四方功勋显赫而又浪漫多情的骑士,并由此引发叙述他们各自的冒险经历与浪漫爱情。骑士文学虽然粉饰美化了骑士残暴寄生的本性,但也表现了反对宗教禁欲主义、追求世俗享乐、肯定人情人性的进步意义,这与后来的人文主义思想是一脉相承的。在艺术上,骑士文学夸饰的语言、浪漫的情调、离奇的故事、巧妙的结构、流畅的叙事手法、细致的心理描写,都对后来的文学产生过积极的影响。

6.城市文学又称市民文学,它是随着工商业城市的兴起和市民阶级的壮大,在民间文学的基础上发展起来的,主要反映市民的思想情趣、要求愿望。

长篇叙事诗《列那狐传奇》是城市文学的代表作,它以寓言故事的形式和动物人格化的手法,影射社会现实。诗中专横昏庸的狮子是国王的化身,狼、熊、驴等大型动物象征贪婪愚蠢而又野蛮残暴的宗教僧侣和封建贵族,列那狐则是市民的形象写照。一方面,列那狐无权无势,经常受到那些凶猛动物的欺压,但它却凭着机智与狡猾从容应对,巧妙周旋,不仅屡屡得胜,还让对手大吃苦头,表现了市民阶级反对宗教势力与封建势力的专制统治,谋求自身权益的曲折斗争;另一方面,列那狐也经常欺负、捉弄像兔子、乌鸦和鸡一类的弱小动物,表现了欺善怕恶、弱肉强食的本性。长诗具有强烈的现实性与讽刺性,揭露、嘲笑了统治阶级的丑恶嘴脸,赞扬了市民的聪明才智与乐观主义的斗争精神。在艺术上则采用广大群众喜闻乐见的形式,名为长诗,实则由众多相互独立又相互联系的小故事组合而成，短小精悍，生动活泼，通俗平实，深受读者欢迎。

　　7.但丁作为新旧交替时代的伟大诗人，他的思想是矛盾复杂的。《神曲》作为但丁的代表作，既有中世纪封建主义和基督教神学的烙印，又闪烁着新时代人文主义的思想火花，主要表现在以下三个方面：

　　①《神曲》揭露了教会的黑暗腐败和僧侣教士的贪赃枉法，但并不否定基督教。在诗人笔下，那些道貌岸然的教皇、主教、僧侣、教士大都是为非作歹的宗教骗子，他们有的权欲熏心，干预政事；有的残害政敌，滥杀无辜；有的搜刮钱财，买卖圣职。教皇尼古拉第三、大主教罗吉埃利以及尚未死去的教皇包尼法西八世等，都是恶贯满盈的人物，但丁把他们的灵魂投入了深层地狱接受酷刑惩罚。另一方面，诗人又对基督、圣母、圣子这些宗教圣灵以及殉难的圣徒、虔诚的信众、为讨伐异教而牺牲的十字军战士等大加赞美，把他们供奉在光芒照耀的天堂中。

　　②《神曲》谴责了封建贵族分裂割据、叛国卖主、挑动战争、鱼肉人民的恶德败行，表达了实现政教分离和国家统一的热切期望。然而，诗人又把国家民族的大业寄托在贤明君主的身上，他把许多英明、正直的君主的亡灵都供奉在天堂里，日耳曼皇帝亨利七世当时还没有死，诗人就为他的灵魂在天堂预留了位置。

　　③《神曲》所设计的人类弃恶从善的道路是以基督教神学为基础的：人的七情六欲是罪恶之源，要在地狱中受到惩罚，在炼狱中修炼，如能忏悔洗过，便可升入天堂。在诗中，诗人还对基督教神学和经典哲学作了繁琐的阐释。但另一方面，又对古希腊罗马等异族文化加以肯定和赞扬，称赞荷马、柏拉图、亚里士多德和贺拉斯等人为"伟大的精灵"，虽把他们放在地狱第一层的"候判所"，却没有受到惩罚。诗人还以崇敬的心情把维吉尔奉为导师，让他引导自己游历地狱和炼狱。然而，维吉尔作为理性的化身，他可以引导人走出迷途困境，却不能达到光明至善的境界，唯有代表信仰的贝特丽采才能引导人走上天堂。但丁最终未能摆脱基督教神学的思想束缚。

　　8.《神曲》在艺术上取得了很高的成就。

　　首先，但丁把中世纪盛行的形象、梦幻等艺术手法发挥到了极致。

诗中的内容取材于现实生活，却通过象征、梦幻的形式表现出来。黑森林象征意大利社会，豹、狮、狼三头猛兽象征邪恶势力，维吉尔象征理性，贝特丽采象征信仰，幻游"地狱——炼狱——天堂"象征人类弃恶从善、达到光明至善境界的精神历程。整部作品在神秘的外表下面隐含着深刻的思想内容。

其次是结构宏大、严谨，全诗依照地狱、炼狱、天堂三界划分为三部，每一界又划分为九层，每一部划分为 33 篇，加上序诗共计 100 篇。其中每节诗又由 3 行组成，奇偶连韵。整部作品匀称工整，独具匠心。

最后，采用意大利语言写作，而不是采用通行的拉丁语写作，这对于促进意大利民族语言的统一和民族文学的发展发挥了很大的影响。

第三章　文艺复兴时期文学

Ⅰ.重点提要

第一节　概述

一、历史背景

　　14 世纪至 16 世纪是欧洲中世纪末期,封建社会逐步衰落解体,资本主义因素日益发展壮大,然而资产阶级在政治上尚处于弱势地位。资产阶级的精英们为了资本主义的自由发展,为了替资产阶级登上历史舞台开辟道路,掀起了一场声势浩大的全欧性的反封建、反教会的思想文化运动,史称文艺复兴运动。

　　文艺复兴反封建、反教会的思想武器是人文主义,它的主要内容有以下几方面:

　　①用人性反对神权。封建社会宣称神高于一切、主宰一切,人只不过是神的忠顺、渺小的奴仆。人文主义者则以人性论对抗神权论,他们肯定人的天性、人的价值与人的尊严,赞美人的崇高理性、优秀品质和创造能力。

　　②用个性解放反对禁欲主义。封建教会宣扬禁欲主义,要求人们克制欲望,安贫乐道,放弃现世幸福,任凭统治者宰割。人文主义者则

提倡个性解放,鼓吹人们追求个人自由与个人幸福,追求发财致富与现世享乐。

③用理性反对蒙昧主义。封建教会宣扬宗教迷信,垄断教育,用蒙昧主义愚弄人民。人文主义者则宣扬理性,重视科学文化知识,启发人的聪明才智,鼓励人们勇于追求真理的探索精神。

④拥护中央集权,反对封建割据。封建割据导致国家分裂,战乱不断,资产阶级在当时无力掌握国家政权的情况下,主张确立强大的王权政治,建立中央集权的统一国家,以便维护社会安定,促进资本主义的发展。

人文主义作为新兴资产阶级的意识形态,具有反对封建专制和宗教束缚的积极意义,推动了生产力的发展和社会的文明进步,符合广大人民的根本利益。但是,人文主义者所肯定的"人"实质上只是资产阶级自身,人文主义不可避免地打上了狭隘的资产阶级烙印。

文艺复兴在继承古希腊罗马文学和中世纪文学的基础上,诞生了新兴的人文主义文学,这是欧洲近代文学的开端,由此开创了欧洲文学繁荣发展的新时代。

人文主义文学作为新兴资产阶级的文学,具有鲜明的思想艺术特征:①强烈的反封建、反教会倾向。作家们以人文主义作武器,对封建贵族和教会僧侣的恶德败行进行辛辣讽刺,对当时的反封建专制斗争起了积极的推动作用。②自觉的现实主义创作方法。作家们面向现实,积极投身现实斗争,把文学艺术当作反映现实的镜子,因而他们的作品在广泛描写社会生活方面,在塑造典型化人物形象方面,都达到了前所未有的水平。③独特的民族色彩。随着统一的民族国家的形成,作家们致力于采用民族语言写作,以反映本民族的社会生活与风土人情,从而建立起独具特色的民族文学。

二、文学概况

意大利是文艺复兴的发源地,14世纪中叶文艺复兴已显露端倪。彼特拉克(1304~1374)和薄迦丘(1313?~1375)是人文主义文学的先驱。彼特拉克的代表作是抒情诗集《歌集》,主要内容是歌咏劳拉的优美体态和诗人对她难以割舍的爱恋之情,表现了要求冲破禁欲主义束缚的思想倾向。薄迦丘的代表作是短篇小说集《十日谈》,通过讲故事的形式揭露了封建贵族的专横暴虐,抨击了教会的黑暗腐败和教士的荒淫无耻,歌颂了青年男女追求爱情幸福、享受现世生活的正当要求,反对禁欲主义,提倡个性解放。在艺术上采用大故事套小故事的框型结构,以一条主线串联许多小故事。16世纪是意大利文艺复兴的鼎盛时期,阿里奥斯托(1474~1553)和塔索(1544~1594)是这个时期的著名作家。前者以诗体传奇《疯狂的罗兰》闻名于世,长诗描写罗兰为爱情而疯狂的故事,歌颂了对爱情的忠贞、执著和忘我牺牲精神。后者的传世之作是《被解放的耶路撒冷》,描写十字军东征讨伐异教徒、解放圣城耶路撒冷的故事。在歌颂基督教的过程中,赞美了超越宗教信仰的浪漫爱情。

德国在文艺复兴时期仍然处于四分五裂状态,封建割据严重阻碍了资本主义的发展,文艺复兴运动主要表现为以马丁·路德为代表的宗教改革。人文主义文学未能取得令人瞩目的成就,但民间文学相当繁荣,尤以浮士德的故事流传得最广,影响最大。

法国在16世纪已建立了统一的民族国家,中央集权的君主政体不仅促进了资本主义的发展,也有利于人文主义文学的繁荣。以龙沙(1524~1585)为代表的"七星诗社"致力于创建民族诗歌和规划民族语言。龙沙的诗作以讴歌生活、讴歌爱情引发人们的共鸣,被誉为法国近代第一位抒情诗人。蒙田(1533~1592)是著名思想家、散文家,他的《随笔集》开创了一代文体新风,在淡泊平静、闲适随意的言谈中,表达了对传统观念的怀疑与挑战,对人性、知识、真理的思索与探求。法国人文主义文学的杰出代表是拉伯雷(1494?~1553)。

西班牙在15世纪末16世纪初取得了反侵略战争的胜利,完成了国家统一。此后,随着美洲新大陆的发现和海外殖民扩张,西班牙成为欧洲最富有、最强大的国家。然而,由于封建教会势力的顽固,人文主义文学发展缓慢,至16世纪中叶才进入文学的"黄金时代"。塞万提斯(1547~1616)和维加(1562~1635)是最具代表性作家。维加是西班牙民族戏剧奠基人,一生创作极为丰富,流传下来的剧本多达400余部,最著名的当推《羊泉村》。该剧描写了羊泉村村民英勇的抗暴斗争,一方面揭露了封建贵族的专横暴虐,赞扬了农民群众的革命精神,另一方面歌颂了国王的贤明公正,表现了人文主义者矛盾复杂的政治态度。流浪汉小说《小癞子》是一部思想内容和艺术手法十分独特的作品,它通过小癞子的流浪生活广泛描写了西班牙社会的人生百态,被视为欧洲流浪汉小说的滥觞。

　　英国在 16 世纪中叶达到了国力鼎盛时期,一举击败西班牙而称霸世界,人文主义文学也迎来了发展高潮,其成就高居欧洲文学之榜首,乔叟(1340?～1400)是英国人文主义文学的早期代表,他的诗体小说《坎特伯雷故事集》采用朝圣香客轮流讲故事的形式,揭露了教会僧侣虚伪、丑恶的嘴脸,肯定了人们追求世俗爱情、满足人性欲望的正当要求。托马斯·莫尔(1478～1535)是杰出思想家、政治家,他的著名小说《乌托邦》一方面揭露了资本主义侵入农村,强行"圈地运动"修建牧场,迫使广大农民流离失所,造成"羊吃人"的悲剧;另一方面描写了一个建立在岛国上的乌托邦社会,在那里,人们热爱劳动,自由平等,财产公有,没有金钱交易,没有压迫剥削,这表现了作家空想的社会理想。著名诗人斯宾塞(1552～1599)一生创作了许多以爱情为主题的诗歌,其中以《仙后》最为人称道。长诗描写仙后葛罗丽亚娜派遣 12 位骑士去消除灾难的冒险事迹,既歌颂了乐观、进取的人生态度和欢乐、浪漫的爱情,同时也渗透着神秘的宗教观念。文艺复兴时期的英国戏剧十分活跃,剧院众多,演出频繁,作家辈出。以马洛(1564～1593)为代表的"大学才子派",为英国民族戏剧的发展做出了重要贡献。莎士比亚的戏剧创作代表了英国戏剧的最高成就,也是文艺复兴时期欧洲文学的最高成就。

第二节　拉伯雷

　　拉伯雷(1494?～1553)是文艺复兴时期法国最重要的作家,也是一位兴趣广泛、学识渊博的人文主义"巨人"。拉伯雷在文学方面的杰出成就是五卷本长篇小说《巨人传》,此书在写作、出版过程中屡遭查禁,作家与出版商惨遭迫害,充分反映了封建宗教反动势力对人文主义思想的恐惧与仇恨。

《巨人传》以神话般的人物形象,荒诞不经的故事情节,妙趣横生而又略显油滑粗俗的独特风格,表现了反封建、反教会的严肃主题,歌颂了新兴资产阶级"巨人"般的力量,描绘了人文主义的乌托邦理想,具有鲜明的时代特色和丰富的思想内容。

小说中的巨人父子高康大、庞大固埃,身躯壮硕,食量惊人,力大无比,才智超群。他们受过良好的人文主义教育,德才兼备,全知全能,具有乐观向上的天性和一往无前的进取精神,无论在保家卫国、抗击敌人的战斗中,还是在追求真理的艰难跋涉中,都表现出大智大勇的巨人本色。这种对人的天性、人的才智、人的力量、人的价值的充分肯定与热情讴歌,无疑是对封建宗教神权的大胆挑战,表现出新兴资产阶级反封建、反教会的战斗激情与乐观信念。

小说无情地揭露了教会僧侣专横暴虐、骄奢淫逸的丑恶嘴脸,批判了宗教迷信、繁琐哲学对人的思想禁锢与精神奴役,谴责了封建统治者穷兵黩武、发动战争的罪恶行径,揭穿了司法机关徇私舞弊、贪赃枉法的黑暗内幕。同时,大力宣扬了畅饮知识、畅饮爱情的新思想,倡导"随心所欲,各行其是"的人生哲学,表现了追求个人自由、个人解放、尊重人性、尊重知识的人文主义精神。

小说采用了人民群众喜闻乐见的讲故事形式以及荒诞夸张、冷嘲热讽、嬉笑怒骂的艺术手法,对后世文学产生了深远的影响。

第三节　塞万提斯

塞万提斯(1547～1616)是文艺复兴时期西班牙最杰出的作家。他出身贫寒,一生坎坷,曾多次入狱,晚景凄凉。他的长篇小说《堂吉诃德》、短篇小说《惩恶扬善故事集》、长诗《巴那索神山瞻礼记》以及戏剧《奴曼西亚》、《八出喜剧和八出幕间短剧集》等,都是在艰苦恶劣的环境中写作完成的。

《堂吉诃德》是欧洲文学史上划时代的杰作。小说主人公堂吉诃德是一位年近五十的穷乡绅，他因为阅读骑士小说入迷，于是便身跨瘦马，手执长矛，披挂祖传的破旧铠甲，带着一名随从，还册封了一位牧猪姑娘做贵夫人，模仿古代骑士去周游天下，以实行他所崇拜的骑士道。他一路上扶危救困，仗义行侠，却闹出了许许多多令人啼笑皆非的荒唐事，受尽了别人的嘲笑、辱骂、毒打，结果一事无成，狼狈不堪地回到家里，郁闷而死。

堂吉诃德是不朽的艺术典型。他生活在文艺复兴的新时代，领受到人文主义进步思想的影响，但却无法摆脱腐朽没落的封建意识与骑士精神的迷惑，从而对许多日常事理判断失误，是非混淆。他张扬正义，憎恨邪恶，怀抱匡时济世的良好动机，却又不自量力、不合时宜地采用单枪匹马横冲直撞的方式，鲁莽行事，结果事与愿违。堂吉诃德性格鲜明而又复杂，既睿智又疯癫，既清醒又糊涂，既可敬可爱又可怜可笑，集中体现了西班牙社会的矛盾复杂性与作家思想的矛盾复杂性。

小说中的桑丘形象与堂吉诃德既相互对立，又相互补充。一主一仆，一个高瘦，一个矮胖，一个耽于狂热，一个冷静实际，一个在虚幻中遨游，一个脚踏实地求生存。两人相反相成，相映成趣。

《堂吉诃德》体现了现实主义的创作原则。小说的故事情节貌似荒诞，却是西班牙社会现实的真实写照，无论是堂吉诃德心目中荒诞的真实或是生活中真实的荒诞，都揭露了西班牙黑暗腐败的社会状况，反映了人文主义与封建主义的矛盾冲突，具有重要的现实意义与认识价值。小说把塑造典型形象置于艺术创作的中心地位，情节结构、事件安排、人物配置、环境描写等，都是为塑造堂吉诃德这个主要人物服务的，从而使这一艺术典型千古不朽。小说采用戏拟、反讽的手法，对流行一时的骑士小说进行嘲讽、颠覆，也为后世的小说创作提供了艺术借鉴。

第四节　莎士比亚

莎士比亚（1564～1616）是英国著名戏剧家，也是欧洲文艺复兴文学最杰出的代表。他一生创作了戏剧37部，长诗2首，十四行诗1卷。

莎士比亚戏剧创作分为三个时期：

1.早期(1590～1600)以历史剧、喜剧为主。早期历史剧一般通过丰富生动的情节、众多的人物形象和广阔的场景,表达了反对封建割据、拥护中央集权的人文主义政治思想。在《亨利四世》、《亨利五世》这两部历史剧中,塑造了两位符合资产阶级要求的理想君主。《仲夏夜之梦》、《威尼斯商人》、《无事生非》、《皆大欢喜》、《第十二夜》等是早期的优秀喜剧,这些作品大都以描写青年男女追求个性解放、爱情自由为主题,反映了人文主义的生活理想,充满乐观、欢快的浪漫情调。《罗密欧与朱丽叶》是一部具有喜剧色彩的悲剧,描写一对青年恋人由于双方家族是世仇而无法结合,最后酿成了双双殉情悲剧。这出戏虽然以两家人的和好作为收场,但作家反对封建贵族的分裂内讧与包办婚姻的态度是鲜明的。

2.中期(1601～1607)主要创作是悲剧,尤以《哈姆莱特》、《奥瑟罗》、《李尔王》、《麦克白》这四大著名悲剧达到了辉煌的艺术顶峰。《奥瑟罗》中的奥瑟罗既是一位光明磊落、英勇豪爽的将领,又是一位心胸狭窄、嫉妒多疑的丈夫,人性的弱点导致了他的爱情悲剧。《李尔王》中的李尔王是个专制独裁、刚愎自用的昏君,他的悲剧揭示了资本主义对封建人伦关系的彻底破坏,批判了资产阶级自私自利的恶德败行。《麦克白》描写了麦克白从一名战功显赫的英雄堕落为弑君篡位的凶手的蜕变过程,谴责了个人野心恶性膨胀给个人与社会带来的危害。莎士比亚中期创作的悲剧着眼于表现人文主义理想与黑暗社会现实之间、人性的光明与丑恶之间尖锐复杂的矛盾冲突,具有深刻的社会内容。这些作品风格悲愤沉郁,艺术技巧更加圆熟,其五光十色的社会背景、曲折跌宕的故事情节、复杂丰满的人物个性以及生动流畅的语言等,为后世的欧洲戏剧树立了不朽的艺术丰碑。

3.后期(1608～1612)一般称传奇剧时期。这个时期的剧作虽对社会现实有所揭露,但批判锋芒大为减弱,艺术上则追求神奇魔幻的效果。在《暴风雨》中,通过普洛斯彼罗公爵与他弟弟争权夺位的斗争,一方面揭露了封建统治集团的勾心斗角、尔虞我诈,另一方面宣扬了人性善良、改恶从善的思想,寄托着对人文主义理想的执著期盼。

《哈姆莱特》代表了莎士比亚戏剧的最高成就。剧本取材于12世纪丹麦史,通过丹麦王子哈姆莱特为父复仇的故事,反映了人文主义思想与封建专制统治的矛盾冲突。

《哈姆莱特》具有强烈的反封建意义。剧本真实地描写了封建统治的黑暗腐败和危机四伏的社会形势,作家借哈姆莱特之口指出:"丹麦是一所牢狱。"这是对英国社会现实的影射。剧本无情地揭露、批判了以克劳狄斯为代表的封建邪恶势力,他不仅弑君篡位,娶嫂为妻,道德沦丧,而且虚伪奸诈,阴险狠毒,既表现了专制暴君的特点,又折射出资产阶级野心家、冒险家极端个人主义的本性。

哈姆莱特是世界文学史上不朽的艺术典型。他集中体现了文艺复兴时代人文主义者的先进思想、优秀品质、斗争精神与历史局限。哈姆莱特具有完整的人文主义思想体系。他赞美人是"宇宙的精华,万物的灵长",歌颂人的高贵理性、伟大力量、优美仪表和文雅举动;他重友谊、重爱情,主张人与人真诚相处、平等相待;他尊崇父王的贤明正直,反对克劳狄斯等人的倒行逆施,表达了开明君主的政治理想;他痛感朝政腐败,自身处在"一个颠倒混乱的时代"之中,决心为父亲报仇雪耻,"负起重整乾坤的责任"。然而,他又害怕革命、害怕群众,只能孤军奋战,势单力薄,不时出现思想犹豫、行动延宕以及悲观、忧郁情绪。哈姆莱特最终战胜了敌人,自己也饮恨而亡,这不只是个人的悲剧,也是人文主义者的悲剧,时代的悲剧。

《哈姆莱特》体现了莎士比亚戏剧的艺术特色。

①故事情节的生动性与丰富性。剧本由三条互相交织的复仇线索组成,其中哈姆莱特的复仇为主线,雷欧提斯、小福丁布拉斯的复仇为副线。此外,还穿插了哈姆莱特与奥菲利娅的爱情、哈姆莱特与霍拉旭等人的友谊,以及波洛涅斯一家父子兄妹之间的关系,设置了鬼魂出现、佯装疯癫、戏中戏、误杀波洛涅斯等情节,从而使整出戏的故事情节充实饱满,曲折跌宕,扣人心弦。

②人物形象的典型性与多样性。剧本人物众多,性格鲜明,除了哈姆莱特这个不朽的艺术典型之外,其他人物也都栩栩如生,各具个性特点,如奥菲利娅的天真柔弱、霍拉旭的理智冷静、雷欧提斯的简单鲁莽、克劳狄斯的阴险毒辣、波洛涅斯的昏庸老朽,等等,都令人过目难忘。

③语言准确、鲜活、多姿多彩。莎士比亚戏剧多采用无韵诗体,兼有散文与诗歌的特色,融哲理与抒情、文雅与粗俗为一体。人物语言因人而异,因地而异,运用得当。在《哈姆莱特》中,作家为哈姆莱特设置了六段重要独白,既深刻揭示了人物的内心活动,又是一首首脍炙人口的诗篇。

Ⅲ.思考练习

一、填空题

1.14~16世纪欧洲大陆爆发的一场反封建反教会的思想文化运动,史称____。

2.文艺复兴的思想武器是____。

3.欧洲文艺复兴的策源地是____。

4.德国的文艺复兴运动主要表现为____。

5.意大利人文主义文学先驱是____和____,他们的代表作分别是《____》和《____》。

6.意大利文艺复兴著名诗人阿里奥斯托的代表作是《____》。

7.意大利文艺复兴著名诗人塔索的代表作是《____》。

8.法国文艺复兴最著名的散文家是____,他的代表作是《____》。

9.法国文艺复兴最杰出的作家是____,他的代表作是《____》。

10.法国文艺复兴时期最著名的文学社团是以____为代表的____。

11.西班牙文艺复兴最杰出的作家是____,他的代表作是《____》。

12.西班牙民族戏剧的奠基人是____,他的代表作是

《_____》。

13.西班牙最著名的流浪汉小说是《_____》。

14.英国人文主义文学的早期代表是_____,他的代表作是《_____》。

15.英国早期空想主义小说的代表作是《_____》,其作者是_____。

16.英国文艺复兴著名诗人斯宾塞的代表作是《_____》。

17.英国文艺复兴最杰出的作家是_____。

18.莎士比亚早期历史剧的代表作是《_____》,剧中塑造了一个著名的喜剧式人物、破落贵族_____。

19.莎士比亚早期喜剧中最具社会讽刺意义的作品是《_____》。

20.莎士比亚创作的四大悲剧是《_____》、《_____》、《_____》、《_____》。

21.莎士比亚传奇剧代表作是《_____》。

二、简述题

1.何谓文艺复兴?文艺复兴的时代背景与历史意义是什么?

2.何谓人文主义?人文主义包含哪些重要的思想内容?

3.简述《十日谈》的思想意义与艺术成就。

4.简述《巨人传》的思想倾向与艺术手法。

5.《小癞子》体现了流浪汉小说的哪些主要特征?

6.简述维加《羊泉村》的思想倾向及其进步意义。

7.《堂吉诃德》主要人物形象分析。

8.简述《堂吉诃德》的艺术成就及其在欧洲文学史上的地位。

9.简述《威尼斯商人》的情节结构与艺术特色。

10.简述《麦克白》的戏剧冲突与思想倾向。

11.哈姆莱特是一个什么样的艺术典型?

12.《哈姆莱特》的艺术成就与艺术特色是什么?

Ⅲ. 参考答案

一、填空题

1. 文艺复兴运动
2. 人文主义
3. 意大利
4. 宗教改革
5. 彼特拉克　　薄迦丘　　《歌集》　　《十日谈》
6. 《疯狂的罗兰》
7. 《被解放的耶路撒冷》
8. 蒙田　　《随笔集》
9. 拉伯雷　　《巨人传》
10. 龙沙　　"七星诗社"
11. 塞万提斯　　《堂吉诃德》
12. 维加　　《羊泉村》
13. 《小癞子》
14. 乔叟　　《坎特伯雷故事集》
15. 《乌托邦》　　托马斯·莫尔
16. 《仙后》
17. 莎士比亚
18. 《亨利四世》　　福斯塔夫
19. 《威尼斯商人》
20. 《哈姆莱特》　　《奥瑟罗》　　《李尔王》　　《麦克白》
21. 《暴风雨》

二、简述题

1. 文艺复兴是 14 世纪至 16 世纪欧洲新兴资产阶级发动的一场反

封建、反教会的思想文化运动。当时，封建社会逐步衰落解体，资本主义因素日益发展壮大，然而资产阶级在政治上尚处于弱势地位。为了促进资本主义的自由发展，为了替资产阶级登上历史舞台开辟道路，资产阶级的先进分子首先从思想文化领域入手，反对封建社会的专制统治与精神奴役，反对封建割据与社会动乱，鼓吹建立中央集权国家与开明君主政体，宣扬以人为本的人文主义思想。文艺复兴是欧洲革命性的精神觉醒与思想解放，是从黑暗的中世纪过渡到文明进步的近代社会的历史开端。文艺复兴在继承古希腊罗马文学和希伯来基督教文学的基础上，创立了新兴的人文主义文学，它以强烈的反封建反教会的思想倾向、自觉的现实主义创作方法、鲜明的民族特色和丰富多彩的文学体裁，开创了欧洲文学繁荣发展的新时代。

2. 人文主义是文艺复兴时期新兴资产阶级反封建、反教会的思想武器，它继承融合了以人为本、崇尚理性的古希腊罗马文化和平等、博爱的基督教精神，集中体现了资产阶级新的意识形态和思想体系。人文主义的主要内容：①用人性反对神权。人文主义主张以人为本，认为人是宇宙的中心，万物的主宰，充分肯定人的尊严与人的价值，赞美人的智慧与人的力量，以反对封建社会所宣扬的神高于一切、主宰一切、人只能听命于神，充当神的奴仆的神权论思想。②用个性解放反对禁欲主义。人文主义充分肯定人的天性，反对封建社会的专制统治与精神禁锢，鼓吹个性解放，反对禁欲主义，宣扬人人都有追求个人自由与个人幸福、追求发财致富与现世享乐的权利。③用理性反对蒙昧主义。封建教会宣扬宗教迷信，垄断教育，用蒙昧主义愚弄人民。人文主义提倡理性，宣扬科学文化知识，肯定人的聪明才智，鼓励人们勇于追求真理的探索精神。④拥护中央集权，反对封建割据。封建割据导致国家分裂，战乱不断，严重阻碍资本主义发展。资产阶级在无力掌握国家政权的情况下，力求确立强大的王权政治，建立由开明君主治理的中央集权统一国家，一方面可以抑制封建贵族的政治势力，另一方面可以维护社会稳定，发展经济。

3. 薄伽丘代表作《十日谈》的中心主题是反对禁欲主义，鼓吹个性解放与爱情自由，宣扬幸福在人间的人文主义思想。小说以嬉笑怒骂的笔法,无情地揭露了封建贵族的专横暴虐和教会僧侣的腐败荒淫、虚伪无耻。他们表面上道貌岸然,暗地里男盗女娼,在高贵身份和宗教谎言的掩盖下,有的欲火难平,偷情通奸;有的仗势欺人,骗财劫色。如《第九天,爱丽莎的故事》、《第三天,劳丽达的故事》、《第一天,爱米莉亚的故事》等,都描写了这方面的内容,这些故事把封建贵族、教会僧侣的恶德败行无情地暴露在光天化日之下,尖锐地戳穿了他们所宣扬的禁欲主义的虚伪性、欺骗性。在薄迦丘看来,饮食男女乃人性使然,不应当禁锢扼杀,而要顺其自然,让人的天性自由发展。小说中描写男女爱情的故事最多,如《第四天,菲亚美达的故事》、《第五天,潘比妮亚的故事》、《第五天,潘斐洛的故事》,等等,这些故事热烈赞美了青年男女坚贞不渝的浪漫爱情,表达了反对封建教会的等级制度与道德信条,追求爱情自由、婚姻自由的进步思想,同时也肯定了人们放纵情欲,不择手段地追求现世享乐的不轨行为。既批判了禁欲主义,也宣扬了纵欲主义。《十日谈》是欧洲最早的一部现实主义小说,它以写实的手法再现了意大利现实生活的真实面貌,摆脱了中世纪文学神秘诡谲、矫情虚夸的风气。小说采用框型结构,即大故事装小故事的结构形式,用10名青年男女为逃避瘟疫、客居乡间讲故事消遣作五大框架,再把他们在10天中讲述的100个小故事"装"在里面串连成为一体。这种巧妙的结构方式来源于民间文学,对后世欧洲小说艺术产生过不小的影响。

　　4.拉伯雷的小说《巨人传》以荒诞夸张的手法塑造了高康大(卡冈都亚)和庞大固埃父子两代巨人的形象,充分表现了人的优秀品质、非凡能力和坚定乐观的性格。卡冈都亚身躯壮硕,力大无比,食量惊人,才智超群。他一天要喝掉1万7千多头奶牛的奶,做一身衣服要用1万多尺布,他站在神圣的巴黎圣母院钟楼上撒尿,一泡尿就淹没了20多万人,他还摘下圣母院的大钟做马铃铛,令人惊叹不已。当外敌入侵之时,那些僧侣贵族惊慌失措,卡冈都亚艺高胆大,把敌人杀得落荒而逃。庞大固埃酷似乃父,他出生时竟从母亲肚子里带出来几十匹载满食品的驴子、骆驼和大车,出生不久就把一头狗熊撕成碎块吃掉。长大后赴巴黎读书,不仅学到了丰富的科学知识,而且成了能文能武的全才。在辩论会上,他以不烂之舌把那些满脑子繁琐哲学的大学教授、神学博士辩驳得哑口无言，狼狈不堪。在与强敌巨人军队作战中，凭着计谋和武力把敌人杀得丢盔弃甲，他腰间拴着一艘装满18担海盐的大木船，只要向敌阵抛去，足以置敌人于死地。此后，他又与巴汝奇一起长途跋涉，踏上了寻找象征着智慧源泉的"神瓶"的坎坷旅程。这表现了渴求知识、追求真理的探索进取精神。小说塑造卡冈都亚、庞大固埃神话般的巨人形象，是对人的尊严、人的价值的充分肯定，是对人的力量、人的智慧的高度赞美，是对贬低人、压制人的中世纪神学的有力对抗。在小说中，卡冈都亚建造的德廉美修道院也和中世纪的修道院全然不同，它没有扼杀人性的法规戒律，唯一的信条是"随心所欲，各行其是"。那里的男女修士相貌端庄，体格健壮，秉性善良，气宇轩昂，他们可以自由自在地生活，可以接受科学文化教育，可以正大光明地结婚，可以无拘无束地发财致富，人的天性得到充分的尊重和发展。所有这些，都体现了人文主义以人为本的新观念，体现了追求个人自由、个性解放的理想，体现了反封建教会的战斗激情与乐观信念。《巨人传》最主要的艺术手法是夸张和讽刺，小说对巨人形象和巨人风采的描写夸张到了荒诞不经的程度，而对封建社会的黑暗腐败的描写则是冷嘲热讽，整部作品通过妙趣横生的人物故事和嬉笑怒骂的语言来表现严肃的主题。

5. 流浪汉小说是文艺复兴时期独特的小说文体，它继承了中世纪市民文学的传统，深受平民百姓所喜爱。《小癞子》作为一部代表性作品，鲜明地体现了流浪汉小说主要的思想艺术特征：①小说的主人公是个可爱、可怜甚至有点可鄙的小人物。小癞子并非高大完美的英雄，亦非罪行累累的恶棍，而是一个受尽权势欺凌、饱尝人间疾苦并沾染了不良习气的社会底层人物。小癞子本性纯朴，不谙世事，憎恨社会丑恶，最后却与丑恶社会同流合污。小癞子的形象概括了城市贫民的生活感受、思想情趣与精神缺陷。②小说采用人物自述的形式，通过小癞子独特的视角去观察社会，臧否人物，揭露了混迹下层社会的乞丐、仆役、落魄贵族、警察、流氓无赖等人物的畸形生活与丑恶嘴脸，谴责了神父、教士、修士等神职人员的恶德败行与卑鄙无耻，展示了处于封建没落时代西班牙社会的种种弊端，具有浓郁的生活气息和现实主义色彩。③小说采用串连式的结构。它以主人公的流浪经历作为主线，把形形色色的人物事件串连起来,连缀成一体。这种小说结构虽有牵人就事之弊,每个小故事之间缺乏内在、必然的紧密联系,但其灵活随意,给作家提供了极大的描写空间,笔锋无拘无束,自由驰骋,非常适合于展示光怪陆离的社会人情世态。这种流浪汉小说的结构模式,对西方小说艺术影响很大,后来的许多著名作家作品,如塞万提斯的《堂吉诃德》,菲尔丁的《汤姆·琼斯》,狄更斯的《匹克威克先生外传》,马克·吐温的《汤姆·索亚历险记》、《哈克贝利·费恩历险记》等,都采用了流浪汉小说的结构模式。

6. 维加是西班牙民族戏剧的奠基人,《羊泉村》是他的代表作。剧本生动描写了羊泉村村民不堪忍受封建骑士团的欺压奴役,团结奋起武力抗暴的故事。剧中的骑士团队长费尔南是割据一方的封建领主,他对外扩张地盘,挑起战乱,对内专横暴虐,鱼肉百姓。他倚仗权势,在羊泉村胡作非为,公然在光天化日之下凌辱妇女。为了强行占有羊泉村村长的女儿劳伦霞,他竟然在婚礼上把新娘劳伦霞掳走,并逮捕了新郎弗隆多梭,准备处以死刑。这激起了羊泉村村民的无比愤慨,他们在劳伦霞的鼓动下,拿起武器,高呼“国王万岁!”“羊泉村万岁!”的口号,冲进骑士团城堡,杀死了费尔南,并瓜分了他的财产。剧本彻底颠覆了中世纪对封建骑士歌功颂德的骑士文学,把费尔南描写成一个臭名昭著、恶贯满盈的“暴君”、“叛贼”,并热情歌颂了农民群众齐心协力的暴力斗争,这在当时历史条件下十分难能可贵。剧中的羊泉村村长埃斯台班等人本是安分守己的顺民,他们的武力抗暴是官逼民反,而且自始至终都表示归顺“天赐予我们的国王”。剧本的结局是国王贤明公正,赦免了村民的暴乱之罪。这表明了人文主义拥护中央集权和开明君主的政治主场。

7. 塞万提斯的《堂吉诃德》在欧洲文学史上的主要贡献是成功塑造了堂吉诃德这个不朽的艺术典型。堂吉诃德是个沉迷于骑士小说的穷乡绅,他生活在文艺复兴的新时代,却深受腐朽没落的封建意识与骑士精神的影响。他模仿中世纪骑士的做派,身跨瘦马,手执长矛,披挂祖传的破旧铠甲,带着一名随从,还册封了一个牧猪姑娘做贵夫人,便昏昏然、飘飘然离家外出,周游天下。他怀着“冒大险、成大业、立奇功”的雄心壮志,一路上扶危解困,仗义行侠。然而,满脑子骑士小说的奇思异想,又使他对基本的日常事理判断失误,是非混淆,闹出了许多令人啼笑皆非的荒唐事。他把客店当城堡,把风车当巨人,把羊群当魔鬼军队,把赶路的贵夫人当落难公主,把拜神求雨的农民当劫匪,由此吃尽苦头,身心俱伤。堂吉诃德毕竟生活在文艺复兴时代,因而也受到人文主义思想的影响,对社会、政治、法律、道德和文学艺术等问题不乏真知灼见。他认为自由是天赐的无价之宝,不自由而受奴役是人生最痛苦的事。他主张打破门第观念,认为血统是上代传袭的,美德是自己培养的,美德有本身的价值。他提倡司法公正,认为为官断案,须撇开私念,尽力实事求是,切忌只耳听富人的声音,还要眼看穷人的眼泪。在这些思想指导下,堂吉诃德匡时济世的动机是良好的、高尚的。然而,他那脱离实际、不自量力、单枪匹马横冲直撞的鲁莽行径,又是中世纪的骑士遗风,其结果往往事与愿违,他搭救过一个受地主毒打的牧童,却为牧童招来更严厉的惩罚;他释放了一队被押解的囚犯,囚犯却恩将仇报,把他痛打一顿;他幻想在桑丘担任"总督"的海岛上施行改革,却落入公爵夫妇设计的圈套,备受捉弄,无功而返。堂吉诃德性格鲜明而复杂,他既睿智又疯癫,既清醒又糊涂,既可敬可爱又可怜可笑。这一方面反映了人文主义与封建反动势力的矛盾冲突,人文主义者不满黑暗丑恶的社会现实,却又没有能力改变它,于是,崇高的理想变成了滑稽的荒唐。另一方面也反映了人文主义者自身的矛盾,他们怀抱良好动机,具有献身精神,但又脱离实际、脱离群众,仅凭单枪匹马个人奋斗,只能事与愿违,可悲可笑。

8.《堂吉诃德》是欧洲文学史上划时代的杰作,它总结了以往叙事文学的宝贵经验,奠定了近代长篇小说的基础,取得了杰出的艺术成就:①小说体现了现实主义创作原则。小说的故事情节貌似荒诞,却非神话世界的虚妄,而是西班牙社会现实的真实写照,无论是堂吉诃德心目中荒诞的真实,或是生活中真实的荒诞,都是以现实生活中的人物、事件、环境作基础的。小说通过堂吉诃德的漫游冒险经历,广泛描写了西班牙社会从城市到乡村、从贵族教士到平民百姓的人情世态,揭露了封建专制统治的黑暗腐败与危机四伏的社会状况,反映了人文主义与封建主义的矛盾冲突,具有重要的现实意义与认识价值。②小说成功塑造了堂吉诃德这一不朽的艺术典型。小说采用了广为流传的流浪汉小说的结构模式,但又有了很大的突破和发展,它摆脱了牵人就事的弊病,把描写重点由事件转向人物,着眼于塑造典型人物的艺术形象。作为小说的主人公堂吉诃德始终处于中心地位,情节结构、事件安排、人物配置、环境描写等,都是为了表现他那鲜明复杂的性格。因此,堂吉诃德不是小癫子式的木偶人,而是血肉丰满的艺术典型。③小说采用戏拟、反讽的手法。塞万提斯对骑士小说深恶痛绝,他创作《堂吉诃德》的目的是要把"骑士小说那一套扫除干净"。然而,小说并非从正面对骑士小说进行严厉批判,而是以戏拟、反讽手法对骑士小说进行彻底颠覆。小说套用骑士小说的叙事模式与夸张手法,把堂吉诃德描写成一个沉迷于骑士小说的现代骑士,他的骑士精神、骑士做派以及骑士式的仗义行侠,都是照搬"骑士小说那一套",但却没有古代骑士英雄美人的浪漫爱情和除暴安良的丰功伟业,只有荒唐的闹剧和辛酸的悲剧。这就深刻地揭露了骑士小说的虚伪与毒害,从根本上动摇了它的艺术根基。

9.《威尼斯商人》是莎士比亚喜剧中最具社会意义的重要作品。该剧描写了以威尼斯商人安东尼奥、名门闺秀鲍西娅为代表的人文主义者同犹太人高利贷者夏洛克之间的矛盾冲突,其中以安东尼奥与夏洛克有关"一磅肉"的诉讼为主线,以鲍西娅遵从父命用"三个匣子"选亲为副线,并穿插了夏洛克的女儿杰西卡携款私奔的故事。整出戏矛盾冲突尖锐集中,故事情节丰富生动。安东尼奥身为富商巨贾,却仗义疏财、乐善好施,为帮助朋友解困救难,他不惜冒着极大的风险,签订十分苛刻的契约,向夏洛克高息借贷。夏洛克贪婪自私,唯利是图,他不仅靠高利贷聚敛财富,还要乘人之危置人于死地。鲍西娅善良正直,机智勇敢。在法庭审判中,夏洛克气势汹汹,步步紧逼,执意把安东尼奥推入绝境,鲍西娅巧设妙计,能言善辩,把利令智昏的夏洛克一步一步引入圈套,终于使安东尼奥转败为胜。整出戏最后在皆大欢喜的轻快气氛中落下帷幕:夏洛克改邪归正,免受处罚,他不仅许诺把全部遗产交给女儿继承,还改信了基督教。安东尼奥逃过了劫难,他满载货物的三艘商船平安抵达威尼斯港。鲍西娅和杰西卡都找到了如意郎君，有情人终成眷属。作品宣扬了人文主义重友谊、重爱情、讲仁爱、讲宽恕的思想观念，洋溢着乐观主义精神。《威尼斯商人》最主要的艺术特色是故事情节的丰富性与生动性。整出戏围绕着"一磅肉"契约的矛盾冲突，多条情节线索交叉展开，起伏跌宕，一波三折，在悬念丛生的危机中峰回路转，柳暗花明，最后达到皆大欢喜的完美结局。莎士比亚喜剧不以简单、油滑的插科打诨取悦于人，而是以引人入胜的故事情节给人以轻松愉快的艺术享受。

  10.《麦克白》是莎士比亚悲剧中悲剧色彩最为浓烈的一部。它通过苏格兰贵族领主麦克白的蜕变过程及其悲剧结局，揭露了个人野心对国家社会的危害以及对人性的腐蚀、毁灭作用，表述了反对封建专制、张扬善良人性的人文主义理想。剧中从两个层面展示了正义与邪恶、善良与残暴两种势力、两种心理的矛盾冲突。麦克白本是战功显赫的英雄，在平定叛乱的凯旋途中，受到女巫的蛊惑，潜伏的野心骤然膨胀。借国王登门嘉奖之机，弑君篡位。为了保住来路不正的王位，他嫁祸于两个王子，迫使他们逃往他乡。然后又杀害了跟随他出征的部将班柯，以绝后患。贵族麦克德夫因不服从命令，麦克白竟派人将其家人杀害。最后，逃亡到英格兰的麦克德夫鼓动王子起兵讨逆，在激战中麦克白被击毙，马尔柯姆王子在群众的欢呼声中登上新的王位。正义力量终于战胜了邪恶势力，这体现了作家人文主义的政治立场。剧中还深刻展示了麦克白在蜕变过程中激烈的内心冲突。麦克白原本忠君爱国，英勇杀敌，虽有个人野心，仍不失正直、善良个性。女巫的蛊惑曾令他惊诧，刺杀国王也是在妻子的鼓动和布置下实施的，他的犹豫不决、惊慌失措还受到妻子的责难。然而，"邪恶总是以一点小小的甜头为诱饵，把人引上自取灭亡的道路。"随着他的个人欲望得到越来越多的满足，他的罪恶越来越严重，善良的人性逐渐泯灭，残暴的个性日益猖狂，内心的冲突则有增无减，最后在焦虑惊恐、悲观绝望的精神折磨中死于非命。而他的妻子也由于良心谴责，经受不住人性的拷问，精神崩溃，自杀身亡。麦克白夫妇的悲剧是人性的悲剧，体现了作家谴责残暴、张扬善良人性的思想倾向。

11.莎士比亚的代表作《哈姆莱特》的主人公哈姆莱特,是文艺复兴时代人文主义者的艺术典型,他鲜明、复杂的性格集中体现了人文主义者的先进思想、优秀品质、斗争精神与历史局限,体现了人文主义者反封建斗争的坚定信念与艰难曲折的历程。①哈姆莱特身为王子,却在大学里接受了人文主义的思想教育,他赞美人类是"宇宙的精华!万物的灵长",充分肯定人的"高贵理性"、"伟大的力量"、"优美的仪表"、"文雅的举动",这种对人的热情讴歌显然是与中世纪的神权观念针锋相对的。哈姆莱特重友谊、重爱情,主张人与人之间真诚相见,平等相待,他与奥菲利娅深深相爱,与好友霍拉旭情同手足,这都体现了反对封建传统观念与等级制度的人文主义思想。②哈姆莱特坚持正义,反对邪恶,主张政治开明,社会安定。他痛感朝政黑暗腐败,憎恨奸臣祸国殃民,他清楚地认识到自己身处"一个颠倒混乱的时代","要负起重整乾坤的责任"。他从国外回来奔丧,看到敬爱的父王尸骨未寒,叔父便忙于登基,母亲便准备再嫁,心中十分悲愤。父王鬼魂的嘱托,更令他疑虑丛生。为了进一步查明真相,他佯装疯癫,设计"戏中戏",以观察克劳狄斯的反应。随着克劳狄斯邪恶本性的暴露,哈姆莱特也在一步一步实现他的复仇计划,最后手刃奸贼,为父报仇,为国除害。哈姆莱特的复仇行动绝非个人恩怨,而是关系到整个国家、社会的问题,反映了人文主义的政治立场。③哈姆莱特崇尚理性,头脑冷静,遇事用心思考,决不鲁莽冲动。他自始至终以国家利益与复仇大业为重,不计较个人得失与亲人好友的误解。另一方面,他又脱离群众,害怕革命动乱,孤军奋战,势单力薄,不时出现思想犹豫、行动延宕和悲观忧郁情绪。他多次错失剪除克劳狄斯的机会,甚至认为坏人在祈祷时不能诛杀,以免其灵魂能够进入天堂,这显然是囿于宗教俗见。他最后饮恨身亡,也说明了在强大的邪恶势力面前,人文主义者的确回天乏力。剧中的结语"要是他能够践登王位,一定会成为一个贤明的君主的",则表明了人文主义的政治理想。

12.《哈姆莱特》作为莎士比亚最优秀的剧作,体现了作家卓越的艺术成就和鲜明的艺术特色。①故事情节丰富生动。剧本编织了三条复仇线索,其中以哈姆莱特的复仇为主线,雷欧提斯和小福丁布拉斯的复仇为副线，三条情节线索相互联系，彼此衬托。在复仇情节中，还穿插了哈姆莱特与奥菲利娅的爱情、哈姆莱特与霍拉旭等人的友谊以及哈姆莱特与波洛涅斯一家复杂微妙的关系。而在展开复仇主线的过程中，又设置了鬼魂嘱托、佯装疯癫、戏中戏、误杀波洛涅斯、海上逃生和击剑决斗等重要情节，整出戏的故事情节异常丰富生动，引人入胜。在此基础上，剧本展示了广阔的生活场景，描写了宫闱里的勾心斗角，家庭中的爱恨情仇，墓地里的悲惨葬礼，城堡中的刀光剑影，平民百姓的暴动骚乱等等，赋予复仇主题深厚的社会内容。剧本对故事情节的安排也突破了传统的悲剧与喜剧的严格界限，在悲剧的底色中添加了不少喜剧色彩，如在阴森恐怖的鬼魂现身场景之后，紧接着是波洛涅斯派人打听儿子的品行，在奥菲利娅落水淹死的悲惨场景之后，紧接着是掘墓人的插科打诨。这种悲喜杂糅的艺术特色，增强了故事情节的趣味性和感染力。②人物众多，性格鲜明。剧本通过相互对比、相互映衬的手法设置人物关系，突出不同人物的不同性格。如奥菲利娅天真柔弱，雷欧提斯褊狭鲁莽，兄妹二人性格迥异。霍拉旭忠诚正直，罗森格兰背信弃义，同为同窗好友，品行大相径庭。波洛涅斯老朽昏庸，奥斯里克年轻气盛，则是宫廷官僚的不同类型。其中尤以克劳狄斯的形象塑造得最为成功。克劳狄斯具有强烈的个人野心，为达到个人目的，他无恶不作，不惜践踏一切道德准则，弑兄篡位，娶嫂为妻，千方百计置侄儿于死地。他阴险毒辣，狡猾多疑，表面上仁爱开明，暗地里玩弄权术，这是一个"脸上堆着笑的、万恶的奸贼"，是一个集封建暴君与资产阶级冒险家于一身的艺术典型。③准确生动、丰富多彩的语言。莎士比亚戏剧主要采用无韵体诗写成，兼有散文与诗歌的特色，融哲理与抒情、文雅与通俗于一炉。在《哈姆莱特》中，既有文采斐然的诗句，也有平实流畅的口语，还有大量的成语、格言、警句、典故、隐喻、象征，等等。即便是文本阅读，也妙趣无穷。剧本还根据不同的人物采用不同的语言，同一人物在不同的情景中采用不同的语言，极为准确生动地揭示了人物的性格特征与内心活动。剧中为哈姆莱特设置了六段独白，其中"人类是一件多么了不得的杰作"、"生存还是毁灭"都是脍炙人口的名段，可以当作抒情哲理诗来读。

第四章 17世纪文学

Ⅰ.重点提要

第一节 概述

17世纪的欧洲历史舞台,拉开了近代史的帷幕。

1640~1646年的英国资产阶级革命,推翻了封建统治。随后经历了长达二十多年的复辟与反复辟斗争,直至1688年资产阶级再次发动"光荣革命",建立君主立宪政体,才最终确立资产阶级的统治地位,从而使英国成为世界上最先进的资本主义国家。

法国在17世纪正处于封建中央集权的鼎盛时期,国王掌握着至高无上的权力。而资产阶级已发展壮大到与封建贵族势均力敌的程度,国王为了巩固其统治地位,不得不推行有利于资本主义发展的政策,在资产阶级与封建贵族的矛盾斗争中,充当"表面上的调停人",两面操纵,相互制衡。

曾经在文艺复兴时代繁荣显赫的意大利和西班牙,如今已风光不再。封建宗教势力横行肆虐,资本主义经济衰败倒退,人文主义思想文化遭受沉重打击。德国在当时的欧洲处于落后状态,经历了长达三十年的毁灭性战争之后,国家四分五裂,经济文化停滞不前。

17世纪欧洲各国社会发展不平衡,文学艺术复杂多元。大体来说,有以英国为代表的清教革命文学,以法国为代表的古典主义文学和以意大利、西班牙为代表的巴洛克文学。

一、英国文学

17 世纪的英国资产阶级革命是打着宗教旗帜进行的,革命领导人大都是反对"国教"的清教徒,因而英国革命又称清教徒革命,革命文学自然渗透着浓厚的宗教色彩。杰出的革命诗人弥尔顿(1608～1674)是虔诚的清教徒,他的三大诗作《失乐园》、《复乐园》、《斗士参孙》都取材于宗教故事,借用宗教文学形式宣传革命思想。著名作家班扬(1628～1688)也是清教徒,曾因宣传清教思想而受迫害,他的代表作《天路历程》就是在狱中创作的。小说采用梦幻寓意的手法,描写一个名为"基督徒"的男子,在上帝的指导下,逃出"将亡城",克服艰难险阻,战胜名利诱惑,最后到达天都"安静国"的故事。展示了虔诚的基督教徒追求理想境界的"天路历程",表达了对丑恶腐败现实社会的强烈不满,体现了鲜明的清教思想。

二、法国文学

17 世纪的法国,在强大的君主专制社会环境中,在笛卡尔唯理主义哲学思潮的影响下,出现了一股影响深远的古典主义文艺思潮。其主要特征是:①服务王权。古典主义具有为专制王权服务的政治倾向性,要求作家把歌颂国王、维护中央集权国家统一作为至高无上的职责,宣扬个人利益服从国家利益。②崇尚理性。古典主义鼓吹理性是文学的生命,要求作家热爱和赞扬理性,宣扬以理性克制感情的道德规范。③模仿古代,重视格律。古典主义把古希腊罗马文学奉为典范,并从中引申出种种清规戒律要求作家遵守执行,如"三一律"等。

法国古典主义的代表作家有莫里哀(1622～1673)、高乃依(1606～1684)、拉辛(1639～1699)、拉封丹(1621～1695)和布瓦洛(1636～1711)等。

高乃依是古典主义悲剧的奠基人。他的成名作《熙德》通过一对贵族青年男女罗狄克与施曼娜的爱情纠葛,宣扬理性战胜感情、个人利益服从国家利益、国王权力至高无上的思想。剧本上演后引起轰动,但因不遵从"三一律"而受到保守势力的攻击,高乃依辍笔三年以示抗议。此后,他相继创作了《贺拉斯》、《西拿》、《梅高尼德》等剧作,为法国古典主义悲剧奠定坚实基础。

拉辛是古典主义悲剧的杰出代表。他的代表作《昂朵马格》(《昂朵马格》)取材于古希腊神话,歌颂了特洛伊主将赫克托耳的遗孀昂朵马格不畏强暴、忠于国家、极力维护个人贞节和子女安全的高尚品德,批判了封建贵族放纵情欲、残暴自私的恶德败行。拉辛的剧作《费得尔》、《以斯帖记》、《亚他利雅记》等都有较高的思想性与艺术性,是古典主义悲剧艺术的成熟标志。

布瓦洛是古典主义权威理论家。他的论著《诗的艺术》系统总结、阐述了古典主义的理论原则:①提出理性是文学的最高标准,认为文学"永远只凭理性才能获得价值和光芒"。②提倡作家"研究宫廷,认识城市",把封建贵族与资产阶级上流社会作为文学的主要描写对象。③把文学体裁人为地划分等级,认为史诗、悲剧是高级艺术,寓言、喜剧等是低级艺术,褒扬前者,贬斥后者,反映了封建贵族的艺术偏见。

三、意大利、西班牙文学

意大利、西班牙是巴洛克文学的发源地。巴洛克文学追求怪诞奇异、华丽繁艳,在艺术上采用混乱破碎的形式,夸张雕琢的语言,冷僻生涩的典故。在内容方面主要表现对宗教的狂热和对上帝的崇拜,反映了人们在强大的封建宗教势力面前难以克制的悲观、失望、忧郁、困惑情绪。

马里诺(1569～1625)是意大利巴洛克诗歌的代表人物,他的诗作追求标新立异,以刺激人们的感官神经,被称为"马里诺派"。西班牙诗人贡戈拉(1561～1627)的诗歌是晦涩思想与华丽词藻的奇妙结合,被称为"贡戈拉派"。另一位西班牙巴洛克作家卡尔德隆(1600～1681)以其剧作《人生如梦》闻名于世,剧本通过一位波兰王子的曲折离奇经历,发出了人生如梦的感叹。

第二节 弥尔顿

弥尔顿(1608~1674)是17世纪英国杰出的诗人、思想家、政论家。自幼受到宗教改革与人文主义思想的影响。大学期间开始诗歌创作,早期诗作《圣诞清晨歌》、《快乐的人》、《沉思的人》、《黎西达斯》等,格调清新,思想纯洁,表现了人文主义与基督教精神的完美结合。

英国大革命爆发前夕,弥尔顿深受鼓舞,他满怀激情写作了《论英国教会的教纪改革》、《论教会必须反对主教制》、《论出版自由》等论文,大力鼓吹宗教改革与出版自由。1649年,初步取得革命胜利的资产阶级政权判处国王查理一世死刑,国内外反动势力一片哗然,弥尔顿为此发表了《国王和官吏的职责》、《偶像破坏者》、《为英国人民声辩》、《再为英国人民声辩》等系列论文,理直气壮地提出,国王与官吏受人民委托治理国事,人民有权力处置他们,有权力废除和处死暴君,从而有力驳斥了反动势力对革命的攻击与污蔑。

1660年王政复辟,封建反动势力对革命党人残酷报复,弥尔顿一度被捕入狱,虽幸免于死,但财产被抄没,书籍被烧毁,行动受监视。加上健康恶化,经济拮据,处境十分艰难。然而,诗人信心不改,斗志不衰,在双目失明的情况下,以口授方式完成了辉煌的三大诗作,坚持同反动复辟势力进行不屈不挠的斗争。

《失乐园》是弥尔顿的代表作。取材于《旧约·创世纪》和《新约·启示录》。长诗由两条情节线索组成,其一是人类始祖亚当、夏娃违犯禁令,偷尝禁果被逐出地上乐园的故事;其二是天使撒旦反抗上帝失败被逐出天上乐园的故事。

诗中的撒旦是一个个性鲜明而又复杂的艺术形象。他体态魁伟,声音洪亮,无私无畏,有勇有谋,敢于蔑视上帝的权威,聚众谋反。失败后虽身陷地狱,仍不气馁,决心重整旗鼓与上帝进行不屈不挠的斗争,是个深得部众拥护的领袖人物。同时,撒旦又是个阴险狡猾的恶魔,他采用不正当手段,诱骗夏娃、亚当犯罪,以报复上帝。撒旦的形象体现了资产阶级革命家的斗争精神与人格缺陷,体现了诗人在反动恐怖时期坚定的革命信念和对革命失败的沉重反思。

诗中的亚当、夏娃是"两个高大挺秀的华贵形象"。他们正直善良，天真无邪，追求自由，追求知识，但又过于轻信，经不起诱惑，以致痛失乐园，从此走上艰辛的人生旅程。然而，诗人坚信人类的前途是光明的，在圣洁的宗教指导下，人类能够达到幸福的新境界。这反映了弥尔顿在人类命运问题上的清教思想。

《失乐园》共12卷，一万余行。结构宏伟，场景壮阔，气势磅礴，格调高昂，具有振奋人心的艺术力量。长诗采用巧妙隐蔽的讽喻手法，借用宗教题材来揭露黑暗残暴的专制统治，抨击复辟王朝的倒行逆施，抒发诗人胸中的革命义愤。

《复乐园》取材于《新约·路加福音》。描写耶稣在旷野禁食40天后，恶魔撒旦对其软硬兼施，威胁利诱的故事。耶稣意志坚定，不为金钱、美食、荣誉、权势所动，不为狂风暴雨吓倒。最后，撒旦引领耶稣登上高山圣殿，欲图加害，耶稣识破奸计，撒旦坠崖身亡，耶稣被众天使迎进仙谷。长诗通过耶稣的形象，向那些在反动复辟时期坚持革命气节的革命家们表达崇高的敬意，同时也是诗人忠诚革命的自况。

《斗士参孙》取材于《旧约·士师记》。参孙是古以色列士师，力大无比，所向无敌，由于妻子的出卖，身陷囹圄，受尽敌人残酷折磨。敌人欢庆节日纵酒为乐，命参孙献技助兴。参孙满怀悲愤，倾千钧之力折断大厅柱子。大厅倒塌，压死敌人无数，参孙也同归于尽。诗人通过参孙这个自况式的形象，控诉了反对复辟势力对革命者的残酷迫害，表达了誓与敌人斗争到底的决心和英勇顽强的精神。

第三节　莫里哀

莫里哀（1622～1673）是古典主义喜剧大师。早年曾组织剧团到法国各地巡回演出，后定居巴黎从事戏剧创作与演出活动。早期作品《丈夫学堂》、《夫人学堂》是莫里哀成名之作，因宣扬个人自由、个性解放，批判封建落后意识与经院教育，受到反动保守势力攻击。莫里哀随之创作《〈夫人学堂〉的批判》和《凡尔赛即兴》两部戏剧进行辩论，并提出了自己的艺术主张。莫里哀认为,戏剧应当面向由平民百姓组成的"池座观众",而不必迎合少数上层人物;戏剧的好坏标准在于是否"逗人喜欢",而不应当受到清规戒律的约束;喜剧与悲剧并无高下优劣之分,喜剧的任务是表现"本世纪人们的缺点",移风易俗,改良社会。这表现了莫里哀进步的文艺观与反封建的民主立场。

从1664年开始,莫里哀喜剧创作进入全盛时期,先后创作了《伪君子》、《堂璜》、《恨世者》、《悭吝人》、《乔治·唐丹》等优秀作品,在思想上、艺术上达到了空前的高度。

《伪君子》(又译《答尔丢夫》),是莫里哀代表作之一。剧中的答丢夫是披着宗教外衣的大骗子,他以伪善的面孔骗得富商奥尔恭的信任,成为这家人的座上宾客与精神导师,暗地里却玩弄阴谋诡计,妄图霸占奥尔恭的妻子和女儿,掠夺其家产。恶行败露后更是凶相毕露,对奥尔恭告密诬陷,欲置其于死地。幸得国王英明,答丢夫受到了惩罚。剧本深刻揭露了封建宗教势力的虚伪、奸诈、贪婪、狠毒和荒淫无耻,同时也讽刺嘲笑了资产阶级的愚蠢、幼稚、软弱、保守。剧本上演后遭到反动保守势力的猛力攻击,屡屡遭禁。然而,答丢夫作为伪君子的艺术典型,千古不朽。

《悭吝人》(又译《吝啬鬼》),是莫里哀的另一代表作。剧中的阿巴贡是个高利贷商人,极端贪婪吝啬。他爱财如命,不仅以苛刻的条件高利盘剥,还把子女的爱情和婚姻当作交易,以赚取钱财。剧本尖锐揭露了原始积累时期资产阶级贪婪、吝啬的本性,揭露了金钱力量对温情脉脉的家庭关系的严重破坏。阿巴贡这个不朽的艺术典型因而成了吝啬鬼、守财奴的代名词。剧本最后通过偶然的巧合使阿巴贡埋藏在花园里的钱匣子失而复得,他的儿子、女儿也得到了美满的婚姻。和《伪君子》相比较,《悭吝人》既无对国王贤明的歌颂,也无对资产阶级的同情,而是代之以冷嘲热讽的揭露批判,这反映了作家的思想变化。

1669年以后,莫里哀的创作进入晚期。这个时期的剧作如《醉心贵族的小市民》、《史嘉本的诡计》等,一方面继续发挥前一时期的主题思想,另一方面大胆借用民间闹剧的艺术手段,使戏剧更趋于平民化。《史嘉本的诡计》的主人公史嘉本是个仆人,他正直勇敢、聪明机智。巧施诡计便帮助两位富家子女双双获得美满幸福的爱情,还把说他坏话的老主人痛打一顿。史嘉本无论在聪明才智和实际能力方面,都远超出他的老、少主人。莫里哀把一位地位低微的下层人物当作戏剧主人公加以歌颂,实属难能可贵。

莫里哀的喜剧继承了文艺复兴的人文主义精神,站在民主、进步的立场上,揭露、批判封建贵族与教会僧侣,嘲笑资产阶级上流人物,对下层人民表示同情与赞赏;他的剧作大都取材于现实生活,能够触及重大的社会问题,致力于塑造性格鲜明突出的人物形象,具有强烈的倾向性与现实性;他的喜剧艺术基本上遵循古典主义原则,但又有所突破,并不断从民间戏剧中汲取营养。莫里哀以杰出的艺术成就把古典主义喜剧推进到欧洲近代戏剧的新高度。

Ⅱ. 思考练习

一、填空题

1. 17 世纪欧洲的两个主要文学潮流是_____和_____。

2. 弥尔顿著名的三大诗作是《_____》、《_____》和《_____》。它们均取材于《_____》。

3. 英国作家班扬的代表作是《_____》

4. 法国古典主义戏剧的主要规则是_____,它要求剧情必须做到_____、_____和_____的三个整一。

5. 法国古典主义悲剧的奠基人是_____,他的代表作是《_____》。

6. 法国古典主义悲剧的杰出代表是_____,他的代表作是《_____》。

7. 法国古典主义理论家是_____,他的著名文艺论著是《_____》。

8. 莫里哀著名喜剧《伪君子》的主人公是_____,《悭吝人》的主人公是_____。

　　9.意大利巴洛克文学的代表作家是_____。

　　10.西班牙巴洛克文学的主要代表是诗人_____、戏剧家
_____。

二、简述题

　　1.什么是巴洛克文学？它的主要特征是什么？
　　2.什么是古典主义文学？它的主要特征是什么？
　　3.简述弥尔顿《失乐园》的思想内容。
　　4.简述弥尔顿《失乐园》的艺术成就。
　　5.简述高乃依《熙德》的思想内容与艺术特点。
　　6.简述拉辛《昂朵马格》的思想内容与艺术特点。
　　7.简析莫里哀《伪君子》的人物形象与思想倾向。
　　8.简析莫里哀《悭吝人》的阿巴贡形象。
　　9.简述莫里哀戏剧创作的艺术成就。

Ⅲ.参考答案

一、填空题

1.古典主义　　巴洛克
2.《失乐园》　　《复乐园》　　《斗士参孙》　　《圣经》
3.《天路历程》
4.三一律　　时间　　地点　　情节
5.高乃依　　《熙德》
6.拉辛　　《昂朵马格》
7.波瓦洛　　《诗的艺术》
8.答丢夫　　阿巴贡
9.马里诺

10.贡戈拉　　卡尔德隆

二、简述题

1.巴洛克原是葡萄牙语珍奇、奇妙的意思,最早是指称一些建筑、绘画和音乐风格,后来变成了一种特定的文学潮流。巴洛克文学在17世纪初叶兴起于意大利、西班牙,随后传播到英、法、德等国。当时的意大利和西班牙,政治腐败,经济衰退,封建宗教势力横行肆虐,人文主义遭受沉重打击。从总体上说,巴洛克文学正是人们在黑暗、残酷的现实面前无能为力、无可奈何的悲观、失望、忧郁、困惑情绪的突出反映。巴洛克文学在思想内容方面主要表现为对宗教的狂热,对上帝的崇拜;在艺术上多采用混乱破碎的形式,夸张雕琢的语言,冷僻生涩的典故。意大利巴洛克文学的主要代表是诗人马里诺,他的创作追求标新立异,着力于刺激人们的感官神经,被称为“马里诺派”。马里诺的代表作是长诗《阿多尼斯》,全诗4万5千余行,描写爱神维纳斯和阿多尼斯的恋爱故事,整部作品枝蔓丛生,结构庞杂,在主要情节之外穿插了大量插曲,喧宾夺主,支离破碎,荒诞混乱。西班牙诗人贡戈拉的创作是晦涩思想与华丽词藻的奇妙结合,在长诗《波吕斐摩斯和加拉特亚的寓言》中,描写了独眼巨人波吕斐摩斯与牧羊女加拉特亚、牧羊人阿西斯之间的感情纠葛,既有对爱情的热烈赞美,又有对社会人生的某些暗示。另一位西班牙巴洛克作家卡尔德隆在剧作《人生如梦》中发出了“人生如梦”的感叹。剧中描写了一位波兰王子曲折离奇的经历:起初他的父亲听信星相家的逸言把他囚禁在塔楼里,获释后又因行为怪异再次被囚,最后群众破狱将其解救,他却以违反国王命令为由将解救他的人严加惩罚。荒诞的情节,混乱的思想,悲观失望的感叹,体现了巴洛克文学的特点。此外,以英国神秘主义诗人多恩为代表的玄学诗派,以法国兰蒲绮夫人为号召的沙龙文学,都属于巴洛克文学的范畴。

2.古典主义是17世纪诞生于法国的重要文学流派,其传播、影响遍及整个欧洲,代表了当时欧洲文学的最高成就。古典主义是君主专制的产物。法国的封建王朝不仅大力扶持和鼓励作家的创作,还设立专门机构,制定一整套法规、准则,强令作家遵守。此外,当时流行的笛卡尔理性主义哲学思潮和文艺复兴时期崇尚古典的思想,都对古典主义文学产生了重要影响,从而形成了其鲜明的特征:①服务王权。古典主义具有为专制王权服务的明确政治倾向,把歌颂国王、维护中央集权的国家统一作为至高无上的责任,宣扬公民奉公守法,个人利益服从国家利益,是非曲直听从贤明君主的决断。②崇尚理性。古典主义鼓吹理性是文学的生命,要求作家热爱和赞扬理性,宣扬以理性克制感情的道德规范。布瓦洛明确提出:"首先必须爱理性,你的文章永远只凭理性才获得价值和光芒。"要求作家把理性作为文学创作与文学批评的最高准则。③模仿古代,重视格律。古典主义把古希腊罗马文学奉为典范,要求作家从创作素材、艺术形式、表现手法等方面,对古代文学进行全面模仿,并从中引申出种种清规戒律,强制作家遵守。如戏剧中的"三一律",要求一出戏只演一件完整的故事,剧情必须发生在同一地点、同一天24小时之内,做到时间、地点和情节的三个整一。古典主义宣称,三一律来自古希腊戏剧,由亚里士多德制定。其实是托名古典,自立章法。亚里士多德只是提出过戏剧情节与动作要有一致性,不可枝蔓,并未对剧情的时间、地点做出硬性规定。古典主义以戏剧成就最大,代表作家有法国的高乃依、拉辛和莫里哀等。

3.《失乐园》是弥尔顿的代表作,取材于《圣经》故事,体现了诗人的清教革命思想。长诗包括两方面的内容,其一是天使撒旦反抗上帝失败被逐出天上乐园的故事,其二是人类始祖亚当、夏娃违犯禁令,偷尝禁果被逐出地上乐园的故事。诗中的撒旦是一个个性鲜明而又复杂的人物。他原本是个天使,体态魁伟,声音洪亮。因不满上帝的专制统治,聚众谋反,经过一场惊心动魄的恶战,失败后坠落到地狱火湖。但他并不屈服气馁,"与其在天堂里做奴隶,倒不如在地狱里称王"。他在地狱里大兴土木,建筑宫殿,重整队伍,另立王国,决心与上帝斗争到底。为了实施报复,他凭着国人的机智、勇敢,潜入人间,托身为蛇,用花言巧语引诱上帝创造的人类始祖亚当、夏娃偷吃知识树上的禁果,从而使他们被逐出乐园。长诗一方面把撒旦描写成一个无私无畏、有勇有谋、敢于犯上作乱、深得部众拥护的领袖人物,着力歌颂他"不挠的意志,热切的复仇心,不灭的憎恨,以及永不屈服、永不退让的勇气"。另一方面又把撒旦描写成一个阴险狡猾的恶魔。他野心勃勃，骄矜自满，采用欺诈、诱骗等不正当手段实施报复，殃及无辜。撒旦的形象表现了资产阶级革命家的斗争精神与人格缺陷，体现了诗人在反动恐怖时期坚定的革命信念和对革命失败的沉重反思。诗中的亚当、夏娃是"两个高大挺秀的华贵形象"，是人类的象征。他们正直善良，天真无邪，追求自由，追求知识。然而，在充满邪恶欲念的人间，他们意志薄弱，过于轻信，经不起诱惑，以致犯罪受罚，痛失乐园，从此走上艰辛的人生旅程。后来，他们在天使的引导下登上高山顶端，眺望未来前景：人类世代相传，帝国兴亡相继，历经风雨磨难，直到神子基督降临，代替人类赎罪受罚，复活升天，人类才能得救。这反映了对人类命运的清教思想。在弥尔顿看来，无节制的欲望使人类步入歧途，在经过"清理"后的圣洁的基督教的引导下，勤劳节欲，人类定能得到拯救与新生。诚如诗人所言，他创作长诗的宗旨是："阐明永恒的真理，向世人昭示天道的公正。"

4.《失乐园》共 12 卷，一万余行，气势磅礴，格调高昂，是欧洲文学中一部不朽的长篇诗作，具有很高的艺术成就：①崇高宏伟的风格。《失乐园》取材于宗教经典，描写天使与上帝的争斗和人类始祖痛失乐园的故事，表现 17 世纪英国资产阶级革命以及人类前途命运等重大、严肃主题。诗中主要人物撒旦和亚当、夏娃都是庄严、崇高的艺术形象，他们虽有缺点、过失，但绝非卑俗之辈。诗中场景壮阔，遍及天国、地狱、人间，其中叛逆天使与上帝天军的激战，地动天摇；撒旦的反抗复仇，曲折跌宕；亚当、夏娃的犯罪知过心理，细致入微，这些出色的艺术描写，大家手笔，巨著风范。长诗采用无韵体英雄史诗形式，抑扬格五音步，自由奔放，铿锵有力。《失乐园》从题材、主题、人物形象、场景描写到诗体格律，都继承了古希腊罗马英雄史诗的传统，体现了古典史诗崇高宏伟的艺术特色。②完整严谨的结构。《失乐园》由两条情节线索组成，其一是天使撒旦反抗上帝失败被逐出天上乐园，其二是人类始祖亚当、夏娃违犯禁令被逐出地上乐园。两个故事交相辉映，融为一体，集中表现同一题旨：失乐园。两个故事有始有终，完整地展示了天使的反抗过程与人类的堕落过程，全面地表达了诗人复杂微妙的思想感情。③巧妙隐蔽的讽喻手法。《失乐园》是在革命失败后极端险恶的环境中写作的，不可能采用写实的手法直抒胸臆，加上诗人深受清教思想的影响，整部作品采用了宗教故事的形式来表现革命的主题。诗中对王政复辟时期黑暗恐怖的社会现实的揭露，对反动势力倒行逆施的抨击，对革命者斗争精神的颂扬，对人类美好前途的坚定信念等，都是通过巧妙隐蔽的讽喻手法曲折影射，让读者心领神会。而西方读者的基督教文化背景，又使他们对圣经故事异常熟悉，这就使《失乐园》在西方世界更容易为人们所接受。

5.高乃依的《熙德》通过一对贵族青年男女罗狄克与施曼娜的爱情纠葛，宣扬理性战胜感情、个人利益服从国家利益、国王权力至高无上的思想。罗狄克是老臣杰葛之子，他与高斯迈伯爵的女儿施曼娜相爱。杰葛被国王任命为太子的老师，高斯迈心生嫉妒，两人发生争执，盛怒之下高斯迈打了杰葛一记耳光，这是对王权的轻蔑，也是家族的耻辱。杰葛把佩剑交给儿子，命他"用鲜血洗雪这奇耻大辱"。罗狄克顿时陷入矛盾痛苦之中：要维护家族荣誉，就会失去爱情，要保住爱情，就得放弃报仇雪耻的责任。经过一番激烈的思想斗争，罗狄克在决斗中将高斯迈杀死。这又把施曼娜推到了同样的两难处境：为了家族荣誉，她请求国王严惩凶手，但她又担忧为此失去罗狄克的爱情。正在此时，摩尔人入侵，罗狄克出征抗敌，大胜而归，被国王赐予"熙德"称号。此后，经过圣明公正的国王多方调解，罗狄克与施曼娜听从国王的决定，以国家利益为重，不再纠缠家族与个人恩怨，两人喜结连理。在这一波三折的爱情故事中，理性与感情、国家利益与个人恩怨的矛盾冲突贯穿始终，反复较量，其最后结局表明了作家服务王权、崇尚理性的古典主义立场。从艺术上看，《熙德》没有完全遵守三一律，主要是情节复杂，地点不一，而且也不是纯粹的悲剧，其结局带有喜剧色彩。这表明高乃依并非完全接受古典主义的束缚。《熙德》主要的艺术特点是出色的心理描写，尤其是罗狄克、施曼娜两人矛盾复杂的内心活动展示得细致入微，淋漓尽致，不仅使人物性格鲜明丰满，而且成为推动剧情发展的重要因素。与此相联系，剧中运用了大量充满激情与哲理的独白，大大增强了戏剧的艺术魅力。

6.拉辛的代表作《昂朵马格》取材于古希腊神话。描写特洛伊战争之后,特洛伊主将赫克托耳的遗孀昂朵马格(即荷马史诗中的安德洛玛利)成了爱庇尔国王庇吕斯的奴隶。庇吕斯垂涎她的美貌,威逼利诱,软硬兼施,执意要娶她为妻。昂朵马格不忘国破家亡之恨,坚决不从。但为了特洛伊的复兴大业,她以保证随她被俘的儿子的生命安全为条件,答应了庇吕斯的求婚,并打算在举行婚礼时自杀。昂朵马格是崇尚理性的化身,作家热情歌颂她不畏强暴,不受利诱,忠于国家,忠于丈夫,爱护子女,坚守贞节的优秀品质。值得注意的是,拉辛笔下的庇吕斯并非贤明君主,他虽然战功显赫,却放纵情欲,贪恋女色,丧失理性。为了占有昂朵马格,他不仅抛弃了未婚妻爱尔米奥娜,还尽力保护敌人儿子的生命安全,把国家利益与个人责任置之不顾,最后死于非命。剧中的斯巴达公主爱尔米奥娜和希腊使臣奥莱斯特也是丧失理性、为情欲所累的人物。爱尔米奥娜出于自私的嫉恨心理,竟然唆使奥莱斯特刺杀自己的未婚夫庇吕斯,最后在绝望中自杀身亡。奥莱斯特为了得到爱尔米奥娜的芳心,竟然犯下了弑君之罪,落得身败名裂,精神失常。拉辛推崇理性,但不歌颂国王,并对封建贵族的荒淫无耻、残暴自私进行尖锐的揭露与批评,这反映了他的民主立场。《昂朵马格》在艺术上严格遵守"三一律",情节单纯,矛盾集中,结构紧凑,自始至终笼罩着浓厚的悲剧气氛,是古典主义悲剧的典范。

7.《伪君子》最主要的成就是塑造了答丢夫这个伪君子不朽的艺术典型。答丢夫是披着宗教外衣的大骗子,他表面上道貌岸然,满嘴"虔诚"、"仁爱",内心却贪财好色,阴险狠毒。他用花言巧语、装腔作势骗取富商奥尔恭的信任后,便蓄意占人妻女,夺人财产。阴谋败露后,更是凶相尽显,栽赃诬告,预置人于死地。答丢夫的所作所为,都是打着宗教的招牌、以"上帝"名义进行的,他不是一般的流氓骗子,而是封建教会豢养的专事控制人们思想意识的"精神导师",这就赋予了这个人物形象深刻的思想内涵与现实意义,揭露了作为封建专制的社会支柱的天主教会的虚伪性、欺骗性与危害性。奥尔恭是资产阶级的典型,他家产殷实,信仰虔诚,品行端正,但思想偏执,封建意识和家长作风严重。由于对教会僧侣盲目迷信,上当受骗,险些被答丢夫坑害得倾家荡产、家破人亡,幸得国王贤明公正,宽大为怀,他才免遭劫难,答丢夫也受到了应有的惩罚。奥尔恭作为一家之长,却受骗最深,觉醒最迟,作家对这个人物既嘲讽又同情,既批判又开导。女仆桃丽娜是个引人注目的人物,她头脑清醒,目光敏锐,善良正直,无私无畏。她地位最低微,却最早识破答丢夫的伪善嘴脸。她对奥尔恭一家忠心耿耿,不仅快言快语向他们揭露答丢夫的恶德败行,还给他们出谋划策同答丢夫进行斗争。她不满奥尔恭专横的家长作风,支持他的子女追求爱情自由、婚姻自主的正当行动。作家以赞赏的态度展示了下层人民的优秀品质,难能可贵。总的来说,《伪君子》体现了歌颂王权、揭露批判宗教反动势力,维护资产阶级利益的古典主义思想。

8.《悭吝人》中的阿巴贡是莫里哀戏剧的不朽的艺术形象,是西方社会生活中吝啬鬼、守财奴的代名词。阿巴贡最鲜明最突出的性格是贪婪吝啬。他爱财如命,公开宣称"世上的东西,就数钱可贵",把聚敛金钱作为人生的最高目标和生活的最大乐趣。他以苛刻的条件高息放贷,牟取暴利。他把搜刮得来的金钱秘密埋在花园里,防家人如防盗贼。当深埋地下的钱匣失窃后,他更是呼天喊地,痛不欲生。他把爱情、婚姻都当作了金钱交易。为了金钱,他不惜破坏女儿艾丽斯与管家法赖尔的爱情,强迫女儿嫁给一个"不要嫁妆"的老爵爷昂塞尔默,他还厚颜无耻地夺子之爱,要娶儿子克莱昂特心爱的姑娘玛丽雅娜做继室,而要儿子另娶一位寡妇为妻。剧本的最后结局是法赖尔和玛丽雅娜乃富翁昂塞尔默失散多年的子女,一家人团圆后,昂塞尔默愿意慷慨解囊,拿出一笔钱为子女举办婚礼,克莱昂特也把丢失的钱匣归还阿巴贡,两对年轻人终成眷属。这个结局对阿巴贡来说仍然是一场金钱交易,他之所以同意这种婚姻安排,并非出于对子女的关爱,而是借此可以赚到一笔丰厚的钱财。因此,这是对阿巴贡贪婪吝啬性格的进一步深化。《悭吝人》和《伪君子》相比较,既无对贤明国王的歌颂,也无对资产阶级的同情,而是尖锐地揭露了资本主义原始积累时期资产阶级贪婪吝啬的本性,批判了金钱对人性的腐蚀与扭曲,对爱情、亲情、友情等社会家庭人际关系与道德伦理的严重破坏,表明了作家对社会现实清醒的认识。

9.莫里哀是继莎士比亚之后欧洲伟大的戏剧家,他以先进的创作思想和高超的艺术技巧把欧洲近代戏剧推进到了新的高度。莫里哀的戏剧创作既遵循古典主义原则，又有大胆的突破：①莫里哀无情地揭露、批判了封建宗教反动势力倚仗权势、横行霸道和骄奢淫逸、腐化堕落的丑恶面目，尖锐地讽刺、嘲笑了资产阶级贪婪自私、保守软弱的本性，并对下层人民正直善良、机智勇敢的优秀品质给予了热情赞美。这表现了作家民主、进步的政治立场，同时也体现了他面向现实、立足生活、敢于触及重大社会问题的现实主义创作原则。②莫里哀的戏剧塑造了一系列性格鲜明的艺术典型，其中以答丢夫、阿巴贡等最为人们称道。莫里哀常常采用夸张的艺术手法，把人物的某一性格特征加以放大和突出，如答丢夫的虚伪、阿巴贡的吝啬、史嘉本的机智等，可谓入木三分，成为某种人性特征的集中概况和鲜明表现，从而获得了人们的普遍共鸣与不朽的艺术魅力。③莫里哀一生致力于喜剧创作，这表明他并不赞同古典主义对喜剧艺术的贬斥。他的喜剧一般都遵守"三一律"，相当一部分采用诗体语言，具有结构紧凑、情节单一、矛盾冲突集中、主题鲜明突出的特点。另一方面，莫里哀又大胆地吸收民间闹剧、即兴喜剧和歌舞剧的艺术手法，还在喜剧中掺杂了悲剧因素，从而形成了他亦庄亦谐、亦雅亦俗的独特的喜剧风格。

第五章 18世纪文学

I.重点提要

第一节 概述

一、历史背景

17世纪资产阶级革命的胜利,促进了英国资本主义的迅速发展。到了18世纪,产业革命与殖民扩张使英国成为欧洲最先进、最强大的工业国,它所标示的资本主义制度与资产阶级意识形态,对欧洲各国产生了不可抗拒的深刻影响。18世纪的法国,封建主义已病入膏肓,社会矛盾日益尖锐,严重阻碍了资本主义的发展,一场思想文化领域的革命运动蓬勃兴起。资产阶级的思想家们大力鼓吹自由平等思想与科学民主精神,以启迪人的心智,武装人的头脑,号召人们为挣脱封建专制的黑暗统治与宗教蒙昧的思想束缚,为实现"天赋人权"与建立公平幸福的"理性王国"而斗争,这就是著名的启蒙运动。它为行将到来的资产阶级政治革命提供了理论武器与舆论准备。1789年的法国大革命,彻底推翻了封建制度,建立起资产阶级共和国,从而宣告了新的社会制度在欧洲的确立。德国在18世纪仍处于封建割据状态,贵族势力强大,资产阶级没有足够的力量发动反封建的政治革命,启蒙运动只局限于文学领域。18世纪的意大利长期受到战争与外族的蹂躏,政治、经济、文化仍然落后,其主要任务是维护社会稳定,推进国家统一。

18世纪欧洲文学主潮是启蒙文学。它是宣传启蒙主义思想的文学,以法国为中心,遍及欧洲各国,主要特征是:①强烈的倾向性与教诲性。启蒙文学以宣传启蒙思想为己任,强调启迪蒙昧、解放思想的教诲作用,具有强烈的反封建反教会倾向。②平民化的民主精神。启蒙文学反对文学的贵族化审美趣味,主张面向大众,描写平民百姓的日常生活,采用群众喜闻乐见的艺术形式。③文学形式的推陈出新。启蒙作家思想解放,大胆创新,创造了哲理小说、教育小说、对话体小说、书信体小说以及市民悲剧、严肃喜剧、性格喜剧等丰富多彩的文学新体裁、新形式。

二、英国文学

18世纪英国文学的主要成就是现实主义小说。

笛福(1660~1731)是英国现实主义小说的奠基人。他的代表作《鲁滨逊漂流记》塑造了欧洲文学中第一个理想化的资产者形象。小说中的鲁滨逊充分体现了上升时期的资产阶级发展资本主义经济与海外殖民扩张的强烈思想意识,具有鲜明的时代特点与阶级烙印。

斯威夫特(1667~1745)和查理逊(1689~1761)是继笛福之后的重要小说家。前者以寓言体小说《格列佛游记》闻名于世。小说以虚幻与现实相结合的手法,通过格列佛船长奇异的航海漂流经历,揭露、批判了英国社会现实的黑暗腐败,笔锋所指涉及君主政体、议会政治、党派斗争、司法制度以及军事侵略与殖民扩张等方面。后者的代表作是《克拉丽莎》,小说描写富家女子克拉丽莎的不幸婚姻与辛酸经历,揭露了封建贵族骄奢淫逸、玩弄女性的丑恶嘴脸,批评了资产阶级贪图钱财、包办婚姻的错误思想。

18世纪英国最杰出的现实主义小说家是菲尔丁(1707~1754),他的小说理论与创作实践对19世纪英国乃至欧洲的批判现实主义文学产生了重大的影响。

感伤主义是18世纪英国重要的文学思潮,得名于斯特恩(1713~

1768)的小说《感伤旅行》。感伤主义文学着力描写人生的不幸与痛苦,
抒发哀婉感伤情绪,以期在感情上引起读者的同情与共鸣,它对后来的
浪漫主义文学产生了一定的影响。

三、法国文学

法国是 18 世纪欧洲启蒙运动的中心,也是启蒙文学的中心。

孟德斯鸠(1689～1755)是法国最早的启蒙主义作家,他的《波斯人
信札》是启蒙文学的奠基作。此书假托一位波斯青年旅游者的书信,报
道他在法国的所见所闻,全面揭露了法国封建专制社会的黑暗腐败,系
统地表达了作家关于政治、宗教、哲学、道德等方面的启蒙主义思想。

狄德罗(1713～1784)是位博学多才的学者。长期主持《百科全书》
的编纂工作,为普及科学文化知识、宣扬民主进步思想奉献了毕生精
力。狄德罗在美学理论和文学创作方面影响巨大,在《美的根源及性质
的哲学研究》等论著中,他提出了真善美统一的理论,主张把美建立在
真与善的基础上。在对话体小说《宿命论者雅克和他的主人》、《拉摩的
侄儿》中,一方面揭露了法国社会的黑暗腐败,另一方面从启蒙主义的
立场探讨了哲学、政治、教育、道德以及文学艺术诸多领域的问题。

博马舍(1732～1799)是著名的启蒙主义戏剧家。他的主要作品是
以费加罗为主人公的三部曲:《塞维勒的理发师》、《费加罗的婚姻》、《有
罪的母亲》。尤以第二部最为优秀,影响最大。在《费加罗的婚姻》中,
聪明机智的仆人费加罗捉弄、嘲笑荒淫无耻的主人阿勒玛维华伯爵,捍
卫了自己的婚姻和人格尊严。维护和反对封建主行使野蛮的"初夜权"
的斗争,构成了戏剧的主要矛盾冲突,这实质上是广大群众反对封建专
制统治、反对贵族特权、争取自由平等权利的政治斗争的缩影,激发了
法国大革命前夕山雨欲来风满楼的时代精神,引起了强烈的反响。剧
本以喜剧的形式表现严肃、重大的主题,体现了娱乐性与教诲性的统
一,是博马舍的正剧理论的创作实践。

伏尔泰(1694～1778)是法国启蒙运动的领袖。卢梭(1712～1778)
是最高民主性与战斗性的思想家、文学家。

四、德国文学

18世纪的德国启蒙文学发端于戏剧。代表人物是美学家、戏剧家、德国民族文学的奠基人莱辛(1729～1781)。莱辛的理论著作有《拉奥孔》和《汉堡剧评》。在《拉奥孔》中,莱辛从讨论"诗与画的界限"入手,反对"诗画相同论"的传统观点,反对封建贵族的艺术趣味与创作方法,强调以诗歌为代表的文学要表现人的行动和真实感情,这反映了要求以实际行动变革社会现实的时代精神。在《汉堡剧评》中,莱辛反对盲目模仿法国古典主义戏剧,主张建立德国自己的民族戏剧,提倡戏剧面向现实、面向市民和具有教育意义。在创作方面,莱辛最成功的作品是《爱米丽雅·迦洛蒂》。剧中的爱米丽雅是个正直、善良、勇敢的少女,面对荒淫无耻的公爵的威逼利诱,她以死抗争,让父亲亲手将她杀死,以免遭受公爵的侮辱。这部"市民悲剧"表现了市民阶级的反封建精神及其斗争的软弱性。

随着启蒙运动的高涨,在七八十年代,德国文学界爆发了一场轰轰烈烈的"狂飙突进"运动,包括赫尔德、克林格尔和歌德、席勒等一批青年作家,激昂慷慨,通过文学创作表达他们"反抗当时整个德国社会的叛逆精神"。由于狂飙运动具有强烈的个人主义性质,缺乏明确的政治纲领,未能坚持长久。至80年代后期德国文学便进入了古典主义时期,以歌德(1749～1832)和席勒(1759～1805)为杰出代表的古典派作家,为德国文学开创了辉煌的时代。

五、意大利文学

18世纪意大利启蒙文学的主要成就是以哥尔多尼(1707～1793)为代表的戏剧改革。长期以来,意大利流行即兴喜剧,这种喜剧没有剧本,至18世纪,逐渐沦为庸俗的消遣品。哥尔多尼为了启蒙运动的需要,推陈出新,创作出新型的性格喜剧(风俗喜剧)。性格喜剧面向现实,注重人物性格刻画,强调社会教育作用,奠定了意大利现实主义戏剧的基础。哥尔多尼一生创作了二百多个剧本,《女店主》是他的代表作。剧中的女店主米兰道琳娜年轻漂亮、聪明能干,三位客人都垂涎于她的美色：侯爵门第高贵，囊中羞涩；伯爵财大气粗，狂妄放肆；骑士骄横傲慢、粗俗愚蠢。女店主凭着过人才智把他们玩控于股掌之中，让他们一个个丑态百出，狼狈不堪。剧本人物性格生动，揭示了封建贵族的没落，资产阶级暴发户的得势，反映出平民阶级的乐观自信，独立自强。

第二节　菲尔丁

菲尔丁（1707～1754）是英国著名作家。早年从事戏剧创作，后改行小说，先后创作了《约瑟·安德鲁传》、《大伟人江奈生·魏尔德传》、《汤姆·琼斯》、《阿米莉亚》等重要作品。他的小说突破了家庭生活的狭小范围，扩大了社会生活的描写领域，并表现出揭露、讽刺丑恶现实的批判现实主义锋芒。在艺术上继承和发展了流浪汉小说的形式，故事情节生动曲折，结构严密完整。

菲尔丁是杰出的小说理论家，他常常在小说中发表有关的理论观点。他称自己的小说为"散文滑稽史诗"，意指以散文体描写普通人生活的喜剧故事，具有滑稽、幽默、讽刺的特点。他主张作家面向现实，立足生活，多同各种各样的人物交往，具有丰富的阅读和广博的知识。他强调小说创作"严格模仿自然"，着重描写人的性格，采用严谨完整的史诗结构。这对后来的批判现实主义小说产生了重要影响。

《汤姆·琼斯》是菲尔丁的代表作，通过弃儿汤姆·琼斯与女友索菲亚的流浪经历，描绘了英国社会五光十色的生活画面与各阶层人物的性格百态，揭露了贵族资产阶级的腐朽堕落与奸诈虚伪，表达了善良必将战胜邪恶的人道主义理想。作品人物性格鲜明，故事情节起伏曲折，悬念丛生。其思想意义和艺术成就在英国小说史上具有划时代的贡献。

第三节　伏尔泰

伏尔泰（1694～1778）是法国著名的启蒙思想家、文学家，欧洲启蒙运动的领袖。他在政治上主张开明君主制，在宗教上信奉自然神论，在哲学上是个不彻底的唯物主义者。伏尔泰蔑视权贵,思想叛逆,作风大胆,一生坚持反对封建专制、反对宗教迷信的斗争,因而为反动势力所不容,曾两次入狱,经常颠沛流离,并在法国边境小镇隐居达 15 年之久。临终前因拒绝承认基督神圣,受到教会刁难,死后不得落葬巴黎,至法国大革命后,其骨灰才迎回巴黎伟人祠隆重安葬。

伏尔泰著作等身,创作了大量的诗歌、小说、戏剧、散文、政论作品。其中以小说、戏剧成就最大。在剧本《布鲁图斯》中,伏尔泰塑造了一个为共和理想英勇献身的英雄人物,表达了反暴政、争自由的革命激情,对后来的大革命产生极大的鼓舞作用。《扎伊尔》是伏尔泰另一个著名悲剧,剧本通过信仰伊斯兰教的苏丹奥洛斯曼与信仰基督教的女俘扎伊尔的爱情悲剧,谴责宗教偏见,鼓吹宗教宽容。被称为“五幕孔子道德剧”的《中国孤儿》,是伏尔泰根据我国元曲《赵氏孤儿》改编的一部悲剧,既表现了作家对东方文化和孔子思想的向往,也宣扬了仁爱为本、道德高于暴力的启蒙思想。

伏尔泰的小说大都是以宣扬其启蒙思想为目的的哲理小说。《查第格或命运》假托一位波斯青年的离奇经历,批判封建专制的黑暗暴虐,宣扬开明君主的政治理想。《天真汉》描写一个在土著部落长大的天真汉子与文明社会的矛盾冲突,表达蒙昧的“自然人”应当接受启蒙教育与文明洗礼的社会教育观。《老实人》是伏尔泰的代表作,小说中的老实人因听信了盲目的乐观主义哲学,吃尽了苦头,一生磨难。在残酷的现实面前,他终于认识到,唯有脚踏实地的开拓进取,才是改造社会人生的正确道路。“工作可以使我们免除三大不幸:烦恼、纵欲和饥寒”,“种我们的园地要紧”,这句哲理名言点明了小说的主题,也表明了伏尔泰唯物主义哲学思想的真谛。

第四节　卢梭

卢梭(1712～1778)出生于贫寒的工匠家庭,长期生活在社会底层,饱尝人间辛酸与不公平待遇。他的成名之作《论科学与艺术》发出了振聋发聩之声:“人生来是善良和幸福的,是文明腐蚀了他,毁坏了他最初的幸福."对人类文明与现存社会文化表示了厌恶和否定。在随后发表的《论人类不平等的起源与基础》一文中,卢梭明确指出,私有观念的产生和私有制度的出现是人类不平等的根源和基础,其结果必然导致专制暴政的产生,人类要回归自由平等,可以用暴力手段推翻它。卢梭惊世骇俗的叛逆思想奠定了他在欧洲思想史上的崇高地位。《社会契约论》是卢梭最有影响的政治论著,在这篇论文中,卢梭进一步提出,人类的自由平等应当建立在全体社会成员共同一致的约定上,国家是全体公民订立的社会契约的产物,实现人民主权的原则。卢梭崭新的国家学说为资产阶级革命与政权建设提供了理论武器。

卢梭具有文学性质的作品主要有三部:《爱弥儿》是讨论教育问题的哲理小说,其中心思想是提倡"顺乎自然"的教育理念,主张按照人的自然天性,培养身体健康,热爱劳动,具有独立、自由思想,保持自然状态的人。书信体小说《新爱洛伊丝》是卢梭的代表作,讲述贵族少女尤丽和家庭教师圣·普乐哀婉悲伤的爱情故事,表达了反对封建专制、要求自由平等的思想倾向。《忏悔录》是一部自传性作品,卢梭以极其真诚、坦率的自我剖析,沉郁悲愤的血泪控诉,向封建专制发出了勇敢的挑战,捍卫了一生坎坷、屡遭侮辱的一代平民知识分子的人格尊严。卢梭的作品如同其他启蒙作家一样,都是为了宣扬启蒙思想服务的,不同的是,由于作家独特的身世经历,他的作品常常流露出哀婉的感伤情调。

第五节　歌德

歌德(1749～1832)是德国伟大的诗人、作家和思想家,他以不朽的艺术成就为德国文学赢得了世界性声誉。

歌德出生于富裕的市民家庭,早年受过良好的教育,接受了文艺复兴、古典主义和启蒙思想的影响。大学读书时开始文学活动。1773年创作的历史剧《铁手骑士葛兹·封·伯利欣根》,热情歌颂葛兹反对封建割据,要求国家统一,反对专制统治,争取自由民主的斗争精神,剧本发表后歌德声名鹊起,成为狂飙运动的主将。1774年发表的书信体小说《少年维特之烦恼》，塑造了少年维特生动感人的艺术典型。维特热情敏感，渴望自由，崇尚自然，同腐朽鄙俗的现实社会格格不入，因而陷入了难以摆脱的烦恼之中。维特是愤世嫉俗的德国进步青年的代表，他的悲剧是时代的局限与个人的弱点造成的。小说发表后，反响极为强烈，从而奠定了歌德的文学地位。

此后十年间，歌德应邀到魏玛公国主持政务。在保守闭塞的封建小朝廷里，歌德虽致力社会改革，但政治上难有作为，文学创作也少有成果。1786年，歌德逃离魏玛，游历意大利，精神面貌发生了很大变化。此后，他的文学活动逐渐进入古典主义时期，特别是1794年和席勒订交之后，歌德的文学创作更是取得了辉煌的成就。

歌德对法国大革命充满思想矛盾，他一方面热情欢呼革命的到来，另一方面对革命暴力十分反感，幻想通过"合乎自然，和平的发展进化"。1797年发表的长篇叙事诗《赫尔曼与窦绿苔》描写法国大革命时期一对青年男女田园牧歌式的爱情，反映了歌德逃避暴力革命的思想倾向。《威廉·迈斯特》和《浮士德》是歌德一生呕心沥血的两部巨著。《威廉·迈斯特》包括《威廉·迈斯特的学习时代》和《威廉·迈斯特的漫游时代》两部小说，描写富商之子威廉在接触社会、学习社会的过程中，积累知识，增长才干，锻炼个性，修养品格，最后决定要做一名医生，立志献身社会，造福人民。小说反映了歌德的教育理念与人生理想，主张青年人要走出家庭和学校的狭小环境，投身社会大课堂，在与社会的广泛接触中，不断调整人与社会的矛盾，以求得自身健康和谐的发展。《威廉·迈斯特》被誉为欧洲"教育小说"的经典。

诗剧《浮士德》是歌德的代表作，在世界文学史上享有不朽地位。诗剧以浮士德追求真理的人生经历做主线，全面概括了欧洲社会自文艺复兴以来的历史发展与精神探索历程，集中反映了歌德的启蒙主义思想与崇高的生活理想。《浮士德》分上下两卷，1万2千余行，内容极为丰富，既有对德国社会现实的真实描写，又探讨了政治、历史、哲学、神学以及文学艺术等方面的问题，堪称欧洲近代的一部"百科全书"。《浮士德》采用多种多样的诗歌形式与艺术表现手法，从古希腊悲剧体到奔放的自由体、纯朴的民歌体，应有尽有，不愧为欧洲诗歌艺术之集大成者,体现了欧洲启蒙时代文学艺术的最高成就。

第六节　席勒

席勒(1759~1805)是德国杰出诗人和戏剧家,早年参加狂飙运动,创作了反对专制暴政、鼓吹自由民主的优秀剧作,反响强烈。在处女作《强盗》中,作家热情歌颂了"一个向全社会公开宣战的豪侠青年",为此而受到反动势力的迫害。《阴谋与爱情》是席勒青年时代的代表作,剧本通过贵族青年斐迪南与平民少女露伊丝的爱情悲剧,揭露了封建贵族的专横暴虐与阴险狡诈,表现了市民阶级反对封建等级制度的民主精神及其软弱性、妥协性。

如同歌德一样,席勒对法国大革命也经历了从热烈欢迎到激烈反对的过程,他的文学创作也从狂飙突进逐渐转入平和成熟的古典主义时期。在古典时期,席勒和歌德结下了深厚的友谊,文学创作也取得了丰硕成果,历史剧《华伦斯坦》取材于德国30年战争史,描写皇军统帅华伦斯坦从深孚众望到身败名裂的全过程,表现了封建割据时期统治阶级内部错综复杂的斗争,以及广大人民要求和平统一的愿望。《威廉·退尔》是席勒后期戏剧的代表作。剧本取材于14世纪瑞士人民反抗奥地利统治的斗争。威廉·退尔是个勇敢、正直的神箭手,因对奥地利总督态度不恭而遭受迫害,后在人民起义的推动下,他射杀了总督,和革命人民一道迎来了自由解放。这表明了席勒反对专制奴役的政治立场。

Ⅱ.思考练习

一、填空题

1.18世纪全欧性的思想文化运动是＿＿＿＿＿。

2.18世纪欧洲文学的主要潮流是＿＿＿＿＿。

3.18 世纪英国小说家笛福的《鲁滨逊漂流记》塑造了欧洲文学中第一个理想化的＿＿＿＿＿＿形象。

4.18 世纪英国最杰出的小说家是＿＿＿＿＿＿，他的代表作是《＿＿＿＿＿》。

5.18 世纪英国文学的主要成就是＿＿＿＿＿＿。

6.英国作家斯特恩是＿＿＿＿＿＿文学的重要代表，这一文学流派是因他的小说《＿＿＿＿＿》而得名。

7.18 世纪法国早期著名启蒙思想家、文学家是＿＿＿＿＿＿，他的代表作是《＿＿＿＿＿》。

8.18 世纪法国启蒙运动的领袖是＿＿＿＿＿＿，他的几部重要作品《查第格》、《老实人》、《天真汉》都属于新的文学形式＿＿＿＿＿。

9.伏尔泰的戏剧《中国孤儿》是根据我国元曲《＿＿＿＿＿》改编的。

10.狄德罗在思想、文化、学术方面的主要贡献是主持《＿＿＿＿＿》的编纂工作。

11.狄德罗的重要作品《宿命论者雅克和他的主人》、《拉摩的侄儿》都属于新的文学形式＿＿＿＿＿。

12.卢梭著名的政治著作是《＿＿＿＿＿》，它体现了新的国家学说＿＿＿＿＿＿原则。

13.卢梭具有文学性质的重要作品有教育小说《＿＿＿＿＿》，书信体小说《＿＿＿＿＿》，自传体作品《＿＿＿＿＿》。

14.18 世纪法国最著名的戏剧家是＿＿＿＿＿，他的代表作是《＿＿＿＿＿》。

15.18 世纪德国民族戏剧的奠基人是＿＿＿＿＿，他的重要文艺论著是《＿＿＿＿＿》和《＿＿＿＿＿》。

16.18 世纪德国最重要的文学运动是＿＿＿＿＿。

17.歌德早期影响最大的作品是书信体小说《＿＿＿＿＿》。

18.歌德一生创作的两部巨著是诗剧《＿＿＿＿＿》，教育小说《＿＿＿＿＿》。

19.席勒的早期代表作是《＿＿＿＿＿》，后期代表作是

《＿＿＿＿》。

20.18 世纪意大利启蒙文学的杰出代表是戏剧家＿＿＿＿＿，他的代表作是《＿＿＿＿》。

二、简述题

1. 何谓启蒙运动？它的基本理论是什么？
2. 启蒙文学具有哪些主要特征？
3. 简述鲁滨逊形象的时代特征与阶级特征。
4. 以《汤姆·琼斯》为例，简述菲尔丁对小说艺术的重要贡献。
5. 从《老实人》看伏尔泰哲理小说的思想与艺术特点。
6. 卢梭《新爱洛伊丝》的思想倾向与艺术成就是什么？
7. 如何认识歌德一生思想创作的矛盾复杂性？
8. 简述《浮士德》的人物形象与思想倾向。
9. 简述《浮士德》的艺术成就。
10. 简述《阴谋与爱情》的思想倾向与人物形象。

Ⅲ.参考答案

一、填空题

1. 启蒙运动
2. 启蒙文学
3. 资产者
4. 菲尔丁　　《汤姆·琼斯》
5. 现实主义小说
6. 感伤主义　　《感伤旅行》
7. 孟德斯鸠　　《波斯人信札》
8. 伏尔泰　　哲理小说
9. 《赵氏孤儿》

10.《百科全书》

11. 对话小说

12.《社会契约论》　　人民主权

13.《爱弥儿》　《新爱洛伊丝》　《忏悔录》

14. 博马舍　《费加罗的婚姻》

15. 莱辛　《拉奥孔》　《汉堡剧评》

16. 狂飙突进运动

17.《少年维特之烦恼》

18.《浮士德》　《威廉·迈斯特》

19.《阴谋与爱情》　《威廉·退尔》

20. 哥尔多尼　《女店主》

二、简述题

1. 启蒙运动是 18 世纪全欧性的思想文化运动,是继文艺复兴之后在思想文化领域又一场反封建、反教会的斗争。启蒙一词从字面上说是启迪蒙昧,照亮黑暗。启蒙思想家鼓吹以理性、科学、民主精神,破除封建专制的黑暗统治和宗教愚昧的思想禁锢,提出一整套资产阶级的世界观及其理论体系。他们在哲学上以唯物论批判唯心论。在宗教上以自然神论或无神论否定基督教的神权观念与偶像崇拜,在政治上以"天赋人权"和自由平等思想反对封建专制统治和贵族特权,在国家政权建设方面,他们反对"君权神授"论,主张以人民主权的社会契约原则建立民主、正义的"理性王国"。启蒙运动的中心在法国,它为行将到来的资产阶级大革命提供了理论武器与舆论准备。启蒙运动对以往的一切社会形式和国家形式,对一切传统观念和权威发动了全面、猛烈的冲击,比之文艺复兴运动更具革命性。从本质上说,启蒙运动具有鲜明的资产阶级性质。启蒙思想家的哲学观是机械唯物论,社会历史观基本上是唯心的,他们过分强调思想意识的作用,把启蒙教化当作社会改革的根本途径。他们否定宗教神权与宗教迷信,但却为上帝保留了一席之地。他们主张的天赋人权以及自由、平等的权利,其出发点是维护资产阶级的利益,他们设计的理性王国只能是理想化的资产阶级王国。

然而，作为新兴资产阶级的思想体系，启蒙主义是革命的思潮、进步的思潮，对欧洲社会历史发展产生了极为深远的影响。

2.启蒙文学是宣传启蒙思想的文学，是启蒙运动的重要组成部分，同时也是18世纪欧洲文学的主要潮流。它的主要特征是：（一）强烈的倾向性与教诲性。启蒙作家大都是启蒙思想家，他们强调文学的社会教育功能，把文学作为反封建、反教会斗争的有力武器，作为启迪蒙昧、解放思想、开发心智、提高人的精神素质的重要工具。启蒙文学的基本主题是抨击封建专制的黑暗腐败，揭露贵族、僧侣的荒淫暴虐，批判封建等级制度与门第偏见，歌颂资产阶级和平民百姓争取自由平等权利的斗争，其政治倾向性与教诲性是非常明显的。有的作品甚至通过讨论哲学、政治、社会、教育、宗教以及婚姻、爱情等问题，直接宣传启蒙主义的思想观点，把文学变成了思想的传声筒。（二）平民化的民主精神。启蒙作家反对古典主义的贵族宫廷化倾向，强调文学面向现实，立足生活，服务大众，把文学变成表现资产阶级和平民百姓的思想、感情、要求、愿望的艺术舞台。启蒙文学着眼于描写现实社会的日常生活，以资产阶级和平民百姓作为作品的主人公，塑造了一大批具有新思想、新作风的新型人物形象，而王公贵族、僧侣教士则成了嘲笑、批判对象。在艺术上则反对古典主义的清规戒律和矫揉造作的文风，采用人民群众喜闻乐见的艺术形式与艺术手段。（三）文学形式的推陈出新。启蒙作家思想解放，大胆创新，他们在继承文学传统的基础上，积极吸收民间文学的艺术营养，并根据实际需要加工改造，创造出许多新的文学体裁与文学形式，如哲理小说、教育小说、书信体小说、对话体小说，正剧、市民悲剧、严肃喜剧、性格喜剧以及自由体、歌谣体诗歌等等，开拓了文学创作的新领域。

3.笛福的《鲁滨逊漂流记》的主人公鲁滨逊，是欧洲文学史上第一个理想化的资产者。他出生于资产阶级家庭，由于不满足小康之家的安逸生活，怀着发财致富的梦想，外出闯荡。他来往于非洲、南美洲和欧洲之间，先后做过小本生意，经营过种植园，还干过贩卖黑奴的勾当。在一次海难中他独自漂流到一个荒无人烟的孤岛上，但他并不灰心丧气，而是以顽强的意志和勤奋的劳动，维持生存，艰苦创业。经过从采集、渔猎到畜牧、种植等人类基本的生产过程,他不仅解决了个人的温饱,还建立了一个丰衣足食的海上农庄。这期间,鲁滨逊救助和驯化了土著野人"星期五",把他变成自己的奴仆和虔诚的基督徒。鲁滨逊还帮助落难的船长制服了船员的叛乱,最后搭乘这艘货船离开生活了 28 年的小岛,回到了英国。而此时的鲁滨逊已是拥有巨额财产和海外庄园、领地的富翁了。《鲁滨逊漂流记》取材于现实生活的真人真事,经过作家的艺术加工,鲁滨逊成了资本主义原始积累时期新兴资产阶级的艺术典型。鲁滨逊是个成功的商人,野心勃勃的殖民者,基督教文明的传播者,他身上那种勤奋劳动、艰苦创业的实干作风和发财致富、开拓进取的冒险精神,正是当时一代资产者的精神面貌的典型概括。当然,小说对鲁滨逊的海外贸易和殖民扩张活动给予了不同程度的美化,这也是时代与阶级打在作家身上的烙印。

4. 菲尔丁是 18 世纪英国杰出的现实主义小说家。他的代表作《汤姆·琼斯》继承和发展了流浪汉小说的艺术形式,在背景描写、情节结构和人物形象等方面,都取得了突破性成就,成为欧洲小说史上具有标志性的作品。(一)五光十色的社会背景。《汤姆·琼斯》全书 18 卷,由三部分组成。第一部分是乡间生活,第二部分是琼斯与索菲亚从家乡到伦敦的路上的流浪生活,第三部分是伦敦的都市生活。其中第二、三部分属于流浪汉小说模式,通过主人公流落异乡的流浪经历,描写了从乡村到城市、从上流社会到下层人民光怪陆离的生活状况与精神面貌,诸如贵族资产阶级的荒淫无耻,僧侣教士的伪善狡诈,流氓兵痞的横行无赖,法官律师的贪赃枉法等等。从反映现实的广度来说,堪称 18 世纪英国社会五光十色的万花筒。(二)结构严谨,布局巧妙。小说以琼斯与索菲亚的爱情为主线,辅以琼斯的身世之谜与琼斯和布立非的矛盾冲突为副线。两条线索相互联系,相互依存,到最后既破解了琼斯身世之谜,又完成了琼斯与索菲亚的美满结合,还消除了琼斯与布立非的恩怨,整部小说以琼斯为中心,形成一个有机的整体。故事情节充实丰满,曲折生动。特别是琼斯身世之谜,故布疑阵,悬念迭出;琼斯与索菲亚的爱情,一波三折,好事多磨,足见作家谋篇布局之匠心。(三)人物众多,性格鲜明。小说中的人物上至贵族地主,下至流氓乞丐,多达 50

余人,涉及社会各个阶层。其中和琼斯关系密切的几个主要人物,大都性格鲜明,如奥尔华绥的善良正直、乐善好施,威士特恩的专横暴戾、粗鄙自私,索菲亚的美丽端庄、温柔贤惠,布立非的欺伪狡诈、阴险狠毒,都描写得相当成功。菲尔丁通常采用对比反衬的手法塑造人物,以突出人物不同的性格反差,这种手法不但应用于上述不同人物身上,也应用于同一人物身上。琼斯就是一个性格矛盾、瑕瑜互见的人物,他诚实正直,侠义豪爽,做了不少见义勇为的好事,对索菲亚怀有深厚的爱情,但又鲁莽轻率,经不起诱惑,屡犯过错,有失检点。琼斯已不是绝对化、类型化的人物,而是有血有肉的艺术典型。总的说来,《汤姆·琼斯》虽然借鉴了流浪汉小说的模式,但在很大程度上克服了流浪汉小说结构松散单一、类型化等方面的缺点,把小说艺术提高到了新的水平,为后来的批判现实主义小说开辟了道路。

5.伏尔泰是18世纪欧洲哲理小说的主要开创者,他一生创作了26部哲理小说,其中以《老实人》最具代表性,最能体现这种新型文学形式的思想艺术特点。(一)寓言的虚构性。伏尔泰的哲理小说大都具有寓言的虚构性质,他常常把小说作为一种载体,借以阐述某种理论观点或影射某些社会现象。《老实人》中的主人公,无真名真姓,家庭身世也少有交代,实际上是一个象征性人物。他在欧美各国曲折离奇的流浪经历,则是假托异国见闻影射法国的社会现实,小说描写的保加利亚人与阿伐尔人野蛮残酷的战争,里斯本大地震惨无人道的宗教刑罚,阿根廷耶稣会的凶恶伪善,荷兰法官的贪赃枉法,等等,都是对法国封建专制统治的无情嘲讽。而那个遍地黄金、人人自由平等的"黄金国",更是启蒙主义"理性王国"的美好寓言。以虚构寓真实,在荒诞中表述真理,是伏尔泰的艺术追求。(二)哲理的论辩性。伏尔泰的哲理小说其实就是哲学小说、说理小说,是他的哲学思想的艺术阐释。他常常借用小说人物之口对重大的哲学问题展开辩论,并由此阐明作家的思想观点。在《老实人》中,世界到底是肮脏丑恶的,还是十全十美的,这是作家所要讨论的哲学命题。哲学家邦葛罗斯宣称:"万物皆有归宿,此归宿自必为最美满的归宿……在这个世界上,样样都是十全十美。"这是盲目的乐观主义。另一位学者马丁则认为:"上帝把地球交给了魔鬼",

人世间充满仇恨、争斗、杀戮和灾难。这是悲观主义哲学。而土耳其修士开导老实人说："工作可以使我们免除三大不幸：烦恼、纵欲和饥寒。"这使老实人终于认识到"种我们的园地要紧"。在这场辩论中，伏尔泰通过邦葛罗斯与居内贡小姐的悲惨遭遇，对乐观主义哲学作了无情的讽刺和彻底的否定，但他也不赞成悲观主义哲学，而是通过老实人的觉醒，提倡脚踏实地、勤奋工作的唯物主义精神。（三）轻松幽默，诙谐戏谑。伏尔泰的哲理小说虽然讨论的是严肃的哲学、社会问题，但并非枯燥乏味的说教，而是充满轻松幽默、诙谐戏谑的情趣，在《老实人》中，邦葛罗斯、居内贡和老实人的流浪经历及其所见所闻都是以嬉笑怒骂、挪揄调侃的口吻叙述的，充满俏皮的俗语、机敏的比喻和深刻的警句，增强了小说的趣味性与可读性，让人在阅读的愉悦中体会其中玄妙的哲理。

6.《新爱洛伊丝》是卢梭最重要的小说，体现了他激进的启蒙主义思想与杰出的文学成就。（一）小说通过贵族小姐与平民知识分子圣·普乐的爱情悲剧，抨击了封建等级制度与门第观念，揭露了封建专制统治对自由、平等的"天赋人权"的野蛮践踏。圣·普乐是尤丽的家庭教师，两人朝夕相处，真诚相爱。但由于地位悬殊，他们的爱情受到家庭与社会的阻挠，圣·普乐被迫外出远游，尤丽则嫁作他人妇。此后，两人仍心心相印，藕断丝连，在痛苦的煎熬中，尤丽抱恨身亡，圣·普乐悲痛不已。在小说中，作家借圣·普乐之口对封建贵族发出了猛烈的抨击："贵族，这在一个国家里，只不过是有害而无用的特权……你们是法律和自由的死敌，凡是在贵族阶级显赫不可一世的国家，除了专制的暴力和对人民的压迫以外，还有什么？"这表明了卢梭激进的民主立场。（二）小说着力歌颂尤丽与圣·普乐近乎柏拉图式的高尚纯洁的爱情，这种爱情以"美德"为基础，它超越狂热的情欲追求，不以占有对方为目的，不损害家人、朋友之间的亲情友谊；这种爱情能够净化人的灵魂，激励人的进步，给人以幸福和愉悦；这种爱情是人类的自然本性，是高尚的、合法的、无罪的，是"天赋人权"的重要组成部分。卢梭这种超凡脱俗的爱情观，体现了他的"自然人"与"返回自然"的社会理想。（三）小说采用书信体形式，自然随意地直抒胸臆，充分展示了主人公欢乐、幸福、痛苦、忧伤、矛盾、困惑、悲愤、绝望等复杂微妙的思想感情，同时也是作家坦诚率真的自我剖白与自我表现，这种崇高感情、以情感人的创作原则，同古典主义大相径庭，对欧洲感伤主义文学的发展和浪漫主义文学的诞生，产生了重要的作用。

7.歌德是德国伟大的思想家、文学家。他出生于富裕的市民家庭，早年受过良好教育，一生勤奋好学，知识渊博，在文学艺术和社会科学、自然科学诸多领域均有所建树。歌德曾接受人文主义、古典主义、启蒙主义、感伤主义和浪漫主义等文艺思潮的影响，创作了大量的抒情诗、叙事诗、诗剧、长篇小说、短篇小说、戏剧、散文游记、文艺理论等文学作品，为人类留下了极为丰富的文化遗产。歌德在80多年的人生旅程中，经历了启蒙运动、法国大革命等重大历史事件以及漫长的革命与反革命的激烈斗争，亲身体验到封建专制统治的黑暗腐败，感受到人民群众争取自由解放的革命精神，热切地期望着德国的统一富强和人类社会的文明进步。然而，在封建割据、经济落后的德国，资产阶级力量十分软弱，资产阶级革命的条件尚未成熟，这为歌德的活动造成很大的局限，形成了他思想创作的矛盾复杂性。青年歌德积极投身狂飙突进运动，鼓吹个人自由与个性解放，宣扬反对封建专制的叛逆精神。但狂飙运动囿于文学领域，并未形成声势浩大的思想文化运动和政治革命运动，不久就衰落了。歌德怀抱着对开明君主的幻想来到魏玛公国为封建小朝廷效力，他企图通过社会改良来推动社会进步和解除人民疾苦，结果事与愿违，失望而去。歌德曾经对法国大革命热情欢呼，但很快就对激烈的革命暴力不满，进而憎恶革命，反对革命。此后，歌德与席勒携手合作，提倡以古希腊罗马文学为楷模，以真善美的古典精神改造德国文学，提高德国人的文化素养。晚年歌德过着清净的隐居生活，埋头于文学创作，并对社会人生冷静理性地思考。从歌德一生的思想创作中可以看到，他反对封建专制统治和宗教迷信的思想禁锢，鼓吹自由民主和个性解放，追求社会的平等公正和真善美的人生，但又否定革命暴力，对开明君主抱有幻想，主张通过温和的社会改良和文化教育，来推动社会的文明进步。歌德是伟大的文学天才，他为世界文学创立了不朽的丰碑，歌德又是渺小的政治家，他的政治实践乏善可陈。歌德一生不断探索,不断追求,却始终未能突破时代与阶级的历史局限。

8.《浮士德》是歌德的代表作,也是 18 世纪文学的最高成就,是歌德一生思想与艺术的总结,也是自文艺复兴以来欧洲知识分子精神探索的历史概括。诗剧中的浮士德是不朽的艺术典型。他一生经历了学者生活、爱情生活、政治生活、追求古典美与改造大自然等五个阶段。起初,浮士德生活在与世隔绝的书斋里,学了一大堆枯燥无用的"知识",精神烦躁,内心痛苦,他向往春光明媚的大自然,向往喧嚣的尘世生活,寓意人文主义对中世纪经院哲学的否定。浮士德喝了返老还童的魔汤后,青春焕发,与市民女子玛甘泪热烈相爱。然而,由于放纵情欲,追求享乐,导致玛甘泪家破人亡、身陷牢狱的悲剧,浮士德悔恨不已,这反映了作家对个性解放与追求现世享乐的反思。浮士德来到罗马帝国为昏庸腐败的国王效力,帮助国王发行纸币以缓解财政危机,还召来了古希腊美女海伦供国王玩赏,这无聊的政治生活令浮士德十分失望,表达了作家反封建专制的民主立场。浮士德与海伦的结合是对古典美的追求,而他们的儿子欧福良热情似火,志向高远,是浪漫主义精神的体现,海伦的消逝与欧福良的暴亡宣告了虚幻理想的破灭。最后,浮士德转向脚踏实地的社会实践,他在移山填海改造自然的宏伟事业中,领悟到了人生真谛,获得了巨大的精神满足:"要每天每日去开拓生活和自由,然后才能够作自由与生活的享受","我愿意看见这样熙熙攘攘的人群,在自由的土地上住着自由的国民",展示了一幅"理性王国"的美好蓝图。诗剧全面表现了三百年来欧洲的社会变迁与人生体验。浮士德屡犯错误而又积极向善,堕落倦怠而又自强不息,这正是新兴资产阶级不断探索、开拓进取的精神风貌的艺术写照,同时也具有超越时代的全人类意义。诗剧中的靡菲斯特是与浮士德相互依存、对立统一的形象。从本质上说,靡菲斯特是"恶"的化身,既体现了社会的"恶",也体现了人性的"恶",既是不可回避的客观存在,也是社会进步和人类文明不可缺少的动力,正因为靡菲斯特的不断作恶、不断诱惑,才激发浮士德的不断向善、不断追求。靡菲斯特自称是"作恶造善的力之一体",道出了其中的辩证法。

9.《浮士德》是世界文学史上不朽的鸿篇巨著,它不仅是一个时代社会生活、精神生活的百科全书,同时也是难以企及的文学艺术高峰。
(一)结构庞大,气势宏伟。《浮士德》长达1万2千余行,由天上序幕和
第一部、第二部组成,人物众多,场景广阔,其故事情节超越古今、贯通
天地、人神共舞,显示出超凡脱俗的艺术风格。诗剧开篇写上帝与魔鬼
打赌、靡菲斯特与浮士德打赌,这是全书的总纲和主旨:人类到底是丑
恶堕落,还是积极向善?是安于现状,还是自强不息?由此引出浮士德
不断探索、不断追求的人生历程。浮士德的学者生活、爱情生活、政治
生活、追求古典美与改造大自然等五个阶段的生活,构成整个作品的主
要线索与主要内容,是对欧洲三百年来社会生活与精神生活的深刻概
况。诗剧结尾是对开篇的回应。浮士德由于满足现状,倒地身亡,按照
赌约他的灵魂为魔鬼所有。但上帝相信人类的追求永不止息,于是派
出天使引导浮士德的灵魂走上天堂。整部作品结构庞大而又完整,人
物故事的来龙去脉十分清晰,足见诗人纵横捭阖、挥洒自如的大手笔。
(二)虚实相映的艺术手法。诗剧取材于民间故事,反映的却是现实生
活与时代精神。浮士德的形象包含着作家本人的人生经历与人生体
验,同时又是时代精神与人类特性的高度概括,靡菲斯特既是抽象理念
的化身,其所作所为又常常折射出现实生活中的丑恶现象。诗剧既描
写了现实世界中的真实人物,也描写了神话世界中的神魔妖怪。其中
的玛甘泪一家的悲惨遭遇,封建王朝的黑暗腐败,喧嚣的市井生活,移
山填海的热烈场面等等,基本上采用写实手法。而帕里斯与海伦的显
现,浮士德与海伦的结合,欧福良的坠地身亡,瓦格特的人造人实验等
等,则具有想象、幻想性质。诗剧中这种虚中有实、实中有虚、虚实结合
的艺术手法,把起伏跌宕的故事情节、瞬息万变的情景气氛表现得淋漓
尽致,充分展示了诗人的奇思妙想与天马行空的艺术创造力。(三)丰
富多彩的艺术形式。《浮士德》作为鸿篇巨著,几乎囊括了当时德国与
欧洲所有的诗歌、戏剧形式。有严谨的格律诗、奔放的自由诗、轻快的
民间歌谣,有叙事诗、抒情诗、哲理诗、讽刺诗、格言警句,还有古希腊悲
剧、中世纪神秘剧和启蒙时代的正剧等多种戏剧因素。艺术形式的多
样性营造出艺术风格的多样性,悲喜杂糅,严肃与轻松互见,高雅与通
俗并存,大大增强了作品的艺术魅力,同时也体现了歌德博大的艺术胸

怀与精深的艺术修养。

　　10.《阴谋与爱情》是席勒早期的代表作。剧本通过贵族青年斐迪南与平民少女露伊丝的爱情悲剧,揭露了封建贵族的专横暴虐与阴险狡诈,表现了市民阶级反对封建等级制度与门第观念的民主精神。剧中阴谋与爱情的矛盾冲突,实质上是两个阶级、两种观念的矛盾冲突。宰相瓦尔特是专横暴虐、阴险狠毒的权贵重臣,他靠杀害前任宰相而篡得高位。为了讨好荒淫好色的公爵,他不惜牺牲儿子斐迪南的幸福,强令他娶公爵的情妇为妻。为了拆散斐迪南与露伊丝的爱情,他亲率军警闯入露伊丝的家,对她肆意辱骂,后又将她的父母逮捕入狱,并软硬兼施,逼迫露伊丝就范。秘书伍尔牧工于心计,善弄权术,他以伪造文书发迹,靠投机钻营高攀。伍尔牧对露伊丝怀有非分之想,为瓦尔特出谋献计,并实施了"伪造情书"事件,阴谋败露后他立刻翻脸,无情地揭露瓦尔特的老底,完全是无耻小人的做派。音乐师米勒和女儿露伊丝是新兴市民阶级的代表,米勒安分守己、自尊自重,他不满封建贵族的专横跋扈,但又胆小怕事,不敢抗争。露伊丝善良正直,她不满封建等级制度和门第观念,不愿趋炎附势,向往自由平等的理想社会。她对斐迪南的爱情也是出于对崇高理想的追求,并无狭隘的个人私欲。但她毕竟过于软弱,在强大的封建势力面前,"错误地对阴险的地狱屈服了"。米勒和露伊丝的形象,表现了市民阶级反封建的斗争性与妥协性。斐迪南是封建贵族的叛逆者,他对贵族门第的鄙弃,对父亲权势的抗争,对露伊丝执著、纯真的爱情,折射出启蒙主义的思想光辉,而他的偏激、妒忌的性格保留了贵族子弟的鲜明烙印。斐迪南是个复杂的人物,席勒没有把他描写成改革社会的先进力量,这在当时经济落后、资产阶级革命尚未成熟的德国,是符合实际的。

第六章　19世纪初期文学

Ⅰ.重点提要

第一节　概述

一、历史背景

19世纪初期的欧洲主要文学思潮是浪漫主义。它是欧洲错综复杂的阶级矛盾和动荡不安的社会形势的产物。1789年的法国大革命，一方面带动了欧洲各国的资产阶级民主革命和民族解放运动，另一方面遭到了封建反动势力的激烈抵抗，出现了革命与反革命、复辟与反复辟的长期斗争，取代封建贵族执政的资产阶级不仅未能兑现启蒙思想家的华美约言，却给社会带来了腐败、贫困、混乱和灾难。浪漫主义文学正是人们对社会现实的失望、不满、悲观和反抗情绪的反映。

浪漫主义是对古典主义的反叛，是对感伤主义的继承和发展。它的思想基础是德国的古典哲学和英法两国的空想社会主义。浪漫主义文学的基本特征如下：①否定古典主义的理性原则，强调文学表现个人的主观感情和主观理想，具有强烈的主观性与感情色彩。②鄙视、厌恶庸俗的社会现实，热衷于描写远离尘嚣的大自然和异域他乡的奇人、奇事、奇景。③崇尚天才，鼓吹创作自由与个性解放，反对古典主义的清

规戒律以及任何创作原则的束缚。④注重向民间文学学习,偏爱抒情
文体与历史传奇等文学形式。

二、德国文学

德国是浪漫主义文学的摇篮。施莱格尔兄弟是早期浪漫主义理论
家。尤以弟弟弗利德里希·施莱格尔(1772~1829)影响为大,他提倡
个性解放、创作自由,主张"诗人要凭兴之所至,不受任何狭隘规律约
束",表现了反对古典主义的思想倾向。霍夫曼(1776~1822)是后期浪
漫主义小说家。他的作品,如短篇小说《金罐》、《彼德·史雷米尔奇异
故事》和长篇小说《雄猫摩尔的人生观》等,大都是通过奇异诡秘的幻想
和荒诞不经的故事来揭露、讽刺现实生活的庸俗粗鄙,具有浓烈的神秘
色彩。19世纪初期德国文学的杰出代表是诗人海涅(1797~1856),他
的文学气质是浪漫主义的,思想境界达到了革命民主主义的高度。

三、英国文学

英国浪漫主义代表了19世纪初期欧洲文学的最高成就。华兹华
斯(1770~1850)、柯尔律治(1772~1834)和骚塞(1774~1843)是英国
第一代浪漫主义诗人。他们组成了"湖畔诗派"。1800年,华兹华斯的
《抒情歌谣集·序言》被认为是浪漫主义的宣言。他在此提出:"一切好
诗都是强烈感情的自然流露。""湖畔派"诗人厌恶资本主义喧嚣鄙俗的
城市文明与冷酷无情的金钱关系,他们曾经热情欢呼法国大革命,随后
又为血腥的革命暴力吓倒,转而到文学艺术中寻找精神寄托。华兹华
斯醉心大自然,寄情山水间,以朴实无华的诗句描绘优美宁静的自然风
光,赞美远离烦扰的田园牧歌生活,诉说诗人在大自然怀抱中的人生体
验与灵魂净化。《丁登寺》、《序诗》、《永生的了悟颂》、《孤寂的刈麦女》
等,是他的传世名篇。柯尔律治则沉湎于神秘玄妙、离奇怪诞的幻想世
界中,他的代表作《古舟子咏》、《忽必烈汗》等,以惊心动魄而又神奇荒
诞的故事,表达诗人对宗教、哲学、艺术、人生的玄思。骚塞热衷于描写
古代或异域风情,他的诗歌有严重的复古倒退与逃避现实倾向,艺术成
就不高。

　　英国第二代浪漫主义诗人是拜伦（1788～1824）、雪莱（1792～
1822）、济慈。他们憎恶资本主义的虚伪腐败，反对专制暴政，同情人民
疾苦，支持各国人民的民族民主运动，具有鲜明的革命民主主义倾向。
他们的创作从思想上、艺术上把"湖畔派"的诗歌革新工作推进到新的
阶段。济慈出身贫寒，生命短暂，却留下了不少优美的诗篇。他所描写
的大都是浪漫传奇故事，意境高雅，人物超凡脱俗，表达了诗人对人生
之真、艺术之美的执著追求，对庸俗粗鄙的社会现实的不满。长诗《伊
莎贝拉》和短诗《夜莺颂》、《希腊古瓮颂》等是他的代表作。

　　司各特（1771～1832）是著名的浪漫主义小说家，他的主要成就是
历史小说。在代表作长篇小说《艾凡赫》中，生动描写了12世纪末期英
王查理率军平定贵族叛乱的故事，揭示了中世纪英国社会错综复杂的
矛盾与封建统治集团争权夺利的斗争。其中英雄骑士艾凡赫、绿林豪
杰罗宾汉等人仗义行侠、浪漫多情的艺术形象，至今仍为人们津津乐
道。

四、法国文学

　　法国浪漫主义文学经历了两个发展阶段。早期代表作家有夏多布
里昂（1766～1848）、拉马丁（1790～1869）、维尼（1797～1863）等人。他
们在思想上反对资产阶级大革命，拥护封建复辟王朝，在创作上宣扬悲
观厌世的没落情绪和狂热的宗教精神。夏多布里昂的中篇小说《阿达
拉》是法国浪漫主义的先声，小说以北美原始森林作背景，描写一对青
年男女的爱情悲剧。阿达拉是部落首领的养女，西班牙血统，信仰基督
教。她与印第安青年夏克塔斯真诚相爱，结伴私奔。然而由于夏克塔
斯是异教徒，在爱情与宗教冲突面前，阿达拉以身殉教，自杀身亡。夏
克塔斯悲痛之余，遵从阿达拉遗愿，皈依了基督教。小说赞美了基督教
的伟大神圣，赞美了狂热的宗教信仰。另一篇小说《勒内》是《阿达拉》
的续篇。小说主人公勒内是患上了"世纪病"的法国青年，出身贵族，自
幼孤独忧郁，成年后悲观厌世，多次出国游荡，最后在北美荒原找到了
生命的归宿。两部小说集中反映了夏多布里昂的基本思想：不满现实，
逃避现实，力图从宗教与大自然中寻求精神慰藉。拉马丁和维尼均以

诗歌见长,他们作品的主题大都是感叹人生的苦闷悲伤以及对宗教、死亡的向往。

　　法国第二代浪漫主义作家以雨果(1802~1885)、缪塞(1810~1857)、大仲马(1802~1870)为代表。1827年,雨果发表了浪漫主义的理论纲领《〈克伦威尔〉序言》,对古典主义进行全面、猛烈的批判,系统阐述了浪漫主义的文学主张,影响巨大。缪塞是敏感多情的诗人,在戏剧方面也颇有成就,他的作品大都表现个人失意的生活经历与痛苦的内心感受。大仲马是通俗小说家,他的作品故事生动,情节曲折,深受群众喜爱。

五、俄国文学

　　19世纪以前的俄国,政治、经济、文化都处于落后封闭状态,从19世纪初叶开始,俄国文学才逐步走向繁荣。茹科夫斯基(1783~1852)是俄国第一位浪漫主义诗人,他的诗歌主要是描写俄罗斯优美宁静的大自然,描写忧伤虚幻的人生,充满消极神秘倾向。1825年的十二月党人起义,掀起了反对封建专制斗争的序幕,以雷列耶夫(1795~1826)为代表的十二月党人诗人,以高昂的革命激情为浪漫主义文学带来了新的气息。在反对沙皇封建农奴制的斗争中,伟大诗人普希金(1799~1837)登上了文坛,他是俄国浪漫主义文学的杰出代表,同时又是俄国现实主义文学的奠基人,他丰硕的文学成就为俄国文学赢得了世界性声誉,被尊为"俄罗斯文学之父"。

第二节　拜伦

　　拜伦(1788~1824)是19世纪初期英国著名诗人,出生于古老的没落贵族家庭,自幼养成桀骜不驯、放荡不羁的性格,早年诗作即流露出对上流社会的轻蔑与鄙视,为反动保守势力不容。大学毕业后游历欧洲大陆,创作了长诗《恰尔德·哈洛尔德游记》的第一、第二章,以及以东方为背景的浪漫主义组诗《东方叙事诗》。这些诗歌表现了诗人与封建、资本主义社会彻底决裂的叛逆精神,反响强烈,同时也招来了反动保守势力的猛烈攻击。1816年，拜伦愤然离国，踏上流亡生涯，并投身意大利、希腊等国的民族民主运动，直至以身殉职。在此期间，拜伦除了完成《恰尔德·哈洛尔德游记》的第三、第四章以外，还创作了长诗《锡隆的囚徒》、《青铜时代》，诗剧《曼弗雷德》、《该隐》和长篇叙事诗《堂璜》等优秀作品，奠定了诗人在欧洲文学史上的重要地位。

《恰尔德·哈洛尔德游记》是拜伦的代表作之一。长诗的主人公哈洛尔德是个叛逆的贵族青年，他恃才傲物，鄙视虚伪庸俗的上流社会，不愿与之同流合污，但又与广大群众格格不入，成为郁郁寡欢的漂泊者，他目睹人民的深重苦难，同情他们争取独立自由的斗争，但又置身局外，时常流露出悲观忧郁情绪。在哈洛尔德等人的身上，打上了诗人生活经历的烙印，倾注了诗人的思想感情，在某种程度上是诗人的化身，因而被称为"拜伦式英雄"。

《堂璜》是拜伦另一部代表作，描写贵族青年堂璜曲折离奇的浪漫经历，借以讽刺欧洲封建专制统治的专横暴虐与荒淫无耻，对被压迫人民的民族民主运动表示深切的同情。堂璜本是西班牙中世纪传说中的一个纨绔子弟，拜伦赋予他新的形象、新的性格。诗中的堂璜少年气盛，16岁时与有夫之妇私通，因恋爱风波而亡命。途中遭遇海难，被海盗头子的女儿搭救，两人热烈相爱。恋情暴露后，堂璜被海盗押赴奴隶市场拍卖，于是沦为土耳其后宫奴仆，终日与王妃、宫女鬼混。其时，俄土战争爆发，堂璜厌倦了淫荡的后宫生活，遂投身硝烟弥漫的战场。由于才智过人，风流倜傥，深受俄国女皇的宠爱。后来，被女皇委派出使英国，在伦敦上流社会逢场作戏，出尽风头。原计划长诗继续描写堂璜在欧洲各国漫游，最后到法国参加革命，但因诗人英年早逝，未能完篇。我们从堂璜身上，不仅看到拜伦的影子，感受到诗人反对专制压迫、追求自由解放的叛逆精神，同时也领略了一代贵族青年致命的弱点。

第三节　雪莱

雪莱（1792～1822）是19世纪初期与拜伦齐名的英国著名诗人。他出身于贵族家庭，致力于反对专制暴政、争取自由民主的斗争，因而遭受反动保守势力的压制和迫害,英年早逝,客死异乡。雪莱的基本思想是革命民主主义与空想社会主义。他的著名长诗《伊斯兰起义》描写了一场虚构的"黄金城的革命",借以再现法国大革命的战斗精神。诗中的男女主人公莱昂和茜丝娜亲身体验了专制暴君的野蛮暴虐,于是用真理、正义、自由、仁爱思想唤醒群众,率领起义人民冲进宫殿,推翻暴君的专制统治。长诗热情歌颂了被压迫人民争取自由民主的革命斗争,宣扬了正义必将战胜邪恶的乐观主义信念,同时也流露出否定革命暴力的思想倾向。诗剧《解放了的普罗米修斯》是雪莱的代表作。它通过普罗米修斯反对众神之主朱庇特的斗争故事,揭露了专制统治给人民群众带来的痛苦和灾难,歌颂了革命斗士为人民谋幸福的崇高品质和英雄气概,表达了诗人美好的空想社会主义理想。诗剧中的普罗米修斯是高大完美的艺术形象,既是时代精神的体现,也是诗人理想的化身。

　　雪莱是热情的政治诗人,也是优秀的抒情歌手,他写过支援工人运动的政治诗,也写过歌颂自然、歌颂爱情、歌颂人生的抒情诗,其中《西风颂》、《致云雀》、《给英格兰人的歌》、《云》等,都是脍炙人口的名篇。

第四节　雨果

　　雨果(1802~1885)是享有世界声誉的法国伟大作家,在长达60多年的文学生涯中,他见证了19世纪法国的重大历史进程和文学进程,在诗歌、小说、戏剧和文艺理论等方面,留下了极为丰富的创作遗产。

　　雨果出生于军人家庭,天资聪颖,15岁开始写诗,早年思想倾向于保皇主义。1827年发表剧本《克伦威尔》。在《〈克伦威尔〉序言》中,雨果对显赫一时的古典主义进行了全面、猛烈的批判,并提出了系统的浪漫主义文学主张,被公认为浪漫主义的理论纲领。1930年,雨果的另一个著名戏剧《艾尔那尼》在巴黎上演,引起古典主义和浪漫主义的激烈冲突,最后浪漫主义占据文坛,雨果成为法国浪漫主义文学运动的领袖。《艾尔那尼》描写16世纪西班牙强盗首领艾尔那尼反抗国王专制统治的斗争,歌颂绿林好汉的叛逆精神和浪漫性格,具有鲜明的反封建倾向。然而，戏剧的结局却是专制暴虐的国王转变为宽厚贤明的君主，这反映了雨果政治上不成熟。1831 年发表的《巴黎圣母院》是一部浪漫主义性质的历史小说，它通过善与恶、美与丑、爱与恨尖锐激烈的矛盾冲突，批判了封建宗教势力的虚伪、残暴，赞美了以吉普赛女郎爱斯美拉尔达和圣母院敲钟人喀西莫多为代表的下层人民的优秀品质与高尚情操，是雨果早期小说的代表作。

19 世纪的法国经历了革命与复辟的长期斗争，政局多变，雨果在政治上摇摆不定。30 年代他拥护共和党，后又支持君主立宪，再后来又成为共和主义者。1851 年因反对路易·波拿巴独裁统治，雨果被迫流亡国外长达 19 年之久，其间先后创作了《悲惨世界》、《海上劳工》、《笑面人》等小说，出版了《惩罚集》、《静观集》等多部诗集。1862 年发表的长篇小说《悲惨世界》是雨果最重要的艺术成就。它以冉阿让悲惨坎坷的生活经历为主要线索，广泛展示了 19 世纪上半叶法国的重大历史事件与社会图景，揭露了资本主义的丑恶腐败，对被压迫、被蹂躏的劳苦大众表示深切的同情，并宣扬了以仁爱、宽恕和道德感化来调和阶级矛盾、改革社会弊病的人道主义思想。

1870 年雨果回到了法国，他积极投身于抗击普鲁士侵略者的爱国斗争中，但却对巴黎公社起义很不理解。然而，公社失败以后，他又对遭受反动当局血腥镇压的革命工人给予同情、支持和帮助。1872 年出版的诗集《凶年集》，集中记录了这一重大历史关头诗人矛盾复杂的心态。1873 年出版的长篇小说《九三年》是雨果晚年的重要作品，它描写了 1793 年共和国军队镇压保皇党叛乱的故事，反映了法国大革命后复辟与反复辟的激烈斗争，作家一方面肯定了革命暴力的必要性，另一方面又宣称："在绝对正确的革命之上，还有一个绝对正确的人道主义。"体现了雨果一贯的矛盾复杂思想。

第五节　普希金

普希金（1799～1837）是俄国浪漫主义文学的杰出代表，同时也是俄国现实主义文学的奠基人。他出身于贵族之家，青年时代接受了十二月党人革命思想的影响,早期诗作洋溢着反对专制暴政、争取自由民主的革命精神,抒情诗《自由颂》、《致恰达耶夫》、《致普柳斯科娃》以及叙事长诗《高加索俘虏》、《茨冈》等,都是优秀的浪漫主义作品。

从 20 年代中期开始,普希金的创作逐步转向现实主义。诗体小说《叶甫盖尼·奥涅金》描写了贵族青年奥涅金空虚无聊、苦闷彷徨的短暂人生,塑造了俄国文学史上第一个"多余人"的艺术形象。小说批判了俄国封建农奴制社会的黑暗腐败,指出了贵族知识分子的叛逆精神与致命弱点,具有深刻的现实意义,因而被誉为俄国批判现实主义的奠基作。以描写下层人民生活为主要题材的《别尔金小说集》,表达了普希金对劳苦大众悲惨遭遇的同情和关注,开启了俄国文学描写"小人物"的先河。长篇小说《上尉的女儿》取材于 18 世纪普加乔夫起义,普希金破除了封建贵族的传统偏见,把农民起义领袖普加乔夫描写成一位深受人民爱戴的英雄人物,歌颂他英勇机智、坚定乐观、热爱自由、宁死不屈的优秀品德,反映了作家进步的政治立场。

Ⅱ. 思考练习

一、填空题

1. 19 世纪初期欧洲文学的主要潮流是_____。

2. 欧洲浪漫主义文学的发源地是_____。

3. 19 世纪英国第一代浪漫主义诗人是"湖畔派"的_____、_____、_____。

4. 华兹华斯的《_____》是英国浪漫主义文学的宣言书。

5. 19 世纪英国第二代浪漫主义诗人是_____、_____、_____。

6. 拜伦在其诗作中塑造了一系列具有个人特点的人物形象,统称为"_____"。

7. 19 世纪欧洲历史小说的创始人是_____,其代表作是

《_____》。

　　8. 19 世 纪 法 国 早 期 的 浪 漫 主 义 代 表 作 家 是 _____、_____、_____。

　　9. 19 世 纪 法 国 第 二 代 浪 漫 主 义 代 表 作 家 是 _____、_____、_____。

　　10. 雨果的《_____》被公认为法国浪漫主义文学的理论纲领。

　　11. 雨果戏剧《_____》的上演，引发了法国 _____ 与 _____的激烈冲突，从而确立了 _____ 在法国文坛的统治地位。

　　12. _____被誉为"俄国文学之父"。

　　13. 普希金的诗体小说《叶甫盖尼·奥涅金》塑造了俄国文学第一个_____的形象。

二、简述题

　　1. 浪漫主义文学有哪些基本特征？

　　2. 为什么说《〈克伦威尔〉序言》是浪漫主义的理论纲领？

　　3. 何谓"拜伦式英雄"？

　　4. 简述《解放了的普罗米修斯》的思想倾向与艺术特色。

　　5. 简述《巴黎圣母院》的思想倾向与艺术特色。

　　6. 简述《悲惨世界》的思想意义与艺术成就。

　　7. 为什么说奥涅金是一个多余人的形象？

Ⅲ.参考答案

一、填空题

1. 浪漫主义

2. 德国

3. 华兹华斯　　柯尔律治　　骚塞

4.《〈抒情歌谣集〉序言》

5.拜伦　　雪莱　　　济慈

6.拜伦式英雄

7.司各特　　《艾凡赫》

8.夏多布里昂　拉马丁　维尼

9.雨果　　　缪塞　　大仲马

10.《〈克伦威尔〉序言》

11.《艾尔那尼》　　浪漫主义　　古典主义　　浪漫主义

12.普希金

13.多余人

二、简述题

1.浪漫主义是19世纪初期欧洲文学的主要潮流,它的基本特征是:①否定文学的理性原则,强调文学表现人的主观感情和主观理想,具有强烈的主观性与感情色彩。华兹华斯明确提出,"一切好诗都是强烈感情的自然流露"。浪漫主义作家认为,文学来源于感情,其目的是抒发感情,其功用是以情感人。因此,他们的创作着重表现个人的内在感受,随心所欲地抒发个人感情与个人理想,即便是写实记事的作品,也都带有强烈的感情宣泄。②鄙视、厌恶庸俗的社会现实,热衷于描写远离尘嚣的大自然和异域他乡的奇人、奇事、奇景。浪漫主义作家对资本主义贫富悬殊、阶级对立的社会现实极为不满,对贵族资产阶级唯利是图、尔虞我诈、腐化堕落的恶德败行异常反感,他们力图从远离城市、远离工业文明的大自然与异域风光寻找精神寄托,他们在作品中赞美原始神秘的高山大川,赞美平凡宁静的田园生活,赞美正直善良、粗犷豪爽的纯朴民风,以映衬现实生活的丑恶庸俗。③崇尚天才,提倡个性解放与创作自由。雨果宣称:"浪漫主义不过是文学上的自由主义而已。"浪漫主义作家大都恃才傲物,狂放不羁,他们是政治上的自由派,也是文学上的自由派,他们反对现存秩序对个性的压抑,反对任何清规戒律对创作的束缚,他们笔下的人物也是一些独立特行、挑战现实、藐视权贵的叛逆者,是他们自身张扬个性、追求自由的写照。④注重向民间文学学习,偏爱抒情文体与历史传奇等文学形式。浪漫主义作家喜欢从民间故事和历史传说中吸取创作题材,民间歌谣、抒情诗、叙事诗、历史剧、历史小说是他们常用的文学形式,他们的创作不刻意追求客观真实,而强调采用夸张、虚构、想象、幻想等艺术手段来增强艺术的感染力。总的来说,浪漫主义是对古典主义的反叛,是对感伤主义的继承和发展。

2.雨果的《〈克伦威尔〉序言》在全面批判古典主义的基础上,旗帜鲜明地提出浪漫主义的文学主张,因而被公认为浪漫主义的理论纲领,对 19 世纪欧洲的浪漫主义文学运动产生了深刻的影响。①雨果从社会发展观出发,尖锐地批判了古典主义因循守旧的倾向。雨果认为,人类社会是不断向前发展的。文学是社会的产物,随着社会的发展、时代的变化,文学也在不断地变革更新。人类社会经历了三个发展阶段,每一阶段都有与之相适应的文学,"原始时代是抒情时代,古代是史诗时代,而近代则是戏剧时代"。没有永恒不变的社会形态,没有永恒不变的文学艺术,古典主义把古代文学奉为永恒不变的楷模,盲目模仿,是违背社会发展规律与文学发展规律的。②雨果以辩证的观点阐述了优美崇高与滑稽丑怪相对照的美学原则。雨果认为,世间万物都是相互依存、相互比照的,文学艺术也应当矛盾复杂、丰富多彩,"丑就在美的旁边,畸形靠近优美,丑怪藏在崇高背后,恶与善并存,黑暗与光明相共"。这是生活真实,也是艺术真实,不能人为地把两者割裂开来,而古典主义把不同的文学题材、不同的文学形式、不同的文学风格划分为不同的高低贵贱等级,这是非常荒谬的。真正的艺术应当表现"优美崇高与滑稽丑怪的非常自然的结合"。③提倡创作自由,反对清规戒律。雨果在政治上反对专制压迫,在文学上反对古典主义的束缚,他曾经明确指出:"浪漫主义不过是文学上的自由主义而已。"在《〈克伦威尔〉序言》中,雨果对以"三一律"为代表的古典主义清规戒律进行猛烈抨击,雨果认为,从戏剧创作来说,要求情节整一是合理的,但要求时间整一和地点整一则是僵死的教条,应当抛弃。

3.拜伦在他的诗歌作品中,塑造了一系列独具个性的人物形象,如《恰尔德·哈洛尔德游记》中的哈洛尔德、《曼弗雷德》中的曼弗雷德,以及《东方叙事诗》中的异教徒、海盗、造反者等。他们的共同特点是具有非凡的才能和气质。一方面,他们以异样的热情和勇敢挑战现实,蔑视世俗,反对压迫,追求自由,另一方面又以玩世不恭的态度游戏人生,常常流露出悲观绝望的虚无主义情绪。他们既不与上流社会同流合污,又难与人民群众融为一体,他们风流倜傥,怀才不遇,桀骜不驯,独立特行,是孤独的叛逆者和悲剧性的英雄。这些人物印有诗人的生活经历与思想感情,因而被称为"拜伦式英雄"。

4.诗剧《解放了的普罗米修斯》是雪莱的代表作,它通过古希腊神话普罗米修斯偷盗天火的故事,反映了19世纪初叶英国社会尖锐复杂的矛盾斗争,揭露了专制统治的野蛮暴虐,歌颂了革命人民的优秀品质和英雄气概,表达对自由平等的美好社会的崇高理想。诗剧中的众神之主朱庇特是统治着"整个仙界和人类的暴君",他"唯我独尊,把信仰、法律、爱全抛弃",给人类带来无穷的痛苦和灾难。这显然是对现实生活中专制暴政的影射。而普罗米修斯则是"人类的救星和卫士"、"道德和智慧十全十美"的英雄,他不仅热爱人类,同情人类疾苦,无私无畏地为人类英勇献身,而且面对朱庇特的残酷刑罚和威胁利诱,坚贞不屈,斗争到底。诗剧改变了神话传说和古希腊悲剧中普罗米修斯与朱庇特妥协言和的结局,描写了正义与邪恶的激烈恶斗,朱庇特终于被代表"永恒的必然性"的冥王打败,堕落到地狱深渊。这反映了雪莱坚定的革命立场和乐观信念。在诗剧的结尾,雪莱满怀激情地描写朱庇特被推翻之后,地上人间的新气象:"人类从此不再有皇权统治,无拘无束,自由自在;人类从此一律平等,没有阶级、氏族和国家的区别,也不再需要畏惧,崇拜,分别高低;每个人都是管理他自己的皇帝;每个人都是公平、温柔和聪明"。这个没有皇帝,没有压迫奴役,所有人一律平等的大同世界;这个不分阶级,不分种族,人与人相亲相爱,自由幸福的人间乐园,正是雪莱毕生追求的空想社会主义的美好理想。

5.《巴黎圣母院》是著名的浪漫主义历史小说。它以中世纪的巴黎圣母院作背景,生动地描写了一场善与恶、美与丑、爱与恨的激烈斗争。吉普赛女郎爱斯美拉尔达身世卑微,但美艳动人,多才多艺,面对圣母院副主教弗罗洛的威逼利诱,爱斯美拉尔达不为所动,即使是被送上绞刑架也决不低头屈服。这是一个集真、善、美于一身的艺术形象。同爱斯美拉尔达相对应的弗罗洛是假、恶、丑的化身。他身为神职人员，表面上道貌岸然，内心却深受情欲的煎熬，并由爱生恨而蜕变为病态的迫害狂。国王近卫队长弗比斯是个虚伪薄情的纨绔子弟，他与爱斯美拉尔达的一见钟情只是逢场作戏，面对她的一片痴情，他表现得极端自私与冷漠。唯有教堂敲钟人喀西莫多对爱斯美拉尔达的爱是真诚的，纯洁的。喀西莫多相貌奇丑，心地善良，他无私无畏地救助屡遭迫害的爱斯美拉尔达，最后怀着满腔义愤把弗罗洛从圣母院的顶楼推下去摔死，自己也献出了生命。小说通过惊心动魄的矛盾冲突揭露了封建宗教势力的虚伪、残暴，赞美了下层人民的优秀品质与高尚情操。《巴黎圣母院》具有鲜明的浪漫主义艺术特色。首先是故事情节曲折离奇，充满着惊险刺激的戏剧性。其中愚人节狂欢，吉普赛女郎被黑夜劫掳，爱斯美拉尔达巧遇弗比斯搭救，喀西莫多被广场示众，弗罗洛误伤弗比斯，爱斯美拉尔达被判处绞刑，喀西莫多勇劫法场，乞丐部落攻打教堂，弗罗洛被从教堂顶楼扔下摔死，喀西莫多与爱斯美拉尔达联体尸之谜等等，波澜起伏，扣人心弦，具有强烈的艺术吸引力。其次是采用美丑对照原则塑造人物，使人物形象极端个性化。在小说中，雨果是按照他所提出的美学原则来塑造人物的："丑就在美的旁边，畸形靠近优美，丑怪藏在崇高背后，恶与善并存，黑暗与光明相共。"弗罗洛的凶恶与爱斯美拉尔达的善良相对照，喀西莫多的奇丑与爱斯美拉尔达的美艳相对照，弗比斯的虚假与爱斯美拉尔达的真诚相对照。由于人物之间性格反差巨大，给人留下了极为深刻的印象。

6.《悲惨世界》是雨果的代表作。小说通过冉阿让悲惨坎坷的生活经历，广泛展示了19世纪上半叶法国的重大历史事件与五光十色的社会图景，揭露了资本主义的丑恶腐败，对被压迫、被奴役的劳苦大众表示深切的同情，宣扬了以仁爱宽恕和道德感化来调和阶级矛盾、改革社会弊病的人道主义思想。冉阿让原是个贫苦农民，到城市里打工谋生，因收入微薄，不够养家糊口，情急之下偷了一块面包，由此在牢狱中度过了19年的非人生活。出狱后生计无着，又偷盗了米里哀主教家的银器，被警察逮捕，幸得主教仁慈宽大，才免遭再陷牢狱之灾。冉阿让受到感化,从此立志为善。他改名换姓,辛勤创业,发家致富,成了颇有名气的企业家,并被推选为蒙特伊市的市长。冉阿让乐善好施,救济穷人,兴办福利事业,繁荣地方经济,深受市民拥戴,却为政府当局不容。警察沙威一直对他跟踪追捕,致使他四处藏匿,过着漂泊逃亡生活。其间,他救助过贫病交加的妓女芳汀,收养了她寄人篱下的私生女珂赛特。最后冉阿让把巨额财产留给了珂赛特夫妇,自己带着欣慰的微笑溘然长逝,雨果在小说的序言中指出,由于"法律和习俗所造成的社会压迫",世界正面临着三大问题:"贫穷使男子潦倒,饥饿使妇女堕落,黑暗使儿童羸弱。"冉阿让、芳汀和珂赛特等人的悲惨遭遇正是这三大问题的生动写照,黑暗腐败的资本主义社会无疑是这些被压迫、被奴役的劳苦大众的"悲惨世界"。而沙威则是法律的代表和习俗的化身,他对冉阿让的疯狂迫害,既代表政府执法,又体现了世俗偏见。小说在广阔的历史背景上展示了从大革命高潮到七月王朝时期法国社会的风云变幻,特别歌颂了1832年共和党人起义的革命精神和英雄气概。然而,小说着重宣扬的却是凌驾于革命之上的人道主义。米里哀主教用仁爱感化了冉阿让,冉阿让同样用仁爱感化了沙威,使这个反动统治阶级的鹰犬在人民起义的硝烟中幡然醒悟,投水自尽。冉阿让的仁爱善举还使他开办的工厂变成了消灭失业和苦难的人间乐园,使饱受磨难的孤女珂赛特过上富裕幸福生活。在当时的历史条件下,雨果的人道主义思想显然是不切合实际的空想。

　　《悲惨世界》共五部,近100万字,既写了冉阿让坎坷悲惨的一生,也展示了滑铁卢战役、巴黎街垒战等重大历史场面,篇幅宏大,结构完整,场面壮阔,人物众多,具有气势磅礴的史诗风格。小说在写人叙事方面基本上是现实主义的,同时也保留了雨果早期创作中的浪漫主义特点。故事情节曲折离奇,充满偶然巧合的戏剧性。人物性格极端个性化,如冉阿让一生为善,几近完人,是善的化身,沙威作恶成性,成了毫无人性的恶的化身,善与恶相互对照,其性格个性更加彰显。

　　7. 奥涅金是普希金长篇诗体小说《叶甫盖尼·奥涅金》的主人公,他出生于彼得堡贵族家庭,终日周旋于沙龙、舞会、酒宴,逢场作戏,追逐女性,过着吃喝玩乐的浪荡生活。然而,"他的性格和爱幻想的天性,与众不同的怪癖,辛辣而冷淡的才气",又使他对空虚无聊的上流社会感到厌倦,患上了郁郁寡欢的"忧郁病"。一次在外省农村,奥涅金与地主的女儿达吉亚娜一见钟情,但面对纯情少女的热情示爱,他却异常冷漠,淡然拒绝。不久,奥涅金出于恶作剧调戏达吉亚娜的妹妹奥丽加,导致他与自己的好友、奥丽加的未婚夫连斯基决斗,并杀死了连斯基。此后,奥涅金外出流浪。多年后,他重返彼得堡社交舞台,与达吉亚娜不期而遇,此时她已是一位老将军的贵夫人了。奥涅金旧情勃发,对她展开了狂热的追求,但这一次,却轮到了他遭受达吉亚娜的冷淡拒绝。"奥涅金……活着没有目的,没有工作,一直到 26 岁,在闲暇无事里苦恼着,没有职务,没有妻子,没有事情,无论什么都不会做。"这是诗人对奥涅金的形象概括。奥涅金是俄国进步贵族青年的典型,他受过资产阶级启蒙主义思想的影响,对封建农奴制和黑暗腐败的社会现实有所不满,曾经在自己的庄园里进行过农事改革。然而,由于时代和阶级的局限,奥涅金难以克服贵族青年自身的弱点,他缺乏明确的理想,缺乏实际工作能力,胸无大志,玩世不恭,无所作为。这样的人,既"永远不会站到政府方面",也"永远不能够站到人民方面",成为社会的"多余人"。《叶甫盖尼·奥涅金》是俄国现实主义文学的奠基作,开启了描写"多余人"的先河。此后,莱蒙托夫《当代英雄》中的毕乔林、屠格涅夫《罗亭》中的罗亭、冈察洛夫《奥勃洛摩夫》中的奥勃洛摩夫等,都相继加入"多余人"的形象系列,成为 19 世纪俄国文学中引人注目的艺术成就。

第七章　19世纪中期文学

Ⅰ.重点提要

第一节　概述

一、历史背景

现实主义文学是资本主义制度确立的产物,尽管欧洲反封建斗争还未结束,但资产阶级已稳操胜券。欧洲各国民主、民族运动风起云涌。无产阶级与资产阶级之间的矛盾上升为社会的主要矛盾。

随着无产阶级的成长,人类历史诞生了崭新的思想:马克思、恩格斯创立的科学社会主义理论。出现了早期无产阶级文学:法国的工人诗歌、英国的宪章派文学和德国的革命诗歌。

19世纪30年代,冷静、客观、真实地再现生活的现实主义文学取代浪漫主义文学成为文学主流。现实主义文学产生的哲学基础是辩证法、唯物论和空想社会主义。自然科学取得的突出成就,也促使人们用更加科学的、实证的方式观察社会。

现实主义文学依然属于资产阶级文学。它的思想武器是以人性论为基础的人道主义。以中小资产阶级为主的创作群体,必然给作品上打下改良主义的烙印。他们揭示社会疮疤的目的,并不是推翻资本主义制度,而是进行局部的补贴修正。

批判现实主义文学基本特征如下:

①真实性和批判性。比较广阔、比较真实地展示了社会生活的各个方面,对现实矛盾的揭示具有相当的深度。现实主义作家注重写实,由此反映生活的本质。他们逼真地描绘出封建主义崩溃、资本主义崛起的历史进程,不遗余力地揭露资本主义社会的弊端,批判拜金主义,尖锐地提出许多重大问题,引起人们对现存秩序的不满,因而具有巨大的社会意义。

②典型性。批判现实主义作家注重选择典型事件来反映社会与时代特征,追求细节的真实。他们以典型的社会画面为背景,努力表现环境对人的影响,成功地塑造了一系列共性与个性结合的典型形象。塑造典型环境中的典型人物,是现实主义文学的重要贡献,在文学发展史上具有重要意义。

③文体特征。长篇小说的创作空前繁荣,已发展到完备成熟阶段。中短篇小说、戏剧时有出现,也取得了较高成就。

二、文学概况

①法国文学于 19 世纪中期进入繁荣时期。浪漫主义文学继续发展,批判现实主义文学迅速成为文学主潮。

浪漫主义文学代表作家有雨果(1802～1885)、大仲马(1803～1870)和乔治·桑(1804～1876)等。大仲马的通俗小说,如《三个火枪手》和《基度山伯爵》想象丰富,情节曲折,传奇色彩浓厚。女作家乔治·桑向往人际关系和谐,作品风格细腻抒情,富有诗意,具有理想主义色彩。其代表作是《木工小史》、《安吉堡的磨工》、《魔沼》和《小法岱特》等。前两部作品属于空想社会主义小说。

批判现实主义文学代表作家有斯丹达尔、梅里美和巴尔扎克。斯丹达尔的《拉辛与莎士比亚》是现实主义的重要理论论著,长篇小说《红与黑》标志着批判现实主义文学的真正开端。梅里美(1803～1870)的中短篇小说受浪漫主义影响,具有异域情调和传奇色彩。代表作有《塔曼果》、《高龙巴》、《嘉尔曼》等。巴尔扎克的《人间喜剧》代表了法国批判现实主义文学的最高成就。

1848年以后的法国文坛呈现多元化倾向。以福楼拜为代表的批判现实主义作家,强调以"科学的精神"追求更精确的描写和纯客观的分析。与此同时,出现了对后世文学产生重大影响的唯美主义和象征主义文学。唯美主义代表作家戈蒂耶(1811～1872)提出了"为艺术而艺术"的主张。象征主义的先驱波德莱尔(1821～1867)创作了惊世骇俗的诗集《恶之花》。

②英国批判现实主义文学出现于30年代,四五十年代达到高峰,涌现出一批出色的小说家。狄更斯是英国批判现实主义文学的奠基人,也是最杰出的代表。萨克雷(1811～1863)尖锐地讽刺资本主义社会人与人之间的金钱关系、伪善势利等丑恶现象,在《名利场》中成功塑造了一个冷酷无情、不择手段往上爬的女冒险家蓓基·夏泼的形象。盖斯凯尔夫人(1810～1865)的《玛丽·巴顿》以宪章运动为背景,正面反映劳资矛盾和工人反抗斗争,但也宣扬了阶级调和论。勃朗特三姊妹——夏洛蒂·勃朗特(1816～1855)、爱米莉·勃朗特(1818～1848)、安妮·勃朗特(1820～1849)的创作各具特色,她们代表作分别是《简·爱》、《呼啸山庄》、《艾格妮丝·格雷》。《简·爱》塑造了一位相貌平平,却坚强独立、自尊自爱的简·爱的形象。

英国批判现实主义文学具有如下特征:最早描写劳资矛盾和工人的斗争;善于描写小人物的命运;具有温和的人道主义和改良主义倾向;女性作家异军突起,占相当比重。

英国的宪章派诗歌是最早的无产阶级文学,它以鲜明的政治倾向性、强烈的战斗性、广泛的群众性和国际主义精神,在无产阶级文学史上写下了辉煌的一页。代表作家是琼斯(1819～1869)、林顿(1812～1897)和梅西(1828～1907)。

③德国文学的最高成就是革命民主主义诗人海涅(1797～1856)和剧作家毕希纳尔(1813～1837)的创作。他们既否定封建专制制度,又批判资本主义的残酷剥削,表现了强烈的政治倾向。

随着无产阶级革命的日益高涨,德国涌现了一批革命作家,其中最杰出的代表是维尔特(1822～1856)。他的诗歌真实反映了广大劳动人民的心声，讽刺性极强，语言朴实精练。恩格斯称他为"德国无产阶级第一个和最重要的诗人"。

④东欧和北欧重要的作家。

波兰爱国诗人密茨凯维奇（1798～1855）既是波兰浪漫主义文学的奠基者，也是现实主义文学领路人。诗剧《先人祭》第三部和叙事诗《塔杜施先生》表现了为民族解放而斗争的思想。

保加利亚的革命诗人有保特夫（1849～1876）和伐佐夫（1850～1921）。

匈牙利民族诗人裴多菲·山陀尔（1823～1849）是1848年匈牙利革命的领导者之一。裴多菲创作了800多首短诗和8首长诗。长篇叙事诗《使徒》反映了匈牙利人民的苦难，表达了对专制暴政的仇恨，歌颂了革命者为争取自由、为人民解放而献身的精神。他的短诗洋溢着争取祖国独立、争取自由民主的革命激情。其中的《自由与爱情》在我国广为流传。裴多菲创立了自由明快的民族诗歌，为匈牙利诗歌的发展开拓了新道路。

北欧最重要的作家是丹麦童话作家安徒生（1805～1875），他第一次为北欧文学赢得世界性的声誉。安徒生一生共发表168篇童话。他的童话具有深刻的民主精神：揭示贫富悬殊的社会现实，描写劳动人民的苦难；无情地鞭挞上层统治阶级，指出他们的愚蠢无知；歌颂勤劳善良、品德高尚的劳动人民。安徒生的童话以人格化的手法、清新流畅的文字、强烈的乡土气息、抒情的色彩，成为世界文学的珍品。

⑤美国于19世纪初兴起了浪漫主义运动，以1829年为界分为前后两期。

前期重要的浪漫主义作家有欧文和库珀等。"美国文学之父"华盛顿·欧文（1783～1859）的代表作是《见闻札记》，其中最著名的短篇小说有《隔普·凡·温克尔》、《睡谷的传说》。库珀（1789～1851）开创了三种不同的小说形式，即以《间谍》为代表的革命历史小说，以《开拓者》为代表的边疆题材小说和以《水手》为代表的航海生活小说，其中边疆生活小说更为突出。

后期浪漫主义文学标志美国文学进入成熟阶段。它以超验主义为思想基础,基本内容是宣扬人的本性、智慧、创造力、个人意志和绝对自由。在理论和创作上的最早代表是爱默生(1803~1882),影响最大的浪漫主义小说家是霍桑(1804~1864)。霍桑常以抽象的善恶观点来观察分析社会现象,特别擅长描写人物的内心冲突。代表作是长篇小说《红字》和一些短篇小说。取得很大成就的浪漫主义诗人有朗费罗(1807~1882)和惠特曼(1819~1892)。惠特曼的创作代表着浪漫主义文学的最高成就,使美国文学获得了世界性的声誉。

美国最早的现实主义文学是揭批蓄奴制罪恶的废奴文学。重要作品有希尔德烈斯(1807~1865)的《白奴》和比彻·斯托夫人(1811~1896)的《汤姆大伯的小屋》。

南方作家爱伦·坡(1809~1849)被誉为象征主义文学的鼻祖。他把创作视为脱离现实和超感觉的纯粹主观思维的过程,提倡"纯艺术"、"纯诗歌"。作品大部分内容颓废,形象怪诞,充满悲观情绪和神秘色彩。但作品形象精美,诗歌富于音乐性,小说技巧圆熟。在诗歌方面,他认为诗歌应以美为目标,创造某种"预定的气氛"给人以"美的享受"。代表作是长诗《乌鸦》。在小说方面,他提倡单纯追求艺术效果和气氛,轻视反映现实生活。代表作有短篇小说集《述异集》、短篇小说《厄舍古屋的倒塌》等。

⑥俄国批判现实主义文学形成于19世纪30年代,五六十年代走向繁荣,70年代至90年代达到高峰,20世纪初趋于衰落。

俄国批判现实主义文学以批判封建主义、反对农奴制为己任,与俄国解放运动联系密切。

普希金奠定了俄国批判现实主义文学的基础。莱蒙托夫(1814~1841)的诗用"注满了悲痛与憎恨的铁的诗句"向沙皇的暴政挑战。小说《当代英雄》塑造了又一个"多余人"毕乔林的形象。果戈理以讽刺喜剧《钦差大臣》、长篇小说《死魂灵》确立了俄国文学的批判倾向。反动文人攻击他只写黑暗,是对俄国现实的"诽谤",轻蔑地称他为"自然派"。文艺批评家别林斯基(1811~1848)则坚决支持"自然派"(即俄国批判现实主义),撰写多篇论文论述"自然派"形成的过程,阐释其特点:真实地描写和批判农奴制社会的黑暗面,以下层社会的人物为主人公,反映人民的疾苦。他的理论极大推进了俄国批判现实主义文学的发展。赫尔岑(1812～1870)的代表作是长篇小说《谁之罪?》。

俄国批判现实主义文学形成了几组系列形象,如"多余人"、"新人"、"小人物"形象系列。

随着贵族知识分子进步性的丧失,平民知识分子登上政治舞台,"新人"形象取代了"多余人"形象。冈察洛夫小说《奥勃洛摩夫》的奥勃洛摩夫,懒惰成性,空虚无能,是剥削阶级寄生虫的典型,反映了俄国贵族阶级革命性的终结。屠格涅夫(1818～1883)能敏锐地把握时代的脉搏,相继发表了表现"多余人"的长篇小说《罗亭》、《贵族之家》,表现"新人"的长篇小说《前夜》、《父与子》。车尔尼雪夫斯基(1828～1889)在长篇小说《怎么办?——"新人的故事"》中塑造了罗普霍夫、吉尔沙诺夫和薇拉等一批品德高尚、与人民群众息息相通的"新人"形象。塑造了意志坚强、忠诚事业的职业革命家拉赫美托夫的形象。

革命民主主义诗人涅克拉索夫(1821～1878)在长诗《谁在俄罗斯能过好日子?》中,回答只有为人民幸福而斗争才是快乐的。奥斯特罗夫斯基(1823～1886)的剧作《大雷雨》,描写了追求个性解放的卡杰琳娜的悲剧。文艺批评家杜勃罗留波夫在《黑暗王国的一线光明》一文中指出,女主人公的死是对"黑暗王国"俄国的反抗,她是"黑暗王国"的一线光明。

第二节　斯丹达尔

斯丹达尔(1783～1842),法国批判现实主义文学的奠基人之一,由于理论与创作两方面的贡献,确立了他在欧洲文学史上的重要地位。其代表作有批判现实主义第一篇美学宣言《拉辛与莎士比亚》,长篇小说《红与黑》、《巴马修道院》、《阿尔芒斯》,短篇小说《法尼娜·法尼尼》等。

《红与黑》的时代政治色彩浓厚,它的副题为"一八三零年纪事"。作品反映出复辟时期剧烈动荡的社会,展现了贵族的存在状态和平民的反复辟斗争,具有强烈反封建、反教会倾向,是作家反对复辟王朝、崇敬拿破仑的民主立场的具体体现。

主人公于连的个人奋斗主要经历了三个场景。一是维立叶尔市德·瑞那市长家。家庭教师于连表现出傲慢的反抗精神,出于自尊和报复心理他与市长夫人发生了暧昧的关系,后双方真正相爱。二是贝尚松神学院。于连学会虚伪,走经教会实现野心之路。三是巴黎木尔侯爵府邸。才干出众的于连得到侯爵器重,并征服了侯爵小姐玛特儿而跻身社会上层。但市长夫人的揭发信又使侯爵取消婚约。盛怒的于连开枪打伤市长夫人,被判处死刑。在狱中他反省了短暂的人生之路,再次迸发出小资产阶级的反抗激情。

于连是复辟时代小资产阶级个人奋斗者的典型形象。他聪慧敏感,意志坚强,志向远大,有强烈的平民反抗意识和跻身上层社会的愿望。

于连的悲剧是时代的悲剧。拿破仑时代为小资产阶级打开了跻身上层社会的通道,复辟时代又阻塞了它。生不逢时的于连不得不选择其他方式来实现自己的抱负,成为"一个跟整个社会作战的不幸的人"。

于连的悲剧是小资产阶级的悲剧,他既没有高贵的血统依靠,也没有雄厚的金钱支撑,最终也没有被上层社会所接受,成为"一个叛逆的平民的悲惨角色"。

于连的悲剧是个人主义者的悲剧。实现个人价值的终极目标,决定了他具有反抗与妥协的两面性。他可以为个人的发迹而不择手段,一旦个人追求得到满足又很容易与现实妥协。

于连的个人奋斗经历展示了时代的特征,代表了新兴资产阶级的特点,因而具有典型意义。

《红与黑》突出体现了斯丹达尔的创作特色。如善于塑造典型环境中的典型性格,时代气息浓郁的三个活动场景,为人物性格的形成与发展与提供了合理的依据。擅长细腻入微的心理分析。善于运用戏剧性场面展示人物性格,推动情节发展。作品结构严谨完美,故事情节生动,语言精确。

第三节 巴尔扎克

巴尔扎克(1799~1850)是法国 19 世纪批判现实主义文学的伟大代表,世界文坛的巨擘。他用毕生的心血创造出一部艺术的历史——《人间喜剧》,完成了做法国社会"书记"的宏愿。

巴尔扎克的世界观矛盾复杂。他本是中小资产阶级作家,但出于对资产阶级唯利是图的道德原则的厌恶,对没落的贵族充满同情,政治上正统保守。尽管如此,在他思想中占主流地位的依然是中小资产阶级的立场,这直接影响到他选择了进步的现实主义创作方法。而现实主义创作方法具有积极作用,可以在某种程度矫正作家思想中的消极偏差。巴尔扎克正确认识到自己所同情的贵族阶级必然灭亡的历史命运,无情嘲讽贵族男女,抒写了一曲上流社会必然崩溃的无尽挽歌,取得了现实主义的最伟大胜利。

《人间喜剧》分为三大类:"风俗研究"、"哲学研究"和"分析研究"。其中"风俗研究"又分为六个部分。《人间喜剧》主要内容如下:①反映封建贵族的没落衰亡。②表现资产阶级的崛起,真实地再现了资产阶级的罪恶发家史和资本主义剥削方式的发展史。③批判拜金主义的罪恶,批判人与人之间赤裸裸的利害关系,控诉资本主义世界的道德堕落。

《人间喜剧》的艺术成就:①从对现实的细致观察中进行精确描写,塑造出"典型环境中的典型人物"。②运用现实主义典型化原则塑造出共性与个性统一的典型,着力渲染人物的主导特征。③运用"人物再现"法,充分展现人物性格的发展,把各个独立的单篇连缀成有机的整体。④作品的结构、个性化的人物语言、心理描写等方面,都达到了一定的高度。

《高老头》是巴尔扎克优秀的作品之一。小说以伏盖公寓和鲍赛昂夫人的沙龙为舞台,以拉斯蒂涅的向上爬的经历为线索,真实地勾画出波旁复辟王朝时期法国社会的面貌。

《高老头》的主要内容可以概括为:①反映了贵族权势得而复失、盛而复衰的历史,真实记录了资产阶级对贵族日甚一日的冲击。如鲍赛昂子爵夫人最终被暴发户的"20万法郎利息的陪嫁"击败。②揭露批判人与人之间赤裸裸的金钱关系。如高老头为痴爱的两个女儿付出一切,但最后却被女儿赶出大门,挤干财产,孤独死去。他的悲剧表明"父亲轴心"无情地被"金钱轴心"代替。

《高老头》的主要人物是高老头、拉斯蒂涅、鲍赛昂夫人、伏脱冷。

①高老头是一个具有浓厚封建宗法观念的商业资产者的典型,作者心目中父爱的典型。遗憾的是,他只知道用金钱来维系父女之爱,最终把女儿培养成自私自利的拜金主义者,自己也成为牺牲品。他的悲剧是谙熟资产阶级生意经、却不了解资产阶级人生哲学的资产者的悲剧,是时代的悲剧。②拉斯蒂涅则是为暴发户所腐化的贵族子弟的典型。他堕落为资产阶级野心家主要因为人生三课。鲍赛昂夫人的"教导"及其被逐的命运,使他明白金钱的威力超过了姓氏的力量。伏脱冷赤裸裸的说教和被告发而被捕的结局,使他明白不择手段攫取金钱的重要性。高老头的苦难和死亡,最后完成了他的社会教育。拉斯蒂涅的步步堕落揭示了金钱对人们灵魂的强烈腐蚀作用。③伏脱冷充当引诱青年堕落的角色。他老于世故,谙熟金钱法则,用赤裸裸的语言道出资产阶级极端利己主义的道德原则。他的"道德教育"却具有提纲挈领的性质。④鲍赛昂夫人则是在暴发户的逼攻下走向灭亡的贵族的典型。

《高老头》的艺术特色鲜明:①从对现实的细致观察中进行精确描写。为了再现生活、刻画人物,巴尔扎克非常重视详细逼真的环境描写,使人物获得真实感、典型性,塑造出"典型环境中的典型人物"。如伏盖公寓的穷酸、贵族沙龙的奢华极大地刺激了拉斯蒂涅的野心,为他的堕落提供了真实可信的依据。②用现实主义典型化原则塑造出共性与个性统一的典型。"杂取种种人,合成一个"的做法,使人物的肖像逼真传神,性格塑造鲜明突出。作家善于抓住人物的主导特征,再用夸张漫画的手法着力渲染。如高老头的父爱。③开始运用"人物再现"法。如拉斯蒂涅形象。这种把人物贯穿起来的方法,不仅可以使人物性格特征得到充分发展,而且把各个独立的单篇连缀成有机的整体。④小说在以拉斯蒂涅向上爬的经历串联全篇的结构特点、个性化的人物语言、心理描写等方面,都达到了一定的高度。

第四节　福楼拜

福楼拜(1821～1880)是19世纪中叶法国重要的批判现实主义作家,他的独特艺术风格开启了现代小说的先河。

福楼拜创作的基本主题是对资产阶级社会道德价值观的反思。其代表作品有长篇小说《圣安东的诱惑》、《包法利夫人》、《萨朗波》、《情感教育》以及短篇小说集《三故事》中的《一颗简单的心》。

福楼拜在创作理论方面颇有建树。他主张"小说应当科学化",认为小说写作应像科学家做实验那样实事求是,要以学者的态度用理智来解决它,再以艺术家的态度来掌握它。他倡导"客观而无动于衷"的创作理论,认为"一个小说家没有权力表现他的意见"。他还强调精确的表达词意在创作中的重要作用,反复修改稿本,力求达到完美。总之,他的"客观而无动于衷"创作理论和对艺术形式美的重视,分别为自然主义和唯美主义开辟了道路。

长篇小说《包法利夫人》描写了爱玛的悲剧一生。修道院寄宿学校教育使少年爱玛养成了贵族思想感情和不切实际的浪漫性格。成年后她嫁给平庸的医生包法利,浪漫幻想破灭。为了排解苦闷,她先后与罗道耳弗、赖昂私通,但均被抛弃。最后债台高筑的爱玛在高利贷商人勒乐的逼迫下服毒自尽。

小说的副题是"外省风俗"。作者通过爱玛的悲剧控诉了恶俗淫靡的社会,有力地揭露了资本主义社会精神生活的空虚堕落和金钱的罪恶。修道院违背常情的宗教生活的戕害、浪漫主义文学作品的虚妄诱导、闭塞沉闷的外省环境、缺乏精神生活的家庭、自私无情的情人、挥舞金钱大棒的高利贷者,共同造成了爱玛的堕落与毁灭。

小说刻画了形形色色的地主、资产阶级人物形象,如外省地主的典型罗道耳弗、自由资产阶级的代表人物郝麦、商人兼高利贷者勒乐、庸人包法利。包法利是一个没有理想、没有意志、没有精神生活的庸人的典型形象,是庸碌时代的产物。

　　作者对现实进行客观冷静的描写,将对美丑善恶的评判,寄寓人物言行与场面的临摹中,避免直接表露自己的意见,引导读者从逼真的现实中去思考领悟。作者的隐匿更增加了现实主义作品的魅力。这种"客观而无动于衷"的艺术风格,是对小说艺术的发展,使《包法利夫人》成为"新的艺术法典"。

第五节　波德莱尔

　　波德莱尔(1821~1867)是19世纪中期法国著名诗人和文学评论家,西方象征主义文学的先驱。他的审美理念和诗歌创作,在欧美文学史上具有划时代意义,对后世的影响极为深远。

　　波德莱尔的重要著作有诗集《恶之花》、散文诗集《巴黎的忧郁》、文艺论集《浪漫主义艺术》和《美学珍玩》等。美国作家爱伦·坡的诗歌艺术与美学思想,对他的创作影响很大。他一生都在译介研究爱伦·坡的著作。波德莱尔的文学评论广泛涉及诗歌、小说、戏剧等方面。

　　波德莱尔的美学理念和象征主义艺术理论独树一帜:反对作品中的真善美统一理论,反对文学以客观真实作为描写对象,大力倡导独特的象征手法,反对文学的道德教化作用,认为诗歌并非激情的产物,强调诗歌的自足性和美学性,将传统丑恶的对象纳入审美表现的范畴。"从恶中去发掘美",把社会、人性之丑作为审美对象在诗歌中加以表现,成为波德莱尔毕生的艺术追求。

　　1857年出版诗集《恶之花》是波德莱尔的代表作,也是惊世骇俗的不朽名著。"恶之花"的法文原意是"病态的花"。"恶"字有多重含义,如疾病、邪恶、丑恶、怪诞、痛苦、损害等等。而"花"的含义则具有文学色彩,指美好、神奇的东西,如艺术、诗歌等等。波德莱尔用"恶之花"作为诗集的题名,意在通过诗歌展示人间丑恶的事物,从恶中去发掘美,给世人以震撼。《恶之花》既是资本主义社会的"恶之花",也是诗人心灵的"恶之花",波德莱尔通过对自身大胆解剖和真诚告白,无情揭露了资本主义的社会丑恶与人性丑恶。

《恶之花》是诗人的人生与心灵历程的真情实录，表现了孤独病态的诗人，在光明与黑暗、现实与虚幻、灵与肉之间的痛苦挣扎，上下求索，不断追求美与理想的曲折历程和悲怆的内心感受。诗集分为六部分：《忧郁与理想》、《巴黎风貌》、《酒》、《恶之花》、《叛逆》、《死亡》。依次表现了诗人的痛苦处境和对理想的执著追求以及由此引发的厌倦与忧郁；城市生活病态丑陋的画卷和诗人愈加沉重的厌烦忧郁；诗人祈求以酒消愁但只能享有暂时的陶醉满足；诗人从丑恶的社会与人性中撷取"恶之花"；历经磨难、目睹丑恶的诗人对神圣的上帝产生怀疑与反叛；诗人对死亡的思考，它既是生命的终结、又是人生起点。

《恶之花》确立全新的美学原则。它打破了"唯善而美"的传统审美观念，将美作为一个独立的范畴加以强调，使美摆脱了善的规约，使审美范畴从道德伦理范畴中独立了出来。这就极大解放了诗歌审美的对象，拓展了诗歌表现的空间。由"从恶中去发掘美"的美学原则出发，波德莱尔以丑恶形象入诗，刻意把被回避掩饰的现代"病态之都"巴黎的"丑"和人性的"恶"展示出来，从恶中发掘美，把恶转化为美，从而引起人们对恶的警觉与思考，以"减少世界的丑恶和时间的重负"。这就是《恶之花》重要的思想价值和艺术特色。

波德莱尔在《恶之花》中无论写景状物还是表情达意都采用象征手法，通过大量意象，使人与自然、精神与物质相互感应象征、暗示阐释，形象生动地表达了深刻的思想内涵，也给读者预留了巨大的想象空间。

第六节　狄更斯

狄更斯(1812～1870)是英国杰出的现实主义作家，英语世界最优秀的小说家之一。他的作品广泛生动地反映了19世纪英国资本主义社会，描绘了维多利亚时代的精神面貌。他从资产阶级人道主义出发，同情受迫害、被剥削的中下层人民，歌颂他们的优秀品质，揭露资产者贪婪寄生的特性。

狄更斯出身于贫寒的小资产阶级家庭，自幼饱尝生活的艰辛，曾与父母一起被关进债务监狱，少年时期就做过童工，青年时代又为生存而奔波。他凭借坚韧的毅力与现实抗争，最终成为一名优秀的作家。狄更斯最初作品是以"博慈"笔名发表的杂记，后来集为《博慈杂记》。

狄更斯一生创作了14部长篇小说和许多中短篇小说。他的创作大致可以分为三个时期。

第一时期为19世纪30年代至40年代初。代表作有长篇小说《匹克威克先生外传》、《奥列佛·推斯特》、《尼古拉斯·尼古贝》、《老古玩店》和《巴纳比·拉奇》。《匹克威克先生外传》是狄更斯的成名作。他用幽默风趣的笔法，揭露了英国社会种种不合情理、荒诞可笑的现象。《奥列佛·推斯特》的主题是谴责济贫院虐待儿童的罪恶，并揭示了伦敦贫民窟的黑暗生活。《尼古拉斯·尼古贝》的主要内容是对当时英国资产阶级教育制度的批判，揭露了私立学校里虐待儿童、摧残儿童身心健康的黑暗现象。《巴纳比·拉奇》以1780年"伦敦起义"为背景，表明作者对群众性暴力行为的矛盾态度。

狄更斯此时的创作已经触及一些重大的社会问题，但对社会丑恶现象的揭露还只停留于局部个体。他的讽刺比较温和，常掺和幽默，洋溢着充满幻想的乐观情绪，受苦难的小人物大多赢得"仁爱"的资产阶级的庇护过上幸福生活。

在艺术上，一般采用流浪汉小说的形式，通过个人的流浪生活，展示广阔的社会画面。作家擅长用夸张和重复的手法来达到讽刺的效果。

第二时期的创作包括19世纪40年代中的作品。代表作有长篇小说《马丁·朱什尔维特》、《董贝父子》，中篇小说《圣诞之歌》、《钟声》。《马丁·朱什尔维特》揭示了资本主义社会人与人之间赤裸裸的金钱关系，塑造了伪君子培克斯尼夫形象，揭穿了美国社会的假民主，批判了美国的新闻舆论界，集中表现了狄更斯出访美国后的失望情绪。《董贝父子》塑造了40年代经营海外贸易的英国商业资本家董贝的典型形象。《圣诞之歌》和《钟声》反映了作者的正面理想，资产者的唯利是图造成了穷人的苦难，他们必须改变冷酷心肠，"仁爱"地对待弱小者。

狄更斯对资产阶级的认识逐渐深刻，仁爱的资产者不见了，为富不仁者必须经过破产或其他折磨，接受感情教育，才能真正懂得仁爱。但他仍然认为感情教育可以改造资产者，也可以改造社会。

狄更斯中期创作的风格也更深沉丰富。流浪汉小说的形式已基本被弃，小说集中描写一个或几个矛盾的发展，层次分明。

第三时期，五六十年代是狄更斯创作的高峰。代表作有《大卫·科波菲尔》、《荒凉山庄》、《小杜丽》、《我们共同的朋友》、《艰难时世》、《双城记》、《远大前程》。

《大卫·科波菲尔》是狄更斯重要的代表作，一部近似自传体的小说，是研究狄更斯的重要副本。小说通过大卫从孤儿成长为作家的经历，再次反映了作者所熟悉的儿童题材；通过几个典型的家庭，形象地反映了维多利亚时期的风俗史。小说以对待家庭婚姻的不同态度描写了两类人，一类是以摩德斯通为代表的自私冷酷的人，一类是以密考伯先生、贝西姨婆和辟果提一家为代表的乐于助人的中下层人民。它的艺术特色是：多元整一的结构，即以一个人物串联多个家庭，反映同一主题；风格幽默夸张；人物形象栩栩如生。

《荒凉山庄》主要抨击了英国司法制度和议会政治。小说中的最高法院是整个英国社会的缩影。自行烧毁的破烂店，象征着资本主义的总崩溃即将来临。《小杜丽》以伦敦的负债人监狱马夏西监狱为背景，塑造了人道主义理想的化身小杜丽和亚瑟的形象。《我们共同的朋友》是狄更斯最后一部完整的长篇小说，书中阶级对立鲜明，贯穿始终的垃圾山象征着藏污纳垢、肮脏龌龊的英国资本主义社会。《远大前程》的主题是金钱的腐蚀作用，金钱使一个天真的青年变成势利者，贫困使他恢复了失去的纯朴天性。

《双城记》以法国革命为背景，真实地反映了革命前夕封建贵族对农民的残酷迫害。狄更斯满怀同情地描写了法国农民的悲惨遭遇，愤怒地谴责了封建贵族的为非作歹，从人道主义出发，承认革命必然要爆发的客观规律，阐明了人民反抗的正义性，法国革命的合理性。但在革命爆发后，他又强烈谴责革命中的暴力行为，把革命描写成失去理智的冲动。斗争坚决的得伐石太太被描写成一个嗜血成性的疯狂复仇者。狄更斯还塑造了代尔那和卡尔登两个人道主义的理想人物，把他们舍己为人的自我牺牲精神与革命者的"暴乱""残杀"相对照。狄更斯从资产阶级人道主义立场出发,反对一切形式的压迫。他既反对封建贵族对农民的迫害,也反对革命胜利后革命人民对封建贵族的专政,反对群众性的暴力行为。这部小说集中说明了狄更斯资产阶级人道主义思想的历史进步性和阶级局限性。

狄更斯的后期作品比较深刻地描绘了英国寄生的资产阶级的精神面貌,以及英国社会风尚日益腐化、经济生活极度不稳定和笼罩在资本主义社会表面繁荣上面的阴影,作品的题材范围达到了前所未有的广度和深度。

《艰难时世》的思想内容。①批判功利主义哲学和曼彻斯特政治经济学。失去"人性"的资产者庞德贝和葛雷梗体现了功利主义哲学和曼彻斯特政治经济学。②直接描写劳资矛盾。焦煤镇工人为争取权利组织起来开始斗争。狄更斯一方面不同意工人斗争,一方面又认为工人斗争是资本家对工人剥削压迫的结果。以"仁爱"精神对抗资产阶级的贪欲和冷酷,求得人与人之间的和谐相处,是作者人道主义的核心。

《艰难时世》有两条线索。一条围绕资产阶级代表人物葛雷梗展开。他把只重实利的资产阶级功利主义哲学作为评价一切事物的准绳,最后在温情感化下幡然悔悟,变成了一个善良的资本家。另一条线索围绕纺织工人斯梯芬展开。他因被诬告偷窃被解雇,身心受到极大摧残,不幸失足掉进矿井死去。

《艰难时世》中的人物形象。①庞德贝是银行家、商人、工厂主,是焦煤镇经济命脉的主宰。他对劳动者的悲惨遭遇无动于衷,反对一切有损于资产阶级功利的事,竭力鼓吹曼彻斯特政治经济学派所宣传的自由竞争,捏造发迹的谎言。②葛雷梗不仅掌握着焦煤镇的经济、政治命脉,而且还是精神的统治者。他办学提倡"事实教育",只允许被教育者承认事实,接受"数字和精确的统计"。③斯梯芬是一位勤劳善良、生活贫困的劳动者。他是作者人道主义思想的具体体现者,希望人人彼此间要谅解宽容,要求资产者人性地对待工人,同时他也不希望无产阶级采取强硬手段来对付资产阶级。他在肉体精神上受尽摧残,却逆来顺受对资产阶级充满幻想。④西丝是仁爱精神的体现者,以一颗温暖的心感化了葛雷梗,使他放弃一成不变的功利主义的理论。

小说的艺术特色。①在结构方面，狄更斯以葛雷梗哲学为中心，将主次要情节与人物有机组织在一起。小说用"播种"、"收割"、"入仓"三部分来比喻葛雷梗哲学的结果，展现出违背人性的哲学必然失败的过程。②运用夸张和漫画式手法人物刻画，用人物外表特征和某种特殊的行为举止来表现人物性格。③象征手法突出。作者用"长蛇"象征资本主义缠绕在工人们身上的重重束缚，用"大象"象征资本主义对工人肉体精神的摧残，用"生番"象征资本主义是个"吃人"的社会。作者以"主调音"命名描绘焦煤镇外貌一章，表示对资本主义制度的抗议。

第七节　海　涅

亨利希·海涅（1797～1856）是19世纪德国著名的革命民主主义诗人、文艺批评家和政论家。他的作品具有民主革命的理想，表现了对德国封建专制制度的憎恶和对资产阶级的揭露批判。

海涅出生于犹太人家庭。出于对法国革命的向往，1831年他流亡巴黎，直到去世只两次短暂回国。旅法期间，海涅写文章介绍两国的情况，对德法文化的交流起到了极大的促进作用。40年代，海涅与马克思、恩格斯相识，结下深厚的友谊。这件事对海涅创作影响很大，使他的思想更加接近正在觉醒的无产阶级。晚年，海涅疾病缠身，但仍有优秀作品问世。

海涅重要的诗歌。《诗歌集》收集海涅大学期间的诗作，确立他诗人地位。主要内容是咏叹个人不幸的生活与悲伤无望的爱情，抒发诗人对封建专制的不满与内心的苦闷，具有鲜明的浪漫主义色彩。长诗《阿塔·特洛尔》通过一只愚蠢、爱讲空话的小熊的形象，讽刺批判资产阶级自由主义激进派诗人的狂妄无知。短诗《西里西亚纺织工人》是为了声援工人斗争而作，诗歌不仅吟咏工人被剥削被压迫的痛苦，而且表现出工人阶级强烈的阶级仇恨和愤怒。他们是自觉进行斗争的战士，是旧制度的掘墓人。全诗语言朴实，简洁明快，节奏铿锵有力，洋溢着鼓舞人们埋葬旧世界的巨大的思想与艺术力量。抒情诗集《罗曼采罗》反映海涅在革命失败后的彷徨与郁闷。在他晚年创作的政治诗中，依然保持着对德国鄙陋的现实和怯懦的资产阶级尖锐的讽刺。

长诗《德国——一个冬天的童话》是海涅最成熟的作品,具有丰富的思想内涵。长诗描写40年代诗人回到阔别12年的祖国的见闻和感想,批判了封建专制的黑暗腐败,抒发了深厚的爱国情怀和热切的革命期待,达到了革命民主主义与浪漫主义的完美统一。诗人无情地揶揄普鲁士的书报检查制度,在戏谑调侃中暴露普鲁士军队、宪兵的愚蠢顽固。诗人对宗教教会进行了尖锐的批判,表示极度的轻蔑。号召人们抛弃幻想,努力实现现实的幸福。诗人以极其尖锐刻薄的讽刺形式,戳破有关红胡子大帝的浪漫主义梦幻传说,揭露它所包含的君主复辟的反动内容。诗人通过汉堡守护女神汉莫尼亚的形象,讽刺德国资产阶级的怯懦平庸以及对封建势力的妥协。汉莫尼亚美化德国的过去,对现状感到满足,这正是德国社会进步的巨大障碍,是社会停滞的根本原因。诗人讽刺德国人只满足于在思想领域中要求自由,而不能将思想化为行动,深刻地表达了思想必须见诸行动以及通过暴力推翻反动统治的革命思想。诗人锐敏地指出旧时代正在消逝,新时代已露端倪。但在某些章节中,透过阴沉的色调,也流露出诗人思想中的矛盾与忧伤。

长诗艺术特点如下:诗人采用了许多民间传说、童话乃至《圣经》故事中的形象,并赋予这些形象新的现实色彩与政治意义,通过浪漫主义的幻想与象征的形式,表现出异常深刻的现实主义内容,在虚幻形象中包含着诗人对现实清醒的认识和深刻感受。另外,由于诗人成功地运用不同色调的讽刺,大大增强了作品的批判力量。长诗代表着海涅讽刺艺术的顶峰。

海涅的散文作品。《哈尔茨山游记》是他第一部散文作品。四部札记《观念——勒·格朗特文集》、《从慕尼黑到热那亚的旅行》、《璐珈浴场》、《英国片断》,一方面以冷嘲热讽的手法抨击令人窒息的德国社会现实,另一方面以浓郁的诗情画意描绘大自然的壮丽风光。它们的共同倾向是抨击德国的专制制度,渴望爆发资产阶级革命,表明作者已从个人抒情转向对现实生活的批判。

海涅的论著。《论浪漫派》是海涅最著名的论著。他从浪漫派与政治、宗教的关系中,剖析德国浪漫派文学运动的主要特征,明确指出艺术与生活不可分割,批判德国浪漫派逃避现实、力图恢复中世纪宗教精神的消极、反动倾向,表明在政治上、思想上与之决裂。

第八节　果戈理

　　果戈理(1809~1852)是俄国批判现实主义("自然派")文学的奠基人,俄国现实主义戏剧的奠基人之一。他的创作强化了俄国文学的批判倾向,被誉为"俄国文学的讽刺大师",对俄国文学的发展起了巨大的推动作用。

　　果戈理的代表作品有《狄康卡近乡夜话》、中篇小说集《密尔格拉得》、短篇小说集《彼得堡故事集》、讽刺喜剧《钦差大臣》、长篇小说《死魂灵》。

　　《狄康卡近乡夜话》是果戈理的成名作,具有浪漫主义色彩。书中描述了乌克兰的社会生活和风俗习尚,反映了乌克兰人民抵御外侮的勇敢精神和爱国热情,谴责黑暗势力对普通劳动者的压迫。中篇小说集《密尔格拉得》包括4篇小说。《旧式地主》、《伊凡·伊凡诺维奇和伊凡·尼基隔罗维奇吵架的故事》揭露了宗法制庄园地主生活的空虚无聊、庸俗腐朽,笔调幽默。《塔拉斯·布尔巴》具有史诗的风格,以17世纪乌克兰人民反抗波兰统治为背景,歌颂了爱国精神和英雄性格。《彼得堡故事集》包括5个短篇小说,其中以描写"小人物"命运的《狂人日记》、《外套》最为著名。《狂人日记》写一个小职员被官僚等级制度残酷迫害而发狂的故事。《外套》描写贫困屈辱小职员巴施马奇金,因好不容易攒钱置办的外套被劫而悲惨死去。作者通过一件衣物写尽了他肉体和灵魂的可怜,抨击置人于死地的社会。《涅瓦大街》暴露贵族社会与官僚阶层生活庸俗丑恶,《肖像》描写上流社会生活和金钱势力毁灭画家才能。《鼻子》讽刺好虚荣、想发财而又奴气十足的官吏。

　　果戈理是俄国现实主义戏剧的奠基人之一,代表作是讽刺俄国官僚阶层的五幕讽刺喜剧《钦差大臣》。剧中人物全部是反面人物,作者用喜剧的镜子照出了大大小小官员的丑态,堪称俄国的官场现形记,从而否定了整个官僚制度。市长安东因劣迹斑斑，做贼心虚，便竭尽全力讨好"钦差"。其他的官员的品行和职责要求正好相反：慈善医院院长阴险残忍，法官擅于受贿，督学不学无术，邮政局长专爱偷拆别人的信件。赫列斯达可夫是个典型的花花公子形象，他好享受，爱虚荣，浅薄愚蠢，吹牛撒谎。他的名字成为"吹牛撒谎"的同义语。

《死魂灵》是果戈理的代表作，俄国"文坛上划时代的巨著"。

《死魂灵》的主题思想：①作家描绘了俄国农奴制的崩溃、农奴主阶级死亡的历史过程，揭示了封建农奴制瓦解的必然性。"死魂灵"明指那些已经死亡、但尚未注销的农奴，暗指灵魂已经死亡的地主阶级。五个地主组成的群丑图，说明整个农奴主阶级已经腐烂透顶，农奴制是专门制造垃圾的社会，应该被彻底埋葬。②作者塑造了新型资产阶级的形象，并深刻批判了他们的拜金主义本性。

《死魂灵》的人物形象。玛尼罗夫是个自命风雅的寄生虫。他外表文雅，内心空虚，甜腻浅薄，萎靡退化，生性懒散，不务实际。女地主科罗皤契加是一个封闭保守、愚蠢固执而又贪财的地主。罗士特莱夫是个流氓无赖恶少式的地主，他粗野无礼，放荡挥霍，嗜赌成性，吹牛造谣、惹是生非。梭巴开维支是粗野、残忍、贪婪、狡猾的地主典型。他粗壮如熊，喜欢大吃大喝，但在钱财上又极为精明，以高价卖出死魂灵。

泼留希金是世界文学著名的吝啬鬼形象，是个悭吝、猥琐到病态的守财奴。他有大量财产却过着乞丐一样的生活，家里的东西不断变质腐烂，但是他还是怀着不可遏止的激情捡拾映入眼帘的一切破烂。对财富的贪占和破坏成为他的特征——在书中，他既是财富的最大积蓄者，同时也是财富的最大浪费者。人类创造的财富在他手中遭到最野蛮、最无意义的浪费。

乞乞科夫是俄国新兴的资产阶级投机家的典型，具有唯利是图的本色，不择手段地发财就是他的人生追求。他冷酷贪婪、虚伪狡诈、圆滑世故、趋炎附势，擅长见风使舵，投机钻营。他同时还具有冒险精神和受挫不气馁的韧性。这个形象较为全面地展示了资产者的特点。

《死魂灵》的艺术特色。①巧妙的结构。小说以乞乞科夫串连全篇，通过他向地主们"收买"死魂灵的线索，把全书结构成一个有机的整体。②人物形象的典型化。作家善于从环境、肖像、语言、动作细节描写来表现人物的典型性，如通过招待乞乞科夫的吃饭、买卖"死魂灵"方式与价格，来刻画五个地主的个性特征。③含泪的讽刺。果戈理对地主阶级既有讽刺的嘲笑又有哀婉的同情。他尖锐讽刺灵魂已死亡的整个地主阶级，充分暴露了他们丑陋可笑的一面，从而构成了"分明的笑"。作者又对他们的堕落表现出哀婉的同情，"含着谁也不知道的不分明的泪"，即鲁迅先生所说"含泪的笑"。④作品广泛运用了抒情的手法。具体表现为与祖国、人民命运相关的抒情性插话，对人物评价时浓厚的感情色彩。作者还把俄罗斯比作飞奔的三驾马车，表达出炽热的爱国热情和深切的忧虑。

第九节　屠格涅夫

屠格涅夫（1818～1883）是19世纪中叶俄国优秀现实主义作家。他的目光敏锐，及时迅速反映社会新动态。作品主要以男女知识青年为主人公，线索单一，推进迅速，结构完整。屠格涅夫是语言艺术大师，文风简洁朴素，清新细腻，富有抒情的诗意。他擅长写景，有"文学中的风景画大师"之称。

屠格涅夫的代表作有特写集《猎人笔记》，中篇小说《木木》、《阿霞》，长篇小说《罗亭》、《贵族之家》、《前夜》、《父与子》、《烟》、《处女地》，散文诗集《散文诗》等。

《猎人笔记》是屠格涅夫的第一部现实主义作品，表现了反对农奴制的民主思想，被誉为"点燃火种的书"：揭露旧式地主的野蛮粗暴和新式地主的"文明"伪善，为聪明善良、情感丰富的农民饱受摧残、不能享受人的权利而鸣不平。朴实鲜明的现实主义手法和浓郁的抒情情调结合，是它独特艺术风格。中篇小说《木木》也是公认的反农奴制的佳作。

屠格涅夫的成就主要体现在长篇小说创作上。《罗亭》、《贵族之家》分别塑造了两位"长于雄辩，短于行动"的"多余人"新典型，生动显示了贵族知识分子的历史作用正在消亡。罗亭博学多才，能言善辩，但意志软弱，缺乏实践的能力，到头来一事无成。拉夫列茨基尽管力图克服言行脱节,比较务实,但因贵族习气和懒惰无为的作风,结果也只能向命运屈服。

《前夜》《父与子》塑造了新人形象。《前夜》俄国贵族小姐叶琳娜具有重要的典型意义,表明俄国需要理想明确、意志坚定、用于行动的新人。杜勃罗留波夫撰写《真正的白天何时到来?》予以评价。

《烟》充分暴露了作者思想的复杂矛盾:既批判妄想恢复农奴制的贵族,也讽刺侨居国外的进步分子。小说具有浓厚的颓废情调。《处女地》讽刺保守派贵族,同情民粹派,指出民粹派脱离农村实际、把农民理想化的弱点,但他同时认为深翻"处女地"的"铁犁"是自上而下的温和的改良。

屠格涅夫的《散文诗》文笔清新优美,艺术上达到了炉火纯青的地步。部分诗篇流露出浮生若梦的消极情调,但也有像《门槛》这样格调高昂的诗篇。

《父与子》代表屠格涅夫创作的最高成就,塑造了俄国文学史上第一位新人巴札罗夫的形象。作者借"父"辈与"子"辈的冲突,肯定了平民知识分子在社会斗争中的主导作用,揭露了贵族的无能和精神空虚,表达了"民主主义对贵族阶级的胜利"的时代本质。

巴札罗夫是俄国文学中"新人"的典型形象,是平民知识分子的代表、"子"辈代表。①巴札罗夫信念坚定,信奉唯物主义,推崇实用科学,主张功利主义;他爱憎分明,憎恨农奴制度,否定贵族阶级,批判贵族自由主义;他重视实践,埋头苦干,愿意为未来生活"打扫地面"。②巴札罗夫也有弱点。他以庸俗唯物主义看待科学、艺术和大自然。只看重实用科学,轻视一般科学,错误地否定艺术。巴札罗夫的以上特点是作者思想矛盾性的体现。

第十节　陀思妥耶夫斯基

陀思妥耶夫斯基(1821~1881)是俄国19世纪杰出的作家,也是思想和创作都存在着复杂矛盾的作家。他对后世影响很大,20世纪西方几度出现了"陀思妥耶夫斯基热"。

陀思妥耶夫斯基一生困顿，鬻文为生，疾病缠身，命运多舛。他出生于经济拮据的外科医生家庭。父亲被杀事件给他留下了巨大的心理阴影。他后来因参加进步小组聚会、宣读别林斯基给果戈理的信而被判死刑，在被押赴刑场后才改判为服苦役。假死刑、近十年的流放充军生活给他造成难以平复的肉体、心灵创伤。陀思妥耶夫斯基于60年代初重返文坛，他的创作以流放充军十年为界，分为前后两个时期。陀思妥耶夫斯基的世界观充满矛盾：一方面，强烈憎恨资本主义"文明"，深切同情社会底层的贫民；另一方面宣扬"土壤派"理论，主张用基督教的顺从、忍耐、博爱精神来净化灵魂，化解贵族与平民的矛盾，改造社会。

陀思妥耶夫斯基的创作风格与其他作家迥异，文风奔涌纷乱，错综深幽，如袭风暴，如临深渊。作品中承载的厚重延展的思想，新颖独特的表现手法，使他在当时的作家中独树一帜，并被誉为现代主义文学的鼻祖。

陀思妥耶夫斯基的代表作品有中、长篇小说《穷人》、《两种人格》（《双重人格》)、《女房东》、《白夜》、《舅舅的梦》、《斯捷潘契科沃及其居民们》、《被欺凌与被侮辱的》、《死屋手记》、《地下室手记》、《罪与罚》、《白痴》、《群魔》、《少年》和《卡拉马佐夫兄弟》，此外还有《作家日记》和一些短篇小说。

陀思妥耶夫斯基是写都市小人物的圣手，描写他们被贫困逼入死角、碾成肉泥的惨状，刻画他们极度痛苦的内心世界。陀氏的成名作《穷人》是俄国"自然派"的代表作品之一，继承了普希金、果戈理描写小人物的传统，但又有突破。小说不但充分表现了小人物的苦难，而且展现了他们更加丰富复杂的内心世界。《穷人》以书信体形式，细腻表现了杰符什金、瓦尔瓦拉的内心世界，体现了作者深刻的人道主义思想，陀思妥耶夫斯基因此被誉为"穷人"的代言人。在《被欺凌与被侮辱的》中，作者满怀同情描写了一群被凌辱的小人物，肯定了他们的正直善良，却又强调了他们的驯良，只是用倔强的忍受和高傲的蔑视来对待凌辱，宣扬基督教的受苦受难精神。

《白痴》是当时贵族资产阶级荒淫堕落的写照。男主人公梅思金公爵纯洁善良，鄙视金钱，对人充满了信任同情，向往着人人友爱的世界，奉行基督教的博爱、忍让、宽恕准则。以现实的价值标准看来,具有圣徒品质的梅思金公爵是一个无知的白痴。然而这个"白痴"却是作家用基督教世界观塑造出的理想人物,是基督的现世翻版。女主人公娜斯泰谢是一位优美动人、敢于反抗的女性形象。

陀思妥耶夫斯基的最后一部长篇小说《卡拉马佐夫兄弟》,提出了政治、哲学、伦理道德等社会问题,是一部内容精深的社会哲学小说。小说主要反映了地主卡拉马佐夫父子兄弟间,因金钱、情欲引起的冲突和仇杀。卡拉马佐夫家,这个"偶然组合的家庭",这个道德沦丧、人欲横流的地主之家,有共同的精神气质,即"卡拉马佐夫气质"。这是一种遗传因袭的"原欲力",被情欲风暴左右的昆虫性。它是卑鄙无耻、自私自利、野蛮残暴、放肆淫逸、腐化堕落的集中表现,是农奴制改革以后人与人之间畸形关系的反映。老卡拉马佐夫贪婪阴险,性情暴戾,极端好色。长子德米特里性情暴烈,生活放荡,但他卑劣中还有善良的因素。次子伊凡是个善于思考的无神论者,是自我意识发达、处于危机状态的思想家。他一方面抗议社会秩序,同情人类苦难,追求理想生活;另一方面为了金钱和情欲,盼望父亲早死、哥哥杀死父亲,这样他就能娶未婚的嫂子。作家通过伊凡批判了绝对理性对人的控制,认为人一旦为纯粹理性所主导而丧失了信仰,失去了对人的价值关怀,最终必然投入"魔鬼"的怀抱,成为无视任何道德准则的极端个人主义者。三子阿辽沙是作家心目中的理想人物,和梅思金公爵一样,他纯洁善良,谦恭温和,具有宗教情怀,周旋于家庭成员之间,起着抑恶扬善的作用。私生子斯麦尔佳科夫是恶的化身,卑琐狠毒,弑父后自杀。

为作者赢得世界声誉的《罪与罚》,是陀思妥耶夫斯基的最重要作品,这是一部反映小人物生存绝境的社会悲剧,是一部深刻思索"罪"与"罚"的发人深省的哲理小说。这部非谋杀主题的谋杀小说,以凶杀的紧张情节,把大都市中的赤贫、奴役、酗酒、犯罪等现实生活图景和对于犯罪心理、社会思潮、伦理道德等问题的探讨有机地联系在一起,反映出俄国社会在资本主义冲击下所发生的变化。

穷大学生拉斯柯尼科夫是城市贫穷知识分子的代表、人格分裂的思想家。作者充分挖掘了他犯罪的根源。首先,他是因为贫穷而犯罪。

极度的贫困使渴望求知的青年不得不辍学，以借高利贷度日，妹妹为了他而蒙羞待嫁。再次，他是因为理性犯罪，是人的绝对自由造成的可怕犯罪。超人哲学的影响，使他以为通过杀人就可以证明自己是不平凡的人，可以为所欲为，把自己的意志强加于大多数人。但当他实施杀人之后，却陷入了良心的谴责和精神的崩溃边缘。在表现"罚"时，作者一方面写了拉斯柯尼科夫所受到的有形的惩罚，即来自社会法律的肉体上的罚；同时更注重来自道义、良心、精神的惩罚。在苦难圣洁的索尼亚所代表的基督精神的感召下，他投案自首，经受苦难，皈依上帝，走向新生。但这种宗教救世思想并无益于铲除社会罪恶。

《罪与罚》取得了精湛、独特的艺术成就。首先，陀思妥耶夫斯基细腻深入地刻画了非常状态下的人物心理，是当之无愧的"人类灵魂的伟大拷问者"、心理分析大师。他逼真地表现出人物在高度紧张状态下、在无法解脱的矛盾中激烈的内心斗争、近似疯狂的思想奔突。拉斯柯尼科夫犯罪前后的心理活动，构成了精确的犯罪心理报告。其次，从传统的独白小说转变为"复调小说"。作品中"有众多的各自独立而不相融合的声音和意识。由具有充分价值的不同声音组成真正的复调"。为了更方便表现作为杀人犯的特殊主人公的复杂纷乱的心理实体，陀氏赋予拉斯柯尼科夫充分的主体性，让他摆脱作家全知全能的监控，取得与作家平等对话的地位。他不仅是作家描写的客体，也是表现自我观念的主体。小说中拉斯柯尼科夫的内心独白无处不在，直接向读者展示着他的内心深处的风暴。再次，陀思妥耶夫斯基注重表现深层心理，强调直觉主义，尤其注重写梦境、幻觉、下意识，直至写出心理的病态、精神错乱、歇斯底里等等。如在主人公杀人前、杀人后、服苦役时的三个梦，对表现人物心理、推动情节有重要意义。还有小说中已多次使用了非常典型的意识流手法。最后，小说的情节曲折离奇，跌宕起伏，发展迅速，始终处于紧张的态势中，具有强烈的戏剧性。

第十一节　密茨凯维奇

密茨凯维奇（1798～1855）是波兰伟大的民族诗人、民族解放运动的英勇战士。在诗歌艺术上,他吸取波兰民间文学的精华,继承发扬欧洲浪漫主义文学的优秀传统,为波兰浪漫主义文学奠定了基础,并为波兰现实主义文学的发展开辟了道路,在波兰文学史上占有极其重要的地位。

他的代表作有浪漫主义抒情诗《青春颂》、诗集《歌谣和传奇》与《十四行诗集》、诗剧《先人祭》、长诗《康拉德·华伦洛德》、叙事诗《塔杜施先生》等。

《青春颂》不仅是一曲洋溢着热情欢乐、朝气蓬勃的青春颂歌,而且是一篇号召青年团结战斗,推翻旧世界,迎接新曙光的宣言。

诗集《歌谣和传奇》第一卷的问世,标志着波兰浪漫主义文学的开端。它的题材取自民间故事传说,反映了劳动人民的生活情趣、道德观念和古老的风俗习惯。诗集风格朴实明快,语言通俗简洁,想象丰富奇妙,一扫古典主义的陈规旧习,开一代新诗风。诗集第二卷包括叙事诗《格拉席娜》和诗剧《先人祭》的第二、四两部。《格拉席娜》为女主人公格拉席娜的英雄主义和爱国主义谱写了一曲热情的赞歌。诗剧《先人祭》第二部通过民间的祭祀活动,描写阴间亡魂的遭遇和痛苦,表现贵族地主阶级对农民的压迫以及农民的复仇,揭示了波兰的社会矛盾,并对压迫者提出严正抗议,体现了作者的民主思想。第四部则集中描写青年古斯塔夫的痛苦与不幸。作者虽然谴责了造成悲剧的封建等级观念,但其思想仍然没有突破"个性解放"、"个人自由"的局限。《先人祭》第二、四部格调比较低沉,存在着较浓厚的宿命论和因果报应等唯心主义思想,没有展开对民族矛盾的描写。

《十四行诗集》包括"爱情十四行诗"、"克里米亚十四行诗"。前者记述了诗人旅行时的心境和对爱情的感受,情调有些感伤。后者是对克里米亚优美自然风光的吟咏,也抒发了对故国的怀念。这一组诗语言优美,感情充沛,情景交融,富有东方浪漫主义情调,堪称波兰抒情诗中的上品。

长诗《康拉德·华伦洛德》塑造了一位为民族解放斗争的英雄康拉德。作者歌颂立陶宛人民的爱国主义精神和英勇斗争,揭露沙俄压迫者的残忍暴行,激励波兰人民为祖国的自由解放而斗争。同时长诗也以隐晦曲折的方式反映了俄国十二月党人的秘密革命活动。

诗剧《先人祭》第三部在主题思想上有巨大飞跃,表达了波兰人民求解放的坚不可摧的意志,也凝聚着诗人炽烈的爱国激情。在此,民族矛盾已被提到首位。诗人歌颂了爱国志士坚贞不屈的斗争,揭露了沙俄凶恶残暴、反人民的本质和屠杀波兰人民的滔天罪行,鞭挞卖国求荣的民族败类。主人公康拉德此时已成长为与祖国、与人民同呼吸共命运,愿为民族解放事业献身的勇敢无畏的斗士。诗剧的局限在于,康拉德的形象还不够丰满具体,他的斗争也比较软弱,宗教神秘主义色彩较重。从艺术上看,诗剧气势磅礴,场面宏伟,幻想与现实有机结合;语言鲜明有力、富于变化,语体庄严、比喻朴素形象、讽刺辛辣幽默。

叙事诗《塔杜施先生》,又名《在立陶宛的最后一次袭击》,标志着密茨凯维奇创作的最高成就。它描写波兰贵族生活和内部矛盾以及波兰爱国者为了驱逐沙俄、复兴祖国所进行的斗争。作者通过世仇家族的争执而年轻一代终成眷属的故事,号召团结一致,共同对敌,为争取民族解放而斗争。长诗突出的艺术特点是浓郁的抒情风格。诗人描绘了祖国秀丽山川和丰富多彩的民间生活、风俗人情,字里行间流露出对祖国深沉的爱。

第十二节　惠特曼

惠特曼(1819～1892)是 19 世纪美国杰出的诗人。他的诗歌总集是《草叶集》。

"草叶"的寓意:它代表理想和希望,在各族人民中间同样生长;象征着发展,象征着发展中的美国和人类。总之,最普通、最富于生命力的"草叶",是普通人的象征,是发展中的美国的象征,是诗人民主自由的理想和希望的象征。

《草叶集》的主题。①赞美人,歌颂人的创造性劳动。惠特曼笔下的人是美国的普通劳动者,是不分种族肤色的劳动者,是肉体与精神都优美的人。如《我歌唱带电的肉体》、《大路之歌》、《斧头之歌》、《各行各业之歌》、《拓荒者啊,拓荒者》等都是赞美劳动者和劳动的名篇。②赞美大自然。诗人描绘美国优美的自然景色,热情歌颂壮丽的河山,把自然看做人劳动和建设新生活的条件。如长诗《自己之歌》、《欢乐之歌》、《大路之歌》。③歌颂民主自由思想,诗人抨击资本主义的罪恶,真诚地渴望理想社会到来。诗人反对南方奴隶制,深切同情黑奴,歌颂人民的斗争,颂扬林肯的功绩,悼念他的逝世。《敲呀!敲呀!鼓啊!》起到了鼓舞人民反抗的作用。《父亲,赶快从田地里上来》描写了普通人对南北战争的贡献以及付出的惨痛牺牲。《啊,船长,我的船长哟!》、《当紫丁香最近在庭园中开放的时候》表达了美国人民对林肯逝世的悲悼情绪和对他功德的歌颂。诗人还热情讴歌欧洲的民族民主革命。代表作有《欧罗巴》、《给一个遭到挫败的欧洲革命者》、《法兰西》、《啊,法兰西的星》、《西班牙1873～1874》等。他的创作具有鲜明的民主色彩和乐观精神,反映出美国资本主义上升时期广大人民的情绪和愿望。

《草叶集》的艺术成就。诗人创造出"自由诗体"诗歌新形式,即是一种以短句而不以音步为基础、每行字数不定、不用脚韵的诗体。大量运用重叠句、平行句和夸张的语言,大大加强了诗歌的表现力和说服力,但使用过度也会造成沉闷、不实之感。

惠特曼是民主主义的伟大歌手,是他的国家和时代精神的体现者。他的《草叶集》以自由民主的内容和新颖革新的形式开创了一代诗风,使他成为"美国现代诗歌之父",对美国以至世界的诗坛产生了深刻的影响。

Ⅱ.思考练习

一、填空题

1.批判现实主义的思想武器是以_____为基础的人道主义。

2.恩格斯对现实主义的经典概括是"除细节的真实外,还要真实地再现_____中的典型人物"。

3.短篇小说《嘉尔曼》的作者是_____。

4. ＿＿＿＿＿＿是最早的无产阶级文学。

5. 萨克雷在《名利场》中成功塑造了不择手段往上爬的女冒险家＿＿＿＿＿＿的形象。

6. 盖斯凯尔夫人的长篇小说《＿＿＿＿＿》最早正面反映了劳资矛盾和工人反抗斗争。

7. 恩格斯称＿＿＿＿＿为"德国无产阶级第一个和最重要的诗人"。

8. 第一次为北欧文学赢得世界性的声誉的作家是＿＿＿＿＿。

9. 批判现实主义的第一篇美学宣言是《＿＿＿＿＿》。

10. 斯丹达尔的长篇小说《＿＿＿＿＿》标志着批判现实主义的真正开端。

11. 《红与黑》的副标题是"＿＿＿＿＿"。

12. 《人间喜剧》的基石和序幕是《＿＿＿＿＿》,标志着作家迈向现实主义的第一步。

13. 在《高老头》中为暴发户所腐化的贵族子弟的典型是＿＿＿＿＿。

14. 倡导"客观而无动于衷"理论的作家是＿＿＿＿＿。

15. 福楼拜塑造的"谈吐就像人行道一样平板,见解庸俗"的庸人形象是＿＿＿＿＿。

16. 在被誉为"象征主义宪章"的诗歌是《＿＿＿＿＿》。

17. 《恶之花》是依据"＿＿＿＿＿"的美学原则创作的。

18. 狄更斯直接描写劳资矛盾的小说是《＿＿＿＿＿》。

19. 狄更斯在《＿＿＿＿＿》塑造了 19 世纪 40 年代经营海外贸易的英国商业资本家的典型形象。

20. 狄更斯的《＿＿＿＿＿》是一部近似自传体的小说,是研究作者的重要副本。

21. 海涅最成熟的作品是长诗《＿＿＿＿＿》。

22. 由果戈理和别林斯基所开创的俄国批判现实主义文学又被称为"＿＿＿＿＿"。

23. "小人物"的形象从普希金的《＿＿＿＿＿》始,经果戈理的

《＿＿＿＿＿》和陀思妥耶夫斯基的《＿＿＿＿＿》得到不断发展。

24.被誉为俄国戏剧史上里程碑的作品是果戈理的《＿＿＿＿＿》。

25.屠格涅夫的中篇小说《＿＿＿＿＿》是公认的反农奴制的佳作。

26.屠格涅夫塑造的能言善辩但缺乏实践能力的"多余人"的新典型是＿＿＿＿＿。

27.屠格涅夫在《父与子》中塑造的平民知识分子＿＿＿＿＿是典型的新人形象。

28.＿＿＿＿＿对西方文学现代主义文学有重大影响,被誉为"现代主义文学的鼻祖"。

29.陀思妥耶夫斯基的成名作《＿＿＿＿＿》继承了普希金、果戈理写小人物传统,但在心理描写方面有新的突破。

30.《白痴》中的男主人公＿＿＿＿＿公爵虽被世人视为"白痴",但却是作家用基督教世界观塑造出的理想人物,是基督的现世翻版。

31.陀思妥耶夫斯基的最后一部长篇小说《＿＿＿＿＿》,是一部内容精深的社会哲学小说,主要写了一个"偶然组合的家庭"因金钱、情欲引发的冲突、仇杀的故事。

32.《罪与罚》从传统的独白小说转变为"＿＿＿＿＿小说"。主人公拉斯柯尼科夫不仅是作家描写的客体,也是表现自我观念的主体。

33.叙事诗《＿＿＿＿＿》,标志着密茨凯维奇创作的最高成就。

34.惠特曼的《草叶集》以民主的内容和新颖的形式开创了一代诗风,使他成为"＿＿＿＿＿"。

35.惠特曼的《啊,船长,我的船长哟!》、《当紫丁香最近在庭园中开放的时候》表达了美国人民对＿＿＿＿＿逝世的悲悼情绪。

二、简述题

1.简述批判现实主义文学的主要特征。

2.简述安徒生童话的民主性。

3.简述于连形象的典型意义。

4.简述巴尔扎克的思想倾向与《人间喜剧》的艺术成就。

5.简述《高老头》的思想内容、人物形象与艺术特色。

6. 如何理解《包法利夫人》是一部"新的艺术法典"？

7. 简述《恶之花》的艺术手法及其对欧美文学的影响。

8. 从《双城记》看狄更斯人道主义的进步性与局限性。

9. 简述《德国，一个冬天的童话》的思想倾向与艺术特色。

10. 简述《死魂灵》的思想倾向、人物形象与艺术特色。

11. 如何理解巴札罗夫这个艺术形象？

12. 简述《罪与罚》的思想内容、人物形象与艺术特色。

13. 简述《草叶集》的基本主题、艺术成就及其在美国文学史上的地位。

Ⅲ. 参考答案

一、填空题

1. 人性论

2. 典型环境

3. 梅里美

4. 宪章派诗歌

5. 蓓基·夏泼

6. 《玛丽·巴顿》

7. 维尔特

8. 安徒生

9. 《拉辛与莎士比亚》

10. 《红与黑》

11. "一八三零年纪事"

12. 《舒昂党人》

13. 拉斯蒂涅

14. 福楼拜

15. 包法利

16.《感应》

17."从恶中去发掘美"

18.《艰难时世》

19.《董贝父子》

20.《大卫·科波菲尔》

21.《德国——一个冬天的童话》

22."自然派"

23.《驿站长》　　《外套》　　《穷人》

24.《钦差大臣》

25.《木木》

26.罗亭

27.巴札罗夫

28.陀思妥耶夫斯基

29.《穷人》

30.梅思金

31.《卡拉马佐夫兄弟》

32."复调小说"

33.《塔杜施先生》

34."美国现代诗歌之父"

35.林肯

二、简述题

1.①真实性和批判性。比较广阔、比较真实地展示了社会生活的各个方面,对现实矛盾的揭示具有相当的深度。现实主义作家注重写实,由此反映生活的本质。他们逼真地描绘出封建主义崩溃、资本主义崛起的历史进程,不遗余力地揭露资本主义社会的弊端,批判拜金主义,尖锐地提出许多重大问题,引起人们对现存秩序的不满,因而具有巨大的社会意义。

②典型性。批判现实主义作家注重选择典型事件来反映社会与时代特征,追求细节的真实。他们以典型的社会画面为背景,努力表现环

境对人的影响,成功地塑造了一系列共性与个性结合的典型形象。塑造典型环境中的典型人物,是现实主义文学的重要贡献,在文学发展史上具有重要意义。

③文体形式。长篇小说的创作空前繁荣,已发展到完备成熟阶段。中短篇小说、戏剧时有出现,也取得了较高成就。

2.安徒生的童话具有深刻的民主精神:

①揭示贫富悬殊的社会现实,描写劳动人民的苦难;

②无情地鞭挞上层统治阶级,指出他们的愚蠢无知;

③歌颂勤劳善良、品德高尚的劳动人民。

3.于连是复辟时代小资产阶级个人奋斗者的典型形象。他聪慧敏感,意志坚强,志向远大,有强烈的平民反抗意识和跻身上层社会的愿望。

于连的悲剧是时代的悲剧。拿破仑时代为小资产阶级打开了跻身上层社会的通道,复辟时代又阻塞了它。生不逢时的于连不得不选择其他方式来实现自己的抱负,成为"一个跟整个社会作战的不幸的人"。

于连的悲剧是小资产阶级的悲剧,他既没有高贵的血统依靠,也没有雄厚的金钱支撑,最终没有被上层社会所接受,成为"一个逆叛的平民的悲惨角色"。

于连的悲剧是个人主义者的悲剧。实现个人价值的终极目标,决定了他具有反抗与妥协的两面性。他可以为个人的发迹而不择手段,一旦个人追求得到满足又很容易与现实妥协。

于连的个人奋斗经历展示了时代的特征,代表了新兴资产阶级的特点,因而具有典型意义。

4.巴尔扎克的思想倾向:

巴尔扎克的世界观矛盾复杂。他本是中小资产阶级作家,但出于对资产阶级唯利是图的道德原则的厌恶,对没落的贵族充满同情,政治上正统保守。尽管如此,在他思想中占主流地位的依然是中小资产阶级的立场,这直接影响到他选择了进步的现实主义创作方法。而现实主义创作方法具有积极作用,可以在某种程度上矫正作家思想中的消极偏差。巴尔扎克正确认识到自己所同情的贵族阶级必然灭亡的历史命运,无情嘲讽贵族男女,抒写了一曲上流社会必然崩溃的无尽挽歌,取得了现实主义的最伟大胜利。

《人间喜剧》的艺术成就:①从对现实的细致观察中进行精确描写,塑造出"典型环境中的典型人物"。②运用现实主义典型化原则塑造出共性与个性统一的典型,着力渲染人物的主导特征。③运用"人物再现"法,充分展现人物性格的发展,把各个独立的单篇连成有机的整体。④作品的结构、个性化的人物语言、心理描写等方面,都达到了一定的高度。

5.《高老头》的思想内容可以概括为:

①反映了贵族权势得而复失、盛而复衰的历史,真实记录了资产阶级对贵族日甚一日的冲击。如鲍赛昂子爵夫人最终被暴发户的"20万法郎利息的陪嫁"所击败。

②揭露批判人与人之间赤裸裸的金钱关系。如高老头为痴爱的两个女儿付出一切,但最后却被女儿赶出大门,挤干财产,孤独死去。他的悲剧表明"父亲轴心"无情地被"金钱轴心"代替。

《高老头》的主要人物是高老头、拉斯蒂涅、鲍赛昂夫人、伏脱冷。

①高老头是一个具有浓厚封建宗法观念的商业资产者的典型,作者心目中父爱的典型。遗憾的是,他只知道用金钱来维系父女之爱,最终把女儿培养成自私自利的拜金主义者,自己也成为牺牲品。他的悲剧是谙熟资产阶级生意经却不了解资产阶级人生哲学的资产者的悲剧,是时代的悲剧。

②拉斯蒂涅则是为暴发户所腐化的贵族子弟的典型。他堕落为资产阶级野心家主要缘自人生三课:鲍赛昂夫人的"教导"及其被逐的命运,使他明白金钱的威力超过了姓氏的力量;伏脱冷赤裸裸的说教和被告发而被捕的结局,使他明白不择手段攫取金钱的重要性;高老头的苦难和死亡,最后完成了他的社会教育。拉斯蒂涅的步步堕落揭示了金钱对人们灵魂的强烈腐蚀作用。

③伏脱冷充当引诱青年堕落的角色。他老于世故,谙熟金钱法则,用赤裸裸的语言道出资产阶级极端利己主义的道德原则,他的"道德教育"具有提纲挈领的性质。

④鲍赛昂夫人则是在暴发户的逼攻下走向灭亡的贵族的典型。

《高老头》的艺术特色鲜明:

①从对现实的细致观察中进行精确描写。为了再现生活、刻画人物,巴尔扎克非常重视详细逼真的环境描写,使人物获得真实感、典型性,塑造出"典型环境中的典型人物"。如伏盖公寓的穷酸、贵族沙龙的奢华极大地刺激了拉斯蒂涅的野心,为他的堕落提供了真实可信的依据。

②用现实主义典型化原则塑造出共性与个性统一的典型。"杂取种种人,合成一个"的做法,使人物的肖像逼真传神,性格塑造鲜明突出。作家善于抓住人物的主导特征,再用夸张漫画的手法着力渲染。如高老头的父爱。

③开始运用"人物再现"法。如拉斯蒂涅形象。这种把人物贯穿起来的方法,不仅可以使人物性格特征得到充分发展,而且把各个独立的单篇连成有机的整体。

④以拉斯蒂涅向上爬的经历串联全篇的结构特点、个性化的人物语言、心理描写等方面,都达到了一定的高度。

6.《包法利夫人》体现了福楼拜所倡导的"客观而无动于衷"的创作理论。

小说描写了爱玛的悲剧一生。作者通过爱玛的悲剧控诉了恶俗淫靡的社会,客观准确地剖析了造成爱玛堕落毁灭的原因,有力地揭露了资本主义社会精神生活的空虚堕落和金钱的罪恶。

福楼拜认为"一个小说家没有权力表现他的意见",应避免在作品中直接表露自己的情感态度。在这部小说中,福楼拜只是对现实进行客观冷静的描写,将对美丑善恶的判断,寄寓人物言行与场面临摹中,引导读者从逼真的现实中去思考领悟。作者的隐匿更增加了现实主义作品的魅力。这种"客观而无动于衷"的艺术风格,是对小说艺术的发展,使《包法利夫人》成为"新的艺术法典"。

7.《恶之花》是波德莱尔的代表作,是诗人的人生与心灵历程的真情实录。诗人意在通过诗歌展示人间丑恶的事物,从恶中去发掘美,给世人以震撼,从而引起人们对恶的警觉与思考。

《恶之花》广泛运用了象征的艺术手法,体现了"恶中有美"的美学原则。

象征是诗人写景状物、表情达意的艺术手法。诗人通过大量意象,使人与自然、精神与物质相互感应象征、暗示阐释,形象生动地表达了深刻的思想内涵,也给读者预留了巨大的想象空间。

由"从恶中去发掘美"的美学原则出发,波德莱尔以丑恶形象入诗,刻意把被回避掩饰的现代"病态之都"巴黎的"丑"和人性的"恶"展示出来,从恶中发掘美,把恶转化为美。这种审美取向也成为《恶之花》重要艺术特色。《恶之花》确立全新的美学原则,打破了"唯善而美"的传统审美观念,将美作为一个独立的范畴加以强调,使美摆脱了善的规约,使审美范畴从道德伦理范畴中独立了出来,极大解放了诗歌审美的对象,拓展了诗歌表现的空间,对欧美文学产生了极为深远的影响。

8.《双城记》以法国革命为背景,写了发生在巴黎、伦敦两个城市的故事。作品真实地反映了封建贵族对农民的残酷迫害、双方尖锐的对立和激烈的斗争。

狄更斯从人道主义出发,满怀同情地描写了法国农民的悲惨遭遇,愤怒地谴责了封建贵族的为非作歹,承认革命必然要爆发的客观规律,阐明了法国革命的合理性。

狄更斯从人道主义出发,反对一切形式的压迫。他既反对封建贵族对农民的迫害,也反对革命胜利后革命人民对封建贵族的专政,反对群众性的暴力行为,把革命描写成失去理智的冲动。为此,狄更斯塑造了代尔那和卡尔登两个人道主义的理想人物,把他们舍己为人的自我牺牲精神与革命者的暴乱残杀相对照。他还把斗争坚决的得伐石太太被描写成一个嗜血成性的疯狂复仇者。

小说集中体现了狄更斯资产阶级人道主义思想的历史进步性和阶级局限性。

9.《德国,一个冬天的童话》记录了诗人重回阔别 12 载的祖国的所见所闻、所感所思,表达了海涅对祖国深沉的爱,对黑暗腐败的社会现状强烈的不满,对民主革命和美好未来的热切期盼。诗题中的"冬天的童话"正是对当时德国的"昏睡和停滞状态"的辛辣讽刺。全诗共 27

章,采用游记体形式,从诗人踏上祖国大地时激动而又愤懑的心情写起,一路下来,分别写到了德国边境的繁琐检查,普鲁士帝国的极权统治,德意志四分五裂的封建割据,天主教会对人民群众的精神奴役,资产阶级自由派的软弱保守,等等。诗人嬉笑怒骂,揶揄调侃,给予无情的嘲讽与抨击。海涅对那些美化现实、麻醉人民的古老歌曲异常反感,对"红胡子大帝"之类维护封建君主制的中世纪传说极为不满,诗人表示他要唱"一首新的歌,更好的歌","要在大地上,建立起天上的王国"。他坚信德国人民"根本用不着皇帝",完全能够依靠自己的力量"解救自己"。当然,由于时代的局限,海涅的思想还只是停留在革命民主主义与空想社会主义的水平。长诗最显著的艺术特色是现实主义与浪漫主义相结合。一方面长诗立足于德国的社会现实,具有强烈的政治性,另一方面又采用虚拟、梦境、幻想、夸张等艺术手段,把现实性、政治性寓于童话性、隐喻性之中,从而增强作品的艺术感染力。

10.《死魂灵》是果戈理的代表作,俄国"文坛上划时代的巨著"。

《死魂灵》的主题思想:①作家描绘了俄国农奴制的崩溃、农奴主阶级死亡的历史过程,揭示了封建农奴制瓦解的必然性。"死魂灵"明指那些已经死亡、但尚未注销的农奴,暗指灵魂已经死亡的地主阶级。五个地主组成的群丑图,说明整个农奴主阶级已经腐烂透顶,农奴制是专门制造垃圾的社会,应该被彻底埋葬。②作者塑造了新型资产阶级的形象,并深刻批判了他们的拜金主义本性。

《死魂灵》的人物形象。玛尼罗夫是个自命风雅的寄生虫。他外表文雅,内心空虚,甜腻浅薄,萎靡退化,生性懒散,不务实际。女地主科罗皤契加是一个封闭保守、愚蠢固执而又贪财的地主。罗士特莱夫是个流氓无赖恶少式的地主,他粗野无礼,放荡挥霍,嗜赌成性,吹牛造谣、惹是生非。梭巴开维支是粗野、残忍、贪婪、狡猾的地主典型。他粗壮如熊,喜欢大吃大喝,但在钱财上却极为精明,以高价卖出死魂灵。

泼留希金是世界文学著名的吝啬鬼形象,是个悭吝、猥琐到病态的守财奴。他有大量财产却过着乞丐一样的生活,家里的东西不断变质腐烂,但是他还是怀着不可遏止的激情捡拾映入眼帘的一切破烂。对财富的贪占和破坏成为他的特征——在书中,他既是财富的最大积蓄者,同时也是财富的最大浪费者。人类创造的财富在他手中遭到最野蛮、最无意义的浪费。

乞乞科夫是俄国新兴的资产阶级投机家的典型,具有唯利是图的本色,不择手段地发财就是他的人生追求。他冷酷贪婪、虚伪狡诈、圆滑世故、趋炎附势,擅长见风使舵,投机钻营。他同时还具有冒险精神和受挫不气馁的韧性。这个形象较为全面地展示了资产者的特点。

《死魂灵》的艺术特色。①巧妙的结构。小说以乞乞科夫串连全篇,通过他向地主们"收买"死魂灵的线索,把全书结构成一个有机的整体。②人物形象的典型化。作家善于从环境、肖像、语言、动作细节描写来表现人物的典型性,如通过招待乞乞科夫的吃饭、买卖"死魂灵"方式与价格,来刻画五个地主的个性特征。③含泪的讽刺。果戈理对地主阶级既有讽刺的嘲笑又有哀婉的同情。他尖锐讽刺灵魂已死亡的整个地主阶级,充分暴露了他们丑陋可笑的一面,从而构成了"分明的笑"。作者对他们的堕落表现出哀婉的同情,"含着谁也不知道的不分明的泪",即鲁迅先生所说"含泪的笑"。④作品广泛运用了抒情的手法。具体表现为与祖国、人民命运相关的抒情性插话,对人物评价时浓厚的感情色彩。作者还把俄罗斯比作飞奔的三驾马车,表达出炽热的爱国热情和深切的忧虑。

11.屠格涅夫在《父与子》塑造了俄国文学史上第一位新人巴札罗夫的形象。作者借"父"辈与"子"辈的冲突,肯定了平民知识分子在社会斗争中的主导作用,揭露了贵族的无能和精神空虚,表达了"民主主义对贵族阶级的胜利"的时代本质。

巴札罗夫是俄国文学中"新人"的典型形象,是平民知识分子的代表、"子"辈代表。①巴札罗夫信念坚定,信奉唯物主义,推崇实用科学,主张功利主义;他爱憎分明,憎恨农奴制度,否定贵族阶级,批判贵族自由主义;他重视实践,埋头苦干,愿意为未来生活"打扫地面"。②巴札罗夫也有弱点。他以庸俗唯物主义看待科学、艺术和大自然。只看重实用科学,轻视一般科学,错误地否定艺术。巴札罗夫的以上特点是作者思想矛盾性的体现。

12.为作者赢得世界声誉的《罪与罚》,是陀思妥耶夫斯基的最重要作品,这是一部反映小人物生存绝境的社会悲剧,是一部深刻思索"罪"
与"罚"的发人深省的哲理小说。这部非谋杀主题的谋杀小说,以凶杀
的紧张情节,把大都市中的赤贫、奴役、酗酒、犯罪等现实生活图景和对
于犯罪心理、社会思潮、伦理道德等问题的探讨有机地联系在一起,反
映出俄国社会在资本主义冲击下所发生的变化。

穷大学生拉斯柯尼科夫是城市贫穷知识分子的代表、人格分裂的
思想家。作者充分挖掘了他犯罪的根源。首先,他是因为贫穷而犯罪。
极度的贫困使渴望求知的青年不得不辍学,以借高利贷度日,妹妹为了
他而蒙羞待嫁。再次,他是因为理性犯罪,是人的绝对自由造成的可怕
犯罪。超人哲学的影响,使他以为通过杀人就可以证明自己是不平凡
的人,可以为所欲为,把自己的意志强加于大多数人。但当他实施杀人
之后,却陷入了良心的谴责和精神的崩溃边缘。在表现"罚"时,作者一
方面写了拉斯柯尼科夫所受到的有形的惩罚,即来自社会法律的肉体
上的罚;同时更注重来自道义、良心、精神的惩罚。在苦难圣洁的索尼
亚所代表的基督精神的感召下,他投案自首,经受苦难,皈依上帝,走向
新生。但这种宗教救世思想并无益于铲除社会罪恶。

《罪与罚》取得了精湛、独特的艺术成就。首先,陀思妥耶夫斯基细
腻深入地刻画了非常状态下的人物心理,是当之无愧的"人类灵魂的伟
大拷问者"、心理分析大师。他逼真地表现出人物在高度紧张状态下、
在无法解脱的矛盾中激烈的内心斗争、近似疯狂的思想奔突。拉斯柯
尼科夫犯罪前后的心理活动,构成了精确的犯罪心理报告。其次,从传
统的独白小说转变为"复调小说"。作品中"有众多的各自独立而不相
融合的声音和意识。由具有充分价值的不同声音组成真正的复调"。
为了更方便表现作为杀人犯的特殊主人公的复杂纷乱的心理实体,陀
氏赋予拉斯柯尼科夫充分的主体性,让他摆脱作家全知全能的监控,取
得与作家平等对话的地位。他不仅是作家描写的客体,也是表现自我
观念的主体。小说中拉斯柯尼科夫的内心独白无处不在,直接向读者
展示着他的内心深处的风暴。再次,陀思妥耶夫斯基注重表现深层心
理,强调直觉主义,尤其注重写梦境、幻觉、下意识,直至写出心理的病
态、精神错乱、歇斯底里等等。如在主人公杀人前、杀人后、服苦役时的

三个梦,对表现人物心理,推动情节有重要意义。还有小说中已多次使用了非常典型的意识流手法。最后,小说的情节曲折离奇,跌宕起伏,发展迅速,始终处于紧张的态势中,具有强烈的戏剧性。

13.《草叶集》是惠特曼的诗歌总集。

《草叶集》的主题。①赞美人,歌颂人的创造性劳动。惠特曼笔下的人是美国的普通劳动者,是不分种族肤色的劳动者,是肉体与精神都优美的人。如《我歌唱带电的肉体》、《大路之歌》、《斧头之歌》、《各行各业之歌》、《拓荒者啊,拓荒者》等都是赞美劳动者和劳动的名篇。②赞美大自然。诗人描绘美国优美的自然景色,热情歌颂壮丽的河山,把自然看作人劳动和建设新生活的条件。如长诗《自己之歌》、《欢乐之歌》、《大路之歌》。③歌颂民主自由思想,诗人抨击资本主义的罪恶,真诚地渴望理想社会到来。诗人反对南方奴隶制,深切同情黑奴,歌颂人民的斗争,颂扬林肯的功绩,悼念他的逝世。《敲呀!敲呀!鼓啊!》起到了鼓舞人民反抗的作用。《父亲,赶快从田地里上来》描写了普通人对南北战争的贡献以及付出的惨痛牺牲。《啊,船长,我的船长哟!》、《当紫丁香最近在庭园中开放的时候》表达了美国普通人民对林肯逝世的悲悼情绪和对他功德的歌颂。诗人还热情讴歌欧洲的民族民主革命。代表作有《欧罗巴》、《给一个遭到挫败的欧洲革命者》、《法兰西》、《啊,法兰西的星》、《西班牙1873～1874》等。他的创作具有鲜明的民主色彩和乐观精神,反映出美国资本主义上升时期广大人民的情绪和愿望。

《草叶集》的艺术成就。诗人创造出"自由诗体"诗歌新形式,即是一种以短句而不以音步为基础、每行字数不定、不用脚韵的诗体。大量运用重叠句、平行句和夸张的语言,大大加强了诗歌的表现力和说服力,但使用过度也会造成沉闷、不实之感。

《草叶集》的地位。《草叶集》以自由民主的内容和新颖革新的形式开创了一代诗风,使惠特曼成为"美国现代诗歌之父",对美国以至世界的诗坛产生了深刻的影响。

第八章　19世纪后期文学

Ⅰ. 重点提要

第一节　概　述

　　19世纪后期欧美主要国家开始从自由资本主义向垄断资本主义过渡。社会政治和思想的多元化开启了文学多元化的时代,文艺复兴以来一个时期由一种文学主宰的格局已不复存在。批判现实主义文学进入了新的发展阶段,自然主义、唯美主义、象征主义以及为帝国主义服务的文学开始出现,无产阶级文学也在斗争中发展。

　　批判现实主义文学仍是主要文学流派。与前期相比,作家在创作手法上不再囿于真实的细节描写和塑造典型环境中的典型人物,在思想上悲观情绪加重。

　　在法国,左拉的《卢贡—马卡尔家族》反映了第二帝国时期的社会生活,有些作品达到了批判现实主义的高度,但也有明显的自然主义印记。都德的短篇小说《最后一课》、《柏林之围》是反映普法战争的爱国主义名篇。莫泊桑以其题材广泛、含意隽永、技巧圆熟的短篇小说,享誉世界。法朗士的《波纳尔之罪》、《企鹅岛》、《诸神渴了》等长篇小说,揭露了第三共和国时期不合理的社会现象。

　　英国批判现实主义作家虽在揭露社会的广度方面不及前期,但在心理描写的深度、精确性和多样性方面有所超越。哈代的"威塞克斯小说"，描写资本主义侵入英国农村引发的悲剧，但也流露出浓厚的悲观宿命论思想。肖伯纳的《鳏夫的房产》、《华伦夫人的职业》等剧本尖锐地提出社会问题，对改革英国现代戏剧做出了贡献。苏格兰女作家伏尼契的《牛虻》塑造了感人的革命者形象。

德国的批判现实主义出现得较晚，代表作家是冯达纳、霍普特曼。他们的现实主义代表作品分别是长篇小说《艾菲·布利斯特》、剧本《织工》。

意大利乔万尼奥里的长篇历史小说《斯巴达克思》，热情歌颂奴隶起义的伟大业绩。

在北欧，挪威的批判现实主义文学异军突起。易卜生的"社会问题剧"对欧洲戏剧的改革做出了杰出的贡献，赢得世界声誉。比昂逊社会问题剧的代表作有《破产》、《挑战的手套》等。瑞典作家斯特林堡的剧作以"对话"的独特成就而著称，《梦的戏剧》成为表现主义文学的先声，《朱丽小姐》是自然主义代表作，《通向大马士革之路》具有象征主义、悲观主义的特征。

在中欧和东南欧，反侵略、反压迫成为文学的共同主题。波兰作家显克微支以《你往何处去》获得诺贝尔文学奖。普鲁斯的《傀儡》被认为是19世纪波兰批判现实主义的代表作。匈牙利卡尔曼《圣彼得的伞》等揭露讽刺了贵族地主和资产阶级。罗马尼亚剧作家卡拉迦列的喜剧《一封遗失的信》揭露了资产阶级的虚伪政治。保加利亚伐佐夫的长篇小说《轭下》，歌颂了本国人民反抗土耳其侵略的英雄气概。阿尔巴尼亚弗拉舍里的代表作是长诗《畜群和大地》、《斯坎德培史》。

在俄国，批判现实主义作家对贵族地主和资产阶级的批判更为强烈，更加注意反映农民和平民的苦难。陀思妥耶夫斯基创作了《群魔》和《卡拉马佐夫兄弟》。谢德林的代表作《戈罗夫略夫一家》展示了地主阶级必然灭亡的命运。托尔斯泰世界观从贵族自由主义者转为宗法制农民立场，《安娜·卡列尼娜》是作家世界观转变前的作品，《复活》是转变后的作品。《复活》对社会的批判异常广泛而深刻，有"最清醒的现实主义"之称，但"托尔斯泰主义"在这部作品中也达到了顶峰。契诃夫的短篇小说取得很高成就，享誉世界。

美国批判现实主义文学的杰出代表马克·吐温，在更加广阔的社会背景上反映现实，作品内容深刻，风格独特。短篇小说家欧·亨利以轻松幽默的笔调描写大都市里小人物的悲欢，揭露资本主义社会中的丑恶，《麦琪的礼物》、《最后一片藤叶》、《警察和赞美诗》等都是脍炙人口的名篇。他的小说巧于构思，擅长细节描写，悲喜交融，结尾既出人意料又在情理之中，有"欧·亨利式结尾"之誉。杰克·伦敦的作品弥漫着强烈的大自然气息，呈现出鲜明的民族色彩。代表作品有小说《热爱生命》、描写动物的寓言式小说《野性的呼喊》和《白牙》、政治幻想小说《铁蹄》、自传性小说《马丁·伊登》、短篇小说《一块牛排》、《墨西哥人》、《在甲板的天篷下面》等。《热爱生命》表现出人在极其艰难的条件下战胜环境的非凡毅力，受到普遍的赞赏。

自然主义文学最先产生于法国。文艺批评家泰纳的"种族、环境、时代决定论"为它提供了理论基础。"巴那斯派"诗派为自然主义在诗歌领域里作了开拓示范。左拉的《实验小说论》、《自然主义小说家》使自然主义创作理论系统化。他的主要观点如下：①强调文学创作的科学性。作家就像做试验一样，着重分析人的不受社会规律支配的生理本能。②强调文学创作真实性。反对典型概括，主张用纯客观的态度把生活中的一切细枝末节精确而毫无遗漏地摄取下来。③强调文学创作的客观性。反对作家在作品中表露思想感情和对事物作结论。

自然主义文学具有以下特征：科学性，要求描写达到科学式的精确，像进行实验一样对人的行为进行生理病理分析；真实性，真实地记录日常生活；客观性，要求小说家不介入叙述，不作价值评判。自然主义文学创作上的典型代表是龚古尔兄弟——爱德蒙·龚古尔、于勒·龚古尔，他们共同创作的《日尔米尼·拉塞德》是一部典型的自然主义作品。

唯美主义和象征主义文学共同的哲学基础是主观唯心主义。它们都重视表现主观，重视艺术形式，具有非理性主义色彩。在思想上有颓废悲观的倾向，在艺术上扩大了文学表现的范围，增强了文学的表现力。

　　唯美主义最初由法国巴那斯派提倡,后经英国一些作家响应,影响到德、俄等国。唯美派提出"为艺术而艺术"主张,艺术本身就是目的,否定文学的倾向性和功利性,否定理性认识对文艺的作用。唯美派追求艺术技巧和形式美。代表作家有法国的戈蒂耶、波德莱尔,英国的王尔德等。戈蒂耶的代表作是诗集《珐琅和宝石》,他在《诗集〈阿尔贝丢斯〉序言》和《小说〈莫班小姐〉序》中,反对艺术从属于道德的功利目的。王尔德在理论和创作上发展了唯美主义。他在对话《撒谎的衰落》和《意图》、《社会主义制度下的灵魂》等论文里,系统提出"为艺术而艺术"的主张,认为只有"美"是永恒的,艺术高于生活,超脱人生,不受道德的约束,艺术个性不应受到压抑。他颠倒文艺与生活关系的传统看法:不是艺术反映生活,而是生活模仿艺术;不是艺术应当人生化,而是人生应当艺术化。其代表作是长篇小说《道林·格雷的画像》、童话《快乐王子》和社会讽刺喜剧《温德米尔夫人的扇子》、《莎乐美》等。

　　象征主义最早产生于法国,随后传播到欧洲诸国。莫瑞亚斯《象征主义宣言》的发表是象征主义发展史上的一件大事,标志着象征主义得到正式承认。象征主义反对描写客观世界,视客观世界为主观世界的"象征",主张通过象征、暗示的手法表现超现实的"理想世界"。象征主义重主观幻觉而轻客观描写,重艺术想象而轻现实再现,重暗示启发而轻明晰表达。象征主义采用象征、暗示、启发等手法暗示作品的主题和事物的发展,因而形象半明半暗,扑朔迷离,充满神秘主义色彩。象征主义的先驱是美国的爱伦·坡和法国的波德莱尔。代表作家有法国的马拉梅、魏尔兰、兰波,比利时的梅特林克,俄国的梅烈日柯夫斯基、巴尔蒙特等。第一次世界大战后的象征主义,称为后期象征主义,是重要的现代主义文学流派。马拉梅、魏尔兰和兰波讲究诗歌的暗示性、朦胧性和音乐性。梅特林克的剧本《青鸟》也是前期象征主义的代表作之一。

　　无产阶级文学以巴黎公社文学为重要代表,另外还出现了拉法格、梅林、蔡特金、卢森堡和普列汉诺夫等马克思主义文艺评论家。

　　巴黎公社文学是巴黎公社的产物,包括巴黎公社诞生前后20年间公社战士的创作。其中诗歌成就最大,表现出高度思想水平和战斗风

貌,长篇小说和散文也有收获。巴黎公社文学的主要内容是宣传爱国
主义和国际主义思想,揭露反动派镇压革命的罪行,总结巴黎公社的经
验教训,号召人民继续为公社的理想而斗争。主要作家有欧仁·鲍狄
埃、米雪尔、葛莱蒙、瓦莱斯、克拉代尔等。巴黎公社文学以其革命的激
情、理想的光辉和战斗的风格,为世界无产阶级文学的发展做出了贡
献。

　　欧仁·鲍狄埃是巴黎公社文学最杰出的代表,其代表作《国际歌》
总结了巴黎公社的历史经验,指出了无产阶级的历史任务与斗争目标,
表达了无产阶级解放全人类的革命精神和英雄气概,号召全世界无产
者为实现共产主义伟大理想英勇奋斗。诗歌结构完整,浑然一体,富有
号召力与感染力。

第二节　左　拉

　　左拉(1840～1902)是19世纪后期法国著名作家,自然主义理论的
倡导者。他的优秀作品突破了自然主义理论框架,具有鲜明的现实主
义特色。

　　左拉的代表作品有:中短篇小说集《给尼侬的故事》,自然主义成分
最明显的《德莱丝·拉甘》、《玛德兰·费拉》,包括20部长篇小说的社
会史诗《卢贡—马卡尔家族——"第二帝国时代一个家族的自然史和社
会史"》,揭露教会罪恶的《三名城》以及表现作者社会理想的《四福音
书》等。

　　左拉的主要理论文章《实验小说》、《戏剧中的自然主义》、《自然主
义小说家》,集中体现了他的自然主义文学思想:①强调文学创作的科
学性。作家就像做试验一样,着重分析人的不受社会规律支配的生理
本能。②强调文学创作真实性。反对典型概括,主张用纯客观的态度
把生活中的一切细枝末节精确而毫无遗漏地摄取下来。③强调文学创
作的客观性。反对作家在作品中表露思想感情和对事物作结论。左拉
的自然主义理论忽视了人受社会制约的基本事实,排斥了作家的责任。

　　《卢贡—马卡尔家族》几乎包括了第二帝国时期社会生活的各个方

面,内容极其丰富,涉及政治、军事、宗教、不动产投机、商业金融、工人、农民、科学、艺术、交际花以及日常生活等。作者希望从生理学角度,"研究一个家族的血统和环境的问题";从社会历史方面,"研究整个的第二帝国时代"。其中的优秀作品突破了自然主义理论框架,具有鲜明的现实主义特色,通过卢贡—马卡尔家族史,形象地反映出第二帝国整整20年间的兴亡历史,既写出了政治腐败、宫廷丑闻和垄断资本发展所带来的社会变化,也写出了无产阶级不堪忍受剥削而奋起斗争。《卢贡家族的家运》表现了波拿巴政变时南方小城革命与反革命的斗争;《贪欲》塑造了第二帝国初期一批暴发户和投机家们的形象;《妇女乐园》反映的是第二帝国时期商业资本开始集中以及垄断组织兴起的情况;《金钱》描写了法国金融资本的发展,反映出垄断资本间的残酷竞争,塑造了垄断资本主义时代金融资本家萨卡尔的典型形象;《崩溃》描写了普法战争中法军的大溃退;《小酒店》反映了工人阶级的悲惨生活,但并未揭示贫困的社会根源。

《萌芽》成功反映了劳资矛盾和工人运动。作家真实地描写了煤矿工人所遭受的剥削压迫,他们极其恶劣的生产、生活条件。作家真实表现了罢工工人的团结信任和为共同事业而献身的精神。尽管小说没有完全摆脱自然主义的束缚,但它仍然是19世纪反映工人运动的最优秀的作品之一,19世纪后期法国文学最卓越的成就之一。

马赫嫂是个丰满的现实主义典型形象。她从一个普通家庭妇女成长为一位有觉悟、意志坚强的无产阶级战士。马赫是一位正直的矿工,在罢工中觉悟逐渐提高,最后献出了生命。艾蒂安是个从基层成长起来的工人领袖的形象,他英勇无畏,但也有弱点,同真正的无产阶级革命家有一定的距离。

《萌芽》在艺术上的独到之处在于把粗犷和细致巧妙地结合在一起,既有宏大的群众场面,形成雄浑磅礴的气势,又有极其精微细致的细节描写。

第三节　莫泊桑

　　莫泊桑(1850～1893)是 19 世纪后期法国杰出的批判现实主义作家,"世界短篇小说巨匠"。他一生写了 350 多篇中短篇小说,6 部长篇小说和 3 部游记。莫泊桑是福楼拜的弟子,福楼拜的悉心指导对他的创作有良好的影响。

　　莫泊桑的中短篇小说题材广泛,大致可分为三类。①反映普法战争。作品揭露了普鲁士侵略者的野蛮残暴、法国军政界的腐败无能,歌颂了法国人民的爱国主义精神。代表作品有《羊脂球》、《菲菲小姐》、《米龙老爹》、《两个朋友》、《蛮子大妈》、《俘虏》等。《羊脂球》是莫泊桑的处女作,也是世界短篇小说的珍品。它写十个居民同乘一辆马车从被敌军占领城市出逃的故事。作者动态地把法国社会浓缩在一辆马车中,通过乘客们不同的出逃原因,一路上的表现,特别是对羊脂球前后不同的态度变化,无情鞭挞了贵族资产阶级的虚伪堕落,表现了对被凌辱的底层人们的同情和尊敬,歌颂了他们的爱国之心。②反映资产阶级世俗生活,揭露资产阶级道德堕落和拜金主义。《项链》讽刺了小资产阶级的虚荣心,谴责了金钱万能、以贫富分贵贱的资本主义社会。《戴家楼》揭露资产阶级的荒淫糜烂。《我的叔叔于勒》表现了资本主义社会世态炎凉,人与人之间的冷漠的关系。《勋章到手了》讽刺小职员的虚荣心。《雨伞》描写小市民的吝啬、斤斤计较。《遗产》揭露小官员利欲熏心、道德沦丧。③反映五光十色的乡村生活,描写劳动人民的贫困生活,歌颂他们的高尚品质。代表作品有《一个女长工的故事》、《一个儿子》、《乞丐》、《西蒙的爸爸》、《归来》等。

　　莫泊桑的中短篇小说具有如下特色:①以小见大的艺术效果。作者通过摹写日常生活中的人情世态,深刻地反映出生活的真实和社会的本质。篇幅虽短,蕴含很多;平淡小事,意义不凡。②精妙的构思布局,情节跌宕。作者或采用矛盾层递法,或设置悬念,或采取对比,引人入胜。③在描写方面,注重运用生动逼真的细节描写和素朴自然的白描手法。④语言准确规范,文体洁净,是典范的法语。⑤风格逼真自然,冷静客观,含蓄隽永。

　　莫泊桑共创作了六部长篇小说。首部长篇小说《一生》,描绘了贵族少女约娜幻想破灭的凄惨一生,谴责了资本主义社会的虚伪欺骗及道德堕落。《漂亮朋友》是莫泊桑的代表作之一。它反映的社会画面最广阔,暴露最深刻,批判最有力。作者通过杜洛阿利用无耻手段发迹的过程,深刻地反映出法兰西第三共和国时期政治生活的黑暗腐败、资产阶级的淫荡堕落、特别是新闻报界的污浊肮脏。杜洛阿是帝国主义时代资产阶级冒险家的典型。他凭借自己的漂亮外表诱惑女性,利用女人作进身之阶,成为新闻界、政界的重要人物。这个狡诈骗子的成功说明,他的恶德败行正好适应了日益堕落的资产阶级的需要。这才是无恶不作、荒淫无耻的流氓杜洛阿发迹的真正社会原因。在塑造杜洛阿时,莫泊桑非常注意选择、描写人物所处的环境;运用语言描写、行动描写、肖像描写、心理描写、细节描写等,凸现人物的性格特征。

　　莫泊桑的作品发掘、赞美普通法国人身上的精神力量,生动记录了社会现状和冲突,成为 19 世纪后期法国社会的艺术画卷。

第四节　哈　代

　　托马斯·哈代(1840～1928)是 19 世纪末英国杰出的批判现实主义作家。他的作品反映了资本主义侵入英国农村后所引发的变化、破产农民的悲惨命运和心灵创伤,对人类命运进行了悲剧性探讨,具有浓厚的悲剧意识。

　　哈代一生创作了 918 首诗,辑为 8 集,另有史诗剧《列王》3 部。他的诗歌探讨人生,慨叹命运,多是日常经验和回想,音律简朴,轻妙隽永。《列王》用史诗和抒情诗的形式描写欧洲联军与拿破仑的战争。诗人反对罪恶的战争,谴责“列王”的残忍无道,对人类的未来寄予希望,但也有宿命色彩。《列王》具有希腊史诗与戏剧的特点。场面广阔,人物众多,抒情与哲理交织,凝聚着作者对人类社会的思索。

　　哈代一生创作了 14 部长篇小说,4 部中短篇小说集:《威塞克斯故事集》、《一群贵妇人》、《人生的小讽刺》和《一个改变了的人》。他的中短篇小说题材广泛，风格多样，戏剧性较强。优秀中篇小说有《干枯的手》和《两个野心的戏剧》。

哈代把自己的小说分为"罗曼史和幻想"、"爱情阴谋故事"及"性格和环境的小说"三类。其重要的小说全部归在第三类。哈代的大部分作品以西南部农村为背景，此地古称威塞克斯，因而他的小说被称为"威塞克斯小说"。

《绿荫下》揭开了"性格和环境的小说"的序幕。小说的副标题是"一幅荷兰派的乡村写生画"，代表着牧歌情调和田园色彩。《远离尘嚣》是哈代第一部得到一致赞扬的长篇小说，展现了在远离尘嚣的穷乡僻壤发生的人生悲剧。《还乡》是威塞克斯悲剧编年史的真正开端，标志着作者从田园诗式的幻想中解脱出来，对宗法制社会的必然灭亡有了更清楚的认识。作品中的爱敦荒原万古如斯、冷漠地注视着变幻无常的人生。它是威塞克斯传统和秩序的象征，是一种支配人类命运的神秘力量，是一种永恒精神的体现。《卡斯特桥市长》强调了命运对人冷酷无情的捉弄，宿命论色彩更为浓厚。哈代代表作《德伯家的苔丝》具有鲜明的社会批判色彩。《无名的裘德》控诉了资产阶级不合理的教育制度、婚姻制度以及陈腐的道德观念。裘德形象的意义在于表明有理想、有才华又勤奋好学的青年农民，在不合理的社会制度下根本无法实现自己的理想。但作家对命运的过分强调，把社会悲剧神秘化，一定程度上削弱了作品的批判力量。

《德伯家的苔丝》是哈代的代表作，也是欧洲批判现实主义文学的优秀作品之一。小说通过苔丝一家的遭遇，具体生动地描写了19世纪末资本主义侵入英国农村后小农经济解体、个体农民走向贫困和破产的痛苦过程，以及封建道德、资本主义道德对人们心灵的毒害。作者的悲观宿命思想表现在，一方面认为苔丝是社会的牺牲品，另一方面又认为苔丝是命运的牺牲品。苔丝的一生充满偶然性和命定的色彩，偶然因素一步步将她推向悲剧结局。

小说描写了贫穷的农家女子苔丝备受迫害、短促不幸的一生。副题"一个纯洁的女人"，鲜明表达了作者同情女主人公的人道主义立场。苔丝是一个美丽纯洁、善良勤劳、富于反抗性的姑娘，但她思想上也有旧道德观念和宿命观。具体而言,苔丝具有以下特点:①纯洁性。苔丝具有劳动人民的美好品质,不慕虚荣,不贪富贵,不稀罕贵族出身,坚持农民女儿的身份,坚持使用平民的姓氏;她具有吃苦耐劳、善良无私的牺牲精神;她对待爱情真诚坦率、忠贞不渝。②反抗性。苔丝具有反抗精神,她不甘做亚雷的玩物,在怀有身孕的情况下毅然离去,最后杀死亚雷;她蔑视宗教,毅然斩断了与教会的联系;她对不合理的社会提出质疑。③局限性。苔丝性格的缺陷主要体现在保守的道德观和宿命观点上。她对自己被迫失身始终怀有负罪感,默默忍受克莱不公正的处罚,放弃平等做人的权利;她既有反抗命运的一面,又有顺从命运安排的一面,有时把人生的苦难归因于命运作祟。

地主少爷亚雷是新兴资产阶级的代表,代表着资产阶级社会的权力、财富和罪恶,他对的苔丝压迫更多地表现为人身肉体的迫害。

牧师之子安矶·克莱是自由资产阶级知识分子的代表。他有一定的进步性:对宗教提出质疑,立志改革社会,厌恶城市的资产阶级"文明"生活,深入劳动人民中间,选择劳动妇女为妻。但是他对传统道德、旧生活秩序的反抗极为有限,依然是"成见习俗的奴隶"。他在对待妇女贞操问题上的保守思想,实际上是封建道德与资本主义道德的混合物。他对苔丝极端自私冷酷,更多地体现为对苔丝精神心灵的戕害,对苔丝的悲剧负有不可推卸的重要责任。

第五节　易卜生

挪威作家易卜生(1828～1906)是欧洲近代现实主义戏剧的杰出代表。他站在小资产阶级民主主义的立场上揭露批判资本主义社会,把戏剧舞台用做表现社会生活、讨论社会问题的场所,对欧洲戏剧艺术的革新起了巨大的推动作用。他对社会人生的深切关怀和杰出的戏剧技巧,为他赢得了世界声誉,被誉为"现代戏剧之父"。

易卜生一共写了25部剧本,大体上可以分为三个时期。

早期主要创作浪漫主义历史剧。10个剧本大都取材于挪威民间传说和民族历史,借古喻今,表现民族统一思想和爱国主义精神。如

《英格夫人》、《觊觎王位的人》等。《爱的喜剧》是易卜生最早的家庭伦理剧，讽刺了资产阶级庸俗的婚姻和家庭生活。两部哲理诗剧《布兰德》、《彼尔·英特》标志着作家从浪漫主义诗剧向社会问题剧过渡。《布兰德》表现了"精神反叛"主题，是研究易卜生思想的重要资料。剧中孤身与社会对抗的人物形象，第一次表现出挪威中小资产阶级知识分子同庸俗狭隘的社会现实之间的冲突。布兰德牧师是易卜生笔下第一个个人主义理想家，他追求心灵完善和精神自由，反对妥协，但由于理想脱离实际又缺乏明确目标，只能以悲剧告终。《彼尔·英特》中的彼尔·英特则是性格复杂的庸俗自私的市侩典型。剧作反映了广泛的生活，形式丰富多彩，现实主义和浪漫主义的手法交织，戏剧性突出。

中期剧作是9部反映社会和家庭问题的现实主义戏剧：《青年同盟》、《社会支柱》、《玩偶之家》、《群鬼》、《人民公敌》、《野鸭》、《罗斯默庄》、《海上夫人》、《海达·加布勒》。其中《社会支柱》、《人民公敌》、《玩偶之家》、《群鬼》被誉为易卜生的四大社会问题剧。

从题材看9部剧本可分两类。一类反映社会政治问题，如《青年同盟》、《社会支柱》和《人民公敌》。《青年同盟》揭露资本主义民主的虚伪和资产阶级政客的丑恶面目。《社会支柱》讽刺揭露资产阶级道德和资产阶级民主的虚伪。《人民公敌》深刻地揭露出资产阶级"舆论"和"民主"的虚伪性。被誉为"社会支柱"的博尼克，实际上是个无耻之徒；相反，为真理、为社会福利而斗争的斯多克芒医生，却因触犯了资本家的利益而成为"人民公敌"。另一类反映婚姻家庭问题，讨论妇女解放问题。如《玩偶之家》、《海上夫人》、《群鬼》。《群鬼》通过没有反抗勇气、甘于做驯服的家庭主妇的阿尔文夫人形象，表现了妇女受到传统观念的束缚，放弃了对自由、平等的追求所造成的悲剧命运。

易卜生把戏剧用做表现社会生活的工具，把舞台用做讨论社会问题的讲坛，把19世纪末的欧洲戏剧从形式主义的泥坑拉回到现实主义的道路上来，引发了一场戏剧史上的革命。易卜生的"社会问题剧"反映的社会内容丰富，笔锋犀利，贯穿着强烈的批判精神。剧本大胆揭露出资产阶级道德的堕落、婚姻的不合理、家庭生活的虚伪、思想的庸俗褊狭、民主政治的虚伪以及法律、宗教、教育等方面的不合理。易卜生的"社会问题剧"还塑造出一批具有独立完整人格、与资本主义制度和社会道德对立的正面人物。不过由于思想的局限，易卜生往往只是提出了问题，并没有指出解决问题的方法，或只是通过道德方式来解决社会政治问题。

易卜生晚期创作的4个剧本《建筑师》、《小艾友夫》、《约翰·盖勃吕尔·博克曼》和《我们死人醒来的时候》，从对社会政治问题的讨论转变为对知识分子心理活动的描写，主题涉及事业成就与美满爱情二者之间不可兼得的矛盾。剧本现实主义的批判力量减弱，悲观主义的色彩加重，象征主义的手法突出，加强了人物的心理分析，是后来欧洲"心理戏剧"的滥觞。作者通过"个人精神问题"，批判了资产阶级压制个性发展、摧毁人的精神自由、毁灭人的青春幸福的现象。

《玩偶之家》是易卜生的代表作，奠定了其世界戏剧大师的地位。剧本通过海尔茂夫妇的家庭关系由和睦转为决裂的故事，集中讨论了资本主义社会妇女地位问题，成为妇女解放运动的经典作品。

娜拉是一位觉醒的资产阶级妇女的形象。她热情善良、坚强自尊，追求人格平等，且有独立行动能力。一开始，她不过是依附于父亲、丈夫而存在的家庭玩偶。她热爱父亲、丈夫和子女，把他们当作生活的全部目的，自我意识沉睡不醒。家庭的变故使她认识到海尔茂自私虚伪的本质，认识到自己的玩偶地位，进而认识到资本主义社会的法律、道德、宗教的虚伪不合理。觉醒后的娜拉"要学做一个人"，毅然出走。海尔茂是一个自私虚伪的资产者的形象。他生活的目的就是追求金钱和地位。在家庭，他是男权中心主义的维护者，把妻子当作私有财产；在社会，他是资产阶级道德、法律、宗教的维护者。

《玩偶之家》具有深刻的思想意义，是易卜生先进妇女观的集中表现。剧本通过海尔茂夫妻间的矛盾，深刻揭露了资本主义家庭关系的庸俗虚伪，准确揭示了妇女在家庭中的附庸地位：家庭以妇女被剥夺独立人格为代价而存在，男性的意志决定一切。

剧本通过娜拉的觉醒过程，深刻揭露出资产阶级社会的法律、宗教、道德、爱情、婚姻等的虚伪和不合理，使剧本的意义远远超出对某个家庭矛盾的剖析，它的矛头指向以男性为中心的整个社会。娜拉一定要弄清"究竟是社会正确还是我正确。"她的反抗撼动的不仅仅是家庭的基石,更是对整个社会的怀疑和反抗。可以说,《玩偶之家》是对整个资本主义社会的抗议书。剧本通过娜拉勇敢离开"玩偶之家",提出了妇女解放的迫切问题。娜拉不相信在资本主义家庭内部可以出现男女平等的"奇迹",毅然离家出走,要靠自己的力量做一个真正的人。

《玩偶之家》的艺术特色。①题材选取的现实性。易卜生从生活本身出发,把普通日常生活搬上舞台,通过平凡生活发掘社会问题,给人以强烈的真实感和现实感。②戏剧结构的追溯法。易卜生善于把复杂矛盾集中为精练情节,把剧情安排在矛盾发展已接近总爆发的前夕,然后通过人物的对白回溯交代事情的原委,使得矛盾精练集中,剧情紧凑,戏剧效果强烈。③情节处理的讨论法。剧作不以情节取胜,而是把讨论带进戏剧,争论的焦点就是戏剧的高潮。人物对话出色,既符合人物性格又富于说理性,有助于揭示主题,增加思想深度,营造讨论探索氛围,紧紧抓住观众的注意力,促使他们思考。④人物塑造的"剥笋法"。随着剧情的发展,作者一层一层剥开人物外在的表象,露出内在的实质,人物形象在开始与结束有着很大差异。⑤语言的象征法。如题目《玩偶之家》即为总体象征,点明女主公在家庭中的地位。"奇迹"象征着真正平等的夫妻生活。再如,象征性的对话。娜拉说"我在脱去跳舞的衣裳",预示着她要摆脱玩偶地位,做一个真正的人。

第六节　托尔斯泰

列夫·托尔斯泰(1828~1910)是俄国伟大的批判现实主义作家,在世界文学史上占有重要地位。列宁写过《列夫·托尔斯泰是俄国革命的镜子》等7篇文章,专门论述他的创作。

托尔斯泰一登上文坛,就立足于自由派贵族立场,对俄国的社会问题和贵族的出路问题进行艰难的探索。自传性三部曲《童年》、《少年》和《青年》,体现出他的民主思想和心理分析的才能。反映俄土战争的特写集《塞瓦斯托波尔故事集》为日后的鸿篇巨著《战争与和平》做了准备,也开创了俄国战争文学的现实主义传统。中篇小说《一个地主的早晨》带有自传的色彩,描写青年地主聂赫留朵夫在自己的领地实行改革及失败的故事,真实地反映了农民的贫困与苦难,揭示了地主和农民之间的尖锐对立。中篇小说《哥萨克》讲述贵族青年奥列宁到淳朴的哥萨克人中寻找幸福而失败的故事,首次提出了贵族阶级平民化问题。优秀短篇小说《卢塞恩》(一译《琉森》)是作家最早批判资本主义的作品。

历史题材小说《战争与和平》为托尔斯泰赢得了世界文豪的声誉。作家的创作目的是要通过历史来寻求俄国社会的出路和贵族阶级的前途。小说以1812年俄国的卫国战争为中心,反映了19世纪最初十五年间一系列重大历史事件。小说以包尔康斯基、别竺豪夫、罗斯托夫和库拉金四家大贵族做主线,在战争年代与和平时期的交替描写中,展现了广阔的社会生活画面。小说描绘了559个人物,反映出各阶层的思想情绪,提出了许多社会、哲学和道德问题。作家"努力写人民的历史",注重表现人民群众,描写俄国人民反抗侵略的战斗情景,赞扬人民的爱国精神和英雄气概,使小说成为一部波澜壮阔的人民战争的史诗。作家塑造了服从人民意愿的正面形象——俄军统帅库图佐夫,批判了把人民视为实现自己野心的工具而发动侵略战争的拿破仑。不过,托尔斯泰一方面肯定了战争胜负取决于人民的意愿,另一方面又认为人民的行动只是顺从了天意。逆来顺受、听天由命的宗法制农民卡拉塔耶夫的形象明显地体现了作家的宿命论思想。

《战争与和平》的另一主题是探求贵族的前途。作者把贵族分成宫廷贵族、庄园贵族两类,以他们对待卫国战争的态度和接近人民的程度为准绳进行褒贬评判,揭露腐败的宫廷贵族和上层官僚,歌颂理想化的庄园贵族。贵族青年安德烈和彼尔是作者塑造的两个理想人物,是19世纪初叶俄国先进贵族的典型。他们经历了曲折的生活道路与艰苦的思想探索,并且在卫国战争中接近人民,理解到人生的真谛。小说中最动人的妇女形象是娜达莎,她富有青春活力和民族感情。

《战争与和平》结构宏大,布局严整,人物形象血肉丰满,具有鲜明的民族风格。

长篇小说《安娜·卡列尼娜》描写农奴制改革后俄国资本主义发展所带来的后果:贵族社会家庭关系瓦解,道德败坏;贵族地主日趋没落,资产阶级日渐得势;农村阶级矛盾激化等。

小说有两条线索:一条写贵族妇女安娜追求爱情的悲剧,表现了城市贵族和资产阶级生活的状况;另一条线索写外省地主列文的探索社会出路,反映了农奴制改革后俄国农村的动向,体现了作者的社会理想。

小说首先从经济方面展现了俄国社会的历史变动,随后无情揭露了贵族上流社会思想道德的堕落。作家写了彼得堡三个伪善无耻、道德沦丧的社交集团:一个是以卡列宁为代表的勾心斗角的政治官僚集团,一个是以莉姬娅伯爵夫人为首的假仁假义的老年贵族集团,另一个是以培脱西公爵夫人为首的腐化放荡的青年贵族集团。安娜的话"这全是谎言,全是虚伪,全是欺骗,全是罪恶",就是对丑恶腐败的社会发出的愤怒控诉。

安娜是一位追求资产阶级个性解放的贵族妇女。她容貌美丽,感情丰富,为争取爱情幸福而勇敢行动,并为此付出了家庭、儿子、社会地位乃至生命的高昂代价。她严肃认真、公开坦诚地对待爱情,不做肮脏虚伪道德的俘虏,成为贵族社会的叛逆者。在"合法的"家庭外面几乎都有"非法的"婚姻补充形式的大环境下,安娜坚决要求解除旧婚姻,缔结新家庭,因而触犯了表面讲"道德"、实际上腐烂透顶的贵族社会。安娜形象的社会意义在于:一方面反抗旧的封建礼教,反映了资产阶级个性解放的要求;另一方面勇敢地向整个贵族社会的虚伪道德挑战,以死抗争,毫不妥协。

造成安娜悲剧的原因有两方面:一是社会客观原因,封建包办婚姻的不幸,虚伪的上流社会和官僚世界对她的压制和迫害;二是自身主观原因,她毕竟是俄国贵族妇女,深受宗教和传统道德的毒害,在追求个性解放的过程中伴随着惶恐与自责。另外,她的个性解放仅仅局限于对爱情的追求,把爱情当作生命的唯一支柱。托尔斯泰对安娜的态度充满矛盾,既深切同情安娜,揭露批判造成安娜不幸的上流社会;又认为安娜破坏家庭,影响社会的和谐,应该受谴责。

卡列宁思想僵化,冷漠无情,是一架冰冷的官僚机器,"想得到功名,想升官,这就是他灵魂里所有的东西"。他卑劣伪善,用安娜的一生、连同她的生命作筹码来维护自己的"体面"。

渥伦斯基迷恋于安娜的美色，但并不理解她的感情，没有把她作为有血有肉的人来看待。他不能摆脱上流社会的偏见，给了安娜最后的致命打击。

列文是力图保持宗法制经济关系的庄园地主，代表了托尔斯泰的思想。他认识到农村的贫富不均，力图找到普遍富裕的道路。他主张贵族地主应该与人民接近，调和矛盾，合作经营，但拒绝走资本主义道路。他努力完善自我道德，接受皈依上帝、"爱人如己"的思想，最后把希望寄托在宗教的博爱上。

《安娜·卡列尼娜》取得很高的艺术成就。①结构完整统一。小说由安娜追求爱情自由、列文探索社会出路的两条线索构成，扩大了作品的社会容量。这两条线索既平行又有联系，它们的内在关联点，即两位主人公为了理想而严肃选择生活道路的共同特点。②小说的心理描写极为出色，作家注重表现微妙的心理变化和人物心理发展的过程。③动态的人物描写，小说生动描写安娜各个阶段差别很大的系列肖像，表现出她人生经历的发展变化。④对比手法和辛辣讽刺也极为突出，有力地表现了主题。

70、80年代之交，托尔斯泰完成了世界观的转变，由贵族地主立场转到宗法制农民的立场。他的思想矛盾反映了俄国宗法制农民的反抗情绪和软弱性：一方面，对贵族资产阶级社会进行全面猛烈的揭露抨击；另一方面，又宣传"道德上的自我修养"、"不以暴力抗恶"、基督教的宽恕博爱等一套"托尔斯泰主义"的说教。"托尔斯泰主义"实际上是一种改良主义。

《复活》是托尔斯泰最后一部长篇小说，是他世界观和创作的全面总结。小说对俄国社会的揭露批判空前全面而猛烈，而对"托尔斯泰主义"的宣传也集中突出。书名寓指贵族聂赫留朵夫和农奴玛丝洛娃在精神和道德上的复活。

小说全面暴露了沙皇专制制度的黑暗，撕下了一切假面具，对沙皇专制的国家制度、教会制度、社会制度、经济制度作了激烈的批判，对封建主义和资本主义及其法律、法庭、监狱、官吏和整个国家机器的反人民性质做了广泛而深刻的揭露，反映了俄国千百万农民的强烈愿望，提出了俄国革命所要解决的重大社会问题，达到了"最清醒的现实主义"。

小说尖锐地揭露了司法的不公正、法院的腐败、各级官吏的昏庸残忍。揭露了官方教会的欺骗虚伪，指出官方教会是麻醉人民的工具，是专制制度的精神支柱。小说不仅描写农民的贫困，而且指出了造成农民贫困的真正原因是土地私有制。小说还暴露了贵族地主阶级的腐朽和资本主义的丑恶。

《复活》的思想局限性也很明显：作者疗救社会的痼疾时，呼吁"禁止任何的暴力"，否定用革命手段推翻专制制度，宣传"不以暴力抗恶"、"道德上的自我修养"、"宽恕""爱"等一整套"托尔斯泰主义"的思想。

聂赫留朵夫是"忏悔贵族"的典型，带有作者本人思想的烙印。他本来是一个正直善良、追求美好理想的青年，但贵族的地位和生活环境使他堕落为自私自利之徒。他诱奸、遗弃农奴少女玛丝洛娃，造成她一生的悲剧，从而成为贵族地主阶级罪恶的体现者。聂赫留朵夫的转变是逐步完成的，起初他只认识到自己有罪，为自身赎罪。后来他才意识到整个贵族阶级的罪孽，清醒认识到人民的不幸及其根源。他开始猛烈地抨击整个贵族阶级，否定贵族的特权、道德、生活方式和一切社会痼疾，变成了贵族地主阶级的揭露者和批判者。他同情人民，把土地交给农民，代表了当时背离自己的阶级、走向人民的贵族叛逆者，具有典型意义。尽管觉醒后的聂赫留朵夫复活为"精神的人"，但他还是没有找到改造社会的积极有效的方法，只能以"托尔斯泰主义"作为济世良方，带有局限性。

玛丝洛娃是被凌辱的下层妇女的典型，代表着下层人民的悲惨命运。她有善良天性和纯洁情感，却不能获得正常公平的生活权利。封建主义和资本主义社会逼迫她一步步堕落，成为社会的牺牲品。她对社会怀着刻骨仇恨。她的新生来自底层人民坚不可摧的坚强意志和革命者的影响。受到革命者的感染，她把自己的不幸与底层人们的命运联系起来，理解并接受了革命志士为人民的利益而牺牲的崇高精神。如果说聂赫留朵夫的忏悔使她"弃旧"，那么革命者的感染更使她"图新"，达到精神和道德的复活。

《复活》的艺术特色如下：①单线索结构。以聂赫留朵夫为玛丝洛娃上诉的活动为主线，广泛而深入地反映俄国社会的方方面面，全面描写俄国的各种制度和习俗风尚。以此把人物与事件连为一体，结构完整，朴实自然。②更加熟练地运用"心灵辩证法"。作家准确细腻地展现男女主人公心理发展演变的全过程，即聂赫留朵夫、玛丝洛娃分别经历了"纯洁——堕落——复活"、"纯洁——沦落——复活"的心路历程。车尔尼雪夫斯基在评论托尔斯泰的早期创作时指出，托尔斯泰"最感兴趣的是心理过程本身，它的形式，它的规律，用特定的术语来说，就是心灵的辩证法"。"心灵的辩证法"以描写人物内心矛盾发展变化的全过程为突出特征，并力求展示人物的多层次心理。③对比手法的运用。作家在描写人物、描写场面、安排情节时运用鲜明的对比手法，深刻揭露了阶级对立，增加了作品的批判力量。④大量采用讽刺手法。作家用讽刺笔调描写上层人物的外貌、言行和内心，体现了鲜明的批判态度。⑤宣言式的风格。作家采用大声疾呼直接诉诸读者的形式，以鲜明的哲理和道德说教来提出重大的社会问题，充满激情。

第七节　契诃夫

契诃夫(1860～1904)是俄国19世纪批判现实主义最后一位杰出作家，享誉世界的短篇小说家、戏剧家。他具有民主主义思想，痛恨沙皇专制制度，对俄国社会的未来抱有信心。

契诃夫的短篇小说具有深刻的社会意义，从思想内容上大体可为四类：①揭露专制暴虐，嘲笑小市民的庸俗丑恶、知识分子的空虚无为。如《变色龙》、《普里希别叶夫中士》、《小公务员之死》、《跳来跳去的女人》、《文学教师》、《姚尼奇》等。②暴露社会黑暗，抨击"托尔斯泰主义"、"小事论"等错误思想，如《第六病室》、《挂在脖子上的安娜》、《带阁楼的房子——艺术家的故事》、《醋栗》、《套中人》等。③反映劳动人民贫困痛苦的生活。如《哀伤》、《苦恼》、《万卡》等。④关注农民的疾苦以及资本主义在农村的发展。如《农民》、《峡谷里》。

《变色龙》塑造了看风使舵、奴颜媚骨的警官奥楚蔑洛夫的典型形象。《第六病室》是契诃夫库页岛之行的产物。阴森恐怖的第六病室是一座牢狱，是专制俄国的缩影。"病人"格罗莫夫因反抗专制压迫而被关押，实际上他是一位有思想的、清醒的人。对他的迫害是沙皇俄国黑暗反动的具体表现。医生拉京是软弱的知识分子代表，虽能看清社会的黑暗却没有斗争的勇气。他的死亡宣告了他所信奉的托尔斯泰"不以暴力抗恶"学说的破产。《套中人》塑造了一个旧制度的卫道者、新事物的反对者别里科夫的典型形象，他屈从反动势力进而堕落为帮凶。作者运用夸张手法，揭示出他自私怯懦、顽固保守的本质，激发人们去改变令人窒息的社会现实，表现了社会变革的迫切性。

契诃夫短篇小说的艺术特色：①在选材方面，他善于从日常生活习见的人和事中选取素材，通过平凡小事揭示深刻的道理。②在人物塑造方面，集中笔力刻画人物，人物形象的典型化程度高。如"变色龙"奥楚蔑洛夫、"套中人"别里科夫。③在结构方面，简括精练，人物不多，情节简单。④在语言方面，叙述简洁，用语朴素，没有冗长的描写、啰嗦的对话，人物形象、作品主题鲜明突出。

契诃夫还是一位优秀的剧作家。早期的独幕剧《蠢货》、《求婚》，通过日常生活中喜剧性的情节，嘲笑小市民的庸俗和地主的卑劣。后期创作的五部多幕剧《伊凡诺夫》、《海鸥》、《万尼亚舅舅》、《三姊妹》、《樱桃园》，反映不关心政治的小资产阶级知识分子在革命前黑暗年代的苦闷彷徨与挣扎追求。其中最有名的一部《樱桃园》，描写19、20世纪之交俄国资本主义迅速发展，贵族庄园彻底崩溃的情景。商人企业家陆伯兴取代贵族成为樱桃园的新主人。

第八节　马克·吐温

马克·吐温（1835～1910）是19世纪后期美国优秀的批判现实主义作家。他站在资产阶级民主立场，以讽刺幽默的手法，揭露了美国资本主义社会虚伪的民主自由，以及拜金主义、种族歧视和侵略扩张的实质。

马克·吐温的早期创作（60年代），尽管嘲笑了社会的恶习，但基调轻松欢快,对资本主义制度仍抱有幻想。他的第一部小说集《卡拉维拉斯县驰名的跳蛙》生动诙谐,具有西部幽默文学所特有的风格。散文集《傻子国外旅行记》讽刺欧洲的封建残余势力,也嘲笑了游历欧洲的美国人在文化上的愚昧无知。

马克·吐温的中期创作(70～90年代),对美国社会认识加深,批判辛辣有力。短篇小说《竞选州长》尖锐揭露了美国的所谓"民主"的选举制度,运用夸张和正反易位的手法,营造出强烈的喜剧性效果。短篇小说《哥尔斯密的朋友再度出洋》以华工艾颂喜在美国的遭遇,揭露了美国"天堂"的假民主和种族压迫的罪恶。他与沃纳合写的长篇小说《镀金时代》揭露了美国政治上的腐败和弥漫整个社会的投机风气,从而证明所谓的"黄金时代"只不过是"镀金时代",后来历史学家常用"镀金时代"来称呼美国这一历史时期。《汤姆·索亚历险记》标志着作家现实主义的进一步发展。小说通过少年汤姆的冒险故事,揭露了美国内地生活的庸俗停滞、教会和学校教育的陈腐呆板以及对人的自然感情的束缚。它的姊妹篇是《哈克贝利·费恩历险记》。

两部借古喻今的作品《王子与贫儿》、《在亚瑟王朝廷里的康涅狄克州美国人》否定专制暴政,肯定民主理想,以英国背景曲折反映了美国社会。通过离奇的情节,揭露、讽刺了腐朽暴虐的封建君主政权和贪婪狡诈的教会。《傻瓜威尔逊》反对种族歧视,有力批判了反动的"白人优越论"。中篇小说《败坏了哈德莱堡的人》是作家讽刺性、揭露性最强的作品之一,通过一个"模范市镇"的19位"上等公民"都想冒领一袋金币的故事,无情撕下了资产阶级"诚实"的道德外衣,暴露了他们虚伪和贪婪的拜金主义本质。马克·吐温的杂文、政论、游记,如《赤道环游记》等,表现了鲜明的反帝国主义、反对殖民主义的立场。

《哈克贝利·费恩历险记》是马克·吐温的代表作。小说描写追求自由生活的男孩哈克,在流浪的生活中同逃亡黑奴吉姆建立起友谊以及他们"历险"的故事。小说的中心主题是反对种族压迫。作者写出黑人奴隶的悲惨遭遇,严厉谴责种族压迫的可耻行径。此外,作家还多方面描写密西西比河两岸鄙陋衰败的乡镇,那里的人们贫困愚昧,精神空虚,贪得无厌,崇拜金钱。"公爵"和"国王"两个形象集中反映了资产阶级贪婪无耻、唯利是图和巧取豪夺的本性。

黑人吉姆的形象在美国文学史上具有重要意义。他是一个品质优秀的人:纯朴善良,感情细腻,热爱亲人,注重友谊。他具有斗争精神,勇于争取自由,在他身上已经没有逆来顺受的奴性。哈克是一个追求自由、敢于反抗、心地善良、正直无私的孩子。他不满社会中的陈腐事物,甘愿违反现行法律和传统道德,去帮助吉姆争取自由,因而他的反抗具有鲜明的社会内容。

小说的艺术特点是:①现实主义的具体性和浪漫主义的抒情性的交融,尖锐深刻的揭露、幽默辛辣的讽刺与浪漫传奇的描写浑然一体。小说在描写密西西比河沿岸的风土人情以及人物的心理状态时,真实而具体;而在描写大自然的景色以及主人公对自由的渴望与追求时,则充满浓厚的抒情气息。②作品使用第一人称叙述,通过儿童来讲述故事,给人真实亲切之感。③作家采用多种方言,大量使用通俗的民间口语俚语,既富有生活气息,又显得简练明快,轻松流畅。

Ⅱ.思考练习

一、填空题

1.都德的短篇小说《最后一课》、《_____》是反映普法战争的爱国主义名篇。

2.意大利乔万尼奥里的长篇历史小说《_____》,热情歌颂奴隶起义的伟大业绩。

3.欧·亨利以轻松幽默的笔调描写_____的悲欢,揭露资本主义社会中的丑恶。

4.杰克·伦敦的《_____》表现出人在极其艰难的条件下战胜环境的非凡毅力,因而受到普遍的赞赏。

5.法国自然主义文学在创作上的典型代表是_____。

6.王尔德在理论和创作上发展了唯美主义,他的长篇小说代表作是《_____》。

7. _____的《象征主义宣言》的发表是象征主义发展史上的一件大事。

8. 象征主义的先驱是美国的_____和法国的波德莱尔。

9. 象征主义的代表作家有法国的_____、_____、_____。

10. _____是巴黎公社文学最杰出的代表。

11. 左拉的《_____》反映了工人阶级的悲惨生活,但并未揭示贫困的社会根源。

12. 左拉的《_____》是19世纪反映劳资矛盾和工人运动的最优秀的作品之一。

13.《_____》是莫泊桑短篇小说成名作,世界短篇小说的珍品。

14.《漂亮朋友》的主人公是帝国主义时代资产阶级冒险家的典型,他的名字是_____。

15. 哈代第一部得到一致赞扬的长篇小说是《_____》。

16. 因为大部分作品都以西南部农村为背景,因而哈代的小说被称为"_____"。

17.《德伯家的苔丝》的副题是"_____",鲜明表达了作者同情女主人公的人道主义立场。

18. 易卜生的两部哲理诗剧《_____》、《_____》标志着作家从浪漫主义诗剧向社会问题剧的过渡。

19.《群鬼》通过没有反抗勇气、甘于做驯服的家庭主妇的_____形象,表现了妇女放弃追求平等解放的悲剧。

20. 易卜生社会问题剧的代表作有《_____》、《_____》、《_____》、《_____》。

21. 托尔斯泰最早表现贵族阶级平民化思想的小说是《_____》。

22."心灵辩证法"是_____对托尔斯泰早期小说创作的评论。他特别强调托尔斯泰"最感兴趣的是心理_____本身,它的形式,它的规律"。

23.《战争与和平》中的贵族青年_____和_____是 19 世纪初叶俄国先进贵族的典型。

24.《复活》中的_____是"忏悔贵族"的典型,带有作者本人思想的烙印。_____是被凌辱的下层妇女的典型,代表着下层人民的悲惨命运。

25.契诃夫塑造的典型人物形象有,"变色龙"_____、"套中人"_____。

26.格罗莫夫这个人物出自契诃夫的小说《_____》。

27.契诃夫描写俄国资本主义迅速发展、贵族庄园彻底崩溃的情景的剧本是《_____》。

28.马克·吐温的《哥尔斯密的朋友再度出洋》以华工_____在美国的遭遇,揭露了美国"天堂"的假民主和种族压迫的罪恶。

29.马克·吐温的《_____》通过一袋金币的故事,暴露了资产阶级道德的虚伪和贪婪的拜金主义本质。

二、简述题

1.巴黎公社文学包括哪些方面的主要内容?

2.唯美主义文学和象征主义文学的主要理论观点与创作特征是什么?

3.自然主义的理论主张与文学特征是什么?

4.简述左拉的文学思想与文学成就。

5.简述《萌芽》的思想内容、人物形象与艺术特色。

6.为什么说莫泊桑是"世界短篇小说巨匠"?

7.简述"威塞克斯小说"的揭露批判精神与悲观宿命论思想。

8.简述《德伯家的苔丝》的思想倾向与人物形象。

9.从《玩偶之家》看易卜生"社会问题剧"的主要特点。

10.简述《玩偶之家》的艺术特色。

11.何谓"心灵辩证法"?

12.简要分析分析安娜·卡列尼娜形象。

13.简述《复活》的思想内容、人物形象与艺术特色。

14.简述契诃夫短篇小说的思想倾向与艺术特色。

15.简述《哈克贝利·费恩历险记》的思想内容、人物形象及艺术特色。

Ⅲ.参考答案

一、填空题

1.《柏林之围》

2.《斯巴达克思》

3.大都市里小人物

4.《热爱生命》

5.龚古尔兄弟

6.《道林·格雷的画像》

7.莫瑞亚斯

8.爱伦·坡

9.马拉梅、魏尔兰、兰波

10.欧仁·鲍狄埃

11.《小酒店》

12.《萌芽》

13.《羊脂球》

14.杜洛阿

15.《远离尘嚣》

16."威塞克斯小说"。

17."一个纯洁的女人"

18.《布兰德》、《彼尔·英特》

19.阿尔文夫人

20.《社会支柱》、《人民公敌》、《玩偶之家》、《群鬼》

21.《哥萨克》

22.车尔尼雪夫斯基、过程

23.安德烈、彼尔

24.聂赫留道夫、玛丝洛娃

25.奥楚蔑洛夫、别里科夫

26.《第六病室》

27.《樱桃园》

28.艾颂喜

29.《败坏了哈德莱堡的人》

二、简述题

1.巴黎公社文学包括以下主要内容:宣传爱国主义和国际主义思想;揭露反动派镇压革命的罪行;总结巴黎公社的经验;号召人民继续为公社的理想而斗争。

2.唯美主义崇尚"为艺术而艺术"的主张,认为艺术本身就是目的,只有"美"是永恒的,不是艺术反映生活,而是生活模仿艺术。否定文学的倾向性和功利性,否定理性认识对文艺的作用。追求艺术技巧和形式美,讲究文字的雕饰。

象征主义反对描写客观世界,视之为主观世界的"象征",主张通过象征、暗示的手法表现超现实的"理想世界"。象征主义重主观幻觉而轻客观描写,重艺术想象而轻现实再现,重暗示启发而轻明确表达。象征主义采用象征、暗示、启发等手法暗示作品的主题和事物的发展,因而形象半明半暗,扑朔迷离,充满神秘主义色彩。

唯美主义文学和象征主义文学在思想上有颓废悲观的倾向,在艺术上扩大了文学表现的范围,增强了文学的表现力。

3.法国作家左拉系统阐释了自然主义的理论主张:①强调文学创作的科学性。作家就像做试验一样,着重分析人的不受社会规律支配的生理本能。②强调文学创作真实性。反对典型概括,主张用纯客观的态度把生活中的一切细枝末节精确而毫无遗漏地摄取下来。③强调文学创作的客观性。反对作家在作品中表露思想感情和对事物作结论。

自然主义文学具有以下特征:科学性,要求描写达到科学式的精确,像进行实验一样对人的行为进行生理病理分析;真实性,真实地记录日常生活;客观性,要求小说家不介入叙述,不作价值评判。概而言之,作家创作就是要探索印证生物规律对人的影响,描写要达到科学式的精确。

4.左拉的文学思想体现在他对自然主义的阐释之中:①强调文学创作的科学性。作家就像做试验一样,着重分析人的不受社会规律支配的生理本能。②强调文学创作真实性。反对典型概括,主张用纯客观的态度把生活中的一切细枝末节精确而毫无遗漏地摄取下来。③强调文学创作的客观性。反对作家在作品中表露思想感情和对事物作结论。

左拉的文学成就:①左拉是自然主义理论的倡导者,使自然主义创作理论系统化,确立了其科学性、真实性、客观性的特征。②创作出包括20部长篇小说的社会史诗《卢贡—马卡尔家族——“第二帝国时代一个家族的自然史和社会史”》,通过家族史形象地反映出第二帝国整整20年间的兴亡历史。③他的优秀作品突破了自然主义理论,具有鲜明的现实主义特色。如成功地反映劳资矛盾和工人运动的长篇小说《萌芽》,是19世纪反映工人运动的最优秀的作品之一,19世纪后期法国文学最卓越的成就之一。

5.《萌芽》成功反映了劳资矛盾和工人运动。作家真实地描写了煤矿工人所遭受的剥削压迫,他们极其恶劣的生产、生活条件。作家真实表现了罢工工人的团结信任和为共同事业而献身的精神。尽管小说没有完全摆脱自然主义的束缚,但它仍然是19世纪反映工人运动的最优秀的作品之一,19世纪后期法国文学最卓越的成就之一。

马赫嫂是个丰满的现实主义典型,她从一个普通家庭妇女成长为一位有觉悟、意志坚强的无产阶级战士。马赫是一位正直的矿工,在罢工中觉悟逐渐提高,最后献出了生命。艾蒂安是个从基层成长起来的工人领袖的形象,他英勇无畏,但也有弱点,同真正的无产阶级革命家有一定的距离。

《萌芽》艺术上独到之处在于把粗犷和细致巧妙地结合在一起,既勾画出雄浑磅礴的气势,又有极其精微细致的描写。

6.莫泊桑被誉为"世界短篇小说巨匠",世界三大短篇小说家之一。

首先,莫泊桑的中短篇小说广泛反映了当时的社会生活。①反映普法战争,揭露了普鲁士侵略者的野蛮残暴、法国军队的腐败无能,歌颂了法国人民反抗侵略者的爱国主义精神。如《羊脂球》。②反映资产阶级世俗生活,揭露资产阶级道德堕落和拜金主义。如《项链》。③反映五光十色的乡村生活,描写劳动人民的贫困疾苦,歌颂他们的高尚品质。如《一个女长工的故事》、《西蒙的爸爸》等。

其次,莫泊桑的中短篇小说的艺术成就很高:①以小见大的艺术效果。作者摹写日常生活中的人情世态,却深刻地反映出生活的真实和社会的本质。篇幅虽短,蕴含很多;平淡小事,意义不凡。②精妙的构思布局。或采用矛盾层递法,或设置悬念,或采取对比,情节跌宕,引人入胜。③在描写方面,注重运用生动逼真的细节描写和素朴自然的白描手法。④语言准确规范,文体洁净,是典范的法语。⑤风格冷静客观,含蓄隽永。

7."威塞克斯小说"是对英国哈代小说的称谓。他大部分作品以英国西南部农村为背景,这一地区古称威塞克斯,因而得名。

哈代的小说的批判精神表现在,深刻地反映了资本主义侵入威塞克斯后社会各方面的变化,破产农民的悲惨命运和心灵创伤。控诉了资本主义经济、政治、教育、道德、婚姻、风俗等方面的不合理,具有鲜明的社会批判色彩。这方面的代表作品有《德伯家的苔丝》、《无名的裘德》等。

他的作品对人类命运进行了悲剧性探讨,具有较浓重的悲观宿命思想,冥冥中的神秘力量支配着人的命运,促成人的悲剧。偶然、命定的因素把主人公的生活变成的悲剧。如,爱敦荒原既是威塞克斯社会的传统和秩序的象征,也是支配人类命运的永恒神秘力量的象征。作家对命运的过分强调,把社会悲剧神秘化,一定程度削弱了作品的批判力量。这方面的代表作品有《还乡》、《卡斯特桥市长》、《德伯家的苔丝》等。

8.《德伯家的苔丝》是哈代的代表作,也是欧洲批判现实主义文学的优秀作品之一。小说通过苔丝一家的遭遇,具体生动地描写了19世纪末资本主义侵入英国农村后小农经济解体、个体农民走向贫困和破产的痛苦过程,以及封建道德、资本主义道德对人们心灵的毒害。作者的悲观宿命思想表现在,一方面认为苔丝是社会的牺牲品,另一方面又认为苔丝是命运的牺牲品。苔丝的一生充满偶然性和命定的色彩,偶然因素一步步将她推向悲剧结局。

小说描写了贫穷的农家女子苔丝备受迫害、短促不幸的一生。副题"一个纯洁的女人",鲜明表达了作者同情女主人公的人道主义立场。苔丝是一个美丽纯洁、善良勤劳、富于反抗性的姑娘,但她思想上也有旧道德观念和宿命观。具体而言,苔丝具有以下特点:①纯洁性。苔丝具有劳动人民的美好品质,不慕虚荣,不贪富贵,不稀罕贵族出身,坚持农民女儿的身份,坚持使用平民的姓氏;她具有吃苦耐劳、善良无私的牺牲精神;她对待爱情真诚坦率、忠贞不渝。②反抗性。苔丝具有反抗精神,她不甘于做亚雷的玩物,在怀有身孕的情况下毅然离去,最后杀死亚雷;她蔑视宗教,毅然斩断了与教会的联系;她对不合理的社会提出质疑。③局限性。苔丝性格的缺陷主要体现在保守的道德观和宿命观上。她对自己被迫失身始终怀有负罪感,默默忍受克莱不公正的处罚,放弃平等做人的权利;她既有反抗命运的一面,又有顺从命运安排的一面,有时把人生的苦难归因于命运作祟。

地主少爷亚雷是新兴资产阶级的代表,代表着资产阶级社会的权力、财富和罪恶,他对的苔丝压迫更多地表现为人身肉体的迫害。

牧师之子安矶·克莱是自由资产阶级知识分子的代表。他有一定的进步性:对宗教提出质疑,立志改革社会,厌恶城市的资产阶级"文明"生活,深入劳动人民中间,选择劳动妇女为妻。但是他对传统道德、旧生活秩序的反抗极为有限,依然是"成见习俗的奴隶"。他在对待妇女贞操问题上的保守思想,实际上是封建道德与资本主义道德的混合物。他对苔丝极端自私冷酷,更多地体现为对苔丝心灵的戕害,对苔丝的悲剧负有不可推卸的重要责任。

9.《玩偶之家》作为易卜生"社会问题剧"的代表作,具有此类剧作的典型特点：

①现实性。《玩偶之家》反映了当时社会迫切的妇女解放问题，内容丰富，笔锋犀利，贯穿着强烈的批判精神，给人强烈的真实感和现实感，成为妇女解放运动的经典作品。

剧本通过海尔茂夫妻间的矛盾，深刻揭露了资本主义家庭关系的庸俗虚伪，准确揭示了妇女在家庭中的附庸地位：家庭以妇女被剥夺独立人格为代价而存在，男性的意志决定一切。

剧本通过娜拉的觉醒过程，深刻揭露出资产阶级社会的法律、宗教、道德、爱情、婚姻等的虚伪和不合理，使它的意义远远超过对某个家庭的揭露，矛头直指以男性为中心的整个社会。娜拉一定要弄清"究竟是社会正确还是我正确。"这是对整个社会的怀疑和反抗。可以说，《玩偶之家》是对整个资本主义社会的抗议书。

娜拉不相信在资本主义家庭内部可以出现男女平等的"奇迹"，毅然离家出走，要靠自己的力量做一个真正的人。这使她成为具有独立完整人格、与资本主义社会制度和道德观念对立的正面人物。

②局限性。易卜生只是提出了妇女解放问题，但没有指出真正实现妇女解放的道路。娜拉出走了，出走后怎么办？易卜生并没有回答。

10.《玩偶之家》具有以下艺术特色。

①题材选取的现实性。易卜生从生活本身出发，把普通日常生活搬上舞台，通过平凡生活发掘社会问题，给人强烈的真实感和现实感。

②戏剧结构的追溯法。易卜生善于把复杂矛盾集中为精练情节，把剧情安排在矛盾发展已接近总爆发的前夕，然后通过人物的对白回溯交代事情的原委，使得矛盾精练集中，剧情紧张紧凑，戏剧效果强烈。

③情节处理的讨论法。剧作不以情节取胜，而是把讨论带进戏剧，争论的焦点就是戏剧的高潮。人物对话出色，既符合人物性格又富于说理性，有助于揭示主题，增加思想深度，营造讨论探索氛围，紧紧抓住观众的注意力，促使他们思考。

④人物塑造的"剥笋法"。随着剧情的发展，作者一层一层剥开人物外在的表象，露出内在的实质，人物形象在开始与结束有着很巨大差异。

⑤语言的象征法。如题目"玩偶之家"即为总体象征,点明女主公在家庭中的地位。"奇迹"象征着真正平等的夫妻生活。再如,象征性的对话。娜拉说"我在脱去跳舞的衣裳",预示她要摆脱玩偶地位,做一个真正的人。

11.特指托尔斯泰的心理描写手法。此术语出自车尔尼雪夫斯基对托尔斯泰早期小说的评价,他认为托尔斯泰"最感兴趣的是心理过程本身,它的形式,它的规律,用特定的术语来说,就是心灵的辩证法。"它以描写人物内心矛盾发展变化的全过程为突出特征,力求展示人物的多层次心理活动。

托尔斯泰在后来的小说中,特别是在《复活》中,"心灵辩证法"得到了充分的发展和成熟的运用。作家细腻准确地展现了男女主人公心理发展演变的全过程,即聂赫留道夫、玛丝洛娃分别经历了"纯洁——堕落——复活"、"纯洁——沦落——复活"的心路历程。

12.安娜是一位追求资产阶级个性解放的贵族妇女。她容貌美丽,感情丰富,为争取爱情幸福而勇敢行动,并为此付出了家庭、儿子、社会地位乃至生命的高昂代价。她严肃认真、公开坦诚地对待爱情,不做肮脏虚伪道德的俘虏,成为贵族社会的叛逆者。在"合法的"家庭外面几乎都有"非法的"婚姻补充形式的大环境下,安娜坚决要求解除旧婚姻与缔结新家庭,因而触犯了表面讲"道德"、实际上腐烂透顶的贵族社会。安娜形象的社会意义在于:一方面反抗旧的封建礼教,反映资产阶级个性解放的要求;另一方面勇敢地向整个贵族社会的虚伪道德挑战,以死抗争,毫不妥协。

造成安娜悲剧的原因有两方面:一是社会客观原因,封建包办婚姻的不幸,虚伪的上流社会和官僚世界对她的压制和迫害;二是自身主观原因,她毕竟是俄国贵族妇女,深受宗教和传统道德的毒害,在追求个性解放的过程中伴随着惶恐与自责。另外,她个性解放仅仅局限于对爱情的追求,把爱情当作生命的唯一支柱。

13.《复活》是托尔斯泰最后一部长篇小说,是他世界观和创作的全面总结。

《复活》的思想内容。小说对俄国社会的揭露批判空前全面而猛烈，而对"托尔斯泰主义"的宣传也集中突出。

①小说全面暴露了沙皇专制制度的黑暗，撕下了一切假面具，对沙皇俄国的国家制度、教会制度、社会制度、经济制度作了激烈的批判，对封建专制和资本主义及其法律、法庭、监狱、官吏和整个国家机器的反人民性质做了猛烈的抨击，反映了俄国千百万农民的强烈愿望，提出了俄国革命所要解决的重大的社会问题，达到了"最清醒的现实主义"

②《复活》的思想局限性也很明显：作者疗救社会的痼疾时，呼吁"禁止任何的暴力"，否定用革命手段推翻专制制度。宣传"不以暴力抗恶"、"道德上的自我修养"、"宽恕""爱"等一整套"托尔斯泰主义"的思想。

《复活》的人物形象。

聂赫留朵夫是"忏悔贵族"的典型，带有作者思想的烙印。他本来是一个正直善良、追求美好理想的青年，但贵族社会地位和生活环境使他堕落为自私自利之徒，他诱奸、遗弃农奴少女玛丝洛娃，造成她一生的悲剧，从而成为贵族地主阶级罪恶的体现者。聂赫留朵夫的转变是逐步完成的，起初他只认识到自己有罪，为自身赎罪。后来他才意识到整个贵族阶级的罪孽，认识到人民的不幸及其根源。他开始猛烈地抨击整个贵族阶级，否定贵族的特权、道德、生活方式和一切社会痼疾，变成了贵族地主阶级的揭露者和批判者。他还同情人民，把土地交给农民，代表了当时背离自己的阶级、走向人民的贵族叛逆者，具有典型意义。尽管觉醒后的聂赫留朵夫复活为"精神的人"，但他还是没有找到改造社会的积极有效的方法，只能以托尔斯泰主义作为济世良方，带有局限性。

玛丝洛娃是被凌辱的下层妇女的典型，代表着下层人民的悲惨命运，她有善良天性和纯洁情感，却不能获得正常公平的生活权利。封建专制和资本主义社会逼迫她一步步堕落，使她成为社会的牺牲品。她对这个社会怀着刻骨仇恨。她的新生来自底层人民坚不可摧的坚强意志和革命者的影响。受到革命者的感染，她把自己的不幸与底层人们的命运联系起来，理解并接受了革命者为人民利益而牺牲的崇高精神。如果说聂赫留朵夫的忏悔使她"弃旧"，那么革命者的感染更使她"图新"，达到精神和道德的复活。

《复活》的艺术特色。

①单线索结构。以聂赫留朵夫为玛丝洛娃上诉的活动为主线，广泛而深入地反映俄国社会的方方面面，描写了俄国的各种制度和生活习俗。以此把人物与事件连为一体，结构完整，朴实自然。

②更加熟练地运用"心灵辩证法"。作家准确细腻地展现了男女主人公心理发展演变的全过程，即聂赫留道夫、玛丝洛娃分别经历了"纯洁——堕落——复活"、"纯洁——沦落——复活"的心路历程。车尔尼雪夫斯基在评论托尔斯泰的早期创作时指出，托尔斯泰"最感兴趣的是心理过程本身，它的形式，它的规律，用特定的术语来说，就是心灵的辩证法"。"心灵辩证法"以描写人物内心矛盾发展变化的全过程为突出特征，并力求展示人物的多层次心理活动。

③对比手法的运用。作家在描写人物、描写场面、安排情节时运用鲜明的对比手法，突出强调了不同生活、不同命运的差异，深刻揭露了阶级对立，增加了作品的批判力量。

④大量采用讽刺手法。作家用讽刺笔调描写上层人物的外貌、言行和内心活动，体现了鲜明的批判态度。

⑤宣言式的风格。作家采用大声疾呼直接诉诸读者的形式，以鲜明的哲理和道德说教来提出重大的社会问题，充满激情。

14.契诃夫的短篇小说具有深刻的社会意义，从思想内容上大体可分为四类：①揭露专制制度，嘲笑小市民的庸俗丑恶、知识分子的空虚无为。如《变色龙》、《普里希别叶夫中士》、《小公务员之死》、《跳来跳去的女人》、《文学教师》、《姚尼奇》等。②暴露社会黑暗，抨击"托尔斯泰主义"、"小事论"等错误思想，如《第六病室》、《挂在脖子上的安娜》、《带阁楼的房子——艺术家的故事》、《醋栗》、《套中人》等。③反映劳动人民贫困痛苦的生活。如《哀伤》、《苦恼》、《万卡》等。④关注农民的疾苦与资本主义在农村的发展。如《农民》、《峡谷里》。

契诃夫短篇小说的艺术特色：①在选材方面，他善于从日常生活中习见的人和事取材，通过平凡小事揭示深刻的道理。②在人物塑造方面，集中笔力刻画人物，人物形象的典型化程度高。如"变色龙"奥楚蔑洛夫、"套中人"别里科夫。③在结构方面,简括精练,人物不多,情节简单。④在语言方面,叙述简洁,用语朴素,没有冗长的描写、啰唆的对话,人物形象与作品主题鲜明突出。

15.《哈克贝利·费恩历险记》是马克·吐温的代表作。小说描写追求自由的男孩哈克,在流浪的生活中同逃亡黑奴吉姆建立起友谊以及他们"历险"的故事。小说的中心主题是反对种族压迫。作者写出黑人奴隶的悲惨遭遇,严厉谴责种族压迫的可耻行径。此外,作家还多方面描写密西西比河两岸鄙陋衰败的乡镇,那里的人们贫困愚昧,精神空虚,贪得无厌,崇拜金钱。"公爵"和"国王"两个形象集中反映了资产阶级贪婪无耻、唯利是图和巧取豪夺的本性。

黑人吉姆的形象在美国文学史上具有重要意义,他是一个品质优秀的人:纯朴善良,感情细腻,热爱亲人,注重友谊。他具有斗争精神,勇于争取自由,在他身上已经没有逆来顺受的奴性。哈克是一个追求自由、敢于反抗、心地善良、正直无私的孩子。他不满社会中的陈腐事物,甘愿违反现行法律和传统道德,去帮助吉姆争取自由,因而他的反抗具有鲜明的社会内容。

小说的艺术特点是:①现实主义的具体性和浪漫主义的抒情性相交融,尖锐深刻的揭露、幽默辛辣的讽刺与浪漫传奇的描写浑然一体。小说在描写密西西比河沿岸的风土人情以及人物的心理状态时,真实而具体;而在描写大自然的景色以及主人公对自由的渴望与追求时,则充满浓厚的抒情气息。②作品使用第一人称叙述,通过儿童来讲述故事,给人真实亲切之感。③作家采用多种方言,大量使用通俗的民间口语俚语,既富有生活气息,又显得简练明快,轻松流畅。

第九章 20世纪前期文学

I.重点提要

第一节 概 述

19世纪末20世纪初欧美主要的资本主义国家先后进入了帝国主义阶段。帝国主义的经济垄断和殖民扩张政策导致矛盾激化,相继引发了第一、第二次世界大战。1917年人类历史上第一个社会主义国家在俄国建立,国际工人运动、民族解放运动与自由民主运动随之高涨。

20世纪前期的现实主义文学,继承了19世纪批判现实主义的创作原则,并与现代主义相互影响借鉴,在思想上、艺术上有新的变化:①反映视野扩大,战争题材作品空前增多,劳资矛盾得到更多的反映。②表现出"向内转"的趋势,从外在描写走向内在描写,从注重描绘形成人物性格的客观世界,走向注重描绘人物的主观精神世界,努力揭示人物隐秘的内心活动,思辨倾向加强。③创作方法多样化。情节日趋淡化,象征隐喻、梦幻寓言、意识流等手法常被使用,自传成分增多。④出现一批多卷本的长篇小说,即罗曼罗兰所说的"长河小说"。作家力图通过家庭的历史变迁或人物的一生遭遇,对社会历史风貌作史诗性的反映。

从作家队伍的构成来看,一批在19世纪末就享有文名的作家遵循传统的现实主义原则创作,继续揭露批判资本主义的丑恶。如英国的肖伯纳、高尔斯华绥、福斯特,法国的罗曼·罗兰、杜伽尔,美国的德莱塞、辛克莱,德国的亨利希·曼、托马斯·曼等。

高尔斯华绥的代表作品《福赛特世家》三部曲(《有产业的人》、《骑虎》、《出租》)、《现代喜剧》三部曲、《尾声》三部曲,以 19 世纪、20 世纪之交的英国社会为背景,通过福赛特家族几个主要人物的家庭生活和爱情纠葛,反映了英国资产阶级的盛衰史。索米斯和芙蕾父女自私冷酷而又颓唐绝望的性格,被称为"福赛特性格",集中体现了资产阶级疯狂的占有欲和贪婪掠夺的本性,以及精神崩溃与道德堕落,具有鲜明的时代特征与阶级特征。

亨利希·曼是托马斯·曼的哥哥,一生勤奋多产。他的小说主要揭露批判德国垄断资本主义和法西斯主义。长篇小说《帝国三部曲》(《臣仆》、《穷人》、《首脑》),全面描写了帝国主义时代德国社会尖锐复杂的矛盾冲突,揭示了垄断资产阶级的得势和帝国主义战争爆发的社会根源。其中《臣仆》是作家的代表作。主人公赫斯林是德意志帝国忠顺臣仆的典型,他的卑劣行径充分反映了德国资产阶级投靠反动势力、助纣为虐的阶级本性。

此外还涌现出新一代现实主义作家,有的作家延续现实主义已有的传统,如德国的雷马克;有的作家思想更进步,呈现明显的左翼色彩,如法国的巴比塞、美国的斯坦培克;有的作家则选取不同与以往的角度反映社会,在批判的过程中交织着憧憬与迷惘,在现实主义的框架内广泛吸收借鉴现代主义的艺术手法,把现实主义文学推向一个新阶段。如英国的劳伦斯、毛姆,法国的莫里亚克,奥地利的茨威格、德国的海塞等。

巴比塞对战争有清醒深刻的认识。长篇小说《火线》、《光明》采用写实手法描写下层士兵在第一次世界大战中的苦难牺牲以及他们的觉醒。士兵们认识到战争的荒谬与欺骗,认识到自身被迫充当炮灰的奴隶地位,了解穷人与富人之间的阶级对立大于民族之间的分歧,认为只有采取革命行动制止战争,人类才有光明的前景。

雷马克的作品大都描写德国人民在两次大战中的厄运。他的小说

《西线无战事》与巴比塞的《火线》齐名，是有世界影响的优秀的反战小说。作家描写一个班的普通士兵的战壕生活，以赤裸裸的白描手法逼真地描绘出战场惨象，着意表现战争的残酷恐怖，控诉战争给人们造成精神、肉体上的巨大痛苦。作家其他取材于二战的作品也具有鲜明的反法西斯倾向，在思想、艺术上更为成熟。《生死存亡的年代》反映了法西斯战争不仅危害他国人民，同时也给德国人民带来深重的灾难。《凯旋门》、《里斯本之夜》描写德国知识分子遭受纳粹政权的残酷迫害以及他们流亡国外的反抗斗争。

美国左翼作家斯坦培克主要描写生活在资本主义重压下的工农大众的悲惨境遇和反抗斗争，如小说《胜负未决的战争》、《人鼠之间》、《珍珠》。代表作《愤怒的葡萄》以写实手法描写美国中部农业工人约特一家的不幸遭遇，描写了果园工人的罢工斗争，塑造了约特、凯西等先进工人的形象。

英国作家劳伦斯从两性关系入手，描写资本主义工业文明对人性的压抑摧残，深刻揭示了现代人悲剧性的生存状况，表达了对充满自然精神的理想社会的向往。他的作品在现实主义的基础上融入大量象征主义技巧。

英国著名小说家、戏剧家毛姆的作品贯穿着艰苦的思想探索。早期的长篇小说《人生的枷锁》指斥虚伪的宗教与世俗观念是人生的枷锁，表明了对资本主义的批判态度。代表作《月亮和六便士》揭露了西方现代文明扼杀艺术天才与创作个性，并对自然纯朴的生存环境寄予浪漫主义的幻想。后期重要作品《刀锋》描写一个彷徨迷茫的美国青年从东方印度文化中领悟到人生的真谛。

莫里亚克的小说大都以爱情、婚姻和家庭生活为题材。其成名作为《给麻风病人的吻》。《爱的荒漠》表明由婚姻、血缘关系组合起来的家庭只不过是"爱的荒漠"。《苔蕾丝·德斯盖鲁》奠定了作家在法国文学史上的重要地位，表现女主人公在家庭"爱的荒漠"里的悲剧。代表作《蝮蛇结》把资产阶级家庭中人与人的关系比喻为"盘结在一起的毒蛇"，是对资产阶级家庭实质的典型性概括。莫里亚克的小说故事情节淡化，客观描写减少，大量使用象征主义和意识流手法。

奥地利的茨威格以其独特的人物传记和中短篇小说而著称。他的小说深受弗洛伊德精神分析学的影响，长于心理描写，精于灵魂开掘，人物性格极为鲜明生动。代表作有《马来狂人》、《一个陌生女人的来信》、《一个女人一生中的二十四小时》、《看不见的珍藏》、《象棋的故事》。《一个陌生女人的来信》通过书信的形式把女主人公对爱情的强烈追求以及内心的极端痛苦绝望表现得淋漓尽致。《象棋的故事》是茨威格思想性最高的一部作品。它的情节简单，构思精巧，对畸形人格与精神分裂描写得十分细致深刻，并对资本主义特别是法西斯主义扭曲人格、摧残人性的罪恶提出控诉。

社会主义现实主义文学，是在继承现实主义传统的基础上发展起来的新型文学，属于无产阶级文学。它不仅是前苏联唯一的正统文学，也是其他社会主义国家的主流文学，并对欧美左翼作家产生了不同程度的影响。1934年苏联作家第一次代表大会制定的《苏联作家协会章程》，对它做出了明确的界定："社会主义现实主义作为苏联文学与文学批评的基本方法，要求艺术家从现实的革命发展中真实地、历史地和具体地描写现实。同时，艺术描写的真实性和历史具体性必须与用社会主义精神从思想上改造和教育劳动人民的任务结合起来。"由此可见，除了坚持现实主义的基本原则外，社会主义现实主义特别强调文学的党性原则与社会主义精神。

俄国伟大的无产阶级作家高尔基是社会主义现实主义文学的奠基人。他的著名长篇小说《母亲》是第一部社会主义现实主义的典范作品。他的文学理论与创作为社会主义现实主义的确立和发展做出了重要贡献。肖洛霍夫、法捷耶夫、奥斯特洛夫斯基、伊萨科夫斯基、特瓦尔多夫斯基、列昂诺夫、巴乌斯托夫斯基等，都是十月革命后成长起来的新一代作家，成为社会主义现实主义文学的中坚力量。肖洛霍夫的《静静的顿河》以独特的艺术创作深刻地反映了革命年代尖锐复杂的阶级矛盾与阶级斗争。法捷耶夫的成名作《毁灭》歌颂了红军战士不屈不挠的革命精神，代表作《青年近卫军》歌颂了青年反抗德国侵略者的爱国主义精神和革命英雄气概。两部作品都致力于刻画人物鲜明的个性与丰富的内心活动。马雅可夫斯基摆脱未来主义的影响，成为无产阶级诗人。阿·托尔斯泰的长篇小说《苦难的历程》，包括《两姐妹》、《一九一八年》、《阴暗的早晨》三部曲，描写了知识分子走向革命、走向人民的"苦难的历程"。小说表现了革命斗争的复杂性与严酷性，同时表达了对无产阶级政权和社会主义事业的坚定信念，是社会主义现实主义的典范性作品之一。反映社会主义工业化、农业集体化运动以及卫国战争的作品，以列昂诺夫的长篇小说《索溪》和戏剧《侵略》为代表。

十月革命后流亡国外的重要作家还有蒲宁、库普林、梅列日科夫斯基、巴尔蒙特等。继续留在国内从事文学活动的作家，如阿赫玛托娃、帕斯捷尔纳克、布尔加科夫、左琴科等，由于创作不符合社会主义现实主义的规范，一直被排斥在主流文学之外。

社会主义现实主义文学在欧美各国也取得了一定的成就。重要的代表作家有德国的布莱希特、丹麦的尼克索、英国的奥凯西、法国的瓦扬－古久里、美国的马尔兹和赖特等。他们作品同时也保留了较浓厚的批判现实主义色彩。第二次世界大战以后，南斯拉夫的安德里奇、德国的安娜·西格斯、罗马尼亚的萨多维亚努、保加利亚的瓦普察洛夫、波兰的克鲁奇科夫斯基、匈牙利的伊列什、捷克的奥勃拉赫特等，都为社会主义现实主义文学做过重要的贡献。

欧美现代主义文学是资产阶级文学是继文艺复兴、古典主义、启蒙文学、浪漫主义、现实主义之后发展的第六个阶段。它是思想上具有强烈反传统倾向、艺术形式上追求实验创新的20世纪西方众多文学流派的总称。主要包括后期象征主义、未来主义、表现主义、意识流小说、超现实主义、存在主义、荒诞派戏剧、新小说、垮掉的一代、黑色幽默和魔幻现实主义等重要文学流派。

西方现代主义的产生有深厚的社会基础和扎实的理论根基。

20世纪的西方社会是现代主义文学的产生和发展重要原因。与物质文明高度发展、科学技术日新月异相伴生的是无数灾难和人的异化。两次世界大战、全球经济危机、核恐怖、劳资冲突、种族纠纷、暴力犯罪等令人失望的现实，冲击传统的价值观，大大加深了西方人的危机意识，以决定论和理性主义为基础的西方传统价值观念动摇衰落，非理性主义潮流开始流行。

　　非理性主义是一种哲学思潮。它把非理性的意志活动夸大、绝对化，使之变成主宰世界的东西，其本质是唯心主义。除叔本华的唯意志论、尼采的权力意志论与超人哲学之外，此时影响较大的还有柏格森的生命哲学与直觉主义、弗洛伊德的精神分析学等。此外，对物的高度崇拜、虚无主义等极端社会思潮也纷纷涌现。这些哲学和社会思潮为现代主义文学的勃兴繁荣创造了条件，为其提供了世界观、创作方法的理论根据。

　　法国哲学家柏格森认为世界的本质是超越于物质和精神之外的"生命冲动"。生命的基本特征是"绵延"，生命冲动是一个永不停息的流程，只能通过直觉来把握。柏格森还认为人的意识也处于不断变化之中，这种变化不是物理时间的简单替代过程，而是"过去"绵延进"现在"，"现在"又延宕到"未来"。

　　弗洛伊德是心理学家、精神分析学创始人，他的主要著作有《梦的解析》、《精神分析学引论》等。他的杰出贡献在于引起人们对被长期忽视的无意识的足够重视，有助于认识人自身的复杂矛盾性，丰富对人精神世界的探讨。但他宣扬以"无意识决定论"、"泛性论"、"性恶论"为主要内容的弗洛伊德主义却失之偏颇。弗洛伊德提出了独特的心理结构和人格构成的理论，把人的心理结构分为意识和无意识两个部分，无意识又分为前意识和潜意识。后来他对自己的学说加以修正补充，提出人的心理结构分为本我、自我和超我三个层次。弗洛伊德认为文明的发展是有缺陷的，因为它"总的说来是建立在压抑本能的基础之上"。弗洛伊德的文艺观点主要是：艺术的原动力是潜意识和性本能，"艺术无异于白日做梦"，艺术创作是作家内心冲突的自我表现，艺术家与精神病人有相似之处，注重象征和形式美。

　　现代主义文学的基本特征可以用反传统来概括。

　　从思想内容方面看。现代主义文学反对文艺复兴以来以人道主义为核心的主流文化传统，对人的本质、人的地位、人性善恶等问题做出了不同的解答。作家着力表现人的异化，表现"现代人的困惑"，即揭示周围世界的敌对荒诞以及人的陌生孤独、痛苦焦虑的情绪。

　　从艺术形式上看。作家强调表现，强调直觉，反对文学是客观现实的反映的传统美学观,热衷于表现人的主观感受,揭示无意识活动。作家注重形式的革新,常用荒诞的情节来取代故事的逻辑性,用象征性的虚幻空间场景和人物来取代典型环境中的典型性格,用时序跳跃交错的心理时间来取代时序递进的物理时间,用隐晦暗示的语言取代语言的明晰准确。尽管现代主义各个流派探索的成败不一,总的来看,还是丰富了文学概念,扩大了文学表现视野,增强了文学表现力。

象征主义是最早的现代主义文学流派。前期象征主义产生于19世纪中叶的法国,后波及欧洲诸国。20世纪20年代的后期象征主义成为有很大影响的国际性文学流派,代表人物有爱尔兰诗人叶芝、法国诗人瓦雷里、德国诗人里尔克、美国诗人庞德、英国诗人艾略特以及比利时的剧作家梅特林克。后期象征主义继承并发展了前期象征主义的艺术特点,反对肤浅的抒情和直露的说教,主张情与理的统一,通过象征暗示、意象隐喻、自由联想和语言的音乐性去表现理念世界的美和无限性,曲折地表达作者的思想和复杂微妙的情绪感受。诗歌代表作有艾略特的《荒原》、瓦雷里的《海滨墓园》等,戏剧代表作是梅特林克的《青鸟》。

表现主义起源于德国,在第一次世界大战前后流行于欧美诸国。它的理论纲领是"艺术是表现不是再现",主张文学不应再现客观现实,而应表现人的主观精神和内在激情。在诗歌方面的代表人物有奥地利的格特拉克尔、韦尔弗,德国的海姆、贝恩等。戏剧方面的代表人物是瑞典的斯特林堡,德国的凯撒、托勒和美国的奥尼尔。小说领域的代表是奥地利的卡夫卡。表现主义诗歌情绪炽烈雄辩,追求力度,抒情方式夸张,常采用浓缩的诗句。戏剧和小说通常则采用象征性手法表现深刻的主题。韦尔弗的诗集《世界之友》、《彼此》,斯特林堡的戏剧《到大马士革去》,奥尼尔的戏剧《琼斯皇》、《毛猿》,卡夫卡的小说《城堡》、《变形记》,都是公认的表现主义代表作。奥尼尔的《毛猿》表现人的地位和归宿问题,触及资本主义社会的异化本质。在艺术上通过象征手法来表现作家对人类命运的探讨思考。

意识流作家认为人的意识流动遵循的是"心理时间",文学应表现人的意识流动,尤其是表现无意识活动。代表人物有法国的普鲁斯特、爱尔兰的乔伊斯、英国的沃尔夫和美国的福克纳等。他们的作品采用不受时空间限制的自由联想和内心独白的表现手法。沃尔夫的主要作品有《达洛卫夫人》、《到灯塔去》、《奥兰多》、《海浪》等长篇小说、多篇短篇小说以及文学评论等。沃尔夫还是现代西方女权主义文学的开拓者之一。《海浪》由人物的内心独白组成。内心独白由每个人在各个具体的时空环境中的印象、感觉、情绪、思考以及引发的各种联想构成，传达出现代西方人对自我存在的困惑和对人生价值的迷茫。作家赋予了人物绝对自由的心理空间，似乎退出了小说。

　　超现实主义是 20 年代产生于法国的一个文学流派，它的前身是"达达主义"，30 年代末期逐步走向分裂。代表人物布勒东、艾吕雅、阿拉贡和苏波等，是激进的小资产阶级知识分子，有浓厚的虚无主义和无政府主义思想。超现实主义认为，文学不是再现现实而是要表现"超现实"。所谓"超现实"是由梦幻与现实转化生成的"绝对现实"，是现实与非现实两种要素的统一物，即超越理性的无意识世界、梦幻万能的彼岸世界。他们主张写人的潜意识、梦境，写事物的巧合，提出并实施无意识状态下的"自动写作法"，像机器一样自动记录由无意识自发生成的诗句，写前无目的，写后不修改。最后形成毫无关系的意象随意地并置、转换，效果奇异突兀。代表作品为布勒东的小说《娜佳》、阿拉贡的散文集《巴黎的乡下人》等。

第二节　高尔基

一、生平和创作

　　高尔基（1868～1936）是俄苏伟大的无产阶级作家，无产阶级艺术的最杰出的代表，社会主义现实主义的奠基人，开创了无产阶级文学的新纪元。

　　高尔基的早期作品大体可分为浪漫主义和现实主义两大类。早期浪漫主义作品，充满积极向上的乐观精神和要求改变现实的战斗激情，讴歌热爱自由、为人民献身的英雄。处女作、短篇小说《马卡尔·楚德拉》表达了自由高于一切的思想。《伊则吉尔老婆子》塑造了两个对立的形象:极端个人主义者腊拉和为人民献身的英雄丹柯。《鹰之歌》也塑造了鹰和蛇两个对立形象。鹰象征着革命者向往行动、视死如归的英雄气概,蛇代表了苟且偷安、自私保守的市侩习气。丹柯和鹰是高尔基创作中最早出现的英雄形象,突出概括了当时俄国革命者奋不顾身的革命精神和英雄气概。

早期现实主义作品,描绘下层人民的苦难和自发反抗,揭露沙皇和资本主义制度的罪恶,谴责小市民的贪婪自私、庸俗保守和浓重的市侩习气。反映流浪汉题材的最优秀短篇小说《切尔卡什》,同时也是早期现实主义的代表作。作家以对比手法塑造了流浪汉切尔卡什和农民加弗里拉的形象。切尔卡什爱自由,蔑视金钱,自发地反抗社会。加弗里拉则被私有观念毒害,为了钱财加害朋友。小说控诉资本主义制度,真实反映了流浪汉的非人生活,同时也批评了他们个人主义、无政府主义的反抗方式。

第一部长篇小说《福马·高尔杰耶夫》标志着高尔基的现实主义创作进入了成熟阶段。它也是作者第一部反映资产阶级生活的作品,表现了资本主义发展的过程,揭露了资产阶级的掠夺本性。小说通过主人公福马性格的形成及其与本阶级的冲突,指出在资本主义上升时期资产阶级已经开始从内部分化。

散文诗《海燕之歌》采用寓言形式和象征手法,描绘了革命风暴到来前夕革命人民与反动势力英勇搏斗的壮丽图景。这篇战斗檄文洋溢着革命的浪漫主义激情,宣传了无产阶级革命思想。海燕是无产阶级革命战士的化身、革命先觉者的形象,它因战斗而快乐,坚定乐观地迎接暴风雨的洗礼。

剧本《小市民》中的火车司机尼尔形象,是作家笔下第一个革命无产者的形象。他自信乐观、热爱劳动,但还没有明确的斗争目标。《底层》真实描写了流浪汉的遭遇、挣扎与毁灭,控诉了资本主义制度的罪恶,批判了资产阶级虚伪反动的安慰主义哲学,提倡尊重人,赞美人,维护人的尊严,相信人的力量,号召人们为改变自己的现状而奋斗。剧本的中心冲突是流浪汉沙金的积极人道主义与游方僧鲁卡的安慰主义哲学之间的对立，作者从哲学高度探讨受苦受难的劳动者的出路问题。《底层》代表着高尔基戏剧的艺术风格：通过个性化的对话和哲理性的台词表达深刻思想，具有鲜明的政论性、哲理性；采用朴实凝练的手法表现具有高度典型意义的日常生活，展示人物的心理活动。《敌人》是高尔基第一部正面描写工人阶级革命斗争的戏剧，第一次把工人群众作为有组织、有目标、自觉的革命阶级来描写，标志着他创作的新高度。

长篇小说《马特维·克日米亚金的一生》批判了顽固自私、落后保守的小市民习气，揭露了小市民反对革命、阻碍社会进步的本质。

自传体三部曲《童年》、《人间》、《我的大学》，表现了新人成长主题，表现出他们的反抗情绪和对生活的积极态度。阿辽沙从童年到青年的成长过程，真实反映了19世纪70～80年代俄国社会的面貌，展示了令人窒息的生活，深刻揭露了沙皇专制制度的腐败丑恶，表现了一代新人追求自由光明、探索真理的崇高理想。

长篇小说《阿尔达莫诺夫家的事业》是一部俄国资本主义的兴亡史，通过阿尔达莫诺夫一家三代的盛衰变化，概括了俄国资产阶级从农奴制改革到十月革命期间的历史命运，反映出俄国资产阶级精神品质的蜕化和资本主义的衰落，也表现了作为资本主义制度掘墓人的工人阶级的成长。

未完成的长篇巨著《克里姆·萨姆金的一生》，是作家创作的总结。它描绘了十月革命前四十年俄国社会生活的全景图，展现了马克思主义和各种反动思潮的尖锐斗争。萨姆金是资产阶级知识分子的典型，他的人生之路宣告了资产阶级个人主义的破产。

二、《母亲》

长篇小说《母亲》是高尔基最重要的作品，社会主义现实主义的奠基之作。它以母亲尼洛夫娜的思想转变为线索，表现了马克思主义与俄国工人运动相结合的过程。小说展现了崭新的思想内容，无产阶级的革命斗争构成了作品的主要情节，无产阶级革命战士成了作品的主人公。

《母亲》是工人阶级斗争史的艺术概括，第一次生动描绘了俄国无产阶级革命斗争的壮丽图景,展示了俄国工人运动的历史发展过程:马克思主义日益与工人运动结合,斗争由自发到自觉、由经济斗争到政治斗争、由城市到农村。再现了革命知识分子的作用、工农联盟的意义、人民的觉醒等现实。《母亲》第一次成功塑造了具有社会主义觉悟、信念坚定的无产阶级革命战士的光辉形象,塑造了正在觉醒的群众形象,歌颂了无产阶级不屈不挠的革命精神和英雄气概。它奠定了社会主义现实主义的新型创作方法,在世界无产阶级文学史上具有划时代的意义,是无产阶级的艺术丰碑。

　　《母亲》具有深刻的典型意义和普遍意义,主要反映了如下主题:①反映了沙俄时代俄国工人的痛苦生活和悲惨命运。符拉索夫就是老一代工人的典型代表。②再现了马克思主义与俄国工人运动相结合的过程以及工人阶级的斗争。以尼古拉、叶戈尔、沙馨卡等为代表的先进知识分子带来革命思想,以巴维尔、安德烈为代表的觉醒了的新一代工人如饥似渴地学习接受,成长为斗争的中坚力量。他们相继组织了经济斗争"沼地戈比事件"、政治斗争"五一"游行,最后以法庭为战场,宣讲无产阶级的政治主张。③反映了用社会主义思想教育农民的过程。农民雷宾仇恨统治阶级,但又有狭隘的农民意识,个人的自发性反抗屡遭失败。后来他接受了革命思想,成长为农民革命的领导人。他的转变代表着农民的觉醒,表明工人阶级领导农民运动的重要性和工农联盟的必要性。

　　小说主要塑造了尼洛夫娜和巴维尔一对母子形象。

　　尼洛夫娜是从愚昧无知、逆来顺受的劳动妇女成长为勇敢坚定的无产阶级革命战士的典型,是革命母亲的典型,是正在觉醒的群众的典型。母亲身受政权、神权和夫权三重压迫,饱受生活磨难是她接受革命的思想基础。出于阶级和母爱本能,她逐步走向革命。母亲的觉醒与转变,既反映了马克思主义思想和无产阶级革命事业不断深入人心的历史潮流,也深刻揭示了革命思想教育人、改造人的巨大威力。

　　巴维尔是从一个普通工人成长为无产阶级革命家的典型,是俄国工人阶级觉醒的新一代的典型,是世界文学历史上第一位有血有肉的高大的无产阶级英雄形象,是无产阶级文学中第一位用革命理论武装

起来的成熟的革命家的典型。他具有先进的世界观,高度的政治觉悟
和理论修养,具有典型的共产党员品格,即对革命事业忠心耿耿,时刻
准备为之牺牲个人的一切。

《母亲》被誉为社会主义现实主义的奠基之作,具有以下创作特点:
①反映了文学的党性原则与社会主义理想。首先,作品有明确的创作
目的,为了在革命的低潮时期"支持那些低落下去的反抗情绪"。其次,
历史地、真实地在革命的发展中表现现实,站在未来的高度反映现实,
对未来充满信心,表现出革命浪漫主义、理想主义精神。作品虽然不回
避革命斗争的艰苦曲折和暂时失败,却充满了乐观主义的激情。②以
社会主义理想塑造人物。他们为理想牺牲一切的共性突出,同时又个
性鲜明。此外,作家正确处理了英雄与群众的血肉相连关系,英雄来自
群众,群众是英雄的基石。在描写英雄时,总有群众场面相呼应。③通
过尼洛夫娜对周围生活和革命斗争的观察感受,展示她复杂微妙的内
心活动。她思想发展变化的过程贯穿小说的始终。④语言特色。人物
的语言个性化:巴维尔的语言简洁有力,政治术语多,鼓动性强,体现了
职业革命家的特点;母亲的语言朴质平淡;雷宾语言来自民间,生动形
象。此外,作品还大量使用比喻修辞,增加了语言的生动性。

总之,崭新的主题内容、人物形象和创作方法,使《母亲》成为社会
主义现实主义文学的奠基作。

第三节　马雅可夫斯基

马雅可夫斯基是苏联优秀的无产阶级诗人,热情的革命歌手,布尔
什维克的宣传鼓动家。

他早年是未来主义诗人,与布尔柳克等人共同发表《未来主义宣
言》,出版俄国未来派的第一本诗集《给社会趣味一记耳光》。他的短诗
《夜》、《早晨》、《码头》、《城市大地狱》等都带有鲜明的未来主义烙印:标
新立异,强调诗歌的音响、色彩和运动的效果,有虚无主义和无政府主
义倾向。长诗《穿裤子的云》反映了诗人对资本主义的全面否定和不妥
协的抗争精神。长诗《战争与世界》控诉了帝国主义战争给人民群众带

来的痛苦灾难。

十月革命期间,马雅可夫斯基的短诗"你吃吃凤梨,嚼嚼松鸡,你的末日到了,资产阶级!"成为水兵攻打冬宫时的战歌。十月革命后马雅可夫斯基的代表作品有《革命颂》、《向左进行曲》、配有短诗的宣传招贴画"罗斯塔之窗"、诗剧《宗教滑稽剧》、长诗《一亿五千万》、著名短诗《开会迷》等。《开会迷》以辛辣尖锐的语言,讽刺嘲笑整天泡在会议里的官僚主义者。

从1919年起,马雅可夫斯基同未来主义分道扬镳。在系列关于文艺问题的诗篇中,他大声疾呼文学艺术要为无产阶级革命事业服务。

著名长诗《列宁》以强烈的感情,描写列宁战斗的一生,歌颂列宁高尚的人格、不朽的事业和光辉的思想,塑造了无产阶级革命领袖的艺术形象。在序诗中,马雅可夫斯基明确指出,列宁是一个伟大的革命领袖,同时又是一个平凡的人,既不能把他神圣化,也不能把他庸俗化。第1章描写列宁诞生的时代背景,叙述二百多年来欧洲资本主义发展史和国际工人运动史。第2章描写列宁领导俄国革命的斗争历史,热情歌颂列宁的丰功伟业。诗人坚持历史唯物主义观点,正确阐明阶级、政党、领袖、群众的相互关系。列宁与党融为一体,同人民群众息息相通。第3章描写列宁逝世后的悼念活动,表现广大人民群众的巨大悲痛以及他们继承列宁遗志的坚强决心。诗人最后以列宁的名义,号召无产阶级和革命人民化悲痛为力量,振奋精神,把列宁开创的事业进行到底。在艺术方面,它是一首以叙事为基础的史诗,同时又注入了大量抒情和议论成分,包含着强烈感情色彩和政论性质,达到了叙事清晰、思想深刻、感情强烈的艺术效果。它在忠实历史真实的基础上,大胆地采用夸张、虚构、想象等艺术手法,具有历史真实和艺术创造相结合的特点。

著名长诗《好》是马雅可夫斯基为了纪念十月革命十周年而作。诗人以史诗的形式,描写苏联人民在布尔什维克党领导下,进行社会主义革命和社会主义建设的光辉战斗历程,展望社会主义苏维埃祖国美好灿烂的前景。长诗的主题思想可以概括为:无产阶级革命,好!社会主义祖国,好!抒情主人公"我",以革命和建设的主人翁身份,抒发出对社会主义祖国的强烈热爱。长诗的艺术特点是平静的叙述和强烈的抒情相结合，历史事件和自传因素相结合。

马雅可夫斯基的《受贿分子》、《走后门》、《懦夫》、《官老爷》、《舔功》、《伪君子》鞭挞社会生活中的歪风邪气。未完成的长诗《放开喉咙歌唱》是他的艺术宣言，同时又是他一生创作的总结。

马雅可夫斯基为苏联诗歌的发展做出了很大贡献，在诗歌内容与形式方面，都是大胆的革新者。他的诗作题材多样，及时迅速地反映所处的时代，具有鲜明的政治色彩。他的诗歌构思独特，形象鲜明，语言通俗，感情炽热，诗句铿锵，高亢雄浑，由以政治抒情诗见长。他娴熟地使用"阶梯式"形式，音韵丰富而富于变化，增强了诗歌的节奏感，增加了诗歌的表现力。

第四节　帕斯捷尔纳克

帕斯捷尔纳克（1890～1960）是 20 世纪俄罗斯杰出的作家，他以独特的方式表达对时代和社会的深刻思考。自传性随笔《人与事》、《安全保护证》是研究作者的重要材料。

帕斯捷尔纳克是当代杰出的俄罗斯诗人。他不主张诗歌为政治斗争服务，拒绝创作应时之作，执著追求艺术高度。诗集《云雾中的双子星座》、《超越障碍》表现诗人独特的心灵世界，语言艰涩，联想离奇，寓意深奥，显示出对哲理抒情的美学追求，明显受到象征派和未来派的影响。十月革命后出版的诗集《生活，我的姊妹》、《主题和变奏》为他赢得了广泛声誉。长诗《1905 年》、《施密特中尉》由抒发个人感受转向描写社会题材。长诗《斯佩克托尔斯基》、抒情诗集《再生》描写与沙皇政权斗争的一代人命运。反映卫国战争题材的诗集《在早班列车上》、《大地的延伸》，歌颂祖国和英勇不屈的人民，诗风趋于明朗简洁。总的来看，帕斯捷尔纳克的诗歌语汇丰富，选词奇妙，比喻独特，联想奇特。

帕斯捷尔纳克还是一名优秀的翻译家。迫于政治压力，他曾一度停止创作，转而潜心翻译莎士比亚的悲剧、歌德的《浮士德》、席勒、拜伦以及格鲁吉亚诗人的诗歌。

　　帕斯捷尔纳克也是杰出的小说家，1958年因长篇小说《日瓦戈医生》获诺贝尔文学奖，以表彰他"在现代抒情诗和俄罗斯伟大叙事诗传统方面所取得的重大成果"。

　　作家站在人道主义立场上反思过去，警示未来。《日瓦戈医生》的基本主题是展示十月革命前后、以日瓦戈为代表的俄国知识分子命运。作者满怀同情和惋惜为"俄国美好而敏感的一面"———一代知识分子吟唱了一曲哀歌。通过他们在历史大变革中的命运，反映了错综复杂、充满矛盾的时代特征和革命的艰难曲折，揭示了战乱所造成的深重灾难和巨大牺牲，展现了知识分子接受革命和新生活的苦难历程，同时也暴露了革命中的某些偏颇失误，反映了因革命的失误所造成的不良后果以及社会付出的沉重代价。

　　日瓦戈是十月革命前后一代旧知识分子的代表，代表了部分知识分子在大革命前后的复杂心态。他并不敌视革命，但是不能正确全面理解革命，力图保持个人精神独立，固守自己的价值观，因此与时代发生矛盾，导致个人悲剧。这是在历史大变革时代没有选择正确的人生道路的旧知识分子的悲剧。

　　造成日瓦戈悲剧的根本原因是他的道德理想与时代精神的矛盾。人道主义既是他观察世界的世界观，又是他判断善恶是非的道德观。他否定一切形式的暴力，既反对反革命暴力，也反对革命的暴力。他以超阶级的人道主义去审视两个阶级的生死搏斗，使他无法清醒正确认识时代。他博学多才，情感丰富，正直善良，痛恨不合理的旧世界，肯定十月革命的正义性，以实际行动维护革命，但革命后的严峻现实与他的道德理想发生矛盾，导致他背离革命。造成日瓦戈悲剧的另一个原因是他的个性与时代潮流的冲突。日瓦戈是一个诚实正直、坚持独立立场的知识分子，是作家心目中的理想人物。时代的革命洪流侵犯了他自由独立的个性，使他背离革命。

　　其他几个知识分子形象，也表现了相同的主题。帕沙·安季波夫坚决走革命道路，对敌人毫不留情，对苏维埃政权忠心耿耿，但因他曾是沙皇军队的军官而成了怀疑、清洗对象，最后含冤自杀。政策的偏颇和失误造成他的悲剧。这表明暴力革命违背了人道主义原则。拉里莎、戈尔东、杜多罗夫教授也是激烈的阶级斗争的牺牲品。

　　作家站在人道主义立场上反思过去，警示未来，作品写了不少因革命的失误而造成的不良后果，以及社会付出的沉重代价。小说一方面真实传达出主人公对现实的看法和内心感受，另一方面深刻表现了当时错综复杂、充满矛盾的时代特征。

　　从艺术上来看，《日瓦戈医生》首先是一部具有史诗性特点的小说。逼真写实与浪漫激情相结合，对大自然的诗意描绘与对人类历史的哲理思考交相辉映，散文与诗歌的有机融合，形成新颖独特的风格。其次，隐喻象征手法大大增强了小说主题和人物形象的艺术张力。如拉里莎是俄罗斯母亲的化身，帕沙、日瓦戈、科马罗夫斯基对拉里莎的感情纠葛，寓指革命、中间、反动三种历史力量对俄罗斯的争夺；日瓦戈是一个自愿接受苦难命运的殉难者的形象，燃烧的蜡烛是日瓦戈的牺牲奉献精神的象征；月夜的狼群，拉里莎和日瓦戈的梦等，都有象征和隐喻意味。

第五节　　肖洛霍夫

　　肖洛霍夫（1905～1984）是苏联当代杰出作家，在苏联文学上占有重要的地位，同时在西方也享有崇高的声誉，1965 年荣获诺贝尔文学奖。

　　肖洛霍夫的早期作品、中短篇小说集《顿河故事》和《浅蓝的原野》，真实反映十月革命和国内战争时期顿河哥萨克地区阶级斗争的尖锐性、矛盾性、悲剧性，生活气息浓烈，形象鲜明，结构简练，语言生动。短篇小说《死敌》、《看瓜田的人》描写哥萨克的阶级对立和由此造成的家庭悲剧。中篇小说《道路》表现出哥萨克地区的贫苦人民争取自由解放的强烈愿望。

　　短篇小说《一个人的命运》是反映卫国战争的经典作品，通过一个索科洛夫的悲惨遭遇，概括苏联整整一代人的命运，具有深刻的典型意义和真实感人的艺术力量。小说强烈控诉德国法西斯侵略战争造成的深重灾难，反映苏联人民进行的艰苦斗争及付出的巨大代价，表现崇高的爱国主义精神和不屈不挠的意志。索科洛夫是普通人的英雄形象，是能够克服一切困难、一切不幸的文学典型，表现了普通人的英雄主义和无私胸怀。小说从新的角度提出普通人在革命战争中的命运问题，通过饱受法西斯折磨奴役的普通人表现真正的英雄品质，对苏联当代文学尤其是战争文学产生了深远的影响。

《被开垦的处女地》是反映农业集体化运动的优秀作品，表现了农民尤其是中农从个体经济走向集体经济的痛苦转变过程，反映了尖锐复杂的矛盾斗争，揭露了斯大林时代农业集体化政策的失误和农村工作的偏差，塑造了共产党员达维多夫的光辉形象，具有深刻的历史意义和艺术价值。

长篇小说《静静的顿河》是20世纪世界文学的重要作品。它生动反映了从第一次世界大战到国内战争结束顿河哥萨克人的动荡生活和历史命运，揭示了哥萨克阶级斗争的复杂残酷及其悲剧意义，表现出建立巩固苏维埃政权的艰苦过程。它重要的思想价值就在于以广阔的艺术视野、可贵的政治胆略、生动的艺术形象，深刻揭示哥萨克人用"痛苦和鲜血换来"的生活真理，真实地表现他们走向革命的艰苦曲折过程。

葛利高里是动摇于革命与反革命之间的复杂人物，在动荡的年代两次参加红军，三次投身反革命叛乱，想走实际上根本不存在的中间道路，最终走向毁灭。

葛利高里的徘徊动摇有着深刻的社会历史根源和个人的主观原因：①中农的地位。葛利高里是哥萨克中农的典型。他深受中农的私有观念和小生产方式的影响，既是淳朴、善良、勤劳的劳动者，又是对革命顾虑重重的私有者，其政治特点就是左右摇摆。他本能地从自己的阶级利益出发，企图寻找一条超越革命与反革命的中间道路。②哥萨克传统观念。葛利高里是哥萨克传统观念的殉葬品。哥萨克愚昧落后的偏见、哥萨克军官的特权思想，使他在激烈的阶级搏斗中不辨是非善恶，顽固拒绝接受生活的真理，相信"哥萨克自治论"，把苏维埃视为异己的政权。③不轻信的个性特点。葛利高里不断寻找真理，不轻信任何一方，几乎和各种社会力量都发生过冲突。他的动摇不是看风使舵式的投机，而是痛苦的徘徊。可悲的是他始终为追求哥萨克劳动人民的真理而奔波，然而他错误地理解了真理，不理解全体劳动人民的利益与哥萨克劳动人民的利益根本一致，认识的迷误终于酿成了悲剧。④他的悲剧部分归因于红军队伍和苏维埃政权基层干部对待哥萨克人的一些偏激情绪和过火行为。

总之，葛利高里的悲剧实质，是在社会大变革时期企图走并不存在的"第三条道路"的悲剧，是以哥萨克传统偏见对抗历史必然趋势的悲剧，是优秀品质、美好人性与悖逆历史潮流的社会实践的悲剧，是既要顽强表现自己，又找不到正确道路和归宿的人的悲剧。

《静静的顿河》的艺术成就：①广阔的史诗画面。史诗性巨著《静静的顿河》篇幅宏大，场面宏阔，内容丰富。全面展示了从第一次世界大战到国内战争结束的整个时代的风云变幻，构成了一幅波澜壮阔、多彩多姿的历史画卷。②精巧的艺术结构。小说结构庞大复杂而又严谨有序，通过葛利高里悲剧性的人生道路，一方面描写了苏维埃政权在顿河从建立到巩固的历史进程，另一方面描写了麦列霍夫一家由盛而衰的历史命运，社会生活和私人生活两条线索交织进行。③众多生动的人物形象，几乎包括当时各个阶层、各种类型的人物。人物鲜明丰满，富有个性，哥萨克妇女形象极具特色。④鲜明的地域色彩，浓郁的抒情气氛。作家描绘顿河草原的壮丽景色，描述哥萨克人独特的风土人情，使用哥萨克人风趣幽默的方言口语，大量引用哥萨克民歌民谣。

第六节　罗曼·罗兰

罗曼·罗兰（1866～1944）是20世纪法国著名现实主义作家、世界著名的反战主义者。他的一生为争取人类的自由民主进行不屈不挠的斗争，为发扬人类进步文化付出了巨大的努力，体现了西方知识分子宝贵的探索精神。

罗曼·罗兰的创作主要有小说、人物传记、戏剧和政论作品等。

政论作品。比较著名的有反战论文集《在混战之上》、《先驱者》，表达对十月革命、苏联看法的《向俄国革命致敬》、《致自由和解放者的俄罗斯》、《莫斯科日记》，表现心路历程的文章《精神独立宣言》、《向过去告别》，表达创作倾向的文章《我为谁写作》等。

戏剧创作。罗曼·罗兰立志改革法国戏剧，认为戏剧是针砭时弊、影响群众的最好手段，酝酿创立面向人民、反映人民生活的"人民戏剧"。代表作有"革命戏剧"《群狼》、《丹东》、《七月十四日》等，"信仰悲剧"《圣路易》、《艾尔特》、《理智的胜利》等。《群狼》表现出作者维护正义事业的进步立场。《丹东》写雅各宾党人执政带来的"恐怖"，作家未能正确理解革命专政的必要性。《七月十四日》描写法国人民攻克巴士底狱的高度革命激情和英雄主义。以上以法国大革命为题材的剧本，许多地方违反历史真实，艺术上不够成熟。罗兰有关戏剧理论的论文汇成《人民戏剧》。历史剧《罗伯斯庇尔》正确评价了人民的力量，是他一生文学创作的总结。

人物传记。罗兰把变革现实的希望寄托于英雄人物，写了《贝多芬传》、《米开朗基罗传》、《托尔斯泰传》、《甘地传》等名人传记，颂扬他们渴望自由、主持正义的精神，赞美他们以造福人类为己任、为坚持真理信仰而受苦受难的钢铁意志，但也错误地把托尔斯泰的博爱主义、甘地的不抵抗主义当作济世良方。

小说。中篇小说《哥拉·布勒尼翁》用拉伯雷式诙谐轻松的笔调，表现了高卢民族健康乐观的性格，通过赞美文艺复兴时期法兰西文化的方式，向资产阶级颓废堕落的文化艺术提出批评。

4卷本长篇小说《欣悦的灵魂》以女主人公安乃德的一生经历为主线，辅以儿子玛克的思想发展过程，塑造了一位坚强的妇女形象，描绘了母子两人的精神解放和革命意识产生的全部心理过程，表现了西方进步知识分子在黑暗中探索光明的真实历程。安乃德母子是正直的法国知识分子的代表，渴求人格独立和精神自由，一度因"精神独立"而彷徨苦闷。十月革命后他们开始接近劳动群众，积极投入反法西斯斗争，找到了生命的意义。

长篇小说《约翰·克利斯朵夫》使罗曼·罗兰荣获诺贝尔文学奖。这部十卷巨著以德国音乐家克利斯朵夫一生的奋斗为经，以第一次世界大战前二三十年间的欧洲生活为纬，反映了19、20世纪之交一代知识分子的精神困惑与探索，讴歌了他们反抗现实的英雄主义气概，揭示了德、法进入帝国主义阶段的社会矛盾,揭露批判腐朽的资产阶级文化艺术和腐败的政治,在客观上提出了改造社会的问题,表现出作家反对现存秩序的进步立场和坚持人类进步文化的艺术观点。

约翰·克利斯朵夫是一个对资本主义丑恶现实不满,苦闷、彷徨、抗争而又找不到出路的知识分子的典型,是追求真诚艺术和健全文明的平民艺术家形象。他才华横溢,心灵敏感丰富,个性倔强坦率,在与旧的精神世界斗争时嫉恶如仇、奋不顾身,充满了英雄气概。

约翰·克利斯朵夫的性格充满了矛盾:小资产阶级的阶级地位使他对现实不满并进行反抗,同时又对统治阶级抱有一定幻想;受排斥的阶级地位使他性格坚强,而个人主义偏见又使他软弱无力;小资产阶级的正义感使他与社会对立,而小资产阶级的动摇性又使他与现实妥协;日趋破产的社会经济地位使他同情接近人民,而个人英雄主义意识又使他不相信人民群众的力量并远离人民;进步的艺术观使他主张艺术接近生活、接近人民、造福人类,而对艺术的偏执信仰又使他过分夸大艺术的力量。总之,小资产阶级的阶级性决定了克利斯朵夫性格的矛盾性和复杂性。

克利斯朵夫的形象包含着丰富的时代社会内容,具有很高的典型意义:①克利斯朵夫的形象反映了十月革命以前整整一代具有民主思想的知识分子的思想面貌和精神面貌,表现了他们强烈的反抗精神和追求理想的英雄气概。②克利斯朵夫个人反抗的悲剧宣告整整一个时代的终结。首先,他个人反抗具有明显的局限性,他所追求的艺术目标没有从根本上改造社会的意义。其次,在帝国主义和无产阶级革命的时代,他依然幻想用资产阶级上升时期的"自由、平等、博爱"作为思想武器来对抗资本主义社会、克服资本主义文明危机,注定要失败。这种历史必然性说明了在资产阶级和小资产阶级队伍里已不可能产生力挽狂澜的英雄人物。

《约翰·克利斯朵夫》具有独特的艺术风格。①史诗的品格。作者笔锋纵横,描绘第一次世界大战前二三十年欧洲广阔的社会图景,使小说具有史诗规模。②"长篇叙事诗"的格调。作者细致描绘人物对大自然的深切感受,以自然的美来对照黑暗现实的丑;作者娴熟地运用各种表达方式,心理描写和景物描写与抒情、议论相映衬,激情的诗意、政论的哲理与对反映现实互相交织,构成作品浓郁的抒情色彩。③音乐的特色。小说呈现浓郁的音乐特色,体现出文学性与音乐性的完美结合。它的结构为交响乐式,小说的四部分相当于交响乐的四个乐章;它的主人公是以贝多芬为原型塑造的音乐家,音乐是他的生命状态;作品中对大自然的描写充满了音乐性。

第七节 普鲁斯特

马赛尔·普鲁斯特(1871~1922)是法国现代著名作家,意识流小说的先驱。

普鲁斯特的主要作品有,文集《欢乐与时日》(又译《悠游卒岁录》)收录其青年时代的随笔散文、故事和诗歌,风格细腻优雅。文集《仿作与杂记》收录论文、书评和杂记。《驳圣伯夫》标志着他完成了从批评家到小说家的转变。

《追忆似水年华》被誉为意识流小说的里程碑,给20世纪西方小说带来了一场变革。小说包括15卷7部。小说绝大部分采用叙述者的第一人称叙述。叙述者马赛尔是巴黎一位家境富裕、体弱多病的青年,他常在不眠之夜追忆往昔岁月。

《追忆似水年华》展示了多重主题。首先,它是一个时代的历史。小说展示了19、20世纪之交法国上流社会的生活图景与历史变迁,表现出伤感怀旧的情绪,是一曲上流社会的挽歌。作者温和地讽刺了贵族、资产阶级。有关第一次世界大战的回忆抨击了法国政府的腐败无能,表现了爱国主义思想。其次,它是一种意识的历史。小说细腻地展示复杂多变的精神世界,是一部自我认识的成长史诗。再次,它是一部关于时间的书。小说的深层中心主题是时间与回忆:人在空间中有限,在时间之中无限;客观时间有限,心理时间无限。物质的东西会被时间销蚀,在空间消失,只有感觉经历到的东西才是真正的存在,而"艺术作品是找回似水年华的唯一手段"。作者认为"回忆是人生的菁华",它能够对过去的感性经验进行再创造。回忆是一面魔镜,通过它才能反射出生活的意义和人生的价值,才能把"消失的时光"和"重现的时光"交织在一起,追回已逝去的年华。因此小说书名可以直译为"追寻失去的时间"。

《追忆似水年华》代表西方小说创作理念的根本转变。①倡导主观真实论,主观感受才是唯一的真实。普鲁斯特认为,文学创作表现的对象不是外部客观世界,而是人的主观世界,尤其是内心深处的无意识活动。小说的主要内容是叙述者"我"的回忆,展示隐秘复杂的内心世界。②强调直觉作用。普鲁斯特反对智力理性,强调直觉作用,视之为通向"真实"的艺术之路,坚持通过直觉感受与回忆联想把生活流动的本质表现出来。

《追忆似水年华》的艺术特色:①大量使用意识流的自由联想手法,细腻描摹意识与无意识,在表现人类内心活动的复杂性、丰富性方面也超过了前人。②叙述视角独特,作者仿佛退出作品。叙述者采用个人叙事,从两种或多种叙事焦点与叙事角度,自由随意地叙述"故事"。作品中有三个叫"马赛尔"的主体,即叙述者、主人公和作者。他们交替的视角洞察"我"在不同时期对事件的不同看法和感悟,直接展示人物的内心世界。③时空跨度巨大。作者打破了时空延续的方法,没有贯穿始终的情节,而是通过一些特定的叙述点,以联想为方式描述与之相关联的事物,实现现在、过去和未来的任意组合。④采用反复关照法刻画人物,让人物在不同时间地点出现,逐渐形成完整立体的形象,反映出人性的深度,也折射人不断认识现实的过程。⑤使用长句,文体风格精致优雅。小说中的长句往往包含数个从句和大量分号,有的长达数十行,便于表现杂陈矛盾的心理状态。

第八节　肖伯纳

伯纳·肖(肖伯纳)(1856～1950)是英国著名戏剧家。他一生共写了51个剧本,代表作有《鳏夫的房屋》、《华伦夫人的职业》、《巴巴拉少校》、《伤心之家》、《苹果车》等。

肖伯纳的政治观点十分复杂。他辛辣地讽刺伪善的英国资产阶级,对垄断资产阶级和帝国主义政府的侵略本质进行无情的鞭笞,他同情国际无产阶级革命运动,支持社会主义的苏联,但他在政治上始终是个改良主义者。19世纪末20世纪初,他戏剧的批判倾向有所减弱,妥协思想更为突出,一方面无情揭露资本主义社会的虚伪道德、批判垄断资本主义;一方面描写小资产阶级知识分子放弃斗争的妥协。资本主义社会里的尖锐矛盾变成一场滑稽可笑而又不得不全盘接受的丑剧。

《鳏夫的房屋》《华伦夫人的职业》无情揭露了"体面的"资产者不体面的财富来源,剥下了资产阶级的伪装。《约翰牛的另一个岛屿》尖锐地揭露了英帝国主义在爱尔兰的侵略行为。《巴巴拉少校》成功塑造了军火商安德谢夫的形象。他公开声称自己没有道德标准,把军火事业说成是百万富翁的宗教,扬言社会离不开他,社会上的一切都为他服务。肖伯纳揭示了垄断资本家的本质,撕掉英国民主制度的假面具,也集中表现了改良主义的局限,如提出了"百万富翁的社会主义"错误口号,工人阶级只是作为社会消极力量出现,解决社会问题的办法是百万富翁和知识分子的合作,即由百万富翁出钱,知识分子进行管理。《伤心之家》的副标题是"一部用俄国风格写成的英国主题的狂想曲",既反映了资本主义总危机,也反映了作者深刻的思想矛盾和精神危机。《苹果车》进一步揭露了资产阶级假民主和工党向垄断资产阶级的投降。

从艺术的传承角度来看,肖伯纳受到易卜生影响,坚决主张艺术应当反映迫切的社会问题,提出艺术家必须是哲学家,作家的责任是要探索批评现实,以改变现实。肖伯纳和易卜生的戏剧有许多共同点:对资本主义社会问题的揭发批判,对知识分子和孤独的反抗者的推崇,对人民群众的不信任和蔑视等等。不同的是,易卜生的剧本有较深刻严肃的悲剧气氛,对问题的讨论深入;肖伯纳的剧本往往接近于闹剧,有说教的倾向,有的人物形象概念化。易卜生的剧本提出并讨论社会问题,但没有像肖伯纳那样对垄断资产阶级的本质进行无情揭露。此外,肖伯纳的讽刺手法明显受到狄更斯影响。夸张手法的运用使他成为现代英国资本主义社会最辛辣的讽刺者。他的语言机智、灵活,被公认为英国口语和对白的大师。

第九节　乔伊斯

　　詹姆斯·乔伊斯(1882~1941)是爱尔兰现代著名小说家、意识流小说大师、20 世纪现代主义文学的杰出代表。

　　乔伊斯一生致力于表现爱尔兰人复杂的内心世界与精神风貌,他的小说全部以爱尔兰首都都柏林为背景。乔伊斯在创作上勇于创新,成功使用意识流手法把小说艺术推向新的发展阶段,在揭示人物的内心方面达到了前所未有的广度深度,产生了深远的影响。

　　乔伊斯的主要作品是小说《都柏林人》、《青年艺术家的肖像》、《尤利西斯》和《为芬尼根守灵》,它们的写作方法不断创新又相互关联,表现了从现实主义到意识流小说的逐步演变发展。此外,还有录入 36 首诗的诗集《室内乐》和一个剧本《流亡者》。

　　《都柏林人》由 15 篇描写都柏林市民生活的短篇小说组成,围绕着"都柏林是瘫痪中心"的共同主题、按照"幻想——幻想破灭——顿悟"的模式展开,既反映出都柏林人瘫痪麻木的精神状态,同时也展示了他们纯朴善良的品格。其中一些短篇,如《死者》是英国现代小说的经典之作、世界短篇小说的精品。小说基本采用现实主义创作方法,同时还采用了象征主义手法,通过具有象征寓意性的事物展现深刻思想内涵。

　　《青年艺术家的肖像》带有明显的自传色彩,描述斯蒂芬·代达罗斯从童年到青年的成长历程,反映了作者对艺术家与社会生活关系的看法,即献身艺术就要走流亡之路,逃出牢笼才能获得艺术创造的自由。它在现实主义的描绘中加入了更多的象征成分,反复出现的鸟意象表现远走高飞的主题。小说的内心独白、随主人公成长而变化的语言风格等特点形成并开始走向成熟。

　　乔伊斯的代表作《尤利西斯》以其深邃的思想内涵和大胆的艺术革新成为 20 世纪最伟大的小说之一,并奠定了作家在世界文学史上的重要地位。小说分为三部,共 18 章,描述三个都柏林人——犹太裔广告经纪人布罗姆、其妻歌手莫莉、青年艺术家斯蒂芬·代达罗斯——在 1904 年 6 月 16 日的琐碎的日常生活和繁复的内心活动。

《尤利西斯》首先是一部民族的史诗,记载了经历共同的苦难、饱受奴役的爱尔兰人和犹太人的血泪与抗争。它更是一部现代西方人的史诗,既反映出现代西方人的孤独、痛苦、麻木、庸俗,又肯定了他们积极寻求生活意义的精神。

乔伊斯为了增加作品的含量,以荷马史诗第二部《奥德修纪》作为对应,将平凡庸俗的布罗姆在都柏林一日内的游荡,与古希腊英雄尤利西斯十年的海上漂泊相比,并把莫莉、斯蒂芬分别比做尤利西斯的妻儿佩涅洛佩、忒勒马科斯。古今对比强调了现代西方社会的庸俗堕落,古希腊人高尚的英雄气概在平庸的现代人身上早已不复存在,反讽效果强烈。此外,乔伊斯还表现了现代人的聪慧、善良、积极寻求生活意义的闪光点,表现他们人性中新的、文明的内涵。由此全面展现了现代人的精神风貌。布罗姆这个真实复杂、内蕴丰富的形象,是20世纪西方文学中非英雄的现代人的典型。

《尤利西斯》的艺术成就斐然。①创造性地运用神话象征对应结构。小说的书名、人物、情节、结构与荷马史诗第二部《奥德修纪》一一对应,具有强烈的象征色彩,形成深刻的启示。②娴熟运用意识流手法。作者以心理时间结构作品,通过自由联想、内心独白、幻觉梦境,不加任何评论地直接呈现人物内心深处的意识活动。如莫莉的长篇内心独白,不分段落,没有标点,成功展现了人物意识的自然流动,将一位女性灵魂最深处的隐私和盘托出。③多变的文体。作家善于运用不同色调的语言描写不同的人物和场景。如用具体简单、口语化的生活词汇来状写布罗姆的思绪。再如用课堂问答体表现学校的场景,用新闻报刊体表现报馆场景。④广采博引、用典丰富。作者大量引用文学、历史、宗教典故和爱尔兰民谣,巧妙使用双关语、外来语,甚至自创新词。

《为芬尼根守灵》用梦呓般的语言描述了始于夜晚、终于黎明的一场梦幻。作家深受维柯的历史循环论、弗洛伊德精神分析学和荣格心理学的影响。作家的构思安排大体与历史循环理论相对应,并着力挖掘人物混乱隐蔽的无意识活动,把意识流手法推向了极限。作家对传统语言进行颠覆性的实验:力图创造出有别于日常生活用语的"呓语";不仅引入十多种语言文字,还生造了大量令人费解的新词;使用了不少语义含混的隐语和双关语,堆砌了令人望而生畏的文史典故、故事传说以及人名地名等等。乔伊斯基于生活不可能被人完全理解的认识,有意让作品难于理解。以上诸多手法使得作品博大精深,但也增加了阅读的难度。

第十节　劳伦斯

劳伦斯(1885～1930)是 20 世纪初叶英国著名的小说家、诗人。劳伦斯的创作以自然价值观为核心,彻底否定导致人类异化的工业文明,他笔下人物之间的冲突对立,本质上都是文明价值观与自然价值观的冲突。他的小说从考察两性关系的独特角度出发,揭示资本主义工业文明与人的对立冲突,深刻展现了现代人悲剧性的生存状况,表达了对充满自然精神的理想社会的向往。劳伦斯是位承前启后的大家,他的作品在现实主义的框架下具有鲜明的现代主义艺术风格。

劳伦斯一生写有 10 部长篇小说、40 余篇中短篇小说、近千首诗和4 部剧本。其中成就最大的是长篇小说。

《白孔雀》描写英国中部农村两对青年男女的婚姻悲剧,已显示出文明与自然相对立的倾向。猎场工人安纳贝尔被视为《恰特里夫人的情人》中梅勒斯的雏形。《逾矩的罪人》通过一位音乐教师的悲剧,表现了现代家庭中紧张的两性关系。自传性小说《儿子与情人》为作家赢得广泛声誉。小说提出了工业文明使人异化、现代家庭中两性关系的危机等重要问题的雏形。小说有双重主题:一是与弗洛伊德"俄狄浦斯情结"相契合的心理探索,二是从属于弗洛伊德学说的社会批判主题,即批判了使儿子保罗异化为"半男人"的资本主义现代文明。保罗通过与异性肉体的接触来确证自己的男性气质,反映出他对母亲控制的一定程度的反叛,对父亲所代表的自然力量某种程度的肯定。

长篇小说《虹》是劳伦斯的代表作、英国 20 世纪初最重要的小说之一,它与姊妹篇《恋爱中的女人》一起体现了作者创作的最高成就。

小说描述了布兰文一家三代精神发展的历史。他们的探索反映了现代人的打碎狭隘的生活枷锁、投身于更广阔自由的生存环境、实现新生的强烈愿望。不过,人物的探索并未取得实际的结果,彩虹尽管美丽却又遥不可及。

布兰文家族早年与大自然保持和谐的关系,生活简朴却生机盎然。家族的新一代已不满足于有限的生存环境,预示了与自然的和谐状态将被打破。汤姆与丽迪娅的婚恋,经历了吸引、结合、对抗、和谐四个发展阶段,突出体现了新旧价值观的冲突及在自然精神的基础上达到和谐的过程。家族第二代的代表安娜与威尔的不和谐婚姻,则是现代畸形家庭中两性关系的写照。强悍的妻子与软弱的丈夫之间的激烈冲突,是企图征服对方的过程。最后在机械麻木的家庭生活中,两人都无法超越原有的精神世界而迎来共同的新生,夫妻之间的"理解"最终只剩下肉欲的内容。由此揭示出作家所思考忧虑的三个问题:在文明发展过程中人的强悍有力的自然精神的退化,衰弱的个性给两性关系带来的灾难性后果,畸形的婚姻对人的创造力的戕害。第三代的代表厄秀拉是家族中最重要、理想化的人物,她在精神境界上远远超过祖父辈。厄秀拉是个完全独立、不能容忍任何压抑束缚的女性.她不屈不挠地寻求个性自由发展,渴望新生的实现。她的探索前提是对既成社会规范的否定,她的生命与自然精神共存,形成了自己的价值标准。她认清了社会的"精英"斯克里本斯基的异己本质,他尽管表面富丽堂皇,但内在的生命力早已丧失,自愿放弃独立的自我意识。

《虹》是劳伦斯艺术性最高的长篇小说,体现了作者典型的艺术风格:①注重心理描写。《虹》重在表现布兰文一家三代精神发展的轨迹,着意揭示人物内在的复杂心理,表现向"内"转化的总体趋势。②现实主义与象征主义相结合。各种丰富的象征含义,表达出难以直接言传的深刻精神体验和复杂的心理情绪意念,使小说具有心理学意义上的深度。如布兰文家族的三代人是不断求索发展的人类的象征,月光象征女性的胜利,冲撞厄秀拉的野性难驯的马象征男性的威胁,彩虹则象征理想希望和新生等等。③出色的写景状物手法,使寻常的自然景观栩栩如生,具有灵性与人的心灵感受息息相通。如厄秀拉与斯克里本斯基在海边沙丘上相爱的情景充分揭示了两人不同的精神世界。

在《恋爱中的女人》中,劳伦斯表达了如下思想:西方文明的堕落导致了人类自身的腐败，人类的新生只能脱胎于旧我的死亡；人类新生的基础是"双星平衡"式两性关系，要求男女双方既保持灵与肉的和谐，又要有独立完整的自我意识。小说的情节在厄秀拉、古德伦姐妹与各自的情人伯金和杰拉尔德的关系中展开。与死亡主题相联系的人物是杰拉尔德和古德伦。矿主杰拉尔德是作家笔下第一个正面出现的工业巨子形象，他的死亡象征了"机械原则"的破产。古德伦也没能超越精神死亡的现实社会。伯金与厄秀拉的形象则体现了作家人类"新生"的思想。伯金是劳伦斯的代言人，特别强调"自我"在两性关系中的意义。

《迷途的少女》、《亚伦之杖》延续了以前的创作主题，《袋鼠》、《羽蛇》转向对领袖力量及原始宗教的探讨，企图在未被工业文明玷污的古代文明中寻找摆脱现实困境的出路。这四部作品在艺术上不很成功。

长篇小说《恰特里夫人的情人》是劳伦斯整个创作思想的总结，也是20世纪上半叶西方世界最有争议的作品之一。小说的主题严肃，通过畸形的两性关系，揭示工业文明与人类生活的悲剧性冲突，再次猛烈抨击现代西方工业文明的罪恶，阐明理想的人际关系和社会关系，呼唤人自然本性的复归。煤矿老板克利弗男爵是工业文明罪恶的化身，他在战争中致残、丧失了性机能的躯体，正是文明丧失活力、腐朽堕落的象征。与他对立的洋溢着自然精神的猎场工人梅勒斯，不仅有强壮体魄，而且是资本主义社会的激烈否定者，是作家理想中的"自然之子"。康妮背叛丈夫克利弗与梅勒斯结合，体现了作家希望通过激发人的自然本能，达到从文明的人到自然的人的转变，实现人类的新生的愿望。

劳伦斯是个理想主义者，他批判资本主义工业文明摧残人性，不懈地探索出路，但由于他唯心地割裂了作为"一切社会关系的总和"的人与社会发展的联系，用抽象的、人的自然属性去抗拒资本主义社会，实现人类新生的愿望终究只是幻想。

第十一节　艾略特

艾略特（1888～1965）是英国著名诗人、剧作家、批评家，后期象征主义诗歌最杰出的代表。他的创作深刻改变了英美诗歌的旧有风格，为西方现代诗歌的发展做出了卓越的贡献。由于"对当代诗歌做出的卓越贡献和所起的先锋作用"，艾略特于1948年获得诺贝尔文学奖。

早期创作。长诗《普鲁弗洛克的情歌》表现的是"我"——普鲁弗洛克，一个上流社会的中年男子，在求爱途中的矛盾心理，想对女友表达爱情，却又顾虑重重，深恐遭到拒绝，只能哼唱一曲毫无热情的、跑了调的"情歌"。普鲁弗洛克是萎靡不振、空虚怯懦的现代人的代表，他的心理状态正是现代西方社会精神危机的写照。

中期创作。《荒原》奠定了诗人在西方现代诗坛的崇高地位。在《空心人》中，诗人把失去灵魂、精神空虚的现代人比做死亡国度里的空心人、稻草人，全诗笼罩着悲观绝望的情绪。

后期创作。长诗《灰星期三》标志着诗人后期创作的开始，该诗具有浓厚的宗教色彩，体现出诗人在对现实失望后企图依靠宗教信仰摆脱精神困境的愿望。《四个四重奏》是艾略特后期最重要的诗歌。全诗围绕着时间的主旋律展开探索，表现诗人皈依宗教后追寻永恒真理的精神历程，集中体现了他对整个世界、人类命运的哲学思考。宗教舞台剧《磐石》歌颂教会的功德和胜利。艾略特最著名的剧作《大教堂谋杀案》宣传宗教献身精神。《阖家重聚》、《鸡尾酒会》和《机要秘书》也从不同角度强调宗教信仰的重要性，表现人的赎罪心理。最后的诗剧《政界元老》主要内容是歌颂爱情。

艾略特被誉为"新批评"的先驱。他的文学理论独树一帜，为现代文学理论提供了丰富的养料，成为英美"新批评派"的重要理论来源之一。他的重要文学评论集有《圣林》、《向约翰·德莱登致敬——关于十七世纪诗歌的三个随笔》，著名论文有《传统与个人才能》、《诗的用途和批评的用途》、《诗的三种声音》。

艾略特的文学理论观点如下：①关于作家与文学传统的关系。他认为作为个体的作家必然从属于某一种文学传统，一个人的作品只有置于传统中才能显示出完整的意义。作家的个人才能在于以自己的创作去影响、丰富和改变传统。②关于"非个人化的理论"。艾略特认为诗人与诗是两回事，所以诗人写作时应"避开个性"，把个人情感转化为更为深广的人类情感；他主张诗人不能直接表露情感，而应冷静隐蔽地通过"客观对应物"去暗示，诗人仿佛退出于诗歌。③关于"客观对应物"。诗人在创作中应使思想感性化，为抽象的思想寻找具体可感的"客观对应物"。通过诗中的各种意象意境、事件典故的有机组合构成一幅图景，造成特定的感性经验，达到情与理的统一，并引发读者的同样情绪。④关于文学作品的双重标准。一部作品是否具有诗意取决于文学标准，而它是否伟大则取决于高于文学标准的宗教和哲学标准。

艾略特的代表作《荒原》具有划时代的意义，不仅是象征主义诗歌的高峰，而且为欧美现代主义诗歌的发展开辟了道路。

《荒原》的创作受到弗雷泽的《金枝》和韦斯顿小姐的《从仪式到传奇》的启发，汲取了"死而再生"和"寻找圣杯"两个神话原型。全诗由5章构成。第1章《死者葬仪》，标题出自英国国教会的出葬仪式，暗指生活于现代社会的人们与死人无异。此章大体可分为三部分：没落贵族玛丽的跳跃式回忆、女相士梭斯脱里斯的预言、拥过伦敦桥的人群。在此再生的含义并未得到肯定。第2章《对弈》，标题出自英国剧作家托马斯·密德尔顿的同名剧作。诗人以淫乱故事为题喻指现代人的道德堕落。此章分两个场景：豪华的卧房和嘈杂的酒吧。出现了两个女人：一个是空虚无聊的贵妇人，一个是粗俗浅薄的女客人，她们的共同点就是放纵情欲，把人生看作一场性的游戏。通过对这两位地位不同女性的描写，诗人揭示了现代西方社会中普遍存在的堕落风气。第3章《火戒》标题出自佛教教义。它有两重含义：人应过圣洁的生活，不能引情欲之火烧身；火之焚烧能使不洁者净化，在死亡中再生。全章以奥维德《变形记》中铁瑞西斯的"视角"来观察。这个两性人曾经体验过男女两种性别的生活，能洞穿男女的内心世界。他"看到"的是一幕幕衰败的景象、一幅幅纵欲的场景：泰晤士河的今非昔比、商人的性倒错、女打字员有欲无情的苟合……本章再次从两性关系角度揭示现代西方人精神的堕落，强调了现代西方文明与人性堕落的联系。第4章《水淹之死》，水象征泛滥的情欲之水。淹死的弗莱巴斯是在淫乱与金钱旋涡中丧生的现代人的象征。第5章《雷霆的话》即上帝的启示。诗人正面宣传宗教救世的主张，着重探索了再生的主题。诗人再次集中凝练地描绘了荒原景象。追寻圣杯的武士经历了"空无一人的教堂"，象征艰巨的考验一无所获。本章基督的形象出现了两次，人们却看不见复活后的耶稣，意喻现代人得救无望。作为基督化身的渔王提出"我是否将我的田地收拾好"的疑问，再生主题仍然未得到肯定。最后，雷霆为荒原世界带来了最新启示："舍己为人。同情。克制"。这就是拯救荒原的圣杯，荒原居民的求生之路。人们只有以此为准则，才能由死而生，才能复活永生，才能永保"平安"。

《荒原》是现代西方人精神崩溃的史诗，高度概括了一战以后的西方社会，切中时弊，浸透了诗人的忧虑绝望，蕴涵着深刻的悲剧性。"荒原"意象既是西方文明没落的象征，也是现代西方人精神衰败的象征。人们平庸猥琐，放纵情欲，醉生梦死，犹如行尸走肉。诗人在此触及了20世纪西方世界的一个根本问题：在一个丧失了价值标准的社会里，人的生存意义受到怀疑，人类的出路渺茫。诗人在痛心疾首地描绘着万物枯死的荒原图景时，还在思索、探讨荒原的出路，他的结论是人们只有皈依宗教，才能得到救赎，荒原才能焕发生机。但是，诗人把社会衰败的原因归结为人性的堕落以及宗教救世的方法具有局限性。

《荒原》开一代诗风，取得了多方面的艺术成就。①现代题材的表面结构下隐含着一个对应的神话结构。长诗揭示现代生活的腐败、探索人类出路的主题，始终与"寻找圣杯"和"死而再生"的神话原型紧密结合，引出一组组意象，形成一个个"客观对应物"，使纷繁的意象纳入一个章法井然的框架，在二者的相互比附中阐释意义，为读者理解诗人的意图提供了线索，感受到历史厚重感。②体现了诗人"非个人化"的创作主张，即诗人不直接在作品中直露自己的思想感情。全诗始终保持客观冷静的风格，诗人的态度一直隐匿在"客观对应物"、人物的独白与对白之后。③采用内心独白的技巧，表现人物微妙的心理活动，增加了作品象征意义的丰富性。④大量用典。诗中涉及6种语言，引用了大量的神话故事、历史典故和文学作品中的名句，具有点明题旨的独特效果。⑤语言方面。它用自由体写成，绝少用韵，语言灵活多变，却又有一种严谨整齐的节奏感。

当然不可否认，艾略特在表现广博与深邃的同时，也使作品变得晦涩难懂，好像雾里看花，依稀难辨。这种倾向终于导致了艾略特诗风的衰微,以及象征主义诗歌的终结。

第十二节　卡夫卡

　　弗兰茨·卡夫卡(1883～1924)是奥地利犹太血统小说家,西方现代主义文学的奠基人之一,因其取得的卓越成就被尊奉为现代主义文学的一代宗师。卡夫卡的创作对许多现代主义流派都产生过巨大深远的影响。上个世纪五六十年代在西方形成的"卡夫卡热"至今未衰,并波及东方,从中国、日本到阿拉伯世界,都有许多卡夫卡的忠实读者。

　　卡夫卡的创作摆脱了传统的束缚,独树一帜,开创现代主义文学先河。他的小说大多思想内容怪诞离奇,艺术形式新颖别致,形成难以摹状的"卡夫卡式"特色,即一种任人摆布、无法自主,错综复杂、似真似幻的处境。

　　卡夫卡一生创作了78篇短篇小说、3部未完成的长篇小说。短篇小说的代表作有《判决》、《变形记》、《在流放地》、《乡村医生》、《老光棍布鲁姆费尔德》、《为某科学院写的报告》、《中国长城建造时》、《饥饿艺术家》、《地洞》、《女歌手约瑟芬或耗子民族》等。被称为"孤独三部曲"的三部长篇小说《诉讼》(又译《审判》)、《美国》和《城堡》也是他的代表作。小说贯串着社会批判的主题:《美国》基本上以现实主义手法,反映虚构的普遍化的资本主义世界。《诉讼》标志"卡夫卡式"小说的形成,深刻反映了官僚机制和司法制度的冷酷和非理性。《城堡》揭露批判了现代社会中一些普遍性的问题,作为权力象征的城堡是整个国家统治机器的缩影。

　　卡夫卡的创作主旨就是表现"现代人的困惑",尤其是表现在权力和环境重压下挣扎的"弱者"的困惑,被誉为"表现弱者的天才"。①揭示现代社会中荒诞和非理性的一面。《判决》以父子冲突主题,表现了对"原父"的恐惧感,也表现了对家长制的奥匈帝国的不满。《乡村医生》把现实的与非现实、合理与荒诞结合起来描写,造成非理性的气氛。②表现异化现象。人失去自己的本质,异化为非人。《变形记》通过格里高尔·萨姆沙在生活重担的压迫下变成大甲虫的荒诞情节,揭示人所创造的物把人变成奴隶、变成非人;通过他变形后遭遇,深刻揭露了人与人之间赤裸裸的利害关系。卡夫卡首次以人蜕化为虫的象征情节形象地解释了异化。此外,《饥饿艺术家》也是反映异化现象的杰作,饥饿艺术家虽没有失去人形,但在哲学意义上已异化为动物。③深刻反映了小人物的孤独苦闷和无能为力的恐惧感。代表作有《老光棍布鲁姆费尔德》、《为某科学院写的报告》和《地洞》。《地洞》通过对小动物心理状态的描述,惟妙惟肖地写出了小人物终日战战兢兢、难以自保的"蔓延到一切的恐惧"。这实际上就是人们在弱肉强食的资本主义社会中危机处境的真实写照。《诉讼》深刻反映了冷酷荒诞的官僚机制和司法制度剥夺了现代人的安全感,由此产生强烈的焦虑与恐惧。④描写现代国家机器的残暴和官僚色彩,揭露了统治阶级的专横腐朽,指出他们是荒诞世界的助纣为虐者。《在流放地》反映了现代社会规训和惩戒机制的非人性化,批判了现代社会的暴力意识和暴力行为以及卫道士的顽固不化。在《中国长城建造时》中,作者以荒诞的笔触揭露了帝国庞大复杂的封建官僚制度和反动统治阶级的累累罪行,表现了人的悲惨的奴隶命运。长篇小说《诉讼》深刻反映了官僚机制和司法制度的冷酷和非理性。《城堡》揭露批判集权制度的压迫、社会等级的森严、官僚腐化荒淫、机构庞杂无度、人间世态炎凉、普通人孤苦无依等社会问题。⑤表现对民族国家现实问题的关注。如《往事一页》、《女歌手约瑟芬或耗子民族》等作品。

卡夫卡小说的艺术特色。①荒诞性。荒诞性是卡夫卡小说的最突出的美学特征。作家擅长以局部、表面的荒诞,深刻地反映出整体、本质的真实,在荒诞中包容着深刻的真实。亦即"似非而是"的佯谬,初看荒诞不经,实际包含某种真实。②象征性。象征隐喻性是卡夫卡荒诞艺术的灵魂。小说整体框架是象征的,作家有意淡化背景、模糊时空,作品包容了相当广泛的内涵,具有鲜明的寓言色彩和"先知式"预言内容;小说的情节是象征的,作家有意割裂因果关系,打乱时序,许多情节扑朔迷离,带有模糊性和多义性;小说中的人物是象征的,代表着人类的某些共性,有的人物成为最成功的、最有震撼力的形象,如作为异化人类代表的格里高尔;小说中的具象事物具有象征性,如《诉讼》中秘密法庭具有残害无辜、涂炭生灵的邪恶力量，象征着现实中无处不在的迫害人的敌对势力。《城堡》中的城堡是一个象征，从狭义理解，它是奥匈帝国反动国家机器的象征，是腐败的官僚机构的象征；从广义理解，它是高深莫测的异己力量的象征。③平淡冷漠的叙事风格。卡夫卡善于以不带任何感情色彩、极度冷静的纯客观的叙述方式和简洁、平淡、流畅的语言书写人间的悲剧，把怪诞的事情作为现实生活中极其自然的平凡小事来对待。④内心独白手法。内心独白是卡夫卡表现人物痛苦心态的有效途径。在卡夫卡的世界孤独的个体不善于、也不能够与他人交际对白，所以近似意识流的独白是表现他们内心情感的最好的手段。如《地洞》通篇是主人公的内心独白。

第十三节　托马斯·曼

托马斯·曼（1875～1955）是20世纪前期德国杰出的现实主义小说家，他以史诗的形式展示了德国自由资本主义向垄断资本主义转变的过程，反映了资本主义走向衰败没落的历史趋势。

托马斯·曼的早期创作。第一个中篇小说《堕落》发表后获得好评。第一部小说集是《矮个先生弗里德曼》。中篇小说《特里斯坦》、《托尼奥·克勒格尔》、《在威尼斯之死》等，描写了资本主义颓废派艺术的窘境和艺术家对待生活的态度。一方面揭露资本主义社会把艺术当作商品，从而扼杀了艺术；另一方面也批判了脱离生活、逃避现实的艺术家。作品中的主要人物都具有复杂矛盾的性格和异乎寻常的感情，他们孤独、彷徨、苦闷的情绪和某种病态心理，一定程度上反映了19、20世纪之交资产阶级艺术家的特征。长篇小说《魔山》描写发生在一所肺结核病疗养院里的故事。作家用细腻的笔触描绘了这里的病态环境以及形形色色资产者醉生梦死的病态心理，揭露了他们空虚腐朽的寄生生活。《魔山》被认为是德国传统的教育小说，主人公汉斯终于抛弃等待死亡的思想，离开疗养院，表现出他的成长过程。它同时也是一部"时代小说"，反映了作家对第一次世界大战前后时代的思考分析。中篇小说《马里奥和魔术师》，隐喻法西斯的精神统治终究要崩溃，人民可能暂时被法西斯势力迷惑欺骗,但一旦觉醒就要致敌人于死地。

　　流亡期间的创作。因公开抨击法西斯分子的暴行,托马斯·曼被迫流亡国外。在此期间,他发表了一系列反法西斯主义的文章和演说,后收在《小心,欧洲!》、《民主即将胜利》、《德国听众们!》等文集里。长篇小说《约瑟和他的兄弟们》四部曲:《雅各的故事》、《约瑟的青年时代》、《约瑟在埃及》、《赡养者约瑟》,取材于《圣经·旧约》中关于约瑟的传说。作者描写了犹太人的善良性格和高尚品德,驳斥希特勒种族主义者妄图灭绝犹太人的谬论,充满人道主义思想,在当时具有巨大的积极意义。长篇历史小说《洛蒂在魏玛》用现实主义手法塑造了歌德的伟大形象,同时也写出了他的渺小。作家通过大段的内心独白,再现了歌德卓越的思想和矛盾的性格。

　　托马斯·曼后期的作品。在长篇小说《浮士德博士》中,作家以尼采为蓝本,描述了作曲家阿德里安的一生经历,它的副标题是“由一位友人讲述的德国作曲家阿德里安·莱弗金的一生”。作曲家的悲剧和德意志民族悲剧交织在一起,托马斯·曼不仅批判了资本主义社会和资产阶级艺术家,而且描绘了 20 世纪德国人民的前进和失误,同时也清算了资产阶级文化和哲学思想对作家本人的影响,象征性地反映了帝国主义时代德意志民族的命运和灾难。作者称这部小说为“痛苦之书”,它不单是“一部音乐小说”,首先是“一部文化和时代小说”。长篇小说《被挑选者》的主题是宣扬赦罪,宣传对战败的德国采取宽大的政策。作家的最后一部长篇小说《骗子菲利克斯·克鲁尔的自白》的第一部,以轻松幽默的笔调,把恶作剧、旅游、冒险和社会经历结合在一起,尖锐地讽刺了资产阶级的尔虞我诈、自私自利,还涉及资本主义社会中艺术和艺术家的问题。

　　托马斯·曼的小说结构严谨,独具匠心。他的创作方法以传统的现实主义手法为主,同时又吸收了现代主义的艺术手法。从艺术风格上看,他在继承德国文学优秀传统的基础上,深受俄国托尔斯泰和陀思妥耶夫斯基的影响。

　　长篇巨著《布登勃洛克一家》是托马斯·曼的代表作,因深刻的思想内容和卓越的艺术技巧,确立了作家在文坛上的重要地位。小说的副标题是"一个家庭的没落",通过布登勃洛克家族的没落和哈根施特罗姆家族的兴起,生动形象地描绘了德国从自由资本主义走向垄断资本主义的历史发展过程,揭示了旧式资产阶级家庭在精神道德和经济上的没落以及弱肉强食的法则,批判了封建贵族、基督教会和德意志帝国的教育制度,表现了人与人之间赤裸裸的金钱关系:父子、兄弟、夫妻、朋友的感情都由金钱决定。不过,作家在描写布登勃洛克的衰亡过程时流露出惋惜之情以及消极悲观的宿命论思想。

布登勃洛克家族祖孙四代:老约翰、小约翰、托马斯、汉诺,代表了德国自由资产阶级从兴盛到衰亡的整个历史。他们有不同的思想感情和个性特征,反映出所处的时代特点。老约翰思想开明,见多识广,买屋买地,人财两旺。小约翰严峻精明,坚决果断,但不能适应新环境,在强大的竞争对手、暴发户哈根施特罗姆的逼压下,生意开始走下坡路。托马斯继承家业时布、哈两家的竞争已白热化,他虽热心政务,圆滑变通,违背祖传的"商业道德"搞投机买卖,但投机受挫,家业迅速衰败。末代子孙汉诺,体弱多病,胆小怕事,多愁善感,神经脆弱,无法跻身于明争暗斗的商业生活,根本不配做一个真正的布登勃洛克:性格坚强,有强烈进取心的人。

小说在艺术上有很高的成就。通过对婚丧嫁娶、圣诞节庆等活动的描写反映出社会历史的变迁,读者看到了19世纪中叶德国社会的风土人情。人物形象非常丰满,栩栩如生。结构严谨,疏密相间,详略得当。贯串全书的家庭记事簿是布登勃洛克家族兴衰的见证,长期在他们家服务的永格曼小姐则是活的证人。小说的前半部平稳含蓄,设下了许多伏线,后半部则情调哀婉凄凉,危机四起。语言精练,对话生动,幽默嘲讽特色最为突出。托马斯·曼不愧是一位谙熟德国语言的大师。

第十四节   德莱塞

德莱塞(1871~1945)是20世纪美国杰出的现实主义作家。他的作品真实描绘了20世纪初美国的生活和小资产阶级的迷惘,揭示了资产阶级道德的本质和资产阶级民主制度的内在缺陷。

德莱塞的第一部长篇小说《嘉莉妹妹》通过女主人公追求幸福生活失败的故事,说明在资本主义社会里靠诚实劳动找不到出路,在以金钱为中心的社会不可能有真正幸福的生活。嘉莉本是一位追求个性解放的小资产阶级女性,但最后沦为资产阶级的玩偶。第二部长篇小说《珍妮·葛哈德》(又译《珍妮姑娘》),是《嘉莉妹妹》的姐妹篇,真实地描绘了美国下层人民的生活状况,暴露了资产者的无耻放荡,塑造了被侮辱损害的女性形象。

由《金融家》、《巨人》、《斯多噶》组成的长篇小说《欲望三部曲》,描写19、20世纪之交美国垄断资产阶级攫取财富和权力的过程,描绘了一幅美国资本主义发展的历史画卷。小说广泛地揭露美国垄断资产阶级在各个领域的黑幕,较早描写了垄断资本家的豺狼本性和丑恶灵魂。小说生动描绘了资本兼并过程的残酷,揭露金钱在资本主义社会中的作用以及美国两党政治的虚伪性。小说成功塑造了贪婪邪恶、狡猾残暴的金融资本家柯帕乌的典型形象。

《"天才"》展示了资本主义社会中金钱关系对艺术、灵魂的腐蚀和摧残。在以金钱为中心的社会里,不可能有真正的艺术,也不可能产生真正的天才。收录在短篇小说集《妇女群像》中的《艾尼达》塑造了一位共产党员的形象,表现了德莱塞对新生活的探求。《悲剧的美国》等政论作品,批判美国统治阶级的罪行,指出资本主义必然灭亡的趋势。

给作者带来世界声誉的长篇小说《美国的悲剧》,涉及美国的根本性社会问题,暴露了所谓美国天堂的黑暗,揭示了美国梦的破灭,这是作家创作的主题和思想价值所在。具体而言,小说的思想内容大致可分为两个方面:①令人信服地揭示出资本主义社会制度及其生活方式是造成克莱德悲剧的根源,他是这种制度的产物,也是这种制度的牺牲品。为此作家对资本主义社会提出了强烈而沉痛的控诉。②揭露了美国政治制度和司法制度的丑恶和虚伪。两党围绕克莱德案件所进行的明争暗斗,其实是一场争名夺利的闹剧。

克莱德是被"美国生活方式"毁掉的普通美国青年的典型。资产阶级金钱高于一切、利己主义、享乐主义的腐化生活方式,从精神上腐蚀了他，由一个善良的青年堕落为极端的利己主义者、杀人凶手；资产阶级的虚伪法律和权谋政治又在肉体上毁灭了他。通过这个形象，作者揭示了一个严重的社会问题，即美国普通青年的命运问题。他们靠正当的手段发不了财，就是采用非法手段也难圆发财的美国梦。克莱德的悲剧不只是个人的悲剧，更是社会悲剧，是整整一代人的美国的悲剧。

《美国的悲剧》在美国文学史上的意义在于它突破了"胆小与高雅的传统"，揭穿了当时粉饰现实的"微笑的美国"谎言，取得了现实主义的胜利。德莱塞的现实主义的特色表现为对所描写的事实具有新闻报道式的忠实，同时注重典型环境与典型性格的描绘，人物具有个性化的语言，故事情节简单而意境纯一，使用鲜明的对比手法表现人物之间、贫富之间的差距。此外，他适当地运用弗洛伊德关于梦幻、性的压抑与升华的理论进行细致的心理分析，并能与现实主义的社会背景有机地结合起来，形象地揭示出克莱德堕落的过程。

Ⅱ. 思考练习

一、填空题

1. 20 世纪西方文坛出现了一批多卷本的长篇小说，作家力图通过家庭的历史变迁或人物的一生遭遇，对社会历史风貌作史诗性的反映。罗曼罗兰称之为"_____"。

2. 高斯华绥塑造了索米斯、芙蕾父女形象，他们自私冷酷而又颓唐绝望的性格，被称为"_____"，集中体现了资产阶级疯狂的占有欲和贪婪掠夺的本性以及精神崩溃与道德堕落。

3. 亨利希·曼在《臣仆》中塑造的德意志帝国忠顺的臣仆典型是_____。

4. 巴比塞的小说《_____》与雷马克的《_____》，都是有世界影响的优秀的反战小说。

5. 美国左翼作家斯坦培克的《＿＿＿＿＿＿＿＿》以写实手法描写美国中部农业工人的不幸遭遇与罢工反抗,塑造了先进工人的形象。

6. 奥地利茨威格的小说长于＿＿＿＿＿＿＿＿描写,人物性格极为鲜明生动。

7. 法捷耶夫的成名作《＿＿＿＿＿＿＿＿》歌颂了红军战士不屈不挠的革命精神。

8. 阿·托尔斯泰的长篇小说《＿＿＿＿＿＿＿＿》描写了知识分子走向革命、走向人民的转变,是社会主义现实主义的典范性作品之一。

9. 欧美现代主义文学是资产阶级文学发展的第＿＿＿＿＿＿＿＿个阶段。

10. 弗洛伊德在后期修正补充了自己的学说,把人的心理结构分为＿＿＿＿＿＿＿＿、＿＿＿＿＿＿＿＿和＿＿＿＿＿＿＿＿三个层次。

11. 象征主义诗歌的代表作除了艾略特的《荒原》外,还有瓦雷里的《＿＿＿＿＿＿＿＿》。

12. 奥尼尔的《＿＿＿＿＿＿＿＿》表现人的地位和归宿问题,接触到资本主义社会的异化本质。

13. 英国意识流小说家沃尔夫还是现代西方＿＿＿＿＿＿＿＿文学的开拓者之一。

14. 高尔基的《伊则吉尔老婆子》塑造了两个对立的形象:极端个人主义者＿＿＿＿＿＿＿＿和为人民献身的英雄＿＿＿＿＿＿＿＿。

15. 高尔基反映流浪汉题材的最优秀短篇小说《＿＿＿＿＿＿＿＿》,同时也是他早期现实主义的代表作。

16. 代表高尔基戏剧的艺术风格的剧本是《＿＿＿＿＿＿＿＿》。

17. ＿＿＿＿＿＿＿＿是社会主义现实主义文学的奠基人。他的著名长篇小说《＿＿＿＿＿＿＿＿》是社会主义现实主义的第一部典范性作品。

18. 高尔基《母亲》中的＿＿＿＿＿＿＿＿是从愚昧无知、逆来顺受的劳动妇女成长为勇敢坚定的无产阶级革命战士的典型。

19. 马雅可夫斯基为了纪念十月革命十周年而创作的著名长诗是《＿＿＿＿＿＿＿＿》。

20. 马雅可夫斯基的《＿＿＿＿＿＿＿＿》以辛辣尖锐的语言,讽刺嘲笑整天泡在会议里的官僚主义者。

21.1958年因长篇小说《日瓦戈医生》获诺贝尔文学奖的作家是_____。

22.帕斯捷尔纳克在《日瓦戈医生》中满怀同情和惋惜为"俄国美好而敏感的一面"吟唱了一曲哀歌。"俄国美好敏感的一面"是指_____。

23.《日瓦戈医生》中的_____是俄罗斯母亲的化身。

24.在苏联文学上占有重要地位、同时在西方也享有崇高声誉的苏联当代杰出作家是_____。

25.肖洛霍夫的短篇小说《一个人的命运》通过_____的悲惨遭遇，概括苏联整整一代人的命运，具有深刻的典型意义。

26.罗曼·罗兰把变革现实的希望寄托于"英雄"人物，写了《贝多芬传》、《米开朗基罗传》、《_____》、《甘地传》等名人传记。

27.长篇小说《欣悦的灵魂》的作者是_____。

28.《_____》被誉为意识流小说的里程碑，给20世纪西方小说带来了一场变革。

29.肖伯纳的《_____》、《_____》无情揭露了"体面的"资产者不体面的财富来源，剥下了资产阶级的伪装。

30.在《_____》中，肖伯纳揭示了垄断资本家的本质，也集中表现了改良主义局限，提出了"百万富翁的社会主义"错误口号。

31.从艺术传承的角度来看，肖伯纳的创作受到_____的影响最大。

32.乔伊斯的短篇小说集《_____》，基本上运用的是现实主义手法。

33.乔伊斯具有明显的自传色彩的小说是《_____》，反映了他对艺术家与社会生活关系的看法。

34.劳伦斯的小说从考察_____的独特角度出发，揭示资本主义工业文明与人的对立冲突，深刻展现了现代人悲剧性的生存状况。

35.劳伦斯在自传性小说《_____》中提出了工业文明使人异化、现代家庭中两性关系的危机等重要问题的雏形。

36.劳伦斯在长篇小说《＿＿＿＿＿》中塑造了理想中的"自然之子"、洋溢着自然精神的猎场工人梅勒斯的形象。

37.后期象征主义诗歌最杰出的代表是英国诗人＿＿＿＿＿。

38.艾略特早期代表作是长诗《＿＿＿＿＿》，它表现了一个上流社会的中年男子在求爱途中的矛盾心理。

39.艾略特后期最重要的诗歌《＿＿＿＿＿》，表现诗人皈依宗教后追寻永恒真理的精神历程。

40.卡夫卡的《＿＿＿＿＿》以父子冲突主题，表现了对"原父"的恐惧感，也表现了对家长制的奥匈帝国的不满。

41.卡夫卡反映异化现象的名篇是《＿＿＿＿＿》、《＿＿＿＿＿》。

42.卡夫卡在以中国为背景的小说《＿＿＿＿＿》中，揭露了帝国庞大复杂的封建官僚制度和反动统治阶级的累累罪行。

43.托马斯·曼的《＿＿＿＿＿》被认为是德国传统的教育小说，同时也被认为是一部"时代小说"。

44.托马斯·曼的长篇小说《＿＿＿＿＿》描写了犹太人的善良性格和高尚品德，驳斥希特勒种族主义者灭犹的谬论，充满人道主义思想。

45.托马斯·曼的《＿＿＿＿＿》的副标题是"一个家庭的没落"，生动形象地描绘了德国从自由资本主义走向垄断资本主义的历史发展过程。

46.德莱塞的《＿＿＿＿＿》成功塑造了贪婪邪恶、狡猾残暴的金融资本家柯帕乌的典型形象。

47.德莱塞在《美国的悲剧》中，塑造的＿＿＿＿＿是被"美国生活方式"毁掉的普通美国青年的典型。

二、简述题

1.简述20世纪前期现实主义文学发展概况。

2.简述现代主义文学产生的社会历史背景与哲学基础。

3.简述西方现代主义文学的概念及其基本特征。

4.超现实主义的艺术主张与创作特色是什么？

5.为什么说高尔基的《母亲》是社会主义现实主义文学的奠基之作？

6.简述马雅可夫斯基的思想倾向与艺术成就。

7.简述《日瓦戈医生》的思想内容、主要人物形象及艺术特色。

8.简述《静静的顿河》的思想内容、人物形象与艺术成就。

9.简述《约翰·克利斯朵夫》的思想内容、人物形象与艺术特色。

10.简述《追忆似水年华》的主题、对传统小说观念与小说艺术的革新。

11.简述肖伯纳戏剧的揭露批判精神与思想局限。

12.简述乔伊斯《尤利西斯》的思想内容及其艺术成就。

13.简述《虹》的思想倾向与艺术特色。

14.简述艾略特的文学思想及其影响。

15.简述《荒原》的思想内容与艺术成就。

16.简述卡夫卡小说的思想倾向与艺术特色。

17.简述《布登勃洛克一家》的思想内容、人物形象与艺术特色。

18.简述《美国的悲剧》的思想内容、人物形象与艺术特色。

Ⅲ.参考答案

一、填空题

1."长河小说"

2."福赛特性格"

3.赫斯林

4.《火线》　　《西线无战事》

5.《愤怒的葡萄》

6.心理

7.《毁灭》

8.《苦难的历程》

9.六

10.本我   自我   超我

11.《海滨墓园》

12.《毛猿》

13.女权主义

14.腊拉、丹柯

15.《切尔卡什》

16.《底层》

17.高尔基   《母亲》

18.尼洛夫娜

19.《好》

20.《开会迷》

21.帕斯捷尔纳克

22.知识分子

23.拉里莎

24.肖洛霍夫

25.索科洛夫

26.《托尔斯泰传》

27.罗曼·罗兰

28.《追忆似水年华》

29.《鳏夫的房屋》   《华伦夫人的职业》

30.《巴巴拉少校》

31.易卜生

32.《都柏林人》

33.《青年艺术家的肖像》

34.男女两性关系

35.《儿子与情人》

36.《恰特里夫人的情人》

37.艾略特

38.《普鲁弗洛克的情歌》

39.《四个四重奏》

40.《判决》

41.《变形记》   《饥饿艺术家》

42.《中国长城建造时》

43.《魔山》

44.《约瑟和他的兄弟们》

45.《布登勃洛克一家》

46.《欲望三部曲》

47.克莱德

二、简述题

1.20世纪前期的现实主义文学,继承了19世纪批判现实主义的创作原则,并与现代主义相互影响借鉴,在思想、艺术上有新的变化:①反映视野扩大,战争题材作品空前增多,劳资矛盾得到更多的反映。②表现出"向内转"的趋势,从外在描写走向内在描写,从注重描绘形成人物性格的客观世界走向注重描绘人物的主观精神世界,努力揭示人物隐秘的内心活动,思辨倾向加强。③情节日趋淡化,象征隐喻、梦幻寓言、意识流等手法常被使用,自传成分增多。④出现一批多卷本的长篇小说,即"长河小说"。作家力图通过家庭的历史变迁或人物的一生遭遇,对社会历史风貌作史诗性的反映。

从作家队伍的构成来看,一批在19世纪末就享有文名的作家遵循传统的现实主义原则创作,继续揭露批判资本主义的丑恶。如英国的肖伯纳、高尔斯华绥、福斯特,法国的罗曼·罗兰、杜伽尔,美国的德莱塞、辛克莱,德国的亨利希·曼、托马斯·曼等。

此外还涌现出新一代现实主义作家,有的作家延续现实主义已有的传统,如德国的雷马克;有的作家思想更进步,呈现明显的左翼色彩,如法国的巴比塞、美国的斯坦培克;有的作家则选取与以往不同角度反映社会,在批判的过程中交织着憧憬与迷惘,在现实主义的框架内广泛吸收借鉴现代主义的艺术手法,把现实主义文学推向一个新阶段。如英国的劳伦斯、毛姆,法国的莫里亚克,奥地利的茨威格等。

2.西方现代主义的产生有深厚的社会基础和扎实的理论根基。

20世纪的西方社会,为现代主义文学的产生发展准备了充足条件。与物质文明高度发展、科学技术日新月异相伴生的是无数灾难和人的异化。两次世界大战、全球经济危机、核恐怖、劳资冲突、种族纠纷、暴力犯罪等冲击传统的价值观,大大加深了西方人的危机意识,以决定论和理性主义为基础的西方传统价值观念动摇衰落,非理性主义潮流开始流行。

非理性主义是一种哲学思潮。它把非理性的意志活动夸大、绝对化,使之变成主宰世界的东西,其本质是唯心主义。除叔本华的唯意志论、尼采的权力意志论与超人哲学之外,此时影响较大的还有柏格森的生命哲学与直觉主义、弗洛伊德的精神分析学等。此外,对物的高度崇拜、虚无主义等极端社会思潮也纷纷涌现。这些哲学和社会思潮为现代主义文学的勃兴繁荣创造了条件,为其提供了世界观、创作方法的理论根据。

3.欧美现代主义文学是资产阶级文学是继文艺复兴、古典主义、启蒙文学、浪漫主义、现实主义之后发展的第六个阶段。它是对思想上具有强烈反传统倾向、艺术形式上追求实验创新的20世纪西方众多文学流派的总称。主要包括后期象征主义、未来主义、表现主义、意识流小说、超现实主义、存在主义、荒诞派戏剧、新小说、垮掉的一代、黑色幽默和魔幻现实主义等重要文学流派。

现代主义文学的基本特征可以用反传统来概括。

从思想内容方面看。现代主义文学反对文艺复兴以来以人道主义为核心的主流文化传统,对人的本质、人的地位、人性善恶等问题做出了不同的解答。作家着力表现人的异化,表现"现代人的困惑",即揭示周围世界的敌对荒诞以及人的陌生孤独、痛苦焦虑的情绪。

从艺术形式上看。作家强调表现,强调直觉,反对文学是客观现实的反映的传统美学观,热衷于表现人的主观感受,揭示无意识活动。作家注重形式的革新,常用荒诞的情节来取代故事的逻辑性,用象征性的虚化空间场景和人物来取代典型环境中的典型性格,用时序跳跃交错的心理时间来取代时序递进的物理时间,用隐晦暗示的语言取代语言的明晰准确。尽管现代主义各个流派探索的成败不一,总的来看,还是丰富了文学概念,扩大了文学表现视野,增强了文学表现力。

4.超现实主义是20年代产生于法国的一个文学流派,它的代表人物布勒东、艾吕雅、阿拉贡和苏波等,是激进、虚无的小资产阶级知识分子。

超现实主义认为,文学不是再现现实是要表现"超现实"。所谓"超现实"是由梦幻与现实转化生成的"绝对现实",是现实与非现实两种要素的统一物,即超越理性的无意识世界、梦幻万能的彼岸世界。他们主张写人的潜意识、梦境,写事物的巧合,提出并实施无意识状态下的"自动写作法",像机器一样自动记录由无意识自发生成的诗句,写前无目的,写后不修改。最后形成毫无关系的意象随意地并置、转换,效果奇异突兀。

5.《母亲》是高尔基最重要的作品,社会主义现实主义的奠基之作。

第一,小说展现了崭新的思想内容,无产阶级的革命斗争构成了作品的主要情节。《母亲》是工人阶级斗争史的艺术概况,第一次生动描绘了俄国无产阶级革命斗争的壮丽图景,展示了俄国工人运动的历史发展过程:马克思主义日益与工人运动结合,斗争由自发到自觉、由经济斗争到政治斗争、由城市到农村。

《母亲》主要反映了如下主题:①反映了沙俄时代俄国工人的痛苦生活和悲惨命运,符拉索夫就是老一代工人的典型代表。②再现了马克思主义与俄国工人运动相结合的过程以及工人阶级的斗争。以尼古拉、叶戈尔、沙馨卡等为代表的先进知识分子带来革命思想,以巴维尔、安德烈为代表的觉醒了的新一代工人如饥似渴地学习接受,成长为斗争的中坚力量。他们相继组织了经济斗争"沼地戈比事件"、政治斗争"五一"游行,最后以法庭为战场,宣讲无产阶级的政治主张。③反映了用社会主义思想教育农民的过程。农民雷宾仇恨统治阶级,但又有狭隘的农民意识,个人的自发性反抗屡遭失败。后来他接受了革命思想,成长为农民革命的领导人。他的转变代表着农民的觉醒,表明工人阶级领导农民运动的重要性和工农联盟的必要性。

第二,小说塑造了崭新的人物,无产阶级成了作品的主人公。它第一次成功塑造了具有社会主义觉悟、信念坚定的无产阶级革命战士的光辉形象,塑造了正在觉醒的群众形象,歌颂了无产阶级不屈不挠的革命精神和英雄气概。小说主要塑造了尼洛夫娜和巴维尔母子形象。

尼洛夫娜是从愚昧无知、逆来顺受的劳动妇女成长为勇敢坚定的无产阶级革命战士的典型,是革命母亲的典型,是正在觉醒的群众的典型。母亲身受政权、神权和夫权三重压迫,饱受生活磨难是她接受革命的思想基础。出于阶级本能和母爱的本能,她逐步走向革命。母亲的觉醒与转变,既反映了马克思主义思想和无产阶级革命事业不断深入人心的历史潮流,也深刻揭示了革命思想教育人、改造人的巨大威力。

巴维尔是从一个普通工人成长为无产阶级革命家的典型,是俄国工人阶级觉醒的新一代的典型,是世界文学历史上第一位有血有肉的高大的无产阶级英雄形象,是无产阶级文学中第一位用革命理论武装起来的成熟的革命家的典型。他具有先进的世界观,高度的政治觉悟和理论修养,具有典型的共产党员品格,即对革命事业忠心耿耿,时刻准备为之牺牲个人的一切。

第三,小说具有鲜明的创作特色。①反映了文学的党性原则与社会主义理想。首先,作品有明确的创作目的,为了在革命的低潮时期"支持那些低落下去的反抗情绪"。其次,历史地、真实地在革命的发展中表现现实,站在未来的高度反映现实,对未来充满信心,表现出革命浪漫主义、理想主义精神。作品虽然不回避革命斗争的艰苦曲折和暂时的失败,却充满了乐观主义的激情。②以社会主义理想塑造人物。他们为理想牺牲一切的共性突出,同时又个性鲜明。此外,作家正确处理了英雄与群众的血肉相连关系,英雄来自群众,群众是英雄的基石。在描写英雄时,总有群众场面相呼应。③通过尼洛夫娜对周围生活和革命斗争的观察感受,展示她复杂微妙的内心活动。她思想发展变化的过程贯穿小说的始终。④语言特色。人物的语言个性化:巴维尔的语言简洁有力,政治术语多,鼓动性强,体现了职业革命家的特点;母亲的语言朴质平淡;雷宾语言来自民间,生动形象。此外,作品还大量使用比喻修辞,增加了语言的生动性。

总之,崭新的主题内容、人物形象和创作方法,使《母亲》成为社会主义现实主义文学的奠基作、无产阶级的艺术丰碑,在世界无产阶级文学史上具有划时代的意义。

6.马雅可夫斯基早年是未来主义诗人。他既有虚无主义、无政府主义和夸大个人主义的倾向,也表现出对资本主义的全面否定、不妥协的抗争精神和对革命的热切向往。从1919年同未来主义分道扬镳后,马雅可夫斯基更自觉用文学反映时代,成长为苏联优秀的无产阶级诗人,热情的革命歌手,社会丑恶现象的抨击者。

马雅可夫斯基为苏联诗歌的发展做出了很大的贡献,在诗歌内容与形式方面,都是大胆的革新者。他的诗作题材多样,及时迅速地反映所处的时代,具有鲜明的政治色彩。他的诗歌构思独特,形象鲜明,语言通俗,感情炽热,诗句铿锵,高亢雄浑,由以政治抒情诗见长。他娴熟使用的"阶梯式"形式,音韵丰富而富于变化,增加了诗歌的节奏感,丰富了诗歌的表现力。

7.帕斯捷尔纳克《日瓦戈医生》的思想内容。

作家站在人道主义立场上反思过去,警示未来。小说的基本主题是展示十月革命前后、以日瓦戈为代表的俄国知识分子命运。作者满怀同情和惋惜为"俄国美好而敏感的一面"——一代知识分子吟唱了一曲哀歌。通过他们在历史大变革中的命运,反映了错综复杂、充满矛盾的时代特征和革命的艰难曲折,揭示了战乱所造成的深重灾难和巨大牺牲,展现了知识分子接受革命和新生活的苦难历程,同时也暴露了革命中的某些偏颇和失误,反映了因革命的失误所造成的不良后果以及社会付出的沉重代价。

《日瓦戈医生》的主要人物形象。

日瓦戈是十月革命前后一代旧知识分子的代表,代表了部分知识分子在大革命前后的复杂心态。他并不敌视革命,但是不能正确全面理解革命,力图保持个人精神独立,固守自己的价值观,因此与时代发生矛盾,导致个人悲剧。这是在历史大变革时代没有选择正确的人生道路的旧知识分子的悲剧。

造成日瓦戈悲剧的根本原因是他的道德理想与时代精神的矛盾。人道主义既是他观察世界的世界观,又是他判断善恶是非的道德观。

他否定一切形式的暴力，既反对反革命暴力也反对革命的暴力。他以超阶级的人道主义去审视两个阶级的生死搏斗，使他无法清醒正确认识时代。他博学多才，情感丰富、正直善良，痛恨不合理的旧世界，肯定十月革命的正义性，以实际行动拥护革命，但革命后的严峻现实与他的道德理想发生矛盾，导致他背离革命。造成日瓦戈悲剧的另一个原因是他的个性与时代潮流的冲突。日瓦戈是一个诚实正直、坚持独立立场的知识分子。时代的革命洪流侵犯了他自由独立的个性，使他背离革命。

其他几个知识分子形象，也表现相同的主题。帕沙·安季波夫坚决走革命道路，对敌人毫不留情，对苏维埃政权忠心耿耿，但因他曾是沙皇军队的军官而成了怀疑、清洗对象，最后含冤自杀。政策的偏颇和失误造成他的悲剧。这表明暴力革命违背了人道主义原则。拉里莎、戈尔东、杜多罗夫教授也是激烈的阶级斗争的牺牲品。

《日瓦戈医生》的艺术特色。

它首先是一部具有史诗性特点的小说。逼真写实与浪漫激情相结合，对大自然的诗意描绘与对人类历史的哲理思考交相辉映，散文与诗歌的有机融合，形成新颖独特的风格。其次，隐喻象征手法大大增强了小说主题和人物形象的艺术张力。如拉里莎是俄罗斯母亲的化身，帕沙、日瓦戈、科马罗夫斯基对拉里莎的感情纠葛，寓指革命、中间、反动三种历史力量对俄罗斯的争夺；日瓦戈是一个自愿接受苦难命运的殉难者的形象，燃烧的蜡烛是日瓦戈的牺牲奉献精神的象征；月夜的狼群，拉里莎和日瓦戈的梦等，都有象征和隐喻意味。

8. 长篇小说《静静的顿河》是20世纪世界文学的重要作品。它生动反映了从第一次世界大战到国内战争结束，顿河哥萨克人的动荡生活和历史命运，揭示了哥萨克阶级斗争的复杂残酷及其悲剧意义，表现了建立、巩固苏维埃政权的艰苦过程。它重要的思想价值就在于以广阔的艺术视野、可贵的政治胆略、生动的艺术形象，深刻揭示了哥萨克人用"痛苦和鲜血换来"的生活真理，真实地表现了他们走向革命的艰苦曲折过程。

葛利高里是动摇于革命与反革命之间的复杂人物，在动荡的年代两次参加红军,三次投身反革命叛乱,想走根本不存在的中间道路,最终走向毁灭。

葛利高里的徘徊动摇有着深刻的社会历史根源和个人的主观原因:①中农的地位。葛利高里是哥萨克中农的典型。他深受中农的私有观念和小生产方式的影响,既是淳朴、善良、勤劳的劳动者,又是对革命顾虑重重的私有者,其政治特点就是左右摇摆。他本能地从自己的阶级利益出发,企图寻找一条超越革命与反革命的中间道路。②哥萨克传统观念。葛利高里是哥萨克传统观念的殉葬品。哥萨克愚昧落后的偏见、哥萨克军官的特权思想,使他在激烈的阶级搏斗中不辨是非善恶,顽固拒绝接受生活的真理,相信"哥萨克自治论",把苏维埃视为异己的政权。③不轻信的个性特点。葛利高里不断寻找真理,不轻信任何一方,几乎和各种社会力量都发生过冲突。他的动摇不是看风使舵式的投机,而是痛苦的徘徊。可悲的是他始终为追求哥萨克劳动人民的真理而奔波,然而他错误地理解了真理,不理解全体劳动人民的利益与哥萨克劳动人民的利益根本一致,认识的迷误终于酿成了悲剧。④他的悲剧部分归因于红军队伍和苏维埃政权基层干部对待哥萨克人的一些偏激情绪和过火行为。

总之,葛利高里的悲剧实质,是在社会大变革时期企图走实际上并不存在的"第三条道路"的悲剧,是以哥萨克传统偏见对抗历史必然趋势的悲剧,是优秀品质、美好人性与悖逆历史潮流的社会实践的悲剧,是既要顽强表现自己,又找不到正确道路和归宿的人的悲剧。

《静静的顿河》的艺术成就:①广阔的史诗画面。史诗性巨著《静静的顿河》篇幅宏大,场面宏阔,内容丰富。全面展示了从第一次世界大战到国内战争结束的整个时代的风云变幻,构成了一幅波澜壮阔、多彩多姿的历史画卷。②精巧的艺术结构。小说结构庞大复杂而又严谨有序,通过葛利高里悲剧性的人生道路,一方面描写了苏维埃政权在顿河从建立到巩固的历史进程,另一方面描写了麦列霍夫一家由盛而衰的历史命运,社会生活和私人生活两条线索交织进行。③众多生动的人物形象,几乎包括当时各个阶层、各种类型的人物。人物鲜明丰满,富有个性,哥萨克妇女形象极具特色。④鲜明的地域色彩,浓郁的抒情气氛。作家描绘顿河草原的壮丽景色,描述哥萨克人独特的风土人情,使用哥萨人风趣幽默的方言口语,大量引用哥萨克民歌民谣。

9.罗曼·罗兰的长篇小说《约翰·克利斯朵夫》以德国音乐家克利斯朵夫一生的奋斗为经,以第一次世界大战前二三十年间的欧洲生活为纬,反映了19、20世纪之交一代知识分子的精神困惑与探索,讴歌了他们反抗现实的英雄主义气概,揭示了德、法进入帝国主义阶段的社会矛盾,揭露批判腐朽的资产阶级文化艺术和腐败的政治,客观上提出了改造社会的问题,表现出作家反对现存秩序的进步立场和坚持人类进步文化的艺术观点。

克利斯朵夫是一个对资本主义丑恶现实不满,苦闷、彷徨、抗争而又找不到出路的知识分子的典型,是追求真诚艺术和健全文明的平民艺术家形象。他才华横溢,心灵敏感丰富,个性倔强坦率,在与旧的精神世界斗争时嫉恶如仇、奋不顾身,充满了英雄气概。

克利斯朵夫的性格充满了矛盾:小资产阶级的阶级地位使他对现实不满并进行反抗,同时又对统治阶级抱有一定幻想;受排斥的阶级地位使他性格坚强,而个人主义偏见又使他软弱无力;小资产阶级的正义感使他与社会对立,而小资产阶级的动摇性又使他与现实妥协;日趋破产的社会经济地位使他同情接近人民,而个人英雄主义意识又使他不相信人民群众的力量并远离人民;进步的艺术观使他主张艺术接近生活、接近人民、造福人类,而对艺术的偏执信仰又使他过分夸大艺术的力量。总之,小资产阶级的阶级性决定了克利斯朵夫性格的矛盾性和复杂性。

克利斯朵夫的形象包含着丰富的时代社会内容,具有很高的典型意义:①克利斯朵夫的形象反映了十月革命以前整整一代具有民主思想的知识分子的思想面貌和精神面貌,表现了他们强烈的反抗精神和追求理想的英雄气概。②克利斯朵夫个人反抗的悲剧宣告整整一个时代的终结。首先,他个人反抗具有明显的局限性,他所追求的艺术目标没有根本改造社会的意义。其次,在帝国主义和无产阶级革命的时代,他依然幻想用资产阶级上升时期的"自由、平等、博爱"等作为思想武器来对抗资本主义社会、克服资本主义文明危机,注定要失败。这种历史必然性说明了在资产阶级和小资产阶级队伍里已不可能产生力挽狂澜的英雄人物。

《约翰·克利斯朵夫》具有独特的艺术风格。①史诗的品格。作者笔锋纵横描绘第一次世界大战前二三十年欧洲广阔的社会图景,使小说具有史诗规模。②"长篇叙事诗"的格调。作者细致描绘人物对大自然的深切感受,以自然的美来对照黑暗现实的丑;作者娴熟地运用各种表达方式,心理描写和景物描写与抒情、议论相映衬,激情的诗意、政论的哲理与对反映现实互相交织,构成作品浓郁的抒情色彩。③音乐的特色。小说呈现浓郁的音乐特色,体现出文学性与音乐性的完美结合。它的结构为交响乐式,小说的四部相当于交响乐的四个乐章;它的主人公是以贝多芬为原型塑造的音乐家,音乐是他的生命状态;作品中对大自然的描写充满了音乐性。

10.《追忆似水年华》被誉为意识流小说的里程碑,给 20 世纪西方小说带来了一场变革。

《追忆似水年华》展示了多重主题。首先,它是一个时代的历史。小说展示了 19、20 世纪之交法国上流社会的生活图景与历史变迁,表现出伤感怀旧的情绪,是一曲上流社会的挽歌。作者温和地讽刺了贵族、资产阶级。有关第一次世界大战的回忆,抨击了法国政府的腐败无能,表现了爱国主义思想。其次,它是一种意识的历史。小说细腻地展示复杂多变的精神世界,是一部自我认识的成长史诗。再次,它是一部关于时间的书。小说的深层中心主题是时间与回忆:人在空间中有限,在时间之中无限;客观时间有限,心理时间无限。物质的东西会被时间销蚀,在空间消失,只有感觉经历到的东西才是真正的存在,而"艺术作品是找回似水年华的唯一手段"。作者认为"回忆是人生的菁华",它能够对过去的感性经验进行再创造。回忆是一面魔镜,通过它才能反射出生活的意义和人生的价值,才能把"消失的时光"和"重现的时光"交织在一起,追回已逝去的年华。因此小说书名可以直译为"追寻失去的时间"。

《追忆似水年华》代表西方小说创作理念的根本转变。①倡导主观真实论,主观感受才是唯一的真实。普鲁斯特认为,文学创作表现的对象不是传统的外部客观世界，而是人的主观世界，尤其是内心深处的无意识活动。小说的主要内容是叙述者"我"的回忆，展示隐秘复杂的内心世界。②强调直觉作用。普鲁斯特反对智力理性，强调直觉作用，视之为通向"真实"的艺术之路，坚持通过直觉感受与回忆联想把生活流动的本质表现出来。

《追忆似水年华》的艺术特色：①大量使用意识流的自由联想手法，细腻描摹意识与无意识，在表现人类内心活动的复杂性、丰富性方面也超过了前人。②叙述视角独特，作者仿佛退出作品。叙述者采用个人叙事，从两种或多种叙事焦点与叙事角度，自由随意地叙述"故事"。作品中有三个叫"马赛尔"的主体，即叙述者、主人公和作者。他们交替的视角洞察"我"在不同时期对事件的不同看法和感悟，直接展示人物的内心世界。③时空跨度巨大。作者打破了时空延续的方法，没有贯穿始终的情节，而是通过一些特定的叙述点，以联想为方式描述与之相关联的事物，实现现在、过去和未来的任意组合。④采用反复观照法刻画人物，让人物在不同时间地点出现，逐渐形成完整立体的形象，反映出人性的深度，也折射人不断认识现实的过程。⑤使用长句，文体风格精致优雅。小说中的长句往往包含数个从句和大量分号，有的长达数十行，便于表现杂陈矛盾的心理状态。

11.英国著名戏剧家肖伯纳的政治观点十分复杂。他辛辣地讽刺伪善的英国资产阶级，对垄断资产阶级和帝国主义政府的侵略本质进行无情的鞭笞，但他在政治上始终是个改良主义者。19世纪末20世纪初，他戏剧的批判倾向有所减弱，妥协思想更为复杂。一方面无情揭露资本主义社会的虚伪道德、批判垄断资本主义；一方面描写小资产阶级知识分子放弃斗争的妥协。资本主义社会里的尖锐矛盾变成一场滑稽可笑而又不得不全盘接受的丑剧。

《鳏夫的房屋》、《华伦夫人的职业》无情揭露了"体面的"资产者不体面的财富来源，剥下了资产阶级的伪装。《约翰牛的另一个岛屿》尖锐地揭露了英帝国主义在爱尔兰的侵略行为。《巴巴拉少校》揭示了垄断资本家的本质，撕掉英国民主制度的假面具，也集中表现了改良主义的局限，如提出了"百万富翁的社会主义"错误口号，工人阶级只是作为社会消极力量出现,解决社会问题的办法是百万富翁和知识分子的合作,即由百万富翁出钱,知识分子进行管理。《伤心之家》的副标题是"一部用俄国风格写成的英国主题的狂想曲",既反映了资本主义总危机,也反映了作者深刻的思想矛盾和精神危机。《苹果车》进一步揭露资产阶级假民主和工党向垄断资产阶级的投降。

12. 代表作《尤利西斯》以其深邃的思想内涵和大胆的艺术革新成为 20 世纪最伟大的小说之一,并奠定了作家在世界文学史上的重要地位。

《尤利西斯》首先是一部民族的史诗,记载了经历共同的苦难、饱受奴役的爱尔兰人和犹太人的血泪与抗争。它更是一部现代西方人的史诗,既反映出现代西方人的孤独、痛苦、麻木、庸俗,又肯定了他们积极寻求生活意义的精神。乔伊斯为了增加作品的含量,以荷马史诗第二部《奥德修纪》作为对应。将平凡庸俗的布罗姆在都柏林一日内的游荡,与古希腊英雄尤利西斯十年的海上漂泊相比,并把莫莉、斯蒂芬分别比做尤利西斯的妻儿佩涅洛佩、忒勒马科斯。古今对比强调了现代西方社会的庸俗堕落,古希腊人高尚的英雄气概在平庸的现代人身上早已不复存在,反讽效果强烈。此外,乔伊斯还表现了现代人的聪慧、善良、积极寻求生活意义的闪光点,表现他们人性中新的、文明的内涵,由此全面展现了现代人的精神风貌。布卢姆就是一个真实复杂、内蕴丰富的形象,是 20 世纪西方文学中非英雄的现代人的典型。

《尤利西斯》的艺术成就斐然。①创造性地运用神话象征对应结构。小说的书名、人物、情节、结构与荷马史诗第二部《奥德修纪》一一对应,具有强烈的象征色彩,形成深刻的启示。②娴熟运用意识流手法。作者以心理时间结构作品,通过自由联想、内心独白、幻觉梦境,不加任何评论地直接呈现人物内心深处的意识活动。如莫莉的长篇内心独白,不分段落,没有标点,成功展现了人物意识的自然流动,将一个女性灵魂最深处的隐私和盘托出。③多变的文体。作家善于运用不同色调的语言描写不同的人物和场景。如用具体简单、口语化的生活词汇来状写布鲁姆的思绪。再如用课堂问答体表现学校的场景,用新闻报刊体表现报馆场景。④广采博引、用典丰富。作者大量引用文学、历史、宗教典故和爱尔兰民谣,巧妙使用双关语、外来语,甚至自创新词。

13.长篇小说《虹》是劳伦斯的代表作,体现了作者创作的最高成就,也是英国20世纪初最重要的小说之一。

小说描述了布兰文一家三代精神发展的历史。他们的探索反映了现代人的打碎狭隘的生活枷锁、投身于更广阔自由的生存环境、实现新生的强烈愿望。不过,人物的探索并未取得实际的结果,彩虹尽管美丽却又遥不可及。

布兰文家族早年与大自然保持和谐的关系,生活简朴却生机盎然。家族的新一代汤姆与丽迪娅的婚恋,经历了吸引、结合、对抗、和谐四个发展阶段,突出体现了新旧价值观的冲突及在自然精神的基础上达到和谐的过程。家族第二代的代表安娜与威尔的不和谐婚姻,则是现代畸形家庭中两性关系的写照。强悍的妻子与软弱的丈夫之间的激烈冲突,是企图征服对方的过程。最后在机械麻木的家庭生活中,两人都无法超越原有的精神世界而迎来共同的新生。第三代的代表厄秀拉是家族中最重要、理想化的人物,她在精神境界上远远超过祖父辈。厄秀拉是个完全独立、不能容忍任何压抑束缚的女性,不屈不挠地寻求个性自由发展,渴望新生的实现。她的探索前提是对既成社会规范的否定,她的生命与自然精神共存,形成了自己的价值标准。她认清了社会的"精英"斯克里本斯基异己的本质,他尽管表面富丽堂皇,但内在的生命力早已丧失,自愿放弃独立的自我意识。

《虹》是劳伦斯艺术性最高的长篇小说,体现了作者典型的艺术风格:①注重心理描写。《虹》重在表现布兰文一家三代精神发展的轨迹,着意揭示人物内在的复杂心理,表现向"内"转化的总体趋势。②现实主义与象征主义相结合。各种丰富的象征含义,表达出难以直接言传的深刻精神体验和复杂的心理情绪意念,使小说具有心理学意义上的深度。如布兰文家族的三代人是不断求索发展的人类的象征,月光象征女性的胜利,冲撞厄秀拉的野性难驯的马象征男性的威胁,彩虹则象征理想希望和新生等等。③出色的写景状物手法,使寻常的自然景观栩栩如生,具有灵性与人的心灵感受息息相通。如厄秀拉与斯克里本斯基在海边沙丘上相爱的情景充分揭示了两人不同的精神世界。

14. 艾略特被誉为"新批评"的先驱。他的文学理论独树一帜，为现代文学理论提供了丰富的养料，成为英美"新批评派"的重要理论来源之一。

艾略特的文学理论观点如下：①关于作家与文学传统的关系。他认为作为个体的作家必然从属于某一种文学传统，一个人的作品只有置于传统中才能显示出完整的意义。作家的个人才能在于以自己的创作去影响、丰富和改变传统。②关于"非个人化的理论"。艾略特认为诗人与诗是两回事，所以诗人写作时应"避开个性"，把个人情感转化为更为深广的人类情感；他主张诗人不能直接表露情感，而应冷静隐蔽地通过"客观对应物"去暗示，诗人仿佛退出于诗歌。③关于"客观对应物"。诗人在创作中应使思想感性化，为抽象的思想寻找具体可感的"客观对应物"。通过诗中的各种意象意境、事件典故的有机组合构成一幅图景，造成特定的感性经验，达到情与理的统一，并引发读者的同样情绪。④关于文学作品的双重标准。一部作品是否具有诗意取决于文学标准，而它是否伟大则取决于高于文学标准的宗教和哲学标准。

15. 艾略特的代表作《荒原》具有划时代的意义，不仅是象征主义诗歌的高峰，而且为欧美现代主义诗歌的发展开辟了道路。

《荒原》是现代西方人精神崩溃的史诗，高度概括了一战以后的西方社会，切中时弊，浸透了诗人的忧虑绝望，蕴涵着深刻的悲剧性。"荒原"意象既是西方文明没落的象征，也是现代西方人精神衰败的象征。人们平庸猥琐，放纵情欲，醉生梦死，犹如行尸走肉。诗人在此触及 20 世纪西方世界的一个根本问题：在一个丧失了价值标准的社会里，人的生存意义受到怀疑，人类的出路渺茫。诗人在痛心疾首地描绘着万物枯死的荒原图景时，还在思索、探讨荒原的出路，他的结论是人们只有皈依宗教，才能得到救赎，荒原才能焕发生机。但是，诗人把社会衰败的原因归结为人性的堕落以及宗教救世的方法具有局限性。

《荒原》开一代诗风，取得了多方面的艺术成就。①现代题材的表面结构下隐含着一个对应的神话结构。长诗揭示现代生活的腐败、探索人类出路的主题，始终与"寻找圣杯"和"死而再生"的神话原型紧密结合，引出一组组意象，形成一个个"客观对应物"，使纷繁的意象纳入一个章法井然的框架,在二者的相互比附中阐释意义,为读者理解诗人的意图提供了线索,感受到历史厚重感。②体现了诗人"非个人化"的创作主张,即诗人不直接在作品中直露自己的思想感情。全诗始终保持客观冷静的风格,诗人的态度一直隐匿在"客观对应物"、人物的独白与对白之后。③采用内心独白的技巧,表现人物微妙的心理活动,增加了作品象征意义的丰富性。④大量用典。诗中涉及6种语言,引用了大量的神话故事、历史典故和文学作品中的名句,具有点明题旨的独特艺术效果。⑤语言方面。它用自由体写成,绝少用韵,语言灵活多变,却又有一种严谨整齐的节奏感。

当然不可否认,艾略特在表现广博与深邃的同时,也使作品变得晦涩难懂,好像雾里看花,依稀难辨。这种倾向终于导致了艾略特诗风的衰微,以及象征主义诗歌的终结。

16.卡夫卡的创作主旨就是表现"现代人的困惑",尤其是表现在权力和环境重压下挣扎的"弱者"的困惑,被誉为"表现弱者的天才"。

卡夫卡小说的思想倾向:①揭示现代社会中荒诞和非理性的一面。《判决》以父子冲突主题,表现了对"原父"的恐惧感,也表现了对家长制的奥匈帝国的不满。《乡村医生》把现实的与非现实、合理与荒诞结合起来描写,造成一个非理性的气氛。②表现异化现象。人失去自己的本质,异化为非人。《变形记》通过格里高尔·萨姆沙在生活重担的压迫下变成大甲虫的荒诞情节,揭示人所创造的物把人变成奴隶、变成非人;通过他变形后遭遇,深刻揭露了人与人之间赤裸裸的利害关系。卡夫卡首次以人蜕化为虫的象征情节形象地解释了异化。此外,《饥饿艺术家》也是反映异化现象的杰作,饥饿艺术家虽没有失去人形,但在哲学意义上已异化为动物。③深刻反映了小人物的孤独苦闷和无能为力的恐惧感。代表作有《老光棍布鲁姆费尔德》、《为某科学院写的报告》和《地洞》。《地洞》通过对小动物心理状态的描述,惟妙惟肖地写出了小人物终日战战兢兢、难以自保的"蔓延到一切的恐惧"。这实际上就是人们在弱肉强食的资本主义社会中危机处境的真实写照。《诉讼》深刻反映了冷酷荒诞的官僚机制和司法制度剥夺了现代人的安全感,由此产生强烈的焦虑与恐惧。④描写现代国家机器的残暴和官僚色彩,揭露了统治阶级的专横腐朽,指出他们即是荒诞世界的助纣为虐者。《在流放地》反映了现代社会规训和惩戒机制的非人性化,批判了现代社会的暴力意识和暴力行为以及卫道士的顽固不化。在《中国长城建造时》中,作者以荒诞的笔触揭露了帝国庞大复杂的封建官僚制度和反动统治阶级的累累罪行,表现了人的悲惨的奴隶命运。长篇小说《诉讼》深刻反映了官僚机制和司法制度的冷酷和非理性。《城堡》揭露批判集权制度的压迫、社会等级的森严、官僚腐化荒淫、机构庞杂无度、人间世态炎凉、普通人孤苦无依等社会问题。⑤表现对民族国家现实问题的关注。如《往事一页》、《女歌手约瑟芬或耗子民族》等作品。

卡夫卡小说的艺术特色。①荒诞性。荒诞性是卡夫卡小说的最突出的美学特征。作家擅长以局部、表面的荒诞,深刻地反映出整体、本质的真实,在荒诞中包容着深刻的真实。亦即"似非而是"的佯谬,初看荒诞不经,实际包含某种真实。②象征性。象征隐喻性是卡夫卡荒诞艺术的灵魂。小说整体框架是象征的,作家有意淡化背景、模糊时空,作品包容了相当广泛的内涵,具有鲜明的寓言色彩和"先知式"预言内容;小说的情节是象征的,作家有意割裂因果关系,打乱时序,许多情节扑朔迷离,带有模糊性和多义(释)性;小说中的人物是象征的,代表着人类的某些共性,有的人物成为最成功的、最有震撼力的形象,如作为异化人类代表的格里高尔;小说中的具象事物具有象征性,如《诉讼》中秘密法庭具有残害无辜、涂炭生灵的邪恶力量,象征着现实中无处不在的迫害人的敌对势力。《城堡》中的城堡是一个象征,从狭义理解,它是奥匈帝国反动国家机器的象征,是腐败的官僚机构的象征;从广义理解,它是高深莫测的异己力量的象征。③平淡冷漠的叙事风格。卡夫卡善于以不带任何感情色彩、极度冷静的纯客观的叙述方式和简洁、平淡、流畅的语言书写人间的悲剧,把怪诞的事情作为现实生活中极其自然的平凡小事来对待。④内心独白手法。内心独白是卡夫卡表现人物痛苦心态的有效途径。在卡夫卡的世界孤独的个体不善于、也不能够与他人交际对白,所以近似意识流的独白是表现他们内心情感的最好的手段。如《地洞》通篇是主人公的内心独白。

17.长篇巨著《布登勃洛克一家》是托马斯·曼的代表作,因深刻的思想内容和卓越的艺术技巧,确立了作家文坛上的重要地位。

小说的副标题是"一个家庭的没落",通过布登勃洛克家族的没落和哈根施特罗姆家族的兴起,生动形象地描绘了德国从自由资本主义走向垄断资本主义的历史发展过程,揭示了旧式资产阶级家庭在精神道德和经济上的没落以及弱肉强食的法则,批判了封建贵族、基督教会和德意志帝国的教育制度,表现了人与人之间赤裸裸的金钱关系:父子、兄弟、夫妻、朋友的感情都由金钱决定。不过,作家在描写布登勃洛克的衰亡过程时,流露出惋惜之情以及消极悲观的宿命论思想。

布登勃洛克家族祖孙四代:老约翰、小约翰、托马斯、汉诺,代表了德国自由资产阶级从兴盛到衰亡的整个历史。他们有不同的思想感情和个性特征,反映出所处的时代特点。老约翰思想开明,见多识广,买屋买地,人财两旺。小约翰严峻精明,坚决果断,但不能适应新环境,在强大的竞争对手暴发户哈根施特罗姆的逼压下,生意开始走下坡路。托马斯继承家业时布、哈两家的竞争已白热化,他虽热心政务,圆滑变通,违背祖传的"商业道德"搞投机买卖,但投机受挫,家业迅速衰败。末代子孙汉诺,体弱多病,胆小怕事,多愁善感,神经脆弱,无法跻身于明争暗斗的商业生活,根本不配做一个真正的布登勃洛克:性格坚强,有强烈进取心的人。

小说在艺术上有很高的成就。通过对婚丧嫁娶、圣诞节庆等活动的描写反映出社会历史的变迁,读者看到了19世纪中叶德国社会的风土人情。人物形象非常丰满,栩栩如生。结构严谨,疏密相间,详略得当。贯串全书的家庭记事簿是布登勃洛克家族兴衰的见证,长期在他们家服务的永格曼小姐则是活的证人。小说的前半部平稳含蓄,设下了许多伏线,后半部则情调哀婉凄凉,危机四起。语言精练,对话生动,幽默嘲讽特色最为突出。托马斯·曼不愧是一位谙熟德国语言的大师。

18. 德莱塞的长篇小说《美国的悲剧》,涉及美国的根本性社会问题,暴露了所谓美国天堂的黑暗,揭示了美国梦的破灭。这是作家创作的主题和思想价值所在。具体而言,小说的思想内容大致可分为两个方面:①令人信服地揭示出资本主义社会制度及其生活方式是造成克莱德悲剧的根源,他是这种制度的产物,也是这种制度的牺牲品。为此作家对资本主义社会提出了强烈而沉痛的控诉。②揭露了美国政治制度和司法制度的丑恶和虚伪。两党围绕克莱德案件所进行的明争暗斗,其实是一场争名夺利的闹剧。

克莱德是被"美国生活方式"毁掉的普通美国青年的典型。资产阶级金钱高于一切、利己主义、享乐主义的腐化生活方式,从精神上腐蚀了他,由一个善良的青年堕落为极端的利己主义者、杀人凶手;资产阶级的虚伪法律和权谋政治又在肉体上毁灭了他。通过这个形象,作者揭示了一个严重的社会问题,即美国普通青年的命运问题。他们靠正当的手段发不了财,就是采用非法手段也难圆发财的美国梦。克莱德的悲剧不只是个人的悲剧,更是社会悲剧,是整整一代人的美国的悲剧。

《美国的悲剧》在美国文学史上的意义在于它突破了"胆小与高雅的传统",揭穿了当时粉饰现实的"微笑的美国"谎言,取得了现实主义的胜利。德莱塞的现实主义的特色表现为对所描写的事实具有新闻报道式的忠实,同时注重典型环境与典型性格的描绘,人物具有个性化的语言,故事情节简单而意境纯一,使用鲜明的对比手法表现人物之间、贫富之间的差距。此外,他适当地运用弗洛依德关于梦幻、性的压抑与升华的理论进行细致的心理分析,并能与现实主义的社会背景有机地结合起来,形象地揭示出克莱德逐步堕落的过程。

第十章　20 世纪后期文学

Ⅰ.重点提要

第一节　概　述

20 世纪后半叶的西方文坛存在着几种既有区别又有联系的文学：不同程度采纳现代主义和后现代主义创作技巧的现实主义文学；以存在主义、拉美魔幻现实主义为代表的现代主义文学；具有明显后现代主义特征的文学，如法国荒诞派戏剧、新小说派和美国黑色幽默小说等。与此同时，苏联的社会主义现实主义文学继续发展，但也出现了新的变化。

一、社会主义现实主义文学

社会主义现实主义创作方法，对苏联文学的繁荣发展曾经产生过积极作用，然而苏联政府对它狭隘僵化的解释并规定为唯一的创作方法，用粗暴的行政命令手段干预创作、批判作家，给苏联文学造成了严重的消极影响，导致粉饰生活、回避矛盾的公式化、概念化的作品大量产生。"解冻文学"浪潮给 50 年代以后的苏联文坛带来新气象，文学思潮与创作日趋多元化，社会主义、现实主义、现代主义文学同时存在。1989 年苏联作家协会公布了新《章程》草案，彻底取消了社会主义现实主义这一流行了半个多世纪的创作方法。1991年苏联解体,苏联文学宣告结束。

诗人特瓦尔多夫斯基坚持"写真实"、"非英雄化",描写凡人小事,风格平易近人,幽默风趣,通俗易懂,具有浓郁的民间文学色彩。长诗《春草国》表现了农村小生产者走集体化道路的艰苦过程。长诗《华西里·焦尔金》塑造了卫国战争期间一位勇敢顽强、纯朴诚实、乐观幽默的战士的感人形象。长诗《路旁人家》真实描写了侵略战争给广大人民所造成的深重灾难。从50年代开始,特瓦尔多夫斯基集中反映社会问题,批判倾向增强。长诗《山外青山天外天》严肃反思了苏联所经历的失败挫折,其中包括斯大林的个人迷信与政策失误。《焦尔金游地府》通过虚构的荒诞故事,把斯大林时代比做阴森恐怖的阴曹地府,揭露批判了个人迷信与官僚体制所造成的社会弊端。爱伦堡(1891~1967)在长篇小说《解冻》中,揭露了苏联政治经济体制的僵化,提出应当对个人生存权益给予关怀重视等主张。小说被视为苏联文学"解冻"的先声。军事作家西蒙诺夫(1915~1979)在卫国战争时期发表了诗歌《等着我吧》、剧本《俄罗斯人》和小说《日日夜夜》。他的《生者与死者》三部曲:《生者与死者》、《军人不是天生的》、《最后一个夏天》对苏联卫国战争作了多角度、多层次的史诗式全景描写,批评了斯大林在战争前的肃反扩大化和在战争中的指挥失当,涉及了当时敏感的政治问题。索尔仁尼津(1918~2008),1970年获得诺贝尔文学奖。他的作品以劳改营的生活为题材,采用写实手法,揭露骇人听闻的冤假错案。他为此被驱逐出境,苏联解体后重返俄罗斯,成为"回归文学"的代表人物。其代表作品有短篇小说《伊凡·杰尼索维奇的一天》以及《第一圈》、《癌病房》、《古拉格群岛》等多部小说。吉尔吉斯作家艾特玛托夫(1928~2008),在写实基础上融入神话传说、寓言故事,虚实相间,集过去、现在、未来于一体,人与动物、人与鬼神同时显现,并通过象征隐喻等艺术手法揭示深刻的人生哲理,反映严肃的社会问题,在苏联和欧美国家享有很高的声誉。他的重要作品有《白轮船》、《一日长于百年》、《断头台》等。

沃兹涅先斯基(1933~2010)是具有现代主义色彩的先锋派诗人,他的诗常常采用象征、比喻、联想等艺术手法表达深奥的思想内涵,语言奇诡晦涩。其代表作有诗集《玻璃镂花匠》等。

二、现代主义文学

欧美现代主义文学是西方社会生活和精神生活的曲折反映。20世纪后期,现代主义文学仍然保持活力,涌现出许多重要的流派,如存在主义文学和拉美魔幻现实主义文学。

存在主义文学是30年代末期在存在主义哲学基础上产生的一个文学流派,它以文学的形式宣传世界荒谬与人生痛苦的存在主义哲学思想。存在主义文学的艺术手法,既有对传统的继承,也有革新;既有对客观现实的真实描写,也有抽象的哲理寓意。

存在主义文学最早产生于法国,随后广泛流行于欧美各国。代表作家有法国的萨特(1905～1980)、加缪(1913～1960)和波伏娃(1908～1986)等。加缪的成名作中篇小说《局外人》和长篇小说《鼠疫》是存在主义文学的重要作品。《局外人》"写的是人在荒谬世界中孤立无援,身不由己",深刻揭示了人和社会、人与人之间的疏离感。主人公莫尔索是生活的"局外人"、存在主义者。他对周围世界极端冷漠,对一切感情和事件都漠然处之。《鼠疫》具有强烈的象征寓意性。"鼠疫"是永远威胁人类的恶的象征。在鼠疫爆发之时里厄医生不顾个人安危,抢救生命,全身心与鼠疫作斗争,做出一个英雄的"自由选择",实现了人的尊严与价值。

拉丁美洲的魔幻现实主义发端于20世纪三四十年代,60年代后成为拉美小说创作的主潮。代表人物有危地马拉的阿斯图里亚斯(1899～1974)、古巴的卡彭铁尔(1904～1980)、墨西哥的鲁尔弗(1918～1986)和哥伦比亚的加西亚·马尔克斯(1928～)等。

魔幻现实主义的诞生有其得天独厚的条件。首先,它的崛起前提是"拉美意识"的觉醒。"拉美意识"实际上是一种扩大化了的民族主义思潮,以反殖民主义、维护民族权益为主要内容,它极大地激发了作家的民族热情。其次,拉美大地复杂的文化结构和充满矛盾的社会现实是它生长的沃土。这里是种族混杂的地区,有土著印第安人、被贩运来的非洲黑人、移民而来的欧洲白人,以及上述人种通婚繁衍的混血人种,形成了印第安文化、欧洲文化(特别是宗主国西班牙文化及法国文化)、非洲文化相互融合渗透的特殊复杂的文化背景。这也就是高度发展的现代文明和蒙昧混沌的落后状态可以同时并存的原因。如此强烈的反差给拉美现实涂上了一层神奇的色彩。当然,在上述文化中,对魔幻现实主义影响最大的是古老丰富的印第安文化,印第安人的宗教与习俗、神话传说是作家创作的丰沛源泉。另外,魔幻现实主义作家广泛地吸收欧美现代主义文学的新观念、新方法反映拉美的现实,如对法国超现实主义的借鉴。在传统文化与外来文化的撞击交融中,魔幻现实主义诞生了,它是"寻根"和"移植"的成功结合的范例。

魔幻现实主义文学就是采用现代的文学方式,以拉美人的传统观念,去反映拉美的"神奇的现实"。它首先是一种现实主义。作家们具有高度的责任感和使命感,他们反对封建势力、帝国主义和军事独裁政治,勇于抨击社会的黑暗,反映人民的苦难,探索民族未来的出路。他们坚持创作源于生活的原则,作品具有鲜明的政治倾向性。从本质上讲魔幻现实主义文学是一种扎根现实的文学,是一种具有解放色彩和反抗内涵的文学。同时魔幻现实主义文学又具有新奇独特的魔幻风格。作者并不拘泥于传统的现实主义反映论,而是"把现实作为魔幻的事物去描述",变现实为梦幻,变现实为神话,变现实为怪诞,从而给现实披上了一件光怪陆离的外衣,形成一个真假难辨、虚实相间、似梦非梦的艺术世界。不过,作家严格把握奇幻的尺度,认为神奇不能妨碍主要情节合乎实际、有逻辑性的发展,魔幻不能损害现实的真相。所以,"变现实为幻想又不失其真",就是魔幻现实主义的基本特征。具体而言,作家在对现实的描绘中引入大量超自然的因素,诸如幻觉、奇迹、鬼魂等;打乱主客观时序,叙述富于跳跃性;采用隐喻象征的手法,以寓意来暗示影射现实,作家的态度包含于其中,引而不发。魔幻现实主义文学具有鲜明的地域性和浓郁的民族特色。

鲁尔弗的《佩德罗·帕拉莫》是魔幻现实主义真正成熟的标志和经典之作。它以墨西哥恶霸地主佩德罗·帕拉莫劣迹昭彰的一生为线索,揭露了地主庄园制的罪恶。小说时序随意颠倒,场景切割转换频繁,突破生与死的界限,活人与鬼魂同时出现,现实与梦幻互相渗透,意识同潜意识彼此交织，情节和场面带有象征和暗示性，大量运用内心独白。作家把传统文化与外来文化有机地结合起来，以丰富的想象力，构筑起一个虚实相间、真假难辨、光怪陆离的艺术世界。

三、后现代主义文学

五六十年代之后，西方各主要国家由工业化社会向后工业化社会过渡。"后现代主义"就是对西方后工业化社会的现实生活和思想文化特征的描述和概括。作为对当代资本社会生活和精神双重存在困境的反映，后现代主义表现为两种不同的发展趋向："自我解构主义"的后现代主义、"参与的后现代主义"。前者的理论基础主要是解构主义的消解学说、语言分析学派的语义不确定性学说和精神分析学派的无意识学说。"自我解构主义"以"分离"、"差别"、"破碎"、"解构"等一系列消解性的词汇来表述所体验到的现象，最终解构自我，解构人本身的确定性，走向颠覆一切的虚无主义。"参与的后现代主义"则认为思想文化的变化发展不是彻底虚无主义的否定，而是各种思想文化因素相互渗透、调和、改造、丰富、更新、综合的一个复杂过程，因此其基本出发点是"关系"理念。它既反对绝对否定一切的虚无主义，也反对模式单一的绝对的一元论。

后现代文化语境中的文学与现代主义文学相比，具有明显不同的特征：在内容方面，"消解"文本的深度思想意义，否定文本的确定主题或主旨。在形式方面，完全模糊了各种文体之间乃至艺术与非艺术之间的界限，文本的"结构"呈开放性、不确定性的状态。

后现代主义文学流派：

荒诞派戏剧出现于20世纪50年代初的法国，50年代后期流传到英美诸国，成为二战之后西方最有影响的戏剧流派。荒诞派戏剧受到超现实主义文学和存在主义的影响。荒诞派戏剧在内容上表现世界的不可理喻，人生的荒诞不经；在艺术手法上则打破传统的戏剧方法，用不合逻辑的情节、性格破碎的人物、机械重复的动作和前言不搭后语的枯燥语言，凸现世界荒诞的根本主题。代表作家有法国的尤奈斯库（1912～1994）、贝克特（1906～1989）、阿达莫夫（1908～1970）、热奈

(1910~1986),英国的品特(1930~2008)和美国的阿尔比(1928~)。尤奈斯库是荒诞派戏剧最重要的作家之一,他的《秃头歌女》《椅子》、《犀牛》等剧作都是这一流派的代表作品。《秃头歌女》通过各种荒诞手法(包括舞台的灯光、音响、道具、布景等),表现人与人之间的难以沟通和人生的荒诞。

新小说派形成于 20 世纪 50 年代的法国,60 年代在欧美诸国及日本风行一时,成为二战后法国和西方最重要的小说流派之一。代表作家有罗伯-格里耶(1922~2008)、娜塔莉·萨洛特(1902~1999)、米歇尔·布托(1926~)、克洛德·西蒙(1913~2005)、杜拉斯(1914~1996)等。

新小说派在思想上受到弗洛伊德精神分析学、柏格森的生命哲学和胡塞尔的现象学影响,在艺术上则对意识流小说和超现实主义文学有所继承。新小说派作家反对以巴尔扎克为代表的传统的现实主义艺术模式,认为它已僵化过时。新小说派的主要观点如下:反倾向,提倡"非意义化",小说不应该、也不必要具有一定的意义;反人物,提倡"非人物化",作家的创作目的不再是塑造人物,而应该注重写物;反虚构,提倡"非情节化",作家不应按因果律和时间顺序去写一个从头到尾的完整故事,只能提供一种"不确定的可能性",从而更新了读者与作品的关系。新小说派的基本特征就是反倾向、反人物、反情节、反传统的小说技巧,用不带感情色彩的语言、独特的结构、混合的时态、新颖的人称进行创作,以求客观地描写事物的真实面貌。不过在反传统小说的旗帜下,新小说派作家的理论主张和创作实践又略有差别。罗伯-格里耶认为小说应主要描写物质世界,应把人与物区分开来,作家应彻底退出小说,不在作品中表达道德判断和思想感情。萨洛特则主张小说的主要目的是透过平凡琐碎的日常生活,揭示人的潜意识活动,表现"潜在真实"。

新小说派的代表作品有罗伯-格里耶的《橡皮》和《窥视者》、娜塔莉·萨洛特的《陌生人的肖像》、布托的《变》、克洛德·西蒙的《弗兰德公路》、杜拉斯的《情人》等。克蒙德·西蒙把绘画艺术应用于小说创作,使小说具有绘画一样的共时性、多面性,变成巨幅的"文字画",1985

年荣获诺贝尔文学奖。

黑色幽默是于20世纪60年代在美国兴起的小说流派。代表作家有约瑟夫·海勒(1923～1999)、库尔特·冯内古特(1922～2007)、托马斯·品钦(1937～)、约翰·巴思(1930～)、唐纳德·巴塞尔姆(1931～1989)等,此外法国作家维昂(1920～1959)也被认为是黑色幽默小说家。1965年美国作家弗里德曼编辑一本收入12位作家作品的短篇小说集,取名《黑色幽默》,该流派由此得名。"黑色"的内涵是痛苦、恐怖、残酷和绝望。面对痛苦、死亡人们只能发出玩世不恭的笑声,用幽默与现实拉开距离。所谓的"黑色幽默"就是把痛苦与欢乐并列在一起的"黑色喜剧"、"绝望喜剧",以喜剧的方式去表现悲剧的内涵,从而酿就了阴沉痛苦的幽默。

黑色幽默小说在思想上深受存在主义哲学的影响,主要内容是表现世界的荒诞、社会对人的异化、理性原则破灭后的惶惑、自我挣扎的徒劳。黑色幽默小说艺术上的主要特点是:①病态畸形的人物,他们的精神世界常常趋于分裂,是滑稽可笑的小丑,属于反英雄的范畴。②散乱零碎的结构,跳跃性的情节。作家常用拼贴、蒙太奇等手法将不同时间、地点发生的事件、场景剪接在一起。③睿智尖刻、痛快淋漓的讽刺。作家往往采用反讽、悖论等手法组织语言,在谈笑之间异常深刻地揭示荒诞,以喜写悲,成就斐然。

黑色幽默小说的代表作有海勒的《第22条军规》、《出了毛病》,冯内古特的《第五号屠场》、《猫的摇篮》,品钦的《V》、《万有引力之虹》,巴塞尔姆的《白雪公主》、《亡父》,约翰·巴思的《烟草经纪人》、《迷失在开心馆中》等。

后现代主义代表作家:

意大利小说家伊塔洛·卡尔维诺(1923～1985)被誉为"最有魅力的后现代大师"、"世界上最好的寓言作家之一"。他的小说既具有童话寓言的色彩,又对读者的阅读经验提出了挑战。卡尔维诺的代表作品有,成名作《通向蜘蛛巢的小路》、《我们的祖先》三部曲(《分成两半的子爵》、《树上的男爵》、《不存在的骑士》)、《宇宙奇趣》、《命运交叉的城堡》、《隐形城市》、《寒冬夜行人》和《帕洛马尔》等。这些作品表达了作家对人的本质、宇宙与人生、科学与文明、现实与未来多层次的思考。他的前期创作主要属于现代主义,后期创作则具有鲜明的后现代主义特色。在后期他常常打断叙述结构的连续性,直接对叙述本身进行评论,使叙述话语与批评性话语两种声音交织在一起,使小说具有"元小说"的特点;他通过"复制"和"增殖"的手法,使文本故事呈现无限增殖的特点;他使用互文的手法,进行戏拟的改写、模仿、反讽,从而带来了新的时空观念。

翁贝托·埃柯(1932～)是意大利著名学者、作家。小说《玫瑰之名》、《傅科摆》、《昨日之岛》和《波多里诺》等反映了作者对后现代社会人类生存状况的思考,广泛涉及文明与历史、神圣与世俗、知识话语与权力叙事、个体行为与公共空间等诸多问题。埃柯笔下的人物和事件往往变成符号,传统的整体历史观让位于破碎的"历史"片段,虚构与真实辩证地显现为悖论的叙述方式,通过多重互文和元叙述等手法,解构所谓的"真相"或"真理"。

戴维·洛奇(1935～)是当代英国著名的小说家和文学批评家,一位自觉运用理论指导创作的作家,称自己的创作属于"后现代主义现实主义"。在文学创作方面,洛奇以"校园小说"、"天主教小说"在英国文坛独具特色,代表小说有《大英博物馆在倒塌》、《小世界》等14部。在文学批评理论方面,洛奇以"对话小说"理论著称,写有《小说的语言》、《巴赫金之后:小说与批评论文集》和《小说的艺术》等13部论著。洛奇推崇巴赫金的"复调小说"理论,并发展成自己更强调不同文化传统、不同价值观念、现代与后现代生活方式之间"对话"的"对话小说"理论。他的重要作品几乎都明确表现出一种对话式的主旨和结构,如《换位》中的英美文化冲突,《小世界》中代表不同价值"声音"的众声喧哗,《美好的工作》中学院与市镇的对立,《治疗》中宗教信仰与爱欲的对话,《想……》中人文精神与科学精神的对话等等。与此相应,洛奇常使用对称的双重结构或多条叙事线索,使用戏拟、反讽、互文等艺术手法,解构单一话语的权威性,尊重不同话语与价值的多元性。

四、其他重要作家

英国的格林、戈尔丁，法国的亨利·米肖，德国的伯尔、格拉斯，瑞士的弗里施、迪伦马特，意大利的莫拉维亚、蒙塔莱，美国的厄普代克、辛格、贝娄等作家的创作，既保持了现实主义的特点，也具有明显的现代主义、后现代主义特征。

英国小说家格雷厄姆·格林(1904～1991)的小说兼具严肃和消遣的特征，常常表现善与恶、正义与非正义等深刻的主题，同时精于刻画人物，善于制造悬念，并吸收电影蒙太奇等艺术手法，小说情节引人入胜。代表小说有《沉静的美国人》、《病毒发尽的病例》、《荣誉领事》、《人的因素》、《日内瓦的菲舍尔医生》、《吉诃德主教》和《第十个人》等。英国小说家威廉·戈尔丁(1911～1993)是1983年诺贝尔文学奖的得主。戈尔丁的小说既具有现实主义的风格，又具有极强的象征寓意性，有"性恶神话"之称。代表作有《继承人》、《品彻·马丁》、《塔尖》、《隐约可见的黑暗》、《进年仪式》、《近在咫尺》、《下面的火》等。长篇小说《蝇王》通过一群流落孤岛、脱离了文明世界束缚的孩子的经历，象征性地提出了"人心黑暗"的主题，从性恶论的角度反映了西方传统价值观念的崩溃，表现出西方社会历经两次世界大战后的精神危机。

亨利·米肖(1899～1984)是二战后法国最重要的诗人之一。诗人通过创作，用内在的美的力量去消解残酷、邪恶的外在现实，获得精神的解脱和胜利。他诗歌的突出特点是各种文体并置杂糅，诗歌、评论、格言、游记乃至日记、杂文都混合在一起。他的诗歌想象奇特丰富，富于怪诞色彩，风格接近超现实主义，但在雄浑宏阔的格调上又超越了超现实主义。

德国作家亨利希·伯尔(1917～1985)于1972年获得诺贝尔文学奖。《面对大河秀色的女士们》表现政客们之间的争名夺利、尔虞我诈，入木三分地揭露了政治生活的腐败、险恶以及政客们的阴暗心理。小说完全用人物的内心独白或人物之间的对话写成，没有完整的故事情节及形象刻画，具有现实主义与现代主义相融的特点。君特·格拉斯(1927～)是当代德国著名小说家、诗人和剧作家。早期作品基本是揭露时弊的现实主义作品,同时借鉴了表现主义、超现实主义和荒诞派戏剧的艺术手法。代表作有诗集《风信鸡的优点》、《三角轨道》,剧本《洪水》、《叔叔,叔叔》、《恶厨师》等。为他带来广泛声誉的是以但泽为背景的"但泽三部曲":长篇小说《铁皮鼓》、《非人的岁月》,中篇小说《猫与鼠》。《铁皮鼓》以第一人称倒叙的方式,通过侏儒奥斯卡的视角和经历,广泛描写了从20世纪初期到中期的德国社会状况,深刻揭露了法西斯主义的丑恶行径和社会的腐败风气。小说画面广阔,形象生动,寓意深刻,具有浓郁的地域色彩。

使用德语创作的小说家、剧作家马克斯·弗里施(1911~1991)与弗里德里希·迪伦马特(1921~1990),并称为瑞士文坛上的双子星座。弗里施的作品分为日记体散文、报道,中长篇小说和戏剧三大类。他被认为是当代德语文学中日记体散文的大家。他的日记体散文从个人的角度反映社会现象,显示了作者敏锐的观察能力。中长篇小说的代表作是为作家赢得世界性的声誉的《施蒂勒》和《能干的法贝尔》。在戏剧观念上弗里施受布莱希特的影响,主张戏剧情节的"陌生化"和戏剧的寓意性,作品具有较强的哲理性,发人深省,代表作是《毕德曼和纵火犯》、《安道拉》。迪伦马特在小说和戏剧方面都取得了出色成就。他著名的小说包括短篇小说集《城市》,中篇小说《法官和他的刽子手》、《嫌疑》、《希腊男人找希腊女人》、《抛锚》,长篇小说《诺言》、《司法》等。迪伦马特的小说多以上层人物的犯罪活动为素材,叙述正直的探长或法官不畏权势,有时付出惨重代价,最终将犯罪分子绳之以法的故事。作品寄寓了他对罪恶与正义、人性与道德的思考。小说情节曲折,结局出人意外。迪伦马特的戏剧成就更高,三十余部剧作大多表现严肃的社会问题,主题明确深刻,人物性格鲜明,结构紧凑,戏剧冲突紧张,语言犀利幽默,风格独特,常以喜剧的形式来表现悲剧的内涵,故而有悲喜剧之称。《老妇还乡》通过一个近似荒诞的故事,尖锐抨击了西方社会中金钱万能的现象,深刻表现了金钱异化人的心灵的主题。

意大利小说家卡尔贝托·莫拉维亚(1907~1990)的作品细腻地刻画人物丰富的心理,纯熟地运用联想梦幻等手法,把现实主义与现代主义技巧熔为一炉,风格独树一帜。意大利诗人蒙塔莱(1896~1981)是现代西方最优秀的抒情诗人之一,1972年获诺贝尔文学奖。他的诗被誉为"纯诗",常借助隐喻和象征的手法细腻抒写微妙复杂的内心体验,吟咏美丽的自然。代表作有诗集《乌贼骨》、《暴风雨及其他》、《萨图拉》和《诗钞:1971～1972》等。

二战后美国文坛涌现出众多杰出的作家。约翰·厄普代克(1932～2009)是一位集小说家、诗人、剧作家和评论家于一身的著名作家。"兔子系列"小说为厄普代克的代表作,包括四部长篇《兔子,跑吧》、《兔子回家》、《兔子富了》、《兔子安息》。辛格(1904～1991)和索尔·贝娄(1915～2005)是美国两位犹太裔小说家,分别荣获1978年度和1976年度的诺贝尔文学奖。辛格是一位用意第绪文写作的美国作家,一生创作了包括长篇小说、短篇小说、剧本以及回忆录、儿童故事在内的三十余部作品。辛格的作品带有明显的犹太民族特色,种族记忆、历史创痛、传统信仰与现代文明的冲突以及犹太人的历史与现实命运是其经常探讨的主题。他的长篇小说一般篇幅不长,多涉及犹太信仰和犹太人的生活,有些继承传统的现实主义方法,如《末斯卡特家族》、《庄园》和《地产》;有些则带有传奇寓言的特点,如《戈莱的撒旦》、《卢布林的魔术师》、《仇敌们,一个爱情故事》、《萧莎》等。代表作《卢布林的魔术师》写一个生性好色的犹太浪子如何改邪归正成为圣人的故事。辛格的短篇小说集有《傻瓜吉姆佩尔和其他故事》、《市场街的斯宾诺莎》、《短暂的星期五》、《老年人的爱情》等。《施莱麦尔去华沙及其他故事集》是他最著名的儿童故事集。

索尔·贝娄是一位多产作家,主要成就是长篇小说。长篇小说的内容分两类:一类是揭示人在社会中的空虚无助,难以寻找到生活的意义、确证自己的身份;另一类则是反映美国知识界的精神危机。后一类作品无论描写的广度还是在深度上在美国当代小说中都首屈一指。贝娄的作品基本上采用现实主义的创作方法,但同时也吸收借鉴了现代主义表现人物心理意识的技巧,在写景状物、刻画人物性格、叙述方式上,显示出高超的艺术性和独特的风格。贝娄的长篇小说代表作有《晃来晃去的人》、《受害者》、《奥古玛琪历险记》、《雨王汉德逊》、《赫索格》、《塞姆勒先生的行星》、《洪堡的礼物》、《院长的十二月》等。

第二节　福克纳

威廉·福克纳（1897～1962）是 20 世纪美国著名作家、意识流小说代表作家、美国南方文学的主要代表。1949 年福克纳获得诺贝尔文学奖，授奖辞盛赞他"对当代美国小说作出了强有力的、艺术上无与伦比的贡献"。

福克纳共出版长篇小说 19 部、短篇小说 75 篇、诗集 2 部、戏剧 1 部。代表作品有长篇小说《萨托里斯》、《喧哗与骚动》、《我弥留之际》、《圣堂》、《八月之光》、《押沙龙！押沙龙!》、"斯诺普斯"三部曲:《村子》、《小镇》和《大宅》等。

福克纳绝大多数作品的背景都是作者虚构的、位于密西西比州北部的"约克纳帕塔法县"，构成"约克纳帕塔法世系"。作家集中讲述了杰弗逊镇数个家族几代人荣辱兴衰的故事，其中有名有姓的人物多达六百多个。作品深刻描绘了美国南方社会一百五十年的历史变迁，揭示了美国南方精神与文化的没落，也反映出现代人所关心的问题，具有史诗般的气魄。《萨托里斯》是"约克纳帕塔法世系"的开端之作，标志着福克纳的转折点。《喧哗与骚动》、《我弥留之际》、《圣堂》、《八月之光》、《押沙龙！押沙龙!》是该世系的核心作品。

《喧哗与骚动》是"约克纳帕塔法世系"小说的扛鼎之作、南方文学的代表作、意识流小说的经典之作，首次全面体现了作家的思想倾向和纯熟创作技巧。书名出自莎士比亚悲剧《麦克白》中麦克白的独白。小说通过康普生家族的没落，生动地揭示了南方蓄奴主世家在喧嚣中走向寂静灭亡的必然性。作品从内容到形式都体现了痴人说梦式的喧嚣与混乱，体现了美国南方没落世家无意义的人生和深刻的精神危机，为南方传统和南方贵族精神谱写了一曲挽歌。

"南方骑士"昆丁对南方传统恋恋不舍，他虽然保留了贵族式的骄傲，却缺乏适应社会变化的能力，最终以自杀的方式逃避现实。杰生顺应潮流，完全抛弃了贵族价值体系，却同时丧失了人性，成为资产者的实利主义和市侩精神的体现者。班吉的思想纯真，但是没有思考能力，只不过是个善良的白痴。凯蒂曾经天真活泼,充满活力,后来却失足堕落,彻底颠覆了南方淑女形象。康普生一家手足相残,更是破坏了南方重视家庭亲情的传统。老的南方已经彻底解体,新的南方却又充斥着异化。在绝望中唯有忠诚正直、仁爱善良、乐观忍耐的劳动者迪尔西,体现出人性复活的人道主义理想,代表着南方的希望。

《喧哗与骚动》艺术特色。①多角度叙述的方法,即以不同人物视角讲述同一个故事的手法,不同的人物心理聚焦于同一件事的手法。小说把凯蒂堕落的故事从不同角度讲了四遍,通过班吉、昆丁、杰生、迪尔西四个人对她的看法与回忆,强化了中心事件,塑造出饱满立体的中心人物凯蒂形象,并给了读者充分的想象空间,尽管凯蒂从未正式出场。②原型平行对应结构。小说的情节结构以基督受难周为对应原型,1928年的三个日期恰是那一年的基督受难日、复活节前和复活节,1910年昆丁自杀日又恰是圣体节的第八天。在故事与原型的对照中获得一种超越时空的意义:一是完成反讽,康普生一家在神圣高大的耶稣的比衬下,愈发显得猥琐渺小;二是暗示悲剧的成因,即他们违反了耶稣在死前对门徒所说的“你们要彼此相爱”的教导;三是使故事从具体的人事中提升出来,带有探讨人类命运的抽象寓言性。③纯熟的意识流手法。作品除了第四部分外,其他部分皆采用第一人称“我”的叙事方法。班吉、昆丁、杰生三兄弟的意识流活动各有特色,不仅能够体现白痴、精神崩溃者、偏执狂与虐待狂不同的心理状态和语言特色,还能揭示他们的内心世界,塑造人物,刻画性格。④深刻的时空寓意。四部分的叙述时间分别为1928年4月7日、1910年6月2日、1928年4月6日、1928年4月8日。人物在内心独白中不断陷入回忆,回忆中还有回忆,时空不断切换,由现在返回过去。时序颠倒有着深刻的含义,人物始终在与时间搏斗,体现了无力抗拒历史进程的悲剧。作品吸引读者去寻找叙述线索、重建时间顺序,提高了读者的参与程度。⑤别具一格的语言。福克纳的文体风格植根于南方文学传统——演说体散文,善于运用生动形象的南方方言。

《我弥留之际》是意识流小说杰作、一出残酷的黑色喜剧。小说的中心意象是尸体,中心主题是死亡。小说不仅是描写农妇艾迪的弥留之际,也描写了整个南方的弥留之际,曲折地传达出一种普遍的没落情绪。作品结构新颖,全书 59 节,每节是一个人物的意识流。而艾迪弥留之际的意识流是核心部分,起到解释和连缀作用。小说语言采用南方农民的鲜活口语,富于个性和地域性。

《圣堂》是福克纳第一部获得大量读者的小说。作者运用通俗侦探小说的模式,描写了暴力充斥、罪恶横行的社会现实,揭示了南方法律界"圣堂"的荒唐腐败、社会的暴力与罪恶以及人性的失衡。

《八月之光》是作者最具现实主义特征的作品,包括两条情节线索:乔的悲剧故事揭露了黑人在美国南方所受到的不公正待遇,批判了种族主义,并体现出作家对文化偏见和身份认同问题的深刻思索;莱娜的喜剧性故事,反映了作者返朴归真的思想追求。

《押沙龙！押沙龙！》是福克纳自己非常满意的作品,他特别为小说配了大事记、家谱和约克纳帕塔法县地图。书名取自《圣经》,本是大卫王对因阴谋篡位而被处死的爱子押沙龙发出的哀叹,福克纳借此表达父子反目、兄弟阋墙、命运不可违的悲剧主题,挖掘了人性中恶的倾向。作品通过托马斯·塞德潘一家的盛衰史,展现了 19 世纪美国南方数代人的悲欢遭际,揭示了南方种植园社会必然灭亡的历史命运。小说打乱时序,通过几位叙述人的有限视角进行多层次叙述,让读者不断拼接故事、逐步辨别真伪,形成扑朔迷离的独特效果。

福克纳对南方社会既批判又同情、既自豪也自卑的无奈心态,使得他笔下的美国南方世界具有复杂的况味。

第三节　海明威

海明威(1899～1961)是现代美国著名作家,1954 年获得诺贝尔文学奖。他的创作拓宽了孤独、暴力、死亡的主题,塑造了硬汉性格,提出并成功实践了"冰山原则",对现当代美国文学及世界文学产生了重要影响。

海明威 20 年代的代表作品。短篇小说集《在我们的时代里》围绕暴力世界中的孤独个体涅克,表现了"在我们的时代里"没有和平幸福只有暴力死亡的主题，人们从幼年起就处在被伤害的迷惘与恐惧中。《太阳照样升起》通过一群侨居巴黎的美国青年的生活，揭示了战争给他们生理、心理造成的巨大创伤，表现了他们失去人生意义的空虚迷惘。斯泰因在扉页的题词"你们是迷惘的一代"，成为这一派作家的代称，这部作品也成为"迷惘的一代"的代表作。《永别了，武器》通过美国青年亨利在意大利参加第一次世界大战前后的思想变化，真实地反映并谴责了帝国主义战争的残酷与罪恶，它给整整一代人造成无法愈合的心理创伤和精神毁灭，使他们感到空虚茫然，从而揭示出"迷惘的一代"产生的历史原因。亨利是失去理想、找不到出路而孤独苦闷的"迷惘的一代"的典型代表。不过海明威没有区分战争的道义性，只是把战争作为笼统抽象的概念加以否定。

　　30年代的代表作品。剧本《第五纵队》歌颂了为西班牙解放事业而斗争的战士。长篇小说《丧钟为谁而鸣》是海明威创作承前启后的重要作品。小说以西班牙内战为背景，通过国际纵队的志愿者、美国人罗伯特·乔登为配合游击队的炸桥行动而牺牲的感人事迹，展现了西班牙人民反法西斯斗争的广阔画面。罗伯特自愿参战，在一定程度上摆脱了迷惘悲观的情绪。

　　第二次世界大战后代表作品。《老人与海》塑造了深沉有力、真实可信的典型"硬汉形象"：老渔夫桑地亚哥。他是海明威所塑造的一系列"硬汉形象"的发展与升华。海明威在30年代以后发表的一些短篇小说中，塑造了一系列来自下层的拳击师、斗牛士、猎人形象，他们在逆境中保持人的尊严和勇气，敢于面对暴力和死亡，这种在精神上打不败的性格被称为"硬汉性格"。

　　小说的寓意深刻，在这场英雄与环境的斗争中，桑地亚哥虽是失败的英雄，但在对待失败的风度上，桑地亚哥却赢得了胜利，他虽败犹荣："一个人并不是生来给打败的。你尽可以消灭他，可就是打不败他。"这就是桑地亚哥的人生信条和硬汉精神。作品的主题就是告诫人们要勇敢地面对失败，保持人的尊严和勇气，保持"男子汉"的风度，完美地体现了人"可以被消灭，但不能被打败"的崇高伟大的精神。

　　《老人与海》是"冰山原则"的成功实践。"冰山原则"是海明威在

《死在午后》中总结自己的创作经验而提出的创作原则。他认为冰山在海里移动之所以庄严雄伟，是因为只有八分之一露出水面。创作也要只表现事物的八分之一，而让其余的八分之七在水下，给人以充实、含蓄之感。"冰山原则"在《老人与海》中具体表现为：①简洁干净的文风。作品语言简洁明快、干净准确、清新通俗，被誉为"电报体风格"。作家避免使用描写，避免使用形容词，特别是华丽的词藻，用简洁的文字表达丰富的情感和深刻的思想。②象征的手法。渔夫、大海、马林鱼、鲨鱼、狮子等都具有较为复杂的象征意味。象征与写实手法的完美结合，构成作品含蓄凝练的意境。

第四节　纳博科夫

弗拉迪米尔·纳博科夫(1899～1977)是当代著名俄裔美国作家、后现代主义经典作家、学者和翻译家。

纳博科夫是一位复杂的"流亡作家"，这既由于他的流亡身份，更是由于他的自由知识分子的独立立场，是他不迎合当局的政治倾向、不同流俗的道德观念、不安定的情绪、不安于现状的态度的综合表现。纳博科夫的流亡与其说是被动的漂泊无依，不如说是主动的自我放逐。他笔下的人物往往具有"流亡者"、"边缘人"与"艺术家"的多重身份，他们拒绝现在，期望用自己艺术化了的方式去颠覆这个寻常的世界。纳博科夫擅长从形而上的层面考虑个人自由，通过作品探讨的问题有：记忆与时间的关系、意识与现实的关系、虚构与真实的关系。纳博科夫崇尚艺术，在身份认同问题上坚持认为"作家的艺术是他真正的护照"。

纳博科夫一生共创作了长篇小说17部、短篇小说52篇、剧作9种、诗歌400余首、自传回忆录1部、文学专论3部。作为诗人，纳博科夫的重要诗集有《山路》和《钉子》等；作为翻译家，纳博科夫将罗曼·罗兰、莎士比亚、歌德、缪塞、刘易斯·卡罗尔等人的作品译成俄文，又将《伊戈尔远征记》和莱蒙托夫、普希金等人的作品译成英文。纳博科夫的翻译别具一格，例如他在翻译普希金的诗体小说《叶甫盖尼·奥涅金》时，附加了1700页注解；作为学者，他著有文学专论《文学讲稿》、

《俄国文学讲稿》等。此外,纳博科夫的自传回忆录《说吧,记忆》被视为
20世纪最杰出的自传性作品之一。

　　纳博科夫的创作以长篇小说成就最高。重要的长篇小说有《玛申
卡》、《王、后、杰克》、《眼睛》、《防守》、《光荣》、《黑暗中的笑声》、《绝望》、
《礼物》、《斩首的邀请》、《塞·奈特的真实生活》、《左侧的勋带》、《洛丽
塔》、《普宁》、《微暗的火》、《阿达,或热情:一部家族史》、《透明物》、《瞧
这些小丑》等。处女作《玛申卡》(英文名字为《玛丽》)讲述了一个流寓
异乡者的故事。它是一部有关乡愁的小说,没有出场的玛申卡是失去
的祖国的象征。小说主要人物加宁的觉悟又使作品成了告别过去的故
事,超越了一般流亡文学在思想上的局限。《绝望》标志着作家找到了
自己独特的创作风格。小说构思机智,讲述了两个故事:谋杀的故事以
及这个谋杀故事的故事。在貌似通俗侦探小说的外表下,作家实际探
讨了关于"错觉"与"真实"关系的主题,并对叙事角度、反讽效果进行了
先锋性实验。《礼物》是纳博科夫自己最满意的俄文小说,作家在形式
上再次大胆革新。全书由五个松散的章节组成,难以概述情节。作品
的真正主人公是俄罗斯文学传统。小说中诗歌、散文、评论、回忆录等
文体杂糅,有作者本人的传记影子,并凝聚着他的文学观点。"卡夫卡
式"的长篇小说《斩首的邀请》是一部有感于法西斯专制统治的超现实
主义作品。纳博科夫的第一部英文小说《塞·奈特的真实生活》继续探
讨身份认同问题和"诗与真"的关系问题,认为所谓的客观真实永远无
法企及,对个人而言只有感受过的东西才具有真实性。《普宁》是第一
部引起美国读者好评的小说,将流亡主题与文体构思巧妙地融为一体。
《微暗的火》是纳博科夫小说中最有实验性、最难解释的一部,被视为后
现代主义文学的经典之作。全书由"前言"、"诗篇"、"评注"和"索引"四
部分组成,貌似一部学术专著。"诗篇"是诗人约翰·谢德所写的、长达
999行的自传体长诗《微暗的火》,反映了诗人对外表与本质、爱情与死
亡、追求与婚姻、艺术与现实等问题的深刻思考。全诗意境优美、思辨
气息浓郁。其他三部分则是诗人的邻居、流亡学者查里斯·金波特教
授对该诗所作的"学术研究",充满了冗长烦琐、穿凿附会的曲解和误
读。金波特一定要从诗中附会出他本人的"传奇历史"。小说的题目出

典于莎士比亚的戏剧《雅典的泰门》,"微暗的火"的寓意是,在某种意义上,艺术如同太阳一般从社会与生活中汲取养分,而文学批评则如月亮一般从原创性作品里窃取光芒。如果说诗人谢德是个太阳般的人物,那么疯狂的金波特便是个月亮般的人物。《微暗的火》是一部开放性的作品,消解确切含义,充斥着后现代文本的游戏性。

《洛丽塔》是纳博科夫流传最广、争议最多的作品,既是作家艺术风格的集中体现,也是后现代主义的经典作品。小说包含序言和正文两部分。正文部分是中年男子亨伯特·亨伯特的第一人称叙述,讲述他与12岁少女洛丽塔的畸形恋爱。序言部分的叙述者变为小约翰·雷博士,他叙述了这本书的由来和自己的感想。

亨伯特·亨伯特是典型的"纳博科夫式主人公",既是现实中的流亡者,也是精神上的流亡者,他的故事在失去与寻找之间展开。由于少年时代铭心刻骨的爱情,寻找失去的恋人阿娜贝尔就成了亨伯特一生的强烈愿望。他渴望在现实世界中找到阿娜贝尔的替代者,从而冲破时间的囚笼,将昔日那段难忘的时间延续下去。当邂逅洛丽塔后,亨伯特方才找到了联系过去与未来的中介,他既体会到时间的因果链接,又担心时间不可逆转。其实洛丽塔也不过是"时间的虚幻岛屿",代表着过去与现在、意愿与现实之间永远存在着的差距。在某种意义上,亨伯特的洛丽塔是他的"心理创作",他甚至专门写作了一篇论文《智慧之泉守护神与记忆》来论证"知觉时间",他在狱中写《洛丽塔》,也是为了让文字战胜时间,让心目中洛丽塔的形象永存于后世。直到小说结尾,亨伯特依然在进行精神的旅行。亨伯特对洛丽塔的爱情有着狂人的执著、艺术家的唯美,虽然非道德、非理性,但是一样悲怆。如果一定要以传统方式探究《洛丽塔》的主题,可以解释为记忆与时间的关系、意识与现实的关系、虚构与真实的关系。

《洛丽塔》具有典型的后现代主义文学的虚构性与游戏性,是关于文本的文本,关于小说的小说,具有元小说的特征。通过文本的自行解构,读者领悟到作者的诡计及文学的虚构本性。文本的意义也随之消解,文本的开放性得以凸显。①文本的虚构性与意义的不确定性。《洛丽塔》的结构意义就是要质疑文本的"真实性",暴露文本的"虚构性",

消解明确的意义,使作品具有模棱两可的不确定性。正文部分是"不可靠的叙事者"设下的圈套,仅有亨伯特的声音,只是他的一面之词。洛丽塔只是一个"无言的"女主人公,是被亨伯特随意解释的对象。序言部分再次质疑人的感觉的可靠性,质疑叙述者的可靠性,编辑者小约翰·雷博士的专著《感觉是否可靠?》与正文部分的主题遥相呼应。②"揶揄模仿"(戏仿)与"互文性"。纳博科夫在《洛丽塔》中指涉了六十余位著名作家,暗含着作家本人的文学见解,形成一道独特的文学批评图景。其中包含了主人公对作家作品的简单介绍与引用,作家有意通过"亲昵模仿"向崇敬的作家致敬,通过"揶揄模仿"对否定的作家作品和文体形式进行讽刺。小说中的"揶揄模仿"占主导地位,作家通过对人物、结构、文体等层面的滑稽模仿,在貌似一本正经实则幽默讽刺的模拟之间完成解构,达到反讽的效果。如作品"揶揄模仿"了忏悔录、色情文学、公路文学、侦探小说文体。③创作的游戏性与阅读的游戏性。纳博科夫强调文学的游戏性,认为有价值的创作宛若棋局,是作家与读者的智力对弈。他乐于设谜,运用大量的典故、隐喻、双关、含混、影像、时空交错、循环往复等手段,把作品编织得如同迷宫,并希望读者参与其中,通过反复阅读来识破伪装、寻找答案。《洛丽塔》充斥着文字游戏:作品人物名字的排列组合后的不同意义;反复出现的数字"324"、"22";亨伯特与洛丽塔第一次发生关系的旅馆与洛丽塔扮演小仙女的戏剧同名,均为"受惑的猎人";蝴蝶和洛丽塔的名字均为"多洛雷斯"等。这些无处不在的"巧合"性的笔墨游戏,加强了小说的迷惑性和游戏性,诱惑读者参与解谜。

第五节　海　勒

　　约瑟夫·海勒(1923～1999),美国当代著名作家、黑色幽默小说的经典作家。海勒的作品虽然数量不多,但影响巨大。代表作有长篇小说《第二十二条军规》、《出了毛病》、《像高尔德一样好》、《天知道》、《不是玩笑》、《描写这个吧》以及被视为《第二十二条军规》续集的长篇小说《最后时光》(又译《最后一幕》)。

长篇小说《第二十二条军规》、《出了毛病》、《像高尔德一样好》代表着海勒的创作的最高成就。《出了毛病》成功地采用了以喜写悲的手法,突出表现了弥漫于整个社会的人人自危、毫无安全感的紧张恐惧、痛苦无奈的心理感受,反映了美国社会,特别是中产阶级的精神危机。"出了毛病"就是对这种心理感受的高度概括。在《像高尔德一样好》中作者以滑稽讽刺的笔法反映了犹太人的异化和自我本质的危机。小说把高尔德空虚无聊的家庭生活和腐化堕落的社会生活交织在一起,绘就了一幅美国社会的绝妙的讽刺画。作品通过对高尔德畸形精神世界的展示,深刻地揭露了官僚政治的腐败,被誉为美国第二次世界大战后最优秀的政治讽刺小说之一。

长篇小说《第二十二条军规》奠定了海勒在西方当代文学的重要地位,是黑色幽默小说的扛鼎之作。这部以战争为背景的小说的主要意义并不在于抨击战争。在作者看来战争只不过是由官僚机构策划的"有组织的混乱"和"制度化的疯狂",是以极端形式表现出来的荒诞世界的局部存在。所以作家以战争为喻,展示由垄断企业与军政机关互相勾结的官僚体制的疯狂。小说因此超越了战争,揭示出现代人荒诞的生存状态。

滴水不漏、高深莫测的"第二十二条军规"是一个圈套、一个陷阱、一个骗局,它布下了天罗地网,使人哭告无门,走投无路。从狭义上讲,它是坚如磐石的官僚体制钳制小人物的强大无形的工具,其最终解释权掌握在一小撮处于权力、财产巅峰的人手中,权力具有信口雌黄的"正义"和翻云覆雨的"自由",真理已降为权力的卑微的奴仆。从广义上理解,无所不在、无所不包的"第二十二条军规"是抽象的任意捉弄人、压迫人、摧残人的异己力量的象征,是对毫无理性可言的荒诞世界的高度象征。"第二十二条军规"奥秘就在于巨大的强制性和绝妙的悖论性,在似是而非中暗含着险恶的祸心。在当今的美国"第二十二条军规"已成为通用语,用来指称无法摆脱的困境、难以逾越的障碍。

小说中的人物都属于反英雄的范畴。上尉投弹手尤索林厌恶战争,求生就是他生活的最高准则,并为此进行着不懈的斗争。对尤索林的贪生怕死要辩证地分析,他的求生本能存在着一定的合理性。尤索林清醒认识到战争不过是场骗局,大大小小的官僚把反法西斯战场变成了权力的角斗场、升官发财的交易所。他不愿成为那些打着为祖国而战旗号、实则为了个人升迁人的铺路石。在一片疯狂中,尤索林难能可贵地保持着独立思考的能力,与同伴们麻木不仁地丧失了求生本能相比,"疯子"的尤索林更像一个正常人。最后尤索林拒绝了回国做战争宣传,开小差逃到中立国瑞士。他表示逃跑"不是要逃避责任,而是要承担责任",以虚无主义方式对官僚压迫进行反抗。因为正义力量的缺席,神圣的爱国主义和牺牲精神失去了基础,相反不顺从强权的"贪生怕死"却拥有了几分正义,从这个角度来看,尤索林可以算作反英雄意义上的英雄。

荒诞的世界善恶颠倒,美丑易位,英雄就是小人,精英就是渣滓。在这个悖论的怪圈中,升迁的是谢司科普夫少尉,发财的是伙食管理员迈洛。谢司科普夫少尉是一个毫无人性、不择手段博取功名的野心家,他因"创造性"发明了不摆动手臂行进法,被誉为"军事天才",从此步入青云,官至将军。表面上忠厚老实、年仅27岁的迈洛不过是一名伙食管理员,但却能在战争中左右逢源,大发横财。在迈洛的心中只有金钱利润的原则,根本就没有祖国的概念。

《第二十二条军规》具有典型的黑色幽默风格。首先,黑色幽默风格表现在作家以反讽为基础的艺术构思上。既然世界是荒诞的,那么真假、善恶、美丑都失去了常规的标准。作家可以把不正常的人和事当作正常的来写,让不可思议的事变得合情合理,这样一切正常的事物必然变得滑稽可笑,荒诞的世界才充满了幽默感。其次,海勒刻意追求审美距离,恰到好处地"后退一步",用冷漠克制、假装无所知的态度去书写人间的不幸,天才地发掘出滑稽幽默。如对"全身雪白的士兵"输液场面的描写,在貌似幽默俏皮的语言下隐藏着深深的不幸和浓浓的酸楚。再者,海勒成功地运用了逻辑悖论手法进行推理,安排情节。作家故意在大前提错误的条件下进行正确的逻辑推理,最后得出荒谬可笑的结论。"第二十二条军规"就是典型的逻辑悖论。"第二十二条军规"规定"疯子必须停飞",又规定"必须由本人提出申请"。一旦某人以精神不正常为由提出停飞的申请,就已证明他想逃避战斗的头脑是正常的,所以必须还要飞行。它规定飞行员在飞满若干架次后可以停飞,又规定无论何时都要执行司令官的命令。此外,作家还利用悖论结构情节。在飞行大队中既有真正死去的"活人",也有还真正活着的"死人"丹尼卡军医。而对随军牧师希普曼的审讯,再次证明在悖论的怪圈下对真的证明却成了假的证据,人们深陷于重重困境之中无法脱身。最后,作品妙语惊人,反话连篇,常常故意将互相矛盾、褒贬相对的词句搭配在一起使用,形成强烈的讽刺效果。如德里德尔将军的夸口"我唯一的缺点就是没有缺点"。另外克制陈述与夸大陈述共同完成了对文本表层语言系统的解构,从而凸显出深层相反的真实含义。克制陈述,如在尤索林看来"战争唯一可取的地方是打死了不少人,使孩子们摆脱了父母的恶劣影响"。夸大陈述,如对欢迎迈洛的古怪盛大的仪式的描写。

　　总之,海勒在谈笑之间异常深刻地披露荒诞的手法,代表了黑色幽默小说的最高成就。

第六节　萨特

　　萨特(1905～1980),法国著名哲学家、作家和社会活动家,存在主义文学的领袖,在西方当代思想文化史上占据着十分重要的地位。

　　萨特是无神论存在主义的哲学家,在继承和发展海德格尔、雅斯贝斯等人的哲学思想的基础上,形成了自己的存在主义哲学体系。萨特理论的核心是试图解释人在世界的存在状况,自称是一种以人为中心、尊重人的个性和自由的哲学。萨特的哲学思想可概括为:①"存在先于本质"。他认为,只有人才有"存在",人的存在先于人的本质。世界上没有上帝来规定人的本质,也没有所谓先天的抽象人性,人的本质是通过其行动来确定的。②"存在即荒诞"。世界荒诞无秩序,人生痛苦无意义。人对自己的处境难以理解,因此,存在的状态就是虚无,就是孤独、不安、烦恼、痛苦、畏惧、绝望、死亡。③"自由选择"。然而人是自由的,"人即自由"。选择存在具有多种可能性,人必须行动,行动即是选择,人要对自己的选择负责,也要对他人负责。萨特的存在主义哲学反映出战后西方人日益严重的危机感、失落感,同时还指出了以"自由选择"摆脱困境的出路,因而引起强烈的社会反响。然而这种从自我寻找力量的学说,毕竟难以改变世界。

萨特的文学成就主要表现在文学理论、小说、戏剧三个方面。

萨特的文学观与其哲学观一致。《什么是文学》一书集中体现了他的文学思想,其他有关文学的论著还有随笔《境遇》、回忆录《字句》等。萨特主张文学介入生活,文学应该有明确的倾向性,应该具有道德意义。艺术创作的主要动机之一,就是艺术家在自由的前提下选择了创作,确定自己存在的本质。作家只有通过读者的阅读才能感受到自己作品的本质,进而使自己成为本质的存在,因此萨特主张为他人而艺术。萨特强调读者的"艺术的再创造"。萨特主张"艺术的自由":"作家——作为一个对自由的人们讲话的自由人——只有一个题材,那就是自由"。

萨特的文学处女作、短篇小说《墙》是一篇典型的存在主义作品。主人公伊比埃塔是萨特哲学思想的代表。面对必死的命运,他看破了生与死之间不过是一"墙"之隔,因此泰然处之,获得了自由,对敌人的态度就是"自由选择"的结果。"我"的本意是牺牲自己,保护同志,结果却是出卖了战友,变成了"叛徒",整个斗争过程一下子失去了意义,世界变得不可理喻,无比荒诞。

被称为"哲学日记"的长篇小说《恶心》是萨特的代表作,是一部直接阐述存在主义思想的作品,一部用文学语言写成的哲学著作,主人公的内省过程和心理感受都有特定的哲学依据。在萨特看来,人一旦甘愿放弃自由,选择做社会习俗的俘虏,就等于变成了物,丧失自由就意味着丧失了自我的尊严和价值。萨特强调人应为自己的选择负责,这种选择也应尊重他人的存在。小说主要是写青年历史学家罗康丹的恶心感——对荒诞世界的深深厌恶。对一切人和事都漠不关心,完全失去了兴趣。最后他决定运用自己"自由选择"的权力,"试写"另一本书,希望能够重新确定自己存在的本质。小说的主题就是表现存在的荒诞和无意义,用以抨击处处让人感到恶心的社会。它的结局尚有摆脱荒诞的期待,有一定的积极意义。从艺术上看,作者成功地选取第一人称的叙述角度，逼真细腻地传达出主人公的主观感受，清晰地表现出他的心理发展过程。小说全部以生理感受来写心理，以恶心来写厌恶，丰富了心理描写的手法。小说在淡化情节的同时，强化了人物的主观心态，从而深化了主题。

三部曲长篇小说《自由之路》：《理性的时代》、《缓期执行》和《心灵之死》，从存在主义哲学角度表现了几个青年人的"成长"历程。马蒂厄选择了一条爱国志士的道路，在英雄主义的选择中确定了自己的存在本质，是萨特所提供的"自由选择"的最高范例。

萨特的主要剧作有11部，不同程度地表现了存在主义思想，其中《苍蝇》、《禁闭》和《死无葬身之地》等作品影响巨大。

萨特的戏剧是一种"境遇剧"，也称为"情境剧"、"处境剧"，即把人物置身于既普遍又有极端性的处境中，只给他们留下两条出路，让他们在选择出路的同时做出自我选择。用以强调角色的内心冲突，突出在困境中"自由选择"的主题。萨特的戏剧构思巧妙奇特，结构紧凑，冲突尖锐，戏剧效果强烈。

《苍蝇》中的"苍蝇"是邪恶的象征，它是残暴的侵略者和投降卖国者的代表。奥瑞斯忒斯是为祖国解放"选择"自我牺牲的现代斗士的形象。全剧回荡着崇高、悲壮的浩然之气。

《禁闭》是一出哲理意味浓厚的名剧。场景被规定在地狱之中的"一间第二帝国时期的客厅"，人物是三个争斗不休的鬼魂，他们都具有双重人格，既是施虐者又是受虐者。他们的关系体现了萨特对人与人关系的哲学思考。场景安排在地狱，暗示人与人之间的敌对关系就像地狱一样可怕。作家通过三个鬼魂生前死后的丑恶行为，强调慎重对待"自由选择"：人一旦选择错误，只能得到恶的本质和毫无价值的存在。《禁闭》在艺术上极为成功。一间密室，三个鬼魂，奇异的"境遇"，怪诞的形象，巧妙的纠葛，微妙的心理，精彩的对白，强烈的戏剧性，深刻的寓意象征，使它成为20世纪西方文学中的戏剧精品。

《死无葬身之地》塑造了在极端境遇中仍然保持着自己的自由的英雄。歌颂了被俘的五位游击队员在厄运下保持尊严，肯定了他们在生与死的考验下正确选择了自己的价值、成为英雄的高尚举动。

第七节　贝克特

　　塞缪尔·贝克特(1906～1989),爱尔兰剧作家、小说家、诗人,荒诞派戏剧的领袖人物之一。因为"他那具有新奇形式的小说和戏剧作品使现代人从精神贫困中得到振奋",并"具有希腊悲剧的净化作用"。贝克特1969年荣获诺贝尔文学奖。

　　贝克特的作品深入探讨了资本主义社会人的荒诞的生存状态,思想哲理深刻,艺术底蕴丰富。他的创作以20世纪50年代为界分前后两个时期。前期主要创作诗歌、小说,致力于人的精神领域和心理空间的探索。后期主要创作剧本,代表作有《等待戈多》、《最后一局》、《哑剧Ⅰ》、《克莱普最后的录音带》、《哑剧Ⅱ》、《快乐的日子》、《喜剧》等。

　　《等待戈多》是贝克特最重要的作品,也是荒诞派戏剧的经典之作。全剧只有两幕、一个场景、五个人物。剧本突出的是"等待意识",对戈多的等待是贯穿全剧的线索。代表现代受难者的两个流浪汉的不安等待,体现了现代西方人的生存状态。波卓与乐克是两个流浪汉形象的对照与补充:主仆关系是人与人之间异化关系的写照,"在路上"的生存方式同样痛苦、无意义。焦虑不安的人们怀着渺茫的希望苦苦地等待着某种拯救的力量,但是等待什么、为什么等待、等待的结果又是什么,他们一概不知;而放弃等待,又惧怕戈多的惩罚。所以等待的本身也就成为极大的荒诞。戈多是一种能够赋予世界和人存在意义的神秘的抽象力量,也是极度空虚的心灵需求的外化,代表着惶惑不安的人们对未来的若有若无的期待。但是人们最终没有等来戈多,"戈多的本性就是他不来",他与现实的关系只是让人永无休止、永无结果地等待而已。《等待戈多》传达出西方现代人强烈的幻灭感和悲观的人生态度,揭示了人类在荒谬宇宙中的尴尬处境。

　　《等待戈多》是作家存在主义哲学观念的艺术呈现,集中体现了荒诞派戏剧毫无戏剧性的"反戏剧"特征。①反主题。既然世界本身没有意义,那么戏剧就不可能有一个说教性的、有意义的主题。如果一定要为这出"什么也没发生的戏"找出意义,那就是人对其生存在其中的世界的一无所知、对自己命运的一无所知。②重"直喻"象征,提倡"纯粹戏剧性"。剧作家回避论断只提供见证,使用"延伸性的戏剧语言",即通过"直喻"的手法,靠演出动作、具体的舞台形象、场面、道具来"说话",使内心感觉外化、形象化,直接展示存在的荒诞。乡间小路隐含着不确定性,暗示人物只能是没有归宿的精神流浪者。爱斯特拉冈和弗拉基米尔的流浪汉身份是精神无所皈依的现代西方人的象征。③反情节。剧情荒诞离奇、杂乱枯燥,没有戏剧冲突,甚至没有完整连贯的情节,因为世界的本原就是荒诞的。④反人物。人物个性模糊、性格破碎,是被环境压垮的可怜虫,是"反英雄"的最好标本。作家认为现代人根本就没有独立人格和完整个性,人物被抽象为人类和所处时代的代表。⑤反语言。人物的独白、对白荒诞离奇,语无伦次,既没有个性特征也没有逻辑联系。失去自我、丧失思想的现代人的语言只剩下空洞的外壳,堕落为"石块和死尸";人与人之间没有沟通的必要和可能。⑥重复手法的运用。两幕的场景、两个流浪汉的境遇、波卓和乐克的关系、信使小男孩的口信,基本一致。在荒诞世界里,时间与空间仿佛凝固,人生只能是痛苦无意义的重复过程。

《等待戈多》的内容与形式在反传统的前提下、在荒诞的基础上得到了统一,使荒诞本身戏剧化,使戏剧形式荒诞化,把西方荒诞文学推向极至。对后世西方戏剧及西方文学产生极大影响。

第八节 马尔克斯

加西亚·马尔克斯(1928~),拉丁美洲著名小说家,"魔幻现实主义"文学最杰出的代表。他的创作深刻反映了拉丁美洲地区的历史和现实,为确立拉丁美洲文学在世界文坛上的重要地位做出了突出的贡献。由于其作品"融幻想与现实为一体,勾画出了一个丰富多彩的梦幻般的世界,反映了拉丁美洲大陆的生活和斗争",马尔克斯于1982年荣获诺贝尔文学奖。

马尔克斯的重要作品。中短篇小说《第三次辞世》、《无人给他写信的上校》、《格兰德大娘的葬礼》、《纯真的埃雷迪拉》、《一件事先张扬的命案》,长篇小说《落叶纷飞》、《倒霉的时辰》、《家长的没落》、《百年孤独》、《霍乱时期的爱情》和《迷宫中的将军》等。另著有文学谈话录《番石榴飘香》。

《家长的没落》是作家自认为最成功的小说。在这部用魔幻现实主义手法写成的反独裁统治的小说中,作家塑造了凶狠残暴的军事独裁者尼卡诺的形象,生动反映了社会生活,深刻揭露了插手别国事务的外国侵略者的丑恶嘴脸。小说采用多人称的独白形式,构成多层次的叙事结构,打乱时空,情节荒诞离奇,在浓郁的魔幻氛围中显示出严峻的真实。

《百年孤独》是马尔克斯的代表作,也是最重要的魔幻现实主义作品,它的问世在拉丁美洲引发了"一场文学地震"。

小说以马贡多为背景,描写布恩地亚家族七代人的命运,折射出哥伦比亚乃至整个拉丁美洲一个多世纪的历史进程,从政治、经济、文化等诸方面探讨了拉美地区贫困落后的原因。作家以生动、富于幻想的笔触,勾画出这片神奇大陆上丰富的自然与人文景观,反映了复杂多变的社会生活,深入揭示了该地区人民的精神特征,小说因而成为一部史诗性作品。

马尔克斯深刻揭示了拉美的社会现实和精神痼疾,"百年"与"孤独"就是小说的主要内容。"百年"是时间的概念、历史的概念,马贡多从创建到消亡正好是百年,浓缩了拉丁美洲的历史沧桑。昔日的马贡多和谐宁静,但又封闭落后。随着外界文明的闯入,马贡多变成了一个充满喧嚣争斗、情欲横流的堕落城镇。作品反映了 16 世纪西班牙殖民者侵入后引起的巨大的社会变迁:专制独裁、党派争斗、血腥内战、殖民侵入、外国资本的经济掠夺、工人的罢工斗争等。马贡多的"百年"沧桑就是拉丁美洲人民痛苦的灾难史。

最后孤独的布恩地亚家族灭绝了,破败的马贡多也消失了,但作者并没有悲观,作品结尾处预示只要人们走出孤独,挣脱愚昧保守的精神枷锁,真正地团结起来,反抗殖民主义、帝国主义的侵略和专制独裁统治,一个繁荣昌盛的马贡多、一个自由民主、经济腾飞的拉丁美洲就一定会出现。这也就是《百年孤独》暗含的深层主题。

"孤独"是小说的主题和基本色调。作家赋予"孤独"深刻的悲剧内涵："孤独"是一种自闭的精神状态，是一种毫无意义的生存哲学，意味着以冷漠消极的态度去对待生活，而不是积极地做主宰命运的强者；而向往孤独、追求孤独更是一种消极的人生态度，使人们丧失了反抗的向心力，团结的凝聚力。"孤独"是造成拉美不幸的内在根源，因为一个陷于孤独的民族只能与贫穷愚昧、停滞落后为伍，最终会丧失发展与生存的权力。

布恩地亚家族世代相传的显著特征就是孤独："在他们每个人的脸上，都带有一种一望可知的特有的孤独的神情。"他们每个人都经历了相同的精神历程：孤独冷漠——试图突破孤独——陷入更深沉的孤独。第一代阿卡迪奥才智过人，精力旺盛，但毫无结果与意义的实验使他精神失常，被捆在树下孤独死去。奥雷良诺上校向往孤独，从叱咤风云的战将变成与世无争的孤独的匠人，无休无止地重复制作金质小鱼。此外，还有形若幽灵的雷贝卡、编织尸衣的阿玛兰塔都活在自己的孤独世界中。

在布恩地亚家族中有两个光彩照人的形象：巾帼英雄、老祖母乌苏拉，貌若天仙的俏姑娘雷麦黛丝。乌苏拉是作家心目中的理想女性，她勤劳朴实、善良宽厚、坚韧刚强、疾恶如仇，是家族的精神支柱和守护神，也是拉丁美洲人民的艺术象征。雷梅苔丝清纯美丽，但她不过是尘世的匆匆过客，最后抓着被风吹起的床单升空而去。

《百年孤独》在艺术上取得了极高的成就，具有非凡奇特的艺术魅力。①浓厚的魔幻氛围。大量的奇迹、鬼魂和荒诞不经的情节，构成人鬼相交、虚实相间、现实生活与超自然现象并存的魔幻世界。作品由此反映出拉美传统的文化精神：相信生死无界，人鬼交流；相信万物有灵；笃信预感征兆，看重奇迹，视怪诞为平常。②独特的叙事时态。作家打破时空，有意地把现在时、过去时和将来时混合在一起使用。如开篇首句"许多年以后，面对行刑队，奥雷良诺上校会回想起，他父亲带他去参观冰块的那个遥远的下午"。这句话包含了三种时态：作者立足现在，讲的是将来上校要面对行刑队的时刻，而在那个将来的时刻，上校回想的是比现在更早的过去的事情。全书的叙述方式也是如此，总体上以倒叙式交代布恩地亚家族的兴衰,作家从"现在"回顾这个家族的"过去",同时展望它的"未来"。作家始终处于"超然"的视点,俯视整个家族的命运。③环形的结构方式。马贡多从无到有,从有到无,从起点回到起点;家族前辈人生过长猪尾巴的孩子,第七代又是同样的畸形儿;家族几代人的名字、性格、动作都在不断地重复,他们的精神历程都是一个圆:孤独——突破孤独——再陷孤独。社会、家族、个人的变化都是圆形的轨迹,百年的孤独,百年的徘徊,百年的沧桑,百年的悲凉,拉丁美洲仍然处于贫穷落后的状态。④鲜明的象征性。小说的情节、场景乃至细节多具有象征性。俏姑娘雷梅苔丝的升天象征着爱与美的消失;奥雷良诺上校晚年不断炼制小金鱼、阿玛兰塔不停编织裹尸布的重复不已的行为,象征了家族生活的停滞不前和毫无意义;健忘症象征着人们忘记了自己的根和传统,不知道总结历史教训以谋求变革;黄色是衰亡的象征,黄花、黄蝴蝶、黄色火车、黄色的香蕉,黄色的小金鱼、黄色的衣服、黄色的头发,都与衰败、灾难、死亡紧紧相连。

总之,作者以神奇的手法绝妙地反映了拉丁美洲神奇的现实,《百年孤独》不愧是一部伟大的传世之作。

Ⅱ.思考练习

一、填空题

1.特瓦尔多夫斯基的长诗《_____》把斯大林时代比做阴森恐怖的阴曹地府,揭露批判了个人迷信与官僚体制所造成的社会弊端。

2._____的长篇小说《解冻》中,揭露了苏联政治经济体制的僵化等尖锐的社会问题,被视为苏联文学"解冻"的先声。

3.西蒙诺夫的《_____》三部曲对苏联卫国战争作了多角度、多层次的史诗式全景描写。

4.吉尔吉斯作家_____,善于通过象征隐喻等艺术手法揭示深刻的人生哲理与严肃的社会问题,在苏联和欧美国家享有很高的声誉。

5. 加缪的中篇小说《局外人》中的主人公_____是生活的"局外人"，对周围世界极端冷漠，对一切极端的感情和事件都漠然处之。

6. 加缪的长篇小说《_____》中的里厄医生不顾个人安危，抢救生命，做出一个英雄的"自由选择"。

7. 魔幻现实主义在传统文化与外来文化的撞击交融中诞生，它是"_____"和"_____"的成功结合的范例。

8. 魔幻现实主义的基本特征是"_____"。

9. 墨西哥作家_____的《佩德罗·帕拉莫》是魔幻现实主义真正成熟的标志和经典之作，揭露了地主庄园制的罪恶。

10. 第二次世界大战之后西方最有影响的戏剧流派是_____。

11. 尤奈斯库的《_____》是荒诞派戏剧的经典之作，通过一对夫妻对另一对夫妻的拜访，表现人与人之间的难以沟通和人生的荒诞。

12. 新小说派的代表作品是罗伯·格里耶的《_____》。

13. 意大利小说家_____被誉为"最有魅力的后现代大师"、"世界上最好的寓言作家之一"。他的小说既具有童话寓言的色彩，又对读者的阅读经验提出了挑战。

14. 卡尔维诺的《_____》三部曲表达了作家对现代人人格分裂、本质被异化的思考。

15. 英国著名小说家、文学批评家戴维·洛奇，在巴赫金的"复调小说"理论的基础上，发展出自己的"_____"理论。

16. 戈尔丁的小说素有"性恶神话"之称。他从性恶论角度反映了西方传统价值观念崩溃的长篇小说是《_____》。

17. 法国亨利·米肖诗歌创作的最重要特点是_____。

18. 为德国作家君特·格拉斯带来广泛声誉的是"_____三部曲"，包括长篇小说《铁皮鼓》、《非人的岁月》，中篇小说《猫与鼠》。

19. 德国作家君特·格拉斯的代表作《_____》通过侏儒视角和经历，广泛描写了20世纪初期到中期的德国社会，具有浓郁的地域色彩。

20. 使用德语创作的_____与_____，并称为瑞士文坛上的双子星座。

21._____被认为是当代德语文学中日记体散文的大家。

22.瑞士迪伦马特的戏剧风格独特,常以喜剧的形式来表现悲剧的内涵,故有_____之称。

23瑞士作家迪伦马特的代表剧作《_____》,通过荒诞不经的故事,深刻表现了金钱异化人的心灵的主题。

24.意大利诗人_____是现代西方最优秀的抒情诗人之一,1972年获诺贝尔文学奖。

25._____的代表作是"兔子系列"的四部小说,包括《兔子,跑吧》、《兔子回家》、《兔子富了》、《兔子安息》。

26.美国著名的犹太裔小说家_____和_____,都获得过诺贝尔文学奖。

27._____是一位用意第绪文写作的美国作家,作品带有明显的犹太民族特色。

28.《施莱麦尔去华沙及其他故事集》是_____最著名的儿童故事集。

29.索尔·贝娄反映_____主题内容的长篇小说,无论就描写的广度还是在深度上在美国当代小说中都首屈一指。

30.福克纳绝大多数小说以一个虚构的地方为背景,构成著名的"_____世系"。

31.《_____》是"约克纳帕塔法世系"的开端之作,标志着福克纳创作的转折点。

32.福克纳第一部采用多角度叙述方法创作的意识流小说是《_____》。

33.海明威被称为"迷惘的一代"的代表作家,得名于他的小说《_____》。

34.海明威在《老人与海》中塑造的典型"硬汉形象"是_____。

35.《_____》标志着纳博科夫找到了自己独特的创作风格,探讨了关于"错觉"与"真实"的关系,并对叙事角度、反讽效果进行了先锋性实验。

36. 貌似学术专著的《_____》是纳博科夫小说中最有实验性、最难解释的一部，被视为后现代主义文学的经典之作。

37.《_____》是纳博科夫流传最广、争议最多的作品，既是作家艺术风格的集中体现，也是后现代主义的经典作品。

38. 海勒的《_____》突出反映了美国社会，特别是中产阶级的精神危机，小说的题目就是对它的高度概括。

39. 海勒的《_____》深刻地揭露了官僚政治的腐败，被誉为美国二战后最优秀的政治讽刺小说之一。

40.《第二十二条军规》共分 42 章，由贯穿全书的人物_____的经历串联起来，形成一部貌似松散、又有内在联系的长篇小说。

41. 萨特的文学处女作、短篇小说《_____》是一篇典型的存在主义作品。

42. 被称为"哲学日记"的长篇小说《_____》是萨特的代表作，小说全部以生理感受来写心理，丰富了心理描写的手法。

43. 萨特的戏剧常给人物设置一个封闭式的特定环境，以突出在困境中"自由选择"的主题，这种戏剧被称为"_____"。

44.《_____》是贝克特最重要的作品，也是荒诞派戏剧的经典之作。

45. 拉丁美洲"魔幻现实主义"文学的最杰出代表是哥伦比亚作家_____。

46. 马尔克斯在长篇小说《_____》中，用魔幻现实主义手法塑造了凶狠残暴的军事独裁者尼卡诺的形象。

47. 马尔克斯的小说常以虚构的_____为背景。

48. 在《百年孤独》中布恩地亚家族的精神支柱和守护神是老祖母_____。

二、简述题

1. 简述魔幻现实主义的历史文化背景与基本特征。

2. 简述后现代主义文学的两种发展趋向。

3. 新小说派的小说理论与创作特色是什么？

4.简述"黑色幽默"的含义及该流派的创作特点。

5.简述《喧哗与骚动》的思想内容、人物形象与艺术特色。

6.简述海明威《老人与海》的主题和艺术特色。

7.从《洛丽塔》看纳博科夫创作的后现代主义特征。

8.简述《第二十二条军规》的思想倾向与艺术特色。

9.简析《第二十二条军规》中的尤索林形象。

10.从萨特的文学创作看他的哲学思想。

11.简述贝克特《等待戈多》的思想内容及其艺术特征。

12.简述《百年孤独》的思想内容与艺术特色。

Ⅲ.参考答案

一、填空题

1.《焦尔金游地府》

2.爱伦堡

3.《生者与死者》

4.艾特玛托夫

5.莫尔索

6.《鼠疫》

7."寻根"　"移植"

8."变现实为幻想又不失其真"

9.鲁尔弗

10.荒诞派戏剧

11.《秃头歌女》

12.《橡皮》

13.卡尔维诺

14.《我们的祖先》

15."对话小说"

16.《蝇王》

17.各种文体杂糅

18."但泽三部曲"

19.《铁皮鼓》

20.弗里施　　迪伦马特

21.弗里施

22.悲喜剧

23.《老妇还乡》

24.蒙塔莱

25.厄普代克

26.辛格　　索尔·贝娄　或　索尔·贝娄　　辛格

27.辛格

28.辛格

29.美国知识界精神危机

30."约克纳帕塔法世系"

31.《萨托里斯》

32.《喧嚣与骚动》

33.《太阳照样升起》

34.桑提亚哥

35.《绝望》

36.《微暗的火》

37.《洛丽塔》

38.《出了毛病》

39.《像高尔德一样好》

40.尤索林

41.《墙》

42.《恶心》

43."境遇剧"(或"情境剧"、"处境剧")

44.《等待戈多》

45.加西亚·马尔克斯

46.《家长的没落》

47.马贡多

48.乌苏拉

二、简述题

1.拉丁美洲的魔幻现实主义发端于 20 世纪三四十年代,60 年代后成为拉美小说创作的主潮。

魔幻现实主义的诞生有其得天独厚的条件。首先,它的崛起前提是"拉美意识"的觉醒。"拉美意识"实际上是一种扩大化了的民族主义思潮,以反殖民主义、维护民族权益为主要内容,它极大地激发了作家的民族热情。其次,拉美大地复杂的文化结构和充满矛盾的社会现实是它生长的沃土。这里是种族混杂的地区,有土著印第安人、被贩运来的非洲黑人、移民而来的欧洲白人,以及上述人种通婚繁衍的混血人种,形成了印第安文化、欧洲文化(特别是宗主国西班牙文化及法国文化)、非洲文化相互融合渗透的特殊复杂的文化背景。这也就是高度发展的现代文明和蒙昧混沌的落后状态可以同时并存的原因。如此强烈的反差给拉美现实涂上了一层神奇的色彩。当然,在上述文化中,对魔幻现实主义影响最大的是古老丰富的印第安文化,印第安人的宗教与习俗、神话传说是作家创作的丰沛源泉。另外,魔幻现实主义作家广泛地吸收欧美现代主义文学的新观念、新方法反映拉美的现实,如对法国超现实主义的借鉴。在传统文化与外来文化的撞击交融中,魔幻现实主义诞生了,它是"寻根"和"移植"的成功结合的范例。

魔幻现实主义文学就是采用现代的文学方式,以拉美人的传统观念,去反映拉美的"神奇的现实"。它首先是一种现实主义。作家们具有高度的责任感和使命感,他们反对封建势力、帝国主义和军事独裁政治,勇于抨击社会的黑暗,反映人民的苦难,探索民族未来的出路。他们坚持创作源于生活的原则,作品具有鲜明的政治倾向性。从本质上讲魔幻现实主义文学是一种扎根现实的文学,是一种具有解放色彩和反抗内涵的文学。同时魔幻现实主义文学又具有新奇独特的魔幻风格。作者并不拘泥于传统的现实主义反映论,而是"把现实作为魔幻的事物去描述",变现实为梦幻,变现实为神话,变现实为怪诞,从而给现实披上了一件光怪陆离的外衣,形成一个真假难辨、虚实相间、似梦非梦的艺术世界。不过,作家严格把握奇幻的尺度,认为神奇不能妨碍主要情节合乎实际、有逻辑性的发展,魔幻不能损害现实的真相。所以,"变现实为幻想又不失其真",就是魔幻现实主义的基本特征。具体而言,作家在对现实的描绘中引入大量超自然的因素,诸如幻觉、奇迹、鬼魂等;打乱主客观时序,叙述富于跳跃性;采用隐喻象征的手法,以寓意来暗示影射现实,作家的态度包含于其中,引而不发。魔幻现实主义文学具有鲜明的地域性和浓郁的民族特色。

2.五六十年代之后,西方各主要国家由工业化社会向后工业化社会过渡。"后现代主义"就是对西方后工业化社会的现实生活和思想文化特征的描述和概括。作为对当代资本社会生活和精神双重存在困境的反映,后现代主义表现为两种不同的发展趋向:"自我解构主义"的后现代主义、"参与的后现代主义"。前者的理论基础主要是解构主义的消解学说、语言分析学派的语义不确定性学说和精神分析学派的无意识学说。"自我解构主义"以"分离"、"差别"、"破碎"、"解构"等一系列消解性的词汇来表述所体验到的现象,最终解构自我,解构人本身的确定性,走向颠覆一切的虚无主义。"参与的后现代主义"则认为思想文化的变化发展不是彻底虚无主义的否定,而是各种思想文化因素相互渗透、调和、改造、丰富、更新、综合的一个复杂过程,因此其基本出发点是"关系"理念。它既反对绝对否定一切的虚无主义,也反对模式单一的绝对的一元论。

后现代文化语境中的文学与现代主义文学相比,具有明显不同的特征:在内容方面,"消解"文本的深度思想意义,否定文本的确定主题或主旨。在形式方面,完全模糊了各种文体之间乃至艺术与非艺术之间的界限,文本的"结构"呈开放性、不确定性的状态。

3.新小说派形成于20世纪50年代的法国,60年代在欧美诸国及日本风行一时,成为二战后法国和西方最重要的小说流派之一。

新小说派在思想上受到弗洛伊德精神分析学、柏格森的生命哲学和胡塞尔的现象学影响,在艺术上则对意识流小说和超现实主义文学有所继承。新小说派作家反对以巴尔扎克为代表的传统的现实主义艺术模式，认为它已僵化过时。新小说派的主要观点如下：反倾向，提倡"非意义化"，小说不应该、也不必要具有一定的意义；反人物，提倡"非人物化"，作家的创作目的不再是塑造人物，而应该注重写物；反虚构，提倡"非情节化"，作家不应按因果律和时间顺序去写一个从头到尾的完整故事，只能提供一种"不确定的可能性"，从而更新了读者与作品的关系。新小说派的基本特征就是反倾向、反人物、反情节、反传统的小说技巧，用不带感情色彩的语言、独特的结构、混合的时态、新颖的人称进行创作，以求客观地描写事物的真实面貌。不过在反传统小说的旗帜下，新小说派作家的理论主张和创作实践又略有差别。罗伯一格里耶认为小说应主要描写物质世界，应把人与物区分开来，作家应彻底退出小说，不在作品中表达道德判断和思想感情。萨洛特则主张小说的主要目的是透过平凡琐碎的日常生活，揭示人的潜意识活动，表现"潜在真实"。

4. 黑色幽默是于20世纪60年代在美国兴起的小说流派。1965年美国作家弗里德曼编辑一本收入12位作家作品的短篇小说集，取名《黑色幽默》，该流派由此得名。"黑色"的内涵是痛苦、恐怖、残酷和绝望。面对痛苦、死亡人们只能发出玩世不恭的笑声，用幽默与现实拉开距离。所谓的"黑色幽默"就是把痛苦与欢乐并列在一起的"黑色喜剧"、"绝望喜剧"，以喜剧的方式去表现悲剧的内涵，从而酿就了阴沉痛苦的幽默。

黑色幽默小说在思想上深受存在主义哲学的影响，主要内容是表现世界的荒诞、社会对人的异化、理性原则破灭后的惶惑、自我挣扎的徒劳。黑色幽默小说在艺术上的主要特点是：①病态畸形的人物，他们的精神世界常常趋于分裂，是滑稽可笑的小丑，属于反英雄的范畴。②散乱零碎的结构，跳跃性的情节。作家常用拼贴、蒙太奇等手法将不同时间、地点发生的事件、场景剪接在一起。③睿智尖刻、痛快淋漓的讽刺。作家往往采用反讽、悖论等手法组织语言，在谈笑之间异常深刻地揭示荒诞，以喜写悲，成就斐然。

5. 《喧哗与骚动》是"约克纳帕塔法世系"小说的扛鼎之作、南方文学的代表作、意识流小说的经典之作,首次全面体现了作家的思想倾向和纯熟创作技巧。书名出自莎士比亚著名悲剧《麦克白》中麦克白的独白。小说通过康普生家族的没落,生动地揭示了南方蓄奴主世家在喧嚣中走向寂静的灭亡的必然性。作品从内容到形式都体现了痴人说梦式的喧嚣与混乱,体现了美国南方没落世家无意义的人生和深刻的精神危机,为南方传统和南方贵族精神谱写了一曲挽歌。

"南方骑士"昆丁对老南方传统恋恋不舍,他虽然保留了贵族式的骄傲,却缺乏适应社会变化的能力,最终以自杀的方式逃避现实。杰生顺应潮流,完全抛弃了贵族价值体系,却同时丧失了人性,成为资产者的实利主义和市侩精神的体现者。班吉的思想纯真,但是没有思考能力,只不过是个善良的白痴。凯蒂曾经天真活泼,充满活力,后来却失足堕落,彻底颠覆了南方淑女形象。康普生一家手足相残,更是破坏了南方重视家庭亲情的传统。老的南方已经彻底解体,新的南方却又充斥着异化。在绝望中唯有忠诚正直、仁爱善良、乐观忍耐的劳动者迪尔西,体现出人性复活的人道主义理想,代表着南方的希望。

《喧哗与骚动》艺术特色。①多角度叙述的方法,即以不同人物视角讲述同一个故事的手法,不同的人物心理聚焦于同一件事的手法。小说把凯蒂堕落的故事从不同角度讲了四遍,通过班吉、昆丁、杰生、迪尔西四个人对她的看法与回忆,强化了中心事件,塑造出饱满立体的中心人物凯蒂形象,并给了读者充分的想象空间,尽管凯蒂从未正式出场。②原型平行对应结构。小说的情节结构以基督受难周为对应原型,1928年的三个日期恰是那一年的基督受难日、复活节前和复活节,1910年昆丁自杀日又恰是圣体节的第八天。在故事与原型的对照中获得一种超越时空的意义:一是完成反讽,康普生一家在神圣高大的耶稣的比衬下,愈发显得猥琐渺小;二是暗示悲剧的成因,即他们违反了耶稣在死前对门徒所说的"你们要彼此相爱"的教导;三是使故事从具体的人事中提升出来,带有探讨人类命运的抽象寓言性。③纯熟的意识流手法。作品除了第四部分外,其他部分皆采用第一人称"我"的叙事方法。班吉、昆丁、杰生三兄弟的意识流活动各有特色,不仅能够体现白痴、精神崩溃者、偏执狂与虐待狂不同的心理状态和语言特色,还能揭示他们的内心世界,塑造人物,刻画性格。④深刻的时空寓意。四部分的叙述时间分别为1928年4月7日、1910年6月2日、1928年4月6日、1928年4月8日。人物在内心独白中不断陷入回忆,回忆中还有回忆,时空不断切换,由现在返回过去。时序颠倒有着深刻的含义,人物始终在与时间搏斗,体现了无力抗拒历史进程的悲剧。作品吸引读者去寻找叙述线索、重建时间顺序,提高了读者的参与程度。⑤别具一格的语言。福克纳的文体风格植根于南方文学传统——演说体散文,善于运用生动形象的南方方言。

6.《老人与海》塑造了深沉有力、真实可信的典型"硬汉形象":老渔夫桑地亚哥。他是海明威塑造的一系列"硬汉形象"的发展与升华。

小说的寓意深刻,在这场英雄与环境的斗争中,桑地亚哥虽是失败的英雄,但在对待失败的风度上,桑地亚哥却赢得了胜利,他虽败犹荣:"一个人并不是生来给打败的。你尽可以消灭他,可就是打不败他。"这就是桑地亚哥的人生信条和硬汉精神。作品的主题就是告诫人们要勇敢地面对失败,保持人的尊严和勇气,保持"男子汉"的风度,完美地体现了人"可以被消灭,但不能被打败"的崇高伟大的精神。

《老人与海》是"冰山原则"的成功实践。"冰山原则"是海明威在《死在午后》中总结自己的创作经验而提出的创作原则。他认为冰山在海里移动之所以庄严雄伟,是因为只有八分之一露出水面。创作也要只表现事物的八分之一,而让其余的八分之七在水下,给人以充实、含蓄之感。"冰山原则"在《老人与海》中具体表现为:①简洁干净的文风。作品语言简洁明快、干净准确、清新通俗,被誉为"电报体风格"。作家避免使用描写,避免使用形容词,特别是华丽的词藻,用简洁的文字表达丰富的情感和深刻的思想。②象征的手法。渔夫、大海、马林鱼、鲨鱼、狮子等都具有较为复杂的象征意味,象征与写实手法的完美结合,构成作品含蓄凝练的意境。

7.《洛丽塔》是纳博科夫流传最广、争议最多的作品,既是作家艺术风格的集中体现,也是后现代主义的经典作品。

《洛丽塔》具有典型的后现代主义文学的虚构性与游戏性,是关于文本的文本,关于小说的小说,具有元小说的特征。通过文本的自行解构,读者领悟到作者的诡计及文学的虚构本性。文本的意义也随之消解,文本的开放性得以凸显。①文本的虚构性与意义的不确定性。《洛丽塔》的结构意义就是要质疑文本的"真实性",暴露文本的"虚构性",消解明确的意义,使作品具有模棱两可的不确定性。正文部分是"不可靠的叙事者"设下的圈套,仅有亨伯特的声音,只是他的一面之词。洛丽塔只是一个"无言的"女主人公,是被亨伯特随意解释的对象。序言部分再次质疑人的感觉的可靠性,质疑叙述者的可靠性,编辑者小约翰·雷博士的专著《感觉是否可靠?》与正文部分的主题遥相呼应。②"揶揄模仿"(戏仿)与"互文性"。纳博科夫在《洛丽塔》中指涉了六十余位著名作家,暗含着作家本人的文学见解,形成一道独特的文学批评图景。其中包含了主人公对作家作品的简单介绍与引用,作家有意通过"亲昵模仿"向崇敬的作家致敬,通过"揶揄模仿"对否定的作家作品和文体形式进行讽刺。小说中的"揶揄模仿"占主导地位,作家通过对人物、结构、文体等层面的滑稽模仿,在貌似一本正经实则幽默讽刺的模拟之间完成解构,达到反讽的效果。如作品"揶揄模仿"了忏悔录、色情文学、公路文学、侦探小说文体。③创作的游戏性与阅读的游戏性。纳博科夫强调文学的游戏性,认为有价值的创作宛若棋局,是作家与读者的智力对弈。他乐于设谜,运用大量的典故、隐喻、双关、含混、影像、时空交错、循环往复等手段,把作品编织得如同迷宫,并希望读者参与其中,通过反复阅读来识破伪装、寻找答案。《洛丽塔》充斥着文字游戏:作品人物名字的排列组合后的不同意义;反复出现的数字"324"、"22";亨伯特与洛丽塔第一次发生关系的旅馆与洛丽塔扮演小仙女戏剧同名,均为"受惑的猎人";蝴蝶和洛丽塔的名字均为"多洛雷斯"等。这些无处不在的"巧合"性的笔墨游戏,加强了小说的迷惑性和游戏性,诱惑读者参与解谜。

8.长篇小说《第二十二条军规》奠定了海勒在西方当代文学的重要地位,是黑色幽默小说的扛鼎之作。

这部以战争为背景的小说的思想意义并不在于抨击战争。在作者看来战争只不过是由官僚机构策划的"有组织的混乱"和"制度化的疯狂",是以极端形式表现出来的荒诞世界的局部存在。所以作家以战争

为喻，展示由垄断企业与军政机关互相勾结的官僚体制的疯狂。小说
超越了战争，揭示出现代人荒诞的生存状态。

　　滴水不漏、高深莫测的"第二十二条军规"是一个圈套、一个陷阱、
一个骗局，它布下了天罗地网，使人哭告无门，走投无路。从狭义上讲，
它是坚如磐石的官僚体制钳制小人物的强大无形的工具，其最终解释
权掌握在一小撮处于权力、财产巅峰的人手中，权力具有信口雌黄的
"正义"和翻云覆雨的"自由"，真理已降为权力的卑微的奴仆。从广义
上理解，无所不在、无所不包的"第二十二条军规"是抽象的任意捉弄
人、压迫人、摧残人的异己力量的象征，是对毫无理性可言的荒诞世界
的高度象征。"第二十二条军规"奥秘就在于巨大的强制性和绝妙的悖
论性，在似是而非中暗含着险恶的祸心。在当今美国"第二十二条军
规"已成为通用语，用来指称无法摆脱的困境、难以逾越的障碍。

　　《第二十二条军规》具有典型的黑色幽默风格。①以反讽为基础的
艺术构思。既然世界是荒诞的，那么真假、善恶、美丑都失去了常规的
标准。作家可以把不正常的人和事当作正常的来写，让不可思议的事
变得合情合理，这样一切正常的事物必然变得滑稽可笑，荒诞的世界才
充满了幽默感。②刻意追求审美距离。作家恰到好处地"后退一步"，
用冷漠克制、假装无所知的态度去书写人间的不幸，天才地发掘出滑稽
幽默。如对"全身雪白的士兵"输液场面的描写，在貌似幽默俏皮的语
言下隐藏着深深的不幸和浓浓的酸楚。③运用了逻辑悖论进行推理，
安排情节。作家故意在大前提错误的条件下进行正确的逻辑推理，最
后得出荒谬可笑的结论。"第二十二条军规"就是典型的逻辑悖论。
"第二十二条军规"规定"疯子必须停飞"，又规定"必须由本人提出申
请"。一旦某人以精神不正常为由提出停飞的申请，就已证明他想逃避
战斗的头脑是正常的，所以必须还要飞行。它规定飞满若干架次可以
停飞，又规定无论何时都要执行司令官的命令。此外，作家还利用悖论
组织情节。在飞行大队中既有真正死去的"活人"，也有还真正活着的
"死人"丹尼卡军医。而对随军牧师希普曼的审讯，再次证明在悖论的
怪圈下对真的证明却成了假的证据，人们深陷于重重困境之中无法脱
身。④作品的语言精妙。作品中的反话连篇，作家故意将互相矛盾、褒

贬相对的词句搭配在一起使用,形成强烈的讽刺效果。如德里德尔将军的夸口"我唯一的缺点就是没有缺点"。另外,克制陈述与夸大陈述共同完成了对文本表层语言系统的解构,从而凸显出深层相反的真实含义。克制陈述,如在尤索林看来"战争唯一可取的地方是打死了不少人,使孩子们摆脱了父母的恶劣影响"。夸大陈述,如对欢迎迈洛的古怪盛大的仪式的描写。总之,海勒在谈笑间异常深刻地披露荒诞的手法,代表了黑色幽默小说的最高成就。

9.上尉投弹手尤索林是海勒长篇小说《第二十二条军规》中的主人公。他既属于反英雄的范畴,也可以算作反英雄意义上的英雄。

尤索林厌恶战争,求生就是他生活的最高准则,并为此进行着不懈的斗争:他多次装病住院;他在飞行员食物中偷掺肥皂水,造成集体腹泻,取消了飞行;他溜进作战室偷改飞行路线,飞临没有防空系统的安全区;他在升空后谎称飞机出故障,中途返航;他根本不考虑投弹是否命中,在俯冲的一瞬间已做好了向上飞逃的准备……

对尤索林的贪生怕死要辩证地分析,他的求生本能存在着一定的合理性。尤索林清醒认识到战争不过是场骗局,大大小小的官僚把反法西斯战场变成了权力的角斗场、升官发财的交易所。他不愿成为那些打着为祖国而战旗号、实则为了个人升迁人的铺路石。在一片疯狂中,尤索林难能可贵地保持着独立思考的能力,与同伴们麻木不仁地丧失了求生本能相比,"疯子"的尤索林更像一个正常人。最后尤索林拒绝了回国做战争宣传,开小差逃到中立国瑞士。他表示逃跑"不是要逃避责任,而是要承担责任",以虚无主义方式对官僚压迫进行反抗。

因为正义力量的缺席,神圣的爱国主义和牺牲精神失去了基础,相反不顺从强权的"贪生怕死"却拥有了几分正义,从这个角度来看,尤索林可以算作反英雄意义上的英雄。

10.萨特是无神论存在主义的哲学家,他的理论核心是试图解释人在世界的存在状况,自称是一种以人为中心、尊重人的个性和自由的哲学。萨特的哲学思想可概括为:①"存在先于本质"。他认为,只有人才有"存在",人的存在先于人的本质。世界上并没有上帝来规定人的本质,也没有所谓先天的抽象人性,人的本质是通过其行动来确定的。②

"存在即荒诞"。世界荒诞无秩序，人生痛苦无意义。人对自己的处境难以理解，因此，存在的状态就是虚无，就是孤独、不安、烦恼、痛苦、畏惧、绝望、死亡。③"自由选择"。然而人是自由的，"人即自由"。选择存在具有多种可能性，人必须行动，行动即是选择，人要对自己的选择负责，也要对他人负责。

萨特的文学创作是其哲学思想的艺术体现：

①表现"存在即荒诞"思想。在短篇小说《墙》中"我"的本意是牺牲自己，保护同志，结果却是出卖了战友，变成了"叛徒"，整个斗争过程一下子失去了意义，世界也变得荒诞，不可理喻。长篇小说《恶心》借罗康丹的恶心感——对荒诞世界的深深厌恶，表现存在的荒诞和无意义，抨击处处让人感到恶心的社会。剧本《禁闭》以三个争斗不休的鬼魂表现人与人之间的敌对关系，"他人就是地狱"就是对此的高度概括。

②表现通过"自由选择"以确定自我本质的思想。在短篇小说《墙》中，"我"看破了生与死之"墙"，因此泰然处之，获得了自由，对敌人的态度和行动就是"自由选择"的结果。长篇小说《恶心》中罗康丹最后决定运用"自由选择"的权力，"试写"另一本书，希望能够重新确定自己存在的本质，有一定的积极意义。三部曲长篇小说《自由之路》中马蒂厄选择了一条爱国志士的道路，在英雄主义的选择中确定了自己的存在本质，是萨特所提供的"自由选择"的最高范例。《苍蝇》中的奥瑞斯忒斯是为祖国解放"选择"自我牺牲的现代斗士。《死无葬身之地》塑造了在极端境遇中仍然保持着自己的自由的英雄，歌颂了被俘的五位游击队员在厄运下保持尊严，肯定了他们在生与死的考验下正确选择了自己的价值、成为英雄的高尚举动。而在《禁闭》中作家提供了"自由选择"的反例，通过三个鬼魂生前死后的丑恶行为，强调慎重对待"自由选择"：人一旦选择错误，只能得到恶的本质和毫无价值的存在。

11.《等待戈多》是贝克特最重要的作品，也是荒诞派戏剧的经典之作。剧本的内容与形式在反传统的前提下、在荒诞的基础上得到了统一，使荒诞本身戏剧化，使戏剧形式荒诞化，把西方荒诞文学推向极至。对后世西方戏剧及西方文学产生极大影响。

全剧只有两幕、一个场景、五个人物。剧本突出的是"等待意识"，对戈多的等待是贯穿全剧的线索。代表现代受难者的两个流浪汉的不安等待，体现了现代西方人的生存状态。波卓与乐克是两个流浪汉形象的对照与补充：主仆关系是人与人之间异化关系的写照，"在路上"的生存方式同样痛苦、无意义。焦虑不安的人们怀着渺茫的希望苦苦地等待着某种拯救的力量，但是等待什么、为什么等待、等待的结果又是什么，他们一概不知；而放弃等待，又惧怕戈多的惩罚。所以等待的本身也就成为极大的荒诞。戈多是一种能够赋予世界和人存在意义的神秘的抽象力量，也是极度空虚的心灵需求的外化，代表着惶惑不安的人们对未来的若有若无的期待。但是人们最终没有等来戈多，"戈多的本性就是他不来"，他与现实的关系只是让人永无休止、永无结果地等待而已。《等待戈多》传达出西方现代人强烈的幻灭感和悲观的人生态度，揭示了人类在荒谬宇宙中的尴尬处境。

　　《等待戈多》是作家存在主义哲学观念的艺术呈现，集中体现了荒诞派戏剧毫无戏剧性的"反戏剧"特征。①反主题。既然世界本身没有意义，那么戏剧就不可能有一个说教性的、有意义的主题。如果一定要为这出"什么也没发生的戏"找出意义，那就是人对其生存在其中的世界的一无所知、对自己命运的一无所知。②重"直喻"象征，提倡"纯粹戏剧性"。剧作家回避论断只提供见证，使用"延伸性的戏剧语言"，即通过"直喻"的手法，靠演出动作、具体的舞台形象、场面、道具来"说话"，使内心感觉外化、形象化，直接展示存在的荒诞。乡间小路隐含着不确定性，暗示人物只能是没有归宿的精神流浪者。爱斯特拉冈和弗拉基米尔的流浪汉身份是精神无所皈依的现代西方人的象征。③反情节。剧情荒诞离奇、杂乱枯燥，没有戏剧冲突，甚至没有完整连贯的情节，因为世界的本原就是荒诞的。④反人物。人物个性模糊、性格破碎，是被环境压垮的可怜虫，是"反英雄"的最好标本。作家认为现代人根本就没有独立人格和完整个性，人物被抽象为人类和所处时代的代表。⑤反语言。人物的独白、对白荒诞离奇，语无伦次，既没有个性特征也没有逻辑联系。失去自我、丧失思想的现代人的语言只剩下空洞的外壳，堕落为"石块和死尸"；人与人之间没有沟通的必要和可能。⑥重复手法的运用。两幕的场景、两个流浪汉的境遇、波卓和乐克的关系、信使小男孩的口信基本一致。在荒诞世界里,时间与空间仿佛凝固,人生只能是痛苦无意义的重复过程。

　　12.《百年孤独》是马尔克斯的代表作,也是最重要的魔幻现实主义作品。小说以马贡多为背景,描写布恩地亚家族七代人的命运,折射出哥伦比亚乃至整个拉丁美洲一个多世纪的历史进程,是一部史诗巨著。马尔克斯深刻揭示了拉美的社会现实和精神痼疾,“百年”与“孤独”就是小说的主要思想内容。

　　“百年”是时间的概念、历史的概念,马贡多从创建到消亡正好是百年,浓缩了拉丁美洲的历史沧桑。昔日的马贡多和谐宁静,但又封闭落后。随着外界文明的闯入,马贡多变成了一个充满喧嚣争斗、情欲横流的堕落城镇。作品反映了16世纪西班牙殖民者侵入后引起的巨大的社会变迁:专制独裁、党派争斗、血腥内战、殖民侵入、外国资本的经济掠夺、工人的罢工斗争等。马贡多的“百年”沧桑就是拉丁美洲人民痛苦的灾难史。

　　最后孤独的布恩地亚家族灭绝了,破败的马贡多也消失了,但作者并没有悲观,作品最后预示只要人们走出孤独,挣脱愚昧保守的精神枷锁,真正地团结起来,反抗殖民主义、帝国主义的侵略和专制独裁统治,一个繁荣昌盛的马贡多、一个自由民主、经济腾飞的拉丁美洲就一定会出现。这也就是《百年孤独》暗含的深层主题。

　　“孤独”是小说的主题和基本色调。作家赋予“孤独”深刻的悲剧内涵:“孤独”是一种自闭的精神状态,是一种毫无意义的生存哲学,意味着以冷漠消极的态度去对待生活,而不是积极地做主宰命运的强者;而向往孤独、追求孤独更是一种消极的人生态度,使人们丧失了反抗的向心力,团结的凝聚力。“孤独”是造成拉美不幸的内在根源,因为一个陷于孤独的民族只能与贫穷愚昧、停滞落后为伍,最终会丧失发展与生存的权力。

　　布恩地亚家族世代相传的显著特征就是孤独:“在他们每个人的脸上,都带有一种一望可知的特有的孤独的神情。”他们每个人都经历了相同的精神历程:孤独冷漠——试图突破孤独——陷入更深沉的孤独。第一代阿卡迪奥才智过人,精力旺盛,但毫无结果与意义的实验使他精神失常,被捆在树下孤独死去。奥雷良诺上校向往孤独,从叱咤风云的战将变成与世无争的孤独的匠人,无休无止地重复制作金质小鱼。此外,还有形若幽灵的雷贝卡、编织尸衣的阿玛兰塔都活在自己的孤独世界中。

《百年孤独》在艺术上取得了极高的成就,具有非凡奇特的艺术魅力,以神奇的手法绝妙地反映了拉丁美洲神奇的现实。①浓厚的魔幻氛围。大量的奇迹、鬼魂和荒诞不经的情节,构成人鬼相交、虚实相间、现实生活与超自然现象并存的魔幻世界。作品由此反映出拉美传统的文化精神:相信生死无界,人鬼交流;相信万物有灵;笃信预感征兆,看重奇迹,视怪诞为平常。②独特的叙事时态。作家打破时空,有意地把现在时、过去时和将来时混合在一起使用。如开篇首句"许多年以后,面对行刑队,奥雷良诺上校会回想起,他父亲带他去参观冰块的那个遥远的下午"。这句话包含了三种时态:作者立足现在,讲的是将来上校要面对行刑队的时刻,而在那个将来的时刻,上校回想的是比现在更早的过去的事情。全书的叙述方式也是如此,总体上以倒叙式交代布恩地亚家族的兴衰,作家从"现在"回顾这个家族的"过去",同时展望它的"未来"。作家始终处于"超然"的视点,俯视整个家族的命运。③环形的结构方式。马贡多从无到有,从有到无,从起点回到起点;家族前辈人生过长猪尾巴的孩子,第七代又是同样的畸形儿;家族几代人的名字、性格、动作都在不断地重复,他们的精神历程都是一个圆:孤独——突破孤独——再陷孤独。社会、家族、个人的变化都是圆形的轨迹,百年的孤独,百年的徘徊,百年的沧桑,百年的悲凉,拉丁美洲仍然处于贫穷落后的状态。④鲜明的象征性。小说的情节、场景乃至细节多具有象征性。俏姑娘雷梅苔丝的升天象征着爱与美的消失;奥雷良诺上校晚年不断炼制小金鱼、阿玛兰塔不停编织裹尸布的重复不已的行为,象征了家族生活的停滞不前和毫无意义;健忘症象征着人们忘记了自己的根和传统,不知道总结历史教训以谋求变革;黄色是衰亡的象征,黄花、黄蝴蝶、黄色火车、黄色的香蕉,黄色的小金鱼、黄色的衣服、黄色的头发,都与衰败、灾难、死亡紧紧相连。

后 记

　　早在数年前重回母校南开大学参加学术会议时,导师崔宝衡先生就嘱托我一同完成《外国文学史(欧美卷)导读》的撰写工作,我当时就愉快地答应下来,视之为先生对我的信任。因种种原因,我真正动笔写作已是 2013 年秋季了。

　　虽然我在高校讲授外国文学已近 30 年,表面看来写导读比写学术论著的难度要小,但写作时还是颇有难度。首先,导读要以文学史为蓝本,要以作者的不同文风为底版,要尽量厘清文脉,保持一致;其次,一些重要更新的知识和观点要阐释整合、拓展延伸;再次,为了更好地达到导学的目的,行文的逻辑性要强,还要善于深入浅出地解释复杂问题。好在,先生给了我极大的支持与信任,让我放手去写。初稿完成后,先生认真通读后提出修改意见。随后我再改出二稿,全书完成时已过马年春节。受先生之托,由我简记几笔写作过程以为《后记》。

　　本书的第一至第六章由崔先生执笔,第七至第十章由我执笔。

　　第一至第六章手稿由我的研究生艾亚南录入,南开大学出版社的编辑也付出心血,在此一并感谢!

　　尽管付出了努力,书中还会有不尽如人意的地方,欢迎读者批评指正。

张竹筠

2014 年 2 月 18 日

于河北师范大学

南开大学出版社网址：http://www.nkup.com.cn

投稿电话及邮箱： 022-23504636   QQ：1760493289
                                 QQ：2046170045(对外合作)
邮购部：   022-23507092
发行部：   022-23508339   Fax：022-23508542

南开教育云：http://www.nkcloud.org

App：南开书店 app

    南开教育云由南开大学出版社、国家数字出版基地、天津市多
媒体教育技术研究会共同开发，主要包括数字出版、数字书店、数
字图书馆、数字课堂及数字虚拟校园等内容平台。数字书店提供图
书、电子音像产品的在线销售；虚拟校园提供 360 校园实景；数字
课堂提供网络多媒体课程及课件、远程双向互动教室和网络会议系
统。在线购书可免费使用学习平台，视频教室等扩展功能。